比较文学与世界文学研究丛书

主编 曹顺庆

三编 第11册

操纵与建构理论视阈下的鲁迅翻译研究

龚晓辉、马琳 著

花木兰文化事业有限公司

国家图书馆出版品预行编目资料

操纵与建构理论视阈下的鲁迅翻译研究／龚晓辉、马琳 著 --
初版 -- 新北市：花木兰文化事业有限公司，2024〔民 113〕
目 4+240 面；19×26 公分
（比较文学与世界文学研究丛书 三编 第 11 册）
ISBN 978-626-344-810-0（精装）
1.CST：周树人 2.CST：翻译学 3.CST：文学评论
810.8　　113009369

比较文学与世界文学研究丛书
三编　第十一册　　ISBN：978-626-344-810-0

操纵与建构理论视阈下的鲁迅翻译研究

作　　者 龚晓辉、马琳
主　　编 曹顺庆
企　　划 四川大学双一流学科暨比较文学研究基地
总 编 辑 杜洁祥
副总编辑 杨嘉乐
编辑主任 许郁翎
编　　辑 潘玟静、蔡正宣　美术编辑 陈逸婷
出　　版 花木兰文化事业有限公司
发 行 人 高小娟
联络地址 台湾 235 新北市中和区中安街七二号十三楼
　　　　 电话：02-2923-1455 ／传真：02-2923-1452
网　　址 http://www.huamulan.tw 信箱 service@huamulans.com
印　　刷 普罗文化出版广告事业
初　　版 2024 年 9 月
定　　价 三编 26 册（精装）新台币 70,000 元　

操纵与建构理论视阈下的鲁迅翻译研究

龚晓辉、马琳 著

作者简介

第一作者：龚晓辉，女，于2019年7月获得西南大学比较文学与世界文学博士学位。爱好文学、电影，多年翻译经验，译著《瓦尔登湖》在豆瓣阅读出版，The Death of Yuli（玉梨魂）由印度Notion Press出版，所译小说《绝命钢琴师》（作者大卫．古迪斯）正在出版中。撰写的书籍《叶芝诗传》在出版中。学术研究方向为比较文学、译介学、哲学与诗歌类，爱好写作小说、书评、影评、诗歌、散文等，有多篇论文发表于国内外各大学术期刊，文学作品散见于各大报刊。

第二作者：马琳，马琳，女，于2020年6月获得西南民族大学民族学硕士学位。学术研究方向为比较文学与少数民族文化研究，有多篇论文发表于国内期刊，承担多项科研项目。

提　　要

本文试图拓宽鲁迅翻译研究的范围，把社会、历史和意识形态的相关因素与文本研究结合起来，用翻译操纵理论对鲁迅翻译理论及其实践进行重新解读。本文分为五章，主要应用巴斯奈特和勒菲弗尔的"翻译操纵理论"来研究鲁迅翻译观的嬗变，根据鲁迅的翻译理论与实践风格将鲁迅的翻译生涯分为三个阶段，用操纵理论的描述方法分别对每一阶段的翻译理论、选材及翻译策略进行详细阐述，用意识形态操纵论对影响鲁迅每个阶段翻译活动的意识形态和诗学因素进行阐释，并用巴斯奈特的文化建构理论对鲁迅翻译活动的意义进行论述。初期鲁迅尚未认识到文化与思想启蒙的重要性，翻译的时候着重点放在了作为内容的科学方面，此时鲁迅在大胆"拿来"的同时倾向于保守的文化态度，尚未形成自己独立的翻译思想。中期他开始转向"宁信而不顺"的直译风格，旗帜鲜明地主张保留译作中的"异国情调"，翻译选材也从科技转向了人文，偏爱那些有助于改善国民性和拯救民族命运的文学作品。鲁迅后期的翻译文本与策略选择同样是出于意识形态的操纵，鲁迅的个人意识形态达到了前所未有的成熟与深刻。在此期间，他引领了一场欧化翻译运动，并一直支持和鼓励着许多翻译家的事业，摆正了翻译在中国社会的地位，促进了中国翻译现代性的萌芽和发展。

比较文学的中国路径

曹顺庆

自德国作家歌德提出“世界文学”观念以来，比较文学已经走过近二百年。比较文学研究也历经欧洲阶段、美洲阶段而至亚洲阶段，并在每一阶段都形成了独具特色学科理论体系、研究方法、研究范围及研究对象。中国比较文学研究面对东西文明之间不断加深的交流和碰撞现况，立足中国之本，辩证吸纳四方之学，而有了如今欣欣向荣之景象，这套丛书可以说是应运而生。本丛书尝试以开放性、包容性分批出版中国比较文学学者研究成果，以观中国比较文学学术脉络、学术理念、学术话语、学术目标之概貌。

一、百年比较文学争讼之端——比较文学的定义

什么是比较文学？常识告诉我们：比较文学就是文学比较。然而当今中国比较文学教学实际情况却并非完全如此。长期以来，中国学术界对“什么是比较文学？”却一直说不清，道不明。这一最基本的问题，几乎成为学术界纠缠不清、莫衷一是的陷阱，存在着各种不同的看法。其中一些看法严重误导了广大学生！如果不辨析这些严重误导了广大学生的观点，是不负责任、问心有愧的。恰如《文心雕龙·序志》说”岂好辩哉，不得已也“，因此我不得不辩。

其中一个极为容易误导学生的说法，就是“比较文学不是文学比较“。目前，一些教科书郑重其事地指出：比较文学不是文学比较。认为把“比较”与“文学”联系在一起，很容易被人们理解为用比较的方法进行文学研究的意思。并进一步强调，比较文学并不等于文学比较，并非任何运用比较方法来进行的比较研究都是比较文学。这种误导学生的说法几乎成为一个定论，

一个基本常识，其实，这个看法是不完全准确的。

让我们来看看一些具体例证，请注意，我列举的例证，对事不对人，因而不提及具体的人名与书名，请大家理解。在Y教授主编的教材中，专门设有一节以“比较文学不是文学比较”为题的内容，其中指出“比较文学界面临的最大的困惑就是把‘比较文学’误读为‘文学比较’”，在高等院校进行比较文学课程教学时需要重点强调“比较文学不是文学比较”。W教授主编的教材也称“比较文学不是文学的比较”，因为“不是所有用比较的方法来研究文学现象的都是比较文学”。L教授在其所著教材专门谈到“比较文学不等于文学比较”，因为，“比较”已经远远超出了一般方法论的意义，而具有了跨国家与民族、跨学科的学科性质，认为将比较文学等同于文学比较是以偏概全的。”J教授在其主编的教材中指出，“比较文学并不等于文学比较”，并以美国学派雷马克的比较文学定义为根据，论证比较文学的“比较”是有前提的，只有在地域观念上跨越打通国家的界限，在学科领域上跨越打通文学与其他学科的界限，进行的比较研究才是比较文学。在W教授主编的教材中，作者认为，“若把比较文学精神看作比较精神的话，就是犯了望文生义的错误，一百余年来，比较文学这个名称是名不副实的。”

从列举的以上教材我们可以看出，首先，它们在当下都仍然坚持“比较文学不是文学比较”这一并不完全符合整个比较文学学科发展事实的观点。如果认为一百余年来，比较文学这个名称是名不副实的，所有的比较文学都不是文学比较，那是大错特错！其次，值得注意的是，这些教材在相关叙述中各自的侧重点还并不相同，存在着不同程度、不同方面的分歧。这样一来，错误的观点下多样的谬误解释，加剧了学习者对比较文学学科性质的错误把握，使得学习者对比较文学的理解愈发困惑，十分不利于比较文学方法论的学习、也不利于比较文学学科的传承和发展。当今中国比较文学教材之所以普遍出现以上强作解释，不完全准确的教科书观点，根本原因还是没有仔细研究比较文学学科不同阶段之史实，甚至是根本不清楚比较文学不同阶段的学科史实的体现。

实际上，早期的比较文学“名”与“实”的确不相符合，这主要是指法国学派的学科理论，但是并不包括以后的美国学派及中国学派的学科理论，如果把所有阶段的学科理论一锅煮，是不妥当的。下面，我们就从比较文学学科发展的史实来论证这个问题。“比较文学不是文学比较”“comparative literature is not literary comparison”，只是法国学派提出的比较文学口号，只是法国学派一派的主张，而不是整个比较文学学科的基本特征。我们不能够把这个阶段性的比较文学口号扩大化，甚至让其突破时空，用于描述比较文学所有的阶段和学派，更不能够使其“放之四海而皆准”。

法国学派提出“比较文学不是文学比较”，这个“比较”（comparison）是他们坚决反对的！为什么呢，因为他们要的不是文学“比较”（literary comparison），而是文学“关系”（literary relationship），具体而言，他们主张比较文学是实证的国际文学关系，是不同国家文学的影响关系，influences of different literatures，而不是文学比较。

法国学派为什么要反对“比较”（comparison），这与比较文学第一次危机密切相关。比较文学刚刚在欧洲兴起时，难免泥沙俱下，乱比的情形不断出现，暴露了多种隐患和弊端，于是，其合法性遭到了学者们的质疑：究竟比较文学的科学性何在？意大利著名美学大师克罗齐认为,“比较”(comparison)是各个学科都可以应用的方法，所以，“比较”不能成为独立学科的基石。学术界对于比较文学公然的质疑与挑战，引起了欧洲比较文学学者的震撼，到底比较文学如何“比较”才能够避免“乱比”？如何才是科学的比较？

难能可贵的是，法国学者对于比较文学学科的科学性进行了深刻的的反思和探索，并提出了具体的应对的方法：法国学派采取壮士断臂的方式，砍掉“比较”（comparison），提出比较文学不是文学比较（comparative literature is not literary comparison），或者说砍掉了没有影响关系的平行比较，总结出了只注重文学关系（literary relationship）的影响（influences）研究方法论。法国学派的创建者之一基亚指出，比较文学并不是比较。比较不过是一门名字没取好的学科所运用的一种方法……企图对它的性质下一个严格的定义可能是徒劳的。基亚认为：比较文学不是平行比较，而仅仅是文学关系史。以“文学关系”为比较文学研究的正宗。为什么法国学派要反对比较？或者说为什么法国学派要提出“比较文学不是文学比较”，因为法国学派认为”比较“(comparison）实际上是乱比的根源，或者说“比较”是没有可比性的。正如巴登斯佩哲指出：“仅仅对两个不同的对象同时看上一眼就作比较，仅仅靠记忆和印象的拼凑，靠一些主观臆想把可能游移不定的东西扯在一起来找点类似点，这样的比较决不可能产生论证的明晰性”。所以必须抛弃“比较”。只承认基于科学的历史实证主义之上的文学影响关系研究（based on scientificity and positivism and literary influences.)。法国学派的代表学者卡雷指出：比较文学是实证性的关系研究："比较文学是文学史的一个分支：它研究拜伦与普希金、歌德与卡莱尔、瓦尔特·司各特与维尼之间，在属于一种以上文学背景的不同作品、不同构思以及不同作家的生平之间所曾存在过的跨国度的精神交往与实际联系。"正因为法国学者善于独辟蹊径，敢于提出"比较文学不是文学比较"，甚至完全抛弃比较（comparison），以防止"乱比"，才形成了一套建立在"科学"实证性为基础的、以影响关系为特征的"不比较"的比较文学学科理论体系，这终于挡住了克罗齐等人对比较文学"乱比"的批判，形成了以"科学"实证为特征的文学影响关系研究，确立了法国学派的学科理论和一整套方法论体系。当然，法国学派悍然砍掉比较研究，又不放弃"比较文学"这个名称，于是不可避免地出现了比较文学名不副实的尴尬现象，出现了打着比较文学名号，而又不比较的法国学派学科理论，这才是问题的关键。

当然，法国学派提出"比较文学不是文学比较"，只注重实证关系而不注重文学比较和文学审美，必然会引起比较文学的危机。这一危机终于由美国著名比较文学家韦勒克（René Wellek）在 1958 年国际比较文学协会第二次大会上明确揭示出来了。在这届年会上，韦勒克作了题为《比较文学的危机》的挑战性发言，对"不比较"的法国学派进行了猛烈批判，宣告了倡导平行比较和注重文学审美的比较文学美国学派的诞生。韦勒克作了题为《比较文学的危机》的挑战性发言，对当时一统天下的法国学派进行了猛烈批判，宣告了比较文学美国学派的诞生。韦勒克说："我认为，内容和方法之间的人为界线，渊源和影响的机械主义概念，以及尽管是十分慷慨的但仍属文化民族主义的动机，是比较文学研究中持久危机的症状。"韦勒克指出："比较也不能仅仅局限在历史上的事实联系中，正如最近语言学家的经验向文学研究者表明的那样，比较的价值既存在于事实联系的影响研究中，也存在于毫无历史关系的语言现象或类型的平等对比中。"很明显，韦勒克提出了比较文学就是要比较（comparison），就是要恢复巴登斯佩哲所讽刺和抛弃的"找点类似点"的平行比较研究。美国著名比较文学家雷马克（Henry Remak）在他的著名论文《比较文学的定义与功用》中深刻地分析了法国学派为什么放弃"比较"（comparison）的原因和本质。他分析说："法国比较文学否定'纯粹'的比较（comparison），它忠实于十九世纪实证主义学术研究的传统，即实证主义所坚持并热切期望的文学研究的‘科学性’。按照这种观点，纯粹的类比不会得出任何结论，尤其是不能得出有更大意义的、系统的、概括性的结论。……既然值得尊重的科学必须致力于因果关系的探索，而比较文学必须具有科学性，因此，比较文学应该研究因果关系，即影响、交流、变更等。”雷马克进一步尖锐地指出，“比较文学”不是“影响文学”。只讲影响不要比较的“比较文学”，当然是名不副实的。显然，法国学派抛弃了“比较”（comparison），但是仍然带着一顶“比较文学”的帽子，才造成了比较文学“名”与“实”不相符合，造成比较文学不比较的尴尬，这才是问题的关键。

美国学派最大的贡献，是恢复了被法国学派所抛弃的比较文学应有的本义——“比较”（The American school went back to the original sense of comparative literature ——“comparison”），美国学派提出了标志其学派学科理论体系的平行比较和跨学科比较：“比较文学是一国文学与另一国或多国文学的比较，是文学与人类其他表现领域的比较。”显然，自从美国学派倡导比较文学应当比较（comparison）以后，比较文学就不再有名与实不相符合的问题了，我们就不应当再继续笼统地说“比较文学不是文学比较”了，不应当再以“比较文学不是文学比较”来误导学生！更不可以说“一百余年来，比较文学这个名称是名不副实的。”不能够将雷马克的观点也强行解释为“比较文学不是比较”。因为在美国学派看来，比较文学就是要比较（comparison）。比较文学就是要恢复被巴登斯佩哲所讽刺和抛弃的“找点类似点”的平行比较研究。因为平行研究的可比性，正是类同性。正如韦勒克所说，“比较的价值既存在于事实联系的影响研究中，也存在于毫无历史关系的语言现象或类型的平等对比中。”恢复平行比较研究、跨学科研究，形成了以“找点类似点”的平行研究和跨学科研究为特征的比较文学美国学派学科理论和方法论体系。美国学派的学科理论以“类型学”、“比较诗学”、“跨学科比较”为主，并拓展原属于影响研究的“主题学”、“文类学”等领域，大大扩展比较文学研究领域。

二、比较文学的三个阶段

下面，我们从比较文学的三个学科理论阶段，进一步剖析比较文学不同阶段的学科理论特征。现代意义上的比较文学学科发展以“跨越”与“沟通”为目标，形成了类似“层叠”式、“涟漪”式的发展模式，经历了三个重要的学科理论阶段，即：

一、欧洲阶段，比较文学的成形期；二、美洲阶段，比较文学的转型期；三、亚洲阶段，比较文学的拓展期。我们将比较文学三个阶段的发展称之为“涟漪式”结构，实际上是揭示了比较文学学科理论的继承与创新的辩证关系：比较文学学科理论的发展，不是以新的理论否定和取代先前的理论，而是层叠式、累进式地形成“涟漪”式的包容性发展模式，逐步积累推进。比较文学学科理论发展呈现为层叠式、“涟漪”式、包容式的发展模式。我们把这个模式描绘如下：

法国学派主张比较文学是国际文学关系，是不同国家文学的影响关系。形成学科理论第一圈层：比较文学——影响研究；美国学派主张恢复平行比较，形成学科理论第二圈层：比较文学——影响研究＋平行研究＋跨学科研究；中国学派提出跨文明研究和变异研究，形成学科理论第三圈层：比较文学——影响研究＋平行研究＋跨学科研究＋跨文明研究＋变异研究。这三个圈层并不互相排斥和否定，而是继承和包容。我们将比较文学三个阶段的发展称之为层叠式、“涟漪”式、包容式结构，实际上是揭示了比较文学学科理论的继承与创新的辩证关系。

法国学派提出，可比性的第一个立足点是同源性，由关系构成的同源性。同源性主要是针对影响关系研究而言的。法国学派将同源性视作可比性的核心，认为影响研究的可比性是同源性。所谓同源性，指的是通过对不同国家、不同民族和不同语言的文学的文学关系研究，寻求一种有事实联系的同源关系，这种影响的同源关系可以通过直接、具体的材料得以证实。同源性往往建立在一条可追溯关系的三点一线的“影响路线”之上，这条路线由发送者、接受者和传递者三部分构成。如果没有相同的源流，也就不可能有影响关系，也就谈不上可比性，这就是“同源性”。以渊源学、流传学和媒介学作为研究的中心，依靠具体的事实材料在国别文学之间寻求主题、题材、文体、原型、思想渊源等方面的同源影响关系。注重事实性的关联和渊源性的影响，并采用严谨的实证方法，重视对史料的搜集和求证，具有重要的学术价值与学术意义，仍然具有广阔的研究前景。渊源学的例子：杨宪益，《西方十四行诗的渊源》。

比较文学学科理论的第二阶段在美洲，第二阶段是比较文学学科理论的转型期。从 20 世纪 60 年代以来，比较文学研究的主要阵地逐渐从法国转向美国，平行研究的可比性是什么？是类同性。类同性是指是没有文学影响关系的不同国家文学所表现出的相似和契合之处。以类同性为基本立足点的平行研究与影响研究一样都是超出国界的文学研究，但它不涉及影响关系研究的放送、流传、媒介等问题。平行研究强调不同国家的作家、作品、文学现象的类同比较，比较结果是总结出于文学作品的美学价值及文学发展具有规律性的东西。其比较必须具有可比性，这个可比性就是类同性。研究文学中类同的：风格、结构、内容、形式、流派、情节、技巧、手法、情调、形象、主题、文类、文学思潮、文学理论、文学规律。例如钱钟书《通感》认为，中国诗文有一种描写手法，古代批评家和修辞学家似乎都没有拈出。宋祁《玉楼春》词有句名句："红杏枝头春意闹。"这与西方的通感描写手法可以比较。

比较文学的又一次危机：比较文学的死亡

九十年代，欧美学者提出，比较文学作为一门学科已经死亡！最早是英国学者苏珊·巴斯奈特 1993 年她在《比较文学》一书中提出了比较文学的死亡论，认为比较文学作为一门学科，在某种意义上已经死亡。尔后，美国学者斯皮瓦克写了一部比较文学专著，书名就叫《一个学科的死亡》。为什么比较文学会死亡，斯皮瓦克的书中并没有明确回答！为什么西方学者会提出比较文学死亡论？全世界比较文学界都十分困惑。我们认为，20 世纪 90 年代以来，欧美比较文学继"理论热"之后，又出现了大规模的"文化转向"。脱离了比较文学的基本立场。首先是不比较，即不讲比较文学的可比性问题。西方比较文学研究充斥大量的 Culture Studies（文化研究），已经不考虑比较的合理性，不考虑比较文学的可比性问题。第二是不文学，即不关心文学问题。西方学者热衷于文化研究，关注的已经不是文学性，而是精神分析、政治、性别、阶级、结构等等。最根本的原因，是比较文学学科长期囿于西方中心论，有意无意地回避东西方不同文明文学的比较问题，基本上忽略了学科理论的新生长点，比较文学学科理论缺乏创新，严重忽略了比较文学的差异性和变异性。

要克服比较文学的又一次危机，就必须打破西方中心论，克服比较文学学科理论一味求同的比较文学学科理论模式，提出适应当今全球化比较文学研究的新话语。中国学派，正是在此次危机中，提出了比较文学变异学研究，总结出了新的学科理论话语和一套新的方法论。

中国大陆第一部比较文学概论性著作是卢康华、孙景尧所著《比较文学导论》，该书指出："什么是比较文学？现在我们可以借用我国学者季羡林先生的解释来回答了：‘顾名思义，比较文学就是把不同国家的文学拿出来比较，这可以说是狭义的比较文学。广义的比较文学是把文学同其他学科来比较，包括人文科学和社会科学’。”[1]这个定义可以说是美国雷马克定义的翻版。不过，该书又接着指出:“我们认为最精炼易记的还是我国学者钱钟书先生的说法:‘比较文学作为一门专门学科，则专指跨越国界和语言界限的文学比较’。更具体地说，就是把不同国家不同语言的文学现象放在一起进行比较，研究他们在文艺理论、文学思潮，具体作家、作品之间的互相影响。”[2]这个定义似乎更接近法国学派的定义，没有强调平行比较与跨学科比较。紧接该书之后的教材是陈挺的《比较文学简编》，该书仍旧以“广义”与“狭义”来解释比较文学的定义，指出：“我们认为，通常说的比较文学是狭义的，即指超越国家、民族和语言界限的文学研究……广义的比较文学还可以包括文学与其他艺术（音乐、绘画等）与其他意识形态（历史、哲学、政治、宗教等）之间的相互关系的研究。”[3]中国比较文学早期对于比较文学的定义中凸显了很强的不确定性。

由乐黛云主编，高等教育出版社 1988 年的《中西比较文学教程》，则对比较文学定义有了较为深入的认识，该书在详细考查了中外不同的定义之后，该书指出：“比较文学不应受到语言、民族、国家、学科等限制，而要走向一种开放性，力图寻求世界文学发展的共同规律。”[4]“世界文学”概念的纳入极大拓宽了比较文学的内涵，为“跨文化”定义特征的提出做好了铺垫。

随着时间的推移，学界的认识逐步深化。1997 年，陈惇、孙景尧、谢天振主编的《比较文学》提出了自己的定义：“把比较文学看作跨民族、跨语言、跨文化、跨学科的文学研究，更符合比较文学的实质，更能反映现阶段人们对于比较文学的认识。”[5]2000 年北京师范大学出版社出版了《比较文学概论》修订本，提出：“什么是比较文学呢？比较文学是一种开放式的文学研究，它具有宏观的视野和国际的角度，以跨民族、跨语言、跨文化、跨学科界限的各种文学关系为研究对象，在理论和方法上，具有比较的自觉意识和兼容并包的特色。”[6]这是我们目前所看到的国内较有特色的一个定义。

---

1 卢康华、孙景尧著《比较文学导论》，黑龙江人民出版社 1984，第 15 页。
2 卢康华、孙景尧著《比较文学导论》，黑龙江人民出版社 1984 年版。
3 陈挺《比较文学简编》，华东师范大学出版社 1986 年版。
4 乐黛云主编《中西比较文学教程》，高等教育出版社 1988 年版。
5 陈惇、孙景尧、谢天振主编《比较文学》，高等教育出版社 1997 年版。
6 陈惇、刘象愚《比较文学概论》，北京师范大学出版社 2000 年版。

具有代表性的比较文学定义是2002年出版的杨乃乔主编的《比较文学概论》一书，该书的定义如下："比较文学是以跨民族、跨语言、跨文化与跨学科为比较视域而展开的研究，在学科的成立上以研究主体的比较视域为安身立命的本体，因此强调研究主体的定位，同时比较文学把学科的研究客体定位于民族文学之间与文学及其他学科之间的三种关系：材料事实关系、美学价值关系与学科交叉关系，并在开放与多元的文学研究中追寻体系化的汇通。"[7]方汉文则认为："比较文学作为文学研究的一个分支学科，它以理解不同文化体系和不同学科间的同一性和差异性的辩证思维为主导，对那些跨越了民族、语言、文化体系和学科界限的文学现象进行比较研究，以寻求人类文学发生和发展的相似性和规律性。"[8]由此而引申出的"跨文化"成为中国比较文学学者对于比较文学定义所做出的历史性贡献。

我在《比较文学教程》中对比较文学定义表述如下："比较文学是以世界性眼光和胸怀来从事不同国家、不同文明和不同学科之间的跨越式文学比较研究。它主要研究各种跨越中文学的同源性、变异性、类同性、异质性和互补性，以影响研究、变异研究、平行研究、跨学科研究、总体文学研究为基本方法论，其目的在于以世界性眼光来总结文学规律和文学特性，加强世界文学的相互了解与整合，推动世界文学的发展。"[9]在这一定义中，我再次重申"跨国""跨学科""跨文明"三大特征，以"变异性""异质性"突破东西文明之间的"第三堵墙"。

"首在审己，亦必知人"。中国比较文学学者在前人定义的不断论争中反观自身，立足中国经验、学术传统，以中国学者之言为比较文学的危机处境贡献学科转机之道。

三、两岸共建比较文学话语——比较文学中国学派

中国学者对于比较文学定义的不断明确也促成了"比较文学中国学派"的生发。得益于两岸几代学者的垦拓耕耘，这一议题成为近五十年来中国比较文学发展中竖起的最鲜明、最具争议性的一杆大旗，同时也是中国比较文学学科理论研究最有创新性，最亮丽的一道风景线。

7 杨乃乔主编《比较文学概论》，北京大学出版社2002年版。
8 方汉文《比较文学基本原理》，苏州大学出版社2002年版。
9 曹顺庆《比较文学教程》，高等教育出版社2006年版。

比较文学“中国学派”这一概念所蕴含的理论的自觉意识最早出现的时间大约是 20 世纪 70 年代。当时的台湾由于派出学生留洋学习，接触到大量的比较文学学术动态，率先掀起了中外文学比较的热潮。1971 年 7 月在台湾淡江大学召开的第一届“国际比较文学会议”上，朱立元、颜元叔、叶维廉、胡辉恒等学者在会议期间提出了比较文学的“中国学派”这一学术构想。同时，李达三、陈鹏翔（陈慧桦）、古添洪等致力于比较文学中国学派早期的理论催生。如 1976 年，古添洪、陈慧桦出版了台湾比较文学论文集《比较文学的垦拓在台湾》。编者在该书的序言中明确提出：“我们不妨大胆宣言说，这援用西方文学理论与方法并加以考验、调整以用之于中国文学的研究，是比较文学中的中国派”[10]。这是关于比较文学中国学派较早的说明性文字，尽管其中提到的研究方法过于强调西方理论的普世性，而遭到美国和中国大陆比较文学学者的批评和否定；但这毕竟是第一次从定义和研究方法上对中国学派的本质进行了系统论述，具有开拓和启明的作用。后来，陈鹏翔又在台湾《中外文学》杂志上连续发表相关文章，对自己提出的观点作了进一步的阐释和补充。

在“中国学派”刚刚起步之际，美国学者李达三起到了启蒙、催生的作用。李达三于 60 年代来华在台湾任教，为中国比较文学培养了一批朝气蓬勃的生力军。1977 年 10 月，李达三在《中外文学》6 卷 5 期上发表了一篇宣言式的文章《比较文学中国学派》，宣告了比较文学的中国学派的建立，并认为比较文学中国学派旨在“与比较文学中早已定于一尊的西方思想模式分庭抗礼。由于这些观念是源自对中国文学及比较文学有兴趣的学者，我们就将含有这些观念的学者统称为比较文学的‘中国’学派。”并指出中国学派的三个目标：1、在自己本国的文学中，无论是理论方面或实践方面，找出特具“民族性”的东西，加以发扬光大，以充实世界文学；2、推展非西方国家“地区性”的文学运动，同时认为西方文学仅是众多文学表达方式之一而已；3、做一个非西方国家的发言人，同时并不自诩能代表所有其他非西方的国家。李达三后来又撰文对比较文学研究状况进行了分析研究，积极推动中国学派的理论建设。[11]

继中国台湾学者垦拓之功，在 20 世纪 70 年代末复苏的大陆比较文学研

10 古添洪、陈慧桦《比较文学的垦拓在台湾》，台湾东大图书公司 1976 年版。
11 李达三《比较文学研究之新方向》，台湾联经事业出版公司 1978 年版。

究亦积极参与了“比较文学中国学派”的理论建设和学科建设。

季羡林先生 1982 年在《比较文学译文集》的序言中指出：“以我们东方文学基础之雄厚，历史之悠久，我们中国文学在其中更占有独特的地位，只要我们肯努力学习，认真钻研，比较文学中国学派必然能建立起来，而且日益发扬光大”[12]。1983 年 6 月，在天津召开的新中国第一次比较文学学术会议上，朱维之先生作了题为《比较文学中国学派的回顾与展望》的报告，在报告中他旗帜鲜明地说：“比较文学中国学派的形成（不是建立）已经有了长远的源流，前人已经做出了很多成绩，颇具特色，而且兼有法、美、苏学派的特点。因此，中国学派绝不是欧美学派的尾巴或补充”[13]。1984 年，卢康华、孙景尧在《比较文学导论》中对如何建立比较文学中国学派提出了自己的看法，认为应当以马克思主义作为自己的理论基础，以我国的优秀传统与民族特色为立足点与出发点，汲取古今中外一切有用的营养，去努力发展中国的比较文学研究。同年在《中国比较文学》创刊号上，朱维之、方重、唐弢、杨周翰等人认为中国的比较文学研究应该保持不同于西方的民族特点和独立风貌。1985 年，黄宝生发表《建立比较文学的中国学派：读〈中国比较文学〉创刊号》，认为《中国比较文学》创刊号上多篇讨论比较文学中国学派的论文标志着大陆对比较文学中国学派的探讨进入了实际操作阶段。[14]1988 年，远浩一提出“比较文学是跨文化的文学研究”（载《中国比较文学》1988 年第 3 期）。这是对比较文学中国学派在理论特征和方法论体系上的一次前瞻。同年，杨周翰先生发表题为“比较文学：界定‘中国学派’，危机与前提”（载《中国比较文学通讯》1988 年第 2 期），认为东方文学之间的比较研究应当成为“中国学派”的特色。这不仅打破比较文学中的欧洲中心论，而且也是东方比较学者责无旁贷的任务。此外，国内少数民族文学的比较研究，也应该成为“中国学派”的一个组成部分。所以，杨先生认为比较文学中的大量问题和学派问题并不矛盾，相反有助于理论的讨论。1990 年，远浩一发表“关于‘中国学派’”（载《中国比较文学》1990 年第 1 期），进一步推进了“中国学派”的研究。此后直到 20 世纪 90 年代末，中国学者就比较文学中国学派的建立、理论与方法以及相应的学科理论等诸多问题进行了积极而富有成效的探讨。

12 张隆溪《比较文学译文集》，北京大学出版社 1984 年版。

13 朱维之《比较文学论文集》，南开大学出版社 1984 年版。

14 参见《世界文学》1985 年第 5 期。

刘介民、远浩一、孙景尧、谢天振、陈淳、刘象愚、杜卫等人都对这些问题付出过不少努力。《暨南学报》1991年第3期发表了一组笔谈，大家就这个问题提出了意见，认为必须打破比较文学研究中长期存在的法美研究模式，建立比较文学中国学派的任务已经迫在眉睫。王富仁在《学术月刊》1991年第4期上发表“论比较文学的中国学派问题”，论述中国学派兴起的必然性。而后，以谢天振等学者为代表的比较文学研究界展开了对“X+Y”模式的批判。比较文学在大陆复兴之后，一些研究者采取了“X+Y”式的比附研究的模式，在发现了“惊人的相似”之后便万事大吉，而不注意中西巨大的文化差异性，成为了浅度的比附性研究。这种情况的出现，不仅是中国学者对比较文学的理解上出了问题，也是由于法美学派研究理论中长期存在的研究模式的影响，一些学者并没有深思中国与西方文学背后巨大的文明差异性，因而形成“X+Y”的研究模式，这更促使一些学者思考比较文学中国学派的问题。

经过学者们的共同努力，比较文学中国学派一些初步的特征和方法论体系逐渐凸显出来。1995年，我在《中国比较文学》第1期上发表《比较文学中国学派基本理论特征及其方法论体系初探》一文，对比较文学在中国复兴十余年来的发展成果作了总结，并在此基础上总结出中国学派的理论特征和方法论体系，对比较文学中国学派作了全方位的阐述。继该文之后，我又发表了《跨越第三堵‘墙’创建比较文学中国学派理论体系》等系列论文，论述了以跨文化研究为核心的“中国学派”的基本理论特征及其方法论体系。这些学术论文发表之后在国内外比较文学界引起了较大的反响。台湾著名比较文学学者古添洪认为该文“体大思精，可谓已综合了台湾与大陆两地比较文学中国学派的策略与指归，实可作为‘中国学派’在大陆再出发与实践的蓝图”[15]。

在我撰文提出比较文学中国学派的基本特征及方法论体系之后，关于中国学派的论争热潮日益高涨。反对者如前国际比较文学学会会长佛克马（Douwe Fokkema）1987年在中国比较文学学会第二届学术讨论会上就从所谓的国际观点出发对比较文学中国学派的合法性提出了质疑，并坚定地反对建立比较文学中国学派。来自国际的观点并没有让中国学者失去建立比较文学中国学派的热忱。很快中国学者智量先生就在《文艺理论研究》1988年第

15 古添洪《中国学派与台湾比较文学界的当前走向》，参见黄维梁编《中国比较文学理论的垦拓》167页，北京大学出版社1998年版。

1期上发表题为《比较文学在中国》一文，文中援引中国比较文学研究取得的成就，为中国学派辩护，认为中国比较文学研究成绩和特色显著，尤其在研究方法上足以与比较文学研究历史上的其他学派相提并论，建立中国学派只会是一个有益的举动。1991年，孙景尧先生在《文学评论》第2期上发表《为"中国学派"一辩》，孙先生认为佛克马所谓的国际主义观点实质上是"欧洲中心主义"的观点，而"中国学派"的提出，正是为了清除东西方文学与比较文学学科史中形成的"欧洲中心主义"。在1993年美国印第安纳大学举行的全美比较文学会议上，李达三仍然坚定地认为建立中国学派是有益的。二十年之后，佛克马教授修正了自己的看法，在2007年4月的"跨文明对话——国际学术研讨会（成都）"上，佛克马教授公开表示欣赏建立比较文学中国学派的想法[16]。即使学派争议一派繁荣景象，但最终仍旧需要落点于学术创见与成果之上。

比较文学变异学便是中国学派的一个重要理论创获。2005年，我正式在《比较文学学》[17]中提出比较文学变异学，提出比较文学研究应该从"求同"思维中走出来，从"变异"的角度出发，拓宽比较文学的研究。通过前述的法、美学派学科理论的梳理，我们也可以发现前期比较文学学科是缺乏"变异性"研究的。我便从建构中国比较文学学科理论话语体系入手，立足《周易》的"变异"思想，建构起"比较文学变异学"新话语，力图以中国学者的视角为全世界比较文学学科理论提供一个新视角、新方法和新理论。

比较文学变异学的提出根植于中国哲学的深层内涵，如《周易》之"易之三名"所构建的"变易、简易、不易"三位一体的思辨意蕴与意义生成系统。具体而言，"变易"乃四时更替、五行运转、气象畅通、生生不息；"不易"乃天上地下、君南臣北、纲举目张、尊卑有位；"简易"则是乾以易知、坤以简能、易则易知、简则易从。显然，在这个意义结构系统中，变易强调"变"，不易强调"不变"，简易强调变与不变之间的基本关联。万物有所变，有所不变，且变与不变之间存在简单易从之规律，这是一种思辨式的变异模式，这种变异思维的理论特征就是：天人合一、物我不分、对立转化、整体关联。这是中国古代哲学最重要的认识论，也是与西方哲学所不同的"变异"思想。

16 见《比较文学报》2007年5月30日，总第43期。
17 曹顺庆《比较文学学》，四川大学出版社2005年版。

由哲学思想衍生于学科理论，比较文学变异学是“指对不同国家、不同文明的文学现象在影响交流中呈现出的变异状态的研究，以及对不同国家、不同文明的文学相互阐发中出现的变异状态的研究。通过研究文学现象在影响交流以及相互阐发中呈现的变异，探究比较文学变异的规律。”[18]变异学理论的重点在求“异”的可比性，研究范围包含跨国变异研究、跨语际变异研究、跨文化变异研究、跨文明变异研究、文学的他国化研究等方面。比较文学变异学所发现的文化创新规律、文学创新路径是基于中国所特有的术语、概念和言说体系之上探索出的“中国话语”，作为比较文学第三阶段中国学派的代表性理论已经受到了国际学界的广泛关注与高度评价，中国学术话语产生了世界性影响。

四、国际视野中的中国比较文学

文明之墙让中国比较文学学者所提出的标识性概念获得国际视野的接纳、理解、认同以及运用，经历了跨语言、跨文化、跨文明的多重关卡，国际视野下的中国比较文学书写亦经历了一个从“遍寻无迹”“只言片语”而“专篇专论”，从最初的“话语乌托邦”至“阶段性贡献”的过程。

二十世纪六十年代以来港台学者致力于从课程教学、学术平台、人才培养，国内外学术合作等方面巩固比较文学这一新兴学科的建立基石，如淡江文理学院英文系开设的“比较文学”（1966），香港大学开设的“中西文学关系”（1966）等课程；台湾大学外文系主编出版之《中外文学》月刊、淡江大学出版之《淡江评论》季刊等比较文学研究专刊；后又有台湾比较文学学会（1973 年）、香港比较文学学会（1978）的成立。在这一系列的学术环境构建下，学者前贤以“中国学派”为中国比较文学话语核心在国际比较文学学科理论、方法论中持续探讨，率先启声。例如李达三在 1980 年香港举办的东西方比较文学学术研讨会成果中选取了七篇代表性文章，以 *Chinese-Western Comparative Literature: Theory and Strategy* 为题集结出版，[19]并在其结语中附上那篇“中国学派”宣言文章以申明中国比较文学建立之必要。

学科开山之际，艰难险阻之巨难以想象，但从国际学者相关言论中可见西方对于中国比较文学学科的发展抱有的希望渺小。厄尔·迈纳（Earl Miner）

18 曹顺庆主编《比较文学概论》，高等教育出版社 2015 年版。

19 ***Chinese-Western Comparative Literature***：*Theory & Strategy*, Chinese Univ Pr.1980-6

在 1987 年发表的 *Some Theoretical and Methodological Topics for Comparative Literature* 一文中谈到当时西方的比较文学鲜有学者试图将非西方材料纳入西方的比较文学研究中。（until recently there has been little effort to incorporate non-Western evidence into Western com- parative study.）1992 年，斯坦福大学教授 David Palumbo-Liu 直接以《话语的乌托邦：论中国比较文学的不可能性》为题（*The Utopias of Discourse: On the Impossibility of Chinese Comparative Literature*）直言中国比较文学本质上是一项“乌托邦”工程。（My main goal will be to show how and why the task of Chinese comparative literature, particularly of pre-modern literature, is essentially a *utopian* project.）这些对于中国比较文学的诘难与质疑，令美国加州大学圣地亚哥分校文学系主任张英进教授在其 1998 编著的 *China in a polycentric world: essays in Chinese comparative literature* 前言中也不得不承认中国比较文学研究在国际学术界中仍然处于边缘地位（The fact is, however, that Chinese comparative literature remained marginal in academia, even though it has developed closely with the rest of literary studies in the United Stated and even though China has gained increasing importance in the geopolitical world order over the past decades.）。[20]但张英进教授也展望了下一个千年中国比较文学研究的蓝景。

新的千年新的气象，“世界文学”“全球化”等概念的冲击下，让西方学者开始注意到东方，注意到中国。如普渡大学教授斯蒂文 · 托托西（Tötösy de Zepetnek, Steven）1999 年发长文 *From Comparative Literature Today Toward Comparative Cultural Studies* 阐明比较文学研究更应该注重文化的全球性、多元性、平等性而杜绝等级划分的参与。托托西教授注意到了在法德美所谓传统的比较文学研究重镇之外，例如中国、日本、巴西、阿根廷、墨西哥、西班牙、葡萄牙、意大利、希腊等地区，比较文学学科得到了出乎意料的发展（emerging and developing strongly）。在这篇文章中，托托西教授列举了世界各地比较文学研究成果的著作，其中中国地区便是北京大学乐黛云先生出版的代表作品。托托西教授精通多国语言，研究视野也常具跨越性，新世纪以来也致力于以跨越性的视野关注世界各地比较文学研究的动向。[21]

20 Moran T . Yingjin Zhang, Ed. China in a Polycentric World: Essays in Chinese Comparative Literature[J].现代中文文学学报,2000,4(1):161-165.

21 Tötösy de Zepetnek, Steven. "From Comparative Literature Today Toward Comparative Cultural Studies." CLCWeb: Comparative Literature and Culture 1.3 (1999):

以上这些国际上不同学者的声音一则质疑中国比较文学建设的可能性，一则观望着这一学科在非西方国家的复兴样态。争议的声音不仅在国际学界，国内学界对于这一新兴学科的全局框架中涉及的理论、方法以及学科本身的立足点，例如前文所说的比较文学的定义，中国学派等等都处于持久论辩的漩涡。我们也通晓如果一直处于争议的漩涡中，便会被漩涡所吞噬，只有将论辩化为成果，才能转漩涡为涟漪，一圈一圈向外辐射，国际学人也在等待中国学者自己的声音。

上海交通大学王宁教授作为中国比较文学学者的国际发声者自 20 世纪末至今已撰文百余篇，他直言，全球化给西方学者带来了学科死亡论，但是中国比较文学必将在这全球化语境中更为兴盛，中国的比较文学学者一定会对国际文学研究做出更大的贡献。新世纪以来中国学者也不断地将自身的学科思考成果呈现在世界之前。2000 年，北京大学周小仪教授发文（*Comparative Literature in China*）[22]率先从学科史角度构建了中国比较文学在两个时期（20 世纪 20 年代至 50 年代，70 年代至 90 年代）的发展概貌，此文关于中国比较文学的复兴崛起是源自中国文学现代性的产生这一观点对美国芝加哥大学教授苏源熙（Haun Saussy）影响较深。苏源熙在 2006 年的专著 *Comparative Literature in an Age of Globalization* 中对于中国比较文学的讨论篇幅极少，其中心便是重申比较文学与中国文学现代性的联系。这篇文章也被哈佛大学教授大卫·达姆罗什（David Damrosch）收录于《普林斯顿比较文学资料手册》（*The Princeton Sourcebook in Comparative Literature*，2009[23]）。类似的学科史介绍在英语世界与法语世界都接续出现，以上大致反映了中国学者对于中国比较文学研究的大概描述在西学界的接受情况。学科史的构架对于国际学术对中国比较文学发展脉络的把握很有必要，但是在此基础上的学科理论实践才是关系于中国比较文学学科国际性发展的根本方向。

我在 20 世纪 80 年代以来 40 余年间便一直思考比较文学研究的理论构建问题，从以西方理论阐释中国文学而造成的中国文艺理论“失语症”思考

---

22 Zhou, Xiaoyi and Q.S. Tong, “Comparative Literature in China”, Comparative Literature and Comparative Cultural Studies, ed., Totosy de Zepetnek, West Lafayette, Indiana: Purdue University Press, 2003, 268-283.

23 Damrosch, David (EDT)***The Princeton Sourcebook in Comparative Literature***: Princeton University Press

属于中国比较文学自身的学科方法论，从跨异质文化中产生的“文学误读”“文化过滤”“文学他国化”提出“比较文学变异学”理论。历经 10 年的不断思考，2013 年，我的英文著作：*The Variation Theory of Comparative Literature*（《比较文学变异学》），由全球著名的出版社之一斯普林格（Springer）出版社出版，并在美国纽约、英国伦敦、德国海德堡出版同时发行。*The Variation Theory of Comparative Literature*（《比较文学变异学》）系统地梳理了比较文学法国学派与美国学派研究范式的特点及局限，首次以全球通用的英语语言提出了中国比较文学学科理论新话语：“比较文学变异学”。这一新概念、新范畴和新表述，引导国际学术界展开了对变异学的专刊研究（如普渡大学创办刊物《比较文学与文化》2017 年 19 期）和讨论。

欧洲科学院院士、西班牙圣地亚哥联合大学让·莫内讲席教授、比较文学系教授塞萨尔·多明戈斯教授（Cesar Dominguez），及美国科学院院士、芝加哥大学比较文学教授苏源熙（Haun Saussy）等学者合著的比较文学专著（Introducing Comparative literature: New Trends and Applications[24]）高度评价了比较文学变异学。苏源熙引用了《比较文学变异学》（英文版）中的部分内容，阐明比较文学变异学是十分重要的成果。与比较文学法国学派和美国学派形成对比，曹顺庆教授倡导第三阶段理论，即，新奇的、科学的中国学派的模式，以及具有中国学派本身的研究方法的理论创新与中国学派”（《比较文学变异学》（英文版）第 43 页）。通过对“中西文化异质性的“跨文明研究”，曹顺庆教授的看法会更进一步的发展与进步（《比较文学变异学》（英文版）第 43 页），这对于中国文学理论的转化和西方文学理论的意义具有十分重要的价值。（“Another important contribution in the direction of an imparative comparative literature-at least as procedure-is Cao Shunqing’s 2013 *The Variation Theory of Comparative Literature*. In contrast to the“French School”and“American School”of comparative Literature, Cao advocates a “third-phrase theory”, namely, “a novel and scientific mode of the Chinese school,” a “theoretical innovation and systematization of the Chinese school by relying on our *own* methods” (*Variation Theory* 43; emphasis added). From this etic beginning, his proposal moves forward emically by developing a “cross-civilizaional study on the heterogeneity between

24 Cesar Dominguez,Haun Saussy,Dario Villanueva Introducing Comparative literature: New Trends and Applications，Routledge,2015

Chinese and Western culture” (43), which results in both the foreignization of Chinese literary theories and the Signification of Western literary theories.）

法国索邦大学（Sorbonne University）比较文学系主任伯纳德·弗朗科（Bernard Franco）教授在他出版的专著（《比较文学：历史、范畴与方法》）*La littératurecomparée: Histoire, domaines, méthodes* 中以专节引述变异学理论，他认为曹顺庆教授提出了区别于影响研究与平行研究的“第三条路”，即“变异理论”，这对应于观点的转变，从“跨文化研究”到“跨文明研究”。变异理论基于不同文明的文学体系相互碰撞为形式的交流过程中以产生新的文学元素，曹顺庆将其定义为“研究不同国家的文学现象所经历的变化”。因此曹顺庆教授提出的变异学理论概述了一个新的方向，并展示了比较文学在不同语言和文化领域之间建立多种可能的桥梁。（Il évoque l’hypothèse d’une troisième voie, la « théorie de la variation », qui correspond à un déplacement du point de vue, de celui des « études interculturelles » vers celui des « études transcivilisationnelles . » Cao Shunqing la définit comme « l’étude des variations subies par des phénomènes littéraires issus de différents pays, avec ou sans contact factuel, en même temps que l’étude comparative de l’hétérogénéité et de la variabilité de différentes expressions littéraires dans le même domaine ».Cette hypothèse esquisse une nouvelle orientation et montre la multiplicité des passerelles possibles que la littérature comparée établit entre domaines linguistiques et culturels différents.）[25]。

美国哈佛大学（Harvard University）厄内斯特·伯恩鲍姆讲席教授、比较文学教授大卫·达姆罗什（David Damrosch）对该专著尤为关注。他认为《比较文学变异学》（英文版）以中国视角呈现了比较文学学科话语的全球传播的有益尝试。曹顺庆教授对变异的关注提供了较为适用的视角，一方面超越了亨廷顿式简单的文化冲突模式，另一方面也跨越了同质性的普遍化。[26]国际学界对于变异学理论的关注已经逐渐从其创新性价值探讨延伸至文学研究，例如斯蒂文·托托西近日在 *Cultura* 发表的（Peripheralities: "Minor" Literatures, Women's Literature, and Adrienne Orosz de Csicser's Novels）一文中便成功地将变异学理论运用于阿德里安·奥罗兹的小说研究中。

25 Bernard Franco La litt é raturecompar é e: Histoire, domaines, m é thodes，Armand Colin 2016.

26 David Damrosch Comparing the Literatures,Literary Studies in a Global Age,Princeton University Press,2020.

国际学界对于比较文学变异学的认可也证实了变异学作为一种普遍性理论提出的初衷，其合法性与适用性将在不同文化的学者实践中巩固、拓展与深化。它不仅仅是跨文明研究的方法，而是一种具有超越影响研究和平行研究，超越西方视角或东方视角的宏大视野、一种建立在文化异质性和变异性基础之上的融汇创生、一种追求世界文学和总体问题最终理想的哲学关怀。

以如此篇幅展现中国比较文学之况，是因为中国比较文学研究本就是在各种危机论、唱衰论的压力下，各种质疑论、概念论中艰难前行，不探源溯流难以体察今日中国比较文学研究成果之不易。文明的多样性发展离不开文明之间的交流互鉴。最具“跨文明”特征的比较文学学科更需要文明之间成果的共享、共识、共析与共赏，这是我们致力于比较文学研究领域的学术理想。

千里之行，不积跬步无以至，江海之阔，不积细流无以成！如此宏大的一套比较文学研究丛书得承花木兰总编辑杜洁祥先生之宏志，以及该公司同仁之辛劳，中国比较文学学者之鼎力相助，才可顺利集结出版，在此我要衷心向诸君表达感谢！中国比较文学研究仍有一条长远之途需跋涉，期以系列丛书一展全貌，愿读者诸君敬赐高见！

曹顺庆

二零二一年十月二十三日于成都锦丽园

目次

导　论

一、问题的由来及研究的意义

在整个人类社会发展史上，文化与艺术等精神文明之所以能始终伴随着物质文明的进化而不断地更新和繁荣，仰赖于各国文明的交流与融汇，互相吸取有利于自身文明生生不息的文化精华，在这样一个过程中，翻译活动无疑起到了举足轻重的作用，中国也不例外。季羡林先生曾认为，无论从翻译作品的数量还是影响看，亦或是从翻译史的长短看，中国都是世界之“最”[1]。追溯中国翻译史，从东汉初年印度佛教传入中国之后的一千年间，中国僧人和印度僧人翻译了大量佛典，对异域文明的吸收助中华文化走向包容与多样化，使文明摆脱单调，走向繁荣。从晚清的洋务运动和1919年的“五四新文化运动”，一直到今天的改革开放，中国人翻译了大量西方书籍，从中借用西方先进理论来指导社会与文化活动，对中国革命的最终胜利、中国社会的现代化进程都产生了深远的影响，中华文化之所以长葆青春，就是因为有海纳百川的雅量，将多种国别的文化精髓译介吸取过来，不断更新和丰富自己。比如近代对卢梭等法国启蒙思想的译介给中国人带来民主自由的启蒙精神，最终引导中国人民摆脱了几千年的封建制度，易卜生的《玩偶之家》对于中国妇女解放运动的影响，鲁迅等有关马克思主义理论的译介对中国道路的选择也起了重要作用，现代一些重要的翻译家对西方文学的大量译介对中国文

1　季羡林著，林煌天编：《序·中国翻译词典》，武汉：湖北教育出版社，1997年版，第1页。

化和文学的现代性进程以及现代文学经典的形成也做出了重要贡献。西方翻译理论家苏珊·巴斯奈特[2]和安德烈·勒菲弗尔[3]将中国翻译史总结成三个发展阶段：从公元2世纪到6世纪的古佛经翻译，16世纪开始的基督教经典翻译以及明末清初的科学翻译，到19世纪的大规模的西学翻译，虽然在翻译实践过程中出现了不少零星的翻译言论，但上升到理论高度的言论可以概括为以下六类学说：一是古代佛经翻译肇始的“文质说”，东汉末年支谦是史上最早写过类似佛经翻译理论的文章，是中国传统翻译理论的开山之祖，他的《法句经序》记载了公元3世纪的一场就“文质”展开的论争；东晋道安代表质，倾向于直译，在他佛经序文《摩诃钵罗若波罗蜜经钞序》里提出“五失本”、“三不易”之说，欲纠正三国以来的华而不实的译风；鸠摩罗什代表文，倾向于意译，是中国译论史上最早提出要注重原文的文辞与语趣的译者；慧远提出“以裁厥中”说，强调要重视原文的风格;二是近代严复提出的译事三难“信、达、雅”说，此说吸收了中国传统佛经译论的精髓，是中国翻译史上首个翻译标准；三是始于明末清初的“直译与意译说”，鲁迅一生大部分时间与其弟周作人都主张“直译”的翻译策略，这也是本文要讨论的重点；四是朱光潜的“翻译艺术论”，他提倡文从字顺的直译，将中国传统儒家思想融入翻译理论，得出“从心所欲，不逾矩”的道理；五是傅雷的“神似说”，将中国传统画论的内涵“化为我有”转换为翻译中的“形神兼备”；六是钱钟书提出的“化境论”，强调翻译不能过于拘泥于原文的字面含义，应努力传达原作精髓与神韵，尽量做到“形神兼备”。从这一客观概括中，我们大致可以看出中国翻译理论发展的脉络与走向。

中国当代翻译研究于20世纪70-80年代开始起步，1980年代末，谭载喜等学者声称“必须建立翻译学”[4]，理由是打破权威人士提出的翻译原则与标准所带来的教条主义，以推动翻译界产生系统的翻译理论。90年代翻

2 苏珊·巴斯奈特：现任英国沃里克大学比较文学教授，翻译与比较文化研究中心主任，是一位享誉世界的翻译理论家，翻译研究文化学派的主要代表人物之一，一生著述甚丰，专著与编著多达40多部。此总结出现在其论文集《文化构建》中第一篇《中西翻译思想比较》中。

3 安德烈·勒菲弗尔出生于比利时，在安特卫普大学任教数年后于1984年移居美国，任得克萨斯大学奥斯汀分校日尔曼学系教授，1996年白血病突发去世，翻译研究文化学派的主要代表人物之一。

4 谭载喜：《必须建立翻译学》，《中国翻译》，1987年第3期。

译领域的学者在继承和发扬前人翻译理论与实践的基础上对中国现代翻译理论进行了系统化梳理，1991 年刘宓庆出版《现代翻译理论》[5]，标志着中国现代翻译理论体系正式建立，终结了传统译论的时代，迎来了一个翻译理论体系化的新时代。2004 年上海外国语学院正式设立独立的翻译学研究生学位点（包括硕士学位与博士学位），标志翻译学在中国已经成为一门独立的学科[6]。21 世纪初进入了全面建设的黄金时期，翻译体系日趋成熟和科学[7]。在不长的时间内取得了不菲的成就，除了不断挖掘传统译学的精华以外，还广泛引入了国外译学理论新成果。中国自 20 世纪 50 年代以来就开始从西方引介翻译理论，20 世纪 80 年代则进入了译介高峰期，比如张美芳对赫曼斯的翻译学定义的引进与创新性阐释[8]，王东风对韩礼德的功能观与德国功能观的批判性吸收与借鉴，李和庆等学者也专门编著书籍[9]探讨 70 年代后西方翻译研究的八大研究方法，并对西方多个翻译理论学派的经典论著及其重要翻译理论家的理论进行了概述，21 世纪初香港学者张南峰是将西方多元系统论引入中国的功臣。在西方翻译理论研究完成文化转向之后，国内也普遍接纳了西方解构主义、女性主义和后殖民主义等后现代翻译理论的内核，并在继承中国传统翻译理论的基础上，对西方理论进行借鉴和改良后，提出了具有中国自己特色的翻译理论，比如翻译生态学、变译理论、和合翻译以及翻译和谐论、会通论等，有蓬勃发展之势头，甚至有人认为 20 世纪是中国从事翻译实践的世纪，而 21 世纪则是中国翻译理论研究的世纪[10]。但是很多学者在对西方翻译理论的吸收与利用上，缺少批判性与创新性，这是与过于依附西方理论，对本土译论资源的利用与发掘不够有关。只有立足中国本土几千年宝贵的译论资源和翻译实践，充分考虑汉语语言的独特性，吸取西方译论精华，才有可能形成严谨而完整的理论体系。到目前为止，对本土

5 刘宓庆：《现代翻译理论》，南昌：江西教育出版社，1991 年版。

6 田雨：《翻译学学科建设的新起点——2004 年中国译坛综述》，《中国翻译》，2005 年第 2 期。

7 许钧：《切实加强译学研究和翻译学科建设》，《中国翻译》，2001 年第 1 期。

8 张美芳：《翻译研究的功能途径》，上海：上海外语教育出版社，2005 年版，第 5-9 页。

9 李和庆，黄皓，薄振杰编著：《西方翻译研究方法论：70 年代以后》，北京：北京大学出版社，2005 年版。

10 郭建中：《中国翻译界十年（1987-1997）：回顾与展望》，《外国语》，1999 年第 6 期。

译论的研究，有刘宓庆对墨家思想中的“原察”以及提倡逻辑思维、重视推理和功效的观点的挖掘，陈西滢对“案本”“求信”“神似”“化境”等译论的探讨，穆雷对中国早期翻译标准即“直译”与“意译”之争进行了总结，陈福康将马建中的“善译”翻译标准，严复的“信、达、雅”以及鲁迅的“直译”、傅雷的“重神似不重形似”以及钱钟书的“化境”等翻译理论进行了一一梳理[11]。与此同时，西方翻译理论史也有其独特的演化脉络与高潮[12]，20 世纪下半叶以来，西方翻译理论界出现了多种流派并存、百家齐放的繁荣局面，比如翻译科学派、文艺派、阐释学派、多元系统派、解构主义学派、后殖民主义学派、女性主义学派等，这些流派的体系借鉴了很多其他学科的研究成果，并从 20 世纪 5、60 年代的文艺学视角转到了语言学视角，而 20 世纪 70 年代又出现了文化学视角，此即当代西方译论的两大转向——语言学转向和文化学转向。中西方翻译标准所经历的路径有很多相似之处，比如语言学派的翻译理论颇类似于中国现代翻译家梁实秋一脉所遵循的标准，这一派对于复杂时代所产生的复杂翻译现象，未免失之于无力，而鲁迅则作为中国早期文化学派的代表，他独特的翻译思想几乎囊括了当今译论所有重要的方面，包括对翻译本质问题的论述，翻译的功能问题，文化翻译问题，翻译批评问题[13]等。鲁迅是中国译论史上最早实践文化翻译的先驱，他虽然没有明确提出“文化翻译”的概念，但他从文化高度来进行翻译实践与批评整整比西方文化翻译理论早了 60 年。故有学者认为，借鉴西方在翻译理论方面的研究方法来研究国内历史上已有过的重要译论，才是当代国内翻译研究的正途。本文试图超越传统鲁迅翻译研究的视界，把鲁迅时代的社会、历史和意识形态的相关因素纳入研究范围，跳出翻译文本领域来领悟鲁迅的翻译实践与理论，按这条思路，笔者最终发现用翻译操纵理论[14]对鲁迅译论进行重新解读，或许是一条行之有效的途径，这也与翻译理论文化转向的路径并

11 刘鸿宇，付继林：《当代中国翻译研究现状述评》，《第 18 届世界翻译大会论文集》，2009 年。

12 因此文重在研究中国翻译史上的某一个例，故对西方翻译史的具体发展历程不做过多叙述，又由于本文须借鉴其现当代翻译研究方法及理论成果，故着重讨论其现当代的翻译现象与成果。

13 张继文：《当代译论研究视角下的鲁迅翻译思想考察》，《牡丹江师范学院学报（哲社版）》，2010 年第 1 期。

14 详见本文第一章第一节的阐释。

行不悖，期望能够得到某些不期而遇的新观点与新收获。

尽管西方翻译理论早已有大量关于意识形态与翻译之关系的论述，但从意识形态来分析和探讨翻译问题在国内的翻译研究领域还算是一个较为新颖的课题，直到 1990 年代末才开始引起学者们的注意和兴趣。目前国内比较重要的研究成果包括七篇讨论意识形态与翻译的关系的文章，孙艺凤的《翻译研究与意识形态拓展：跨文化对话的空间》，王友贵的《意识形态与 20 世纪中国翻译文学史（1899-1979）》，王东风的《一只看不见的手——论意识形态对翻译实践的操纵》，以及江晓华的《意识形态对翻译的影响：阐发与新思考》，主要从跨文化视角，以严复的翻译为例对意识形态与翻译实践的关系进行讨论。2005 年单继刚在《哲学研究》上发表了《语言、翻译与意识形态》，以马克思的翻译著作为例阐释了意识形态对语言和翻译的操纵。2006 年罗选民的《意识形态与文学翻译——论梁启超的翻译实践》，用意识形态与文学翻译的相互关系分析了在那个特定的社会背景下梁启超的翻译实践。李静的《翻译与意识形态——〈水浒传〉英译本不同书名成因探析》，用勒菲弗尔的理论对《水浒传》的几个不同译本的书名进行案例分析，得出翻译过程受意识形态操纵的结论。这些研究成果为中国翻译研究提供了新方向，拓宽了研究者的视野。但对“意识形态”术语的定义不够清晰，对意识形态如何影响翻译过程所作的分析还不够详尽，而且忽略了翻译对意识形态的反作用。

就国外翻译操纵理论而言，美国翻译理论家安德烈·勒菲弗尔的三因素学说可以为我们研究鲁迅的翻译理论与实践提供理论框架，帮助我们从历史的角度探究鲁迅的翻译模式存在的合理性与必要性。勒菲弗尔的理论主要是用一系列概念来分析外在因素对文学翻译的影响，认为不能仅从译文的忠实与否来评价译者的功过是非，应将译文和译者置于历史和文化的大背景下来加以考察。本文根据他的三因素理论对鲁迅翻译实践与理论进行研究，即从政治动机、社会主流意识形态、伦理道德、译者的个人意识形态和赞助人角度来探讨意识形态对翻译的影响，以及鲁迅的诗学观、读者审美标准和阅读期待如何影响他的翻译活动，以便更清楚地认识鲁迅翻译活动的本质，并从鲁迅的个案深入探讨普通文学翻译活动中作者与译者、原文与译文的关系，对当代翻译理论研究和实践都有重大的意义。本研究进一步发现，与研究意识形态的操纵性相比，研究翻译方法仅属于次要问题，因为翻译策略不过反映了译者意识形态操纵下的应对手段。故而本文将意识形态对鲁迅翻译选材、翻译策略等的操纵放在第一位来进行研究，这样既能把握鲁迅翻译文本的微观价值，又能发掘出鲁迅翻译实践与理论的时代意义，对当代翻译工作者的理论与实践有着不可小觑的借鉴价值与指导意义。

在中国现代文坛，鲁迅因其深刻独立的思想、孤独卓绝的姿态、“甘为孺子牛”的精神和一系列独创性的成就，一直被尊为中国最伟大的“文学家、思想家和革命家”，他的成就主要体现在三方面：文学创作、文学研究与文学翻译，长期以来他在文学创作与文学研究方面的成就一直被高度推崇，研究这两方面的专著与论文不计其数[15]，而他的翻译则相对被边缘化了，他的翻译理论与实践很长时间都没有得到充分的研究[16]，这很不利于全面深刻地理解鲁迅，尤其是理解鲁迅与西方文化之间的关系，对于鲁迅也是很不公正的。迄今为止他的译文集出版过六次，一次是 1938 年出版的《鲁迅全集》[17]。第二次是 1958 年出版的十卷本《鲁迅译文集》[18]，第三次是 2008 年 4 月福建教育出版社出版的 8 卷本《鲁迅译文全集》[19]，第四次是 2011 年 5 月鲁迅博物馆编辑的新版《鲁迅译文全集》，是目前收集最全的一个版本，2013 年底，中央编译出版社编成《鲁迅译文初版精选集》[20]，最近一次是 2014 年

15 据王家平统计，100 多年来，关于鲁迅著述的研究成果十分辉煌，通过国家图书馆文津搜索系统检索，该馆以“鲁迅研究”为主题的藏书有 5000 余部；通过中国知网检索，以“鲁迅”为主题的学术文献有 56200 多篇，以“鲁迅”为主题的硕士、博士学位论文有 1500 多篇；通过国际知名的“亚马逊”检索系统，检索到涉及“Lu Xun”的书籍有 3892 部（多数为鲁迅作品外语译本），国外以鲁迅为研究对象的著作为 120 部左右，文章为 5000 篇左右，硕士、博士论文有 100 篇左右。

16 通过国家图书馆文津搜索系统检索，目前共有鲁迅翻译研究专著 10 部，通过中国知网检索，目前以“鲁迅文学翻译”为主题的学术论文有 389 篇，以“鲁迅文学翻译”为主题的硕士和博士学位论文有 152 篇（其中专门以鲁迅翻译为研究对象的博士学位论文 6 篇），通过国际亚马逊检索系统检索到涉及“Lu Xun’ translation”的书籍有 144 部，基本都是鲁迅作品的外语译本。

17 1938 年，由蔡元培作序的《鲁迅全集》20 卷在上海复刊社刊行，收录了鲁迅创作和翻译的作品 10 卷，各自为 300 多万字。其中第 11~20 卷为鲁迅译作集，但编者对鲁迅译作没做注释。

18 1958 年人民文学出版社刊行的 10 卷本的《鲁迅译文集》仍然没有注释。

19 2008 年北京鲁迅博物馆研究人员编订的《鲁迅译文全集》8 卷本由福建人民出版社出版，除少许译作出版和发表情况说明，仍未对鲁迅译作文本作注释。

20 此版为中央编译出版社从北京鲁迅博物馆馆藏诸多鲁迅译作版本中选取初版本 30 册原样影印编成，仍然没有注释。

同心出版社出版的《鲁迅全集》，收录了其全部译文。中国学界自2005年以后加大了鲁迅翻译研究的力度，出现了不少研究鲁迅翻译的专著与论文，但与汗牛充栋的鲁迅文学创作研究成果相比仍然显得薄弱，与鲁迅一生在翻译上所倾注的心血也很不相称。1958年人民文学出版社所出《鲁迅译文集》虽被学界公认为是最权威的版本，但因《药用植物》一书是自然科学方面的专书[21]而没有收入[22]，且由于时代原因，也没有收入托洛茨基的《亚历山大·勃洛克》一书的译文，且译文部分亦未加注释。而本论文涉及到鲁迅的翻译与鲁迅创作的互文性研究，以及外国文学对鲁迅创作的影响，故使用全集比较适当，同心出版社出版的《鲁迅全集》中的译文部分是目前为止唯一无删改的。本文以同心出版社出版的《鲁迅全集》[23]中收录的鲁迅译文全集为主要研究蓝本，并参考其他全集和选集进行研究[24]。

其实鲁迅本人从文学事业肇始起，就将翻译放在与创作同等的地位加以尊重，他几十年来焚膏继晷，呕心沥血地致力于译介外国文学作品，所译作品卷帙浩繁，并与创作互相影响，相得益彰。他呼吁学界重视翻译的力量，甚至认为翻译对于新文学的发展比创作更有功劳，更有益处，对一些贬低翻译职能的言行予以批评斥责，并长期扶持和培育译界新人。他一生译介了大量外国作家作品，从1903年翻译雨果的短篇小说《哀尘》起，在他漫长的翻译生涯里始终笔耕不辍，到1936年逝世前仍然不改初衷抱病翻译，为了翻译事业可谓“春蚕到死丝方尽”。据不完全统计，在这33年间，他翻译了16个国家[25]110

21 重视自然科学，把自然科学知识当作人性的两翼之一，不可或缺，正是鲁迅思想的特质，不收对于鲁迅研究是不利的。

22 由于时代原因，1958年《鲁迅译文集》的《出版说明》中对于鲁迅的某些译文有不够客观的指责：“这些译文，现在看来，其中有一些已经失去了译者介绍它们时所具有的作用和意义；或者甚至变成为有害的东西了。如厨川白村的文艺论文、鹤见佑辅的随笔、阿尔志跋绥夫的小说，以及收入《文艺政策》一书中的某些发言记录等；我们只把它们作为一种供给研究者参考的资料，收编入这部译文集中，不另单独出版。”

23 此版是以1938年《鲁迅全集》作为底本，尽可能保留原版风貌编辑而成。仅修正了原版中个别错字和标点，其中通假字和鲁迅习惯用字都完全按原版保留，外国人名与地名都保留鲁迅当时的译法。

24 此文集为1938年“鲁迅先生纪念委员会”的编印版，是迄今为止最为权威的“民国版本”，收录了鲁迅先生的全部著作和译作，修复保留了260幅原版插图，并附有鲁迅自传和年谱、译著书目等。

25 这16个国家分别为俄苏、日本、捷克、匈牙利、保加利亚、波兰、罗马尼亚、芬兰、西班牙、奥地利、法国、比利时、荷兰、德国、美国、英国。

位作家的251部作品，总计330多万字[26]。其中俄国与苏联文学作品与文艺理论大约占了全部译作的 59.5%，初步统计为 142 万字，其次为日本近现代文学、日本现代文艺理论和文化理论等，占比为28.3%，大约占68.8万字，第三大板块为荷兰、匈牙利、希腊、芬兰和保加利亚等鲁迅所谓的“弱小民族”文学，占比为8.5%，约20万字，此外，在早期译介的凡尔纳科幻小说以及《译丛补》里的零散翻译作品中，有少量法国作家杂文、随笔（如纪德的《描写自己》）约占总量的3.2%，字数大约为75,000字；以及德国文学如尼采的《查拉图斯特拉如是说·序言》占比最少，近0.5%，大约11,185字[27]。这几大板块可以形象表示为下列比例图：

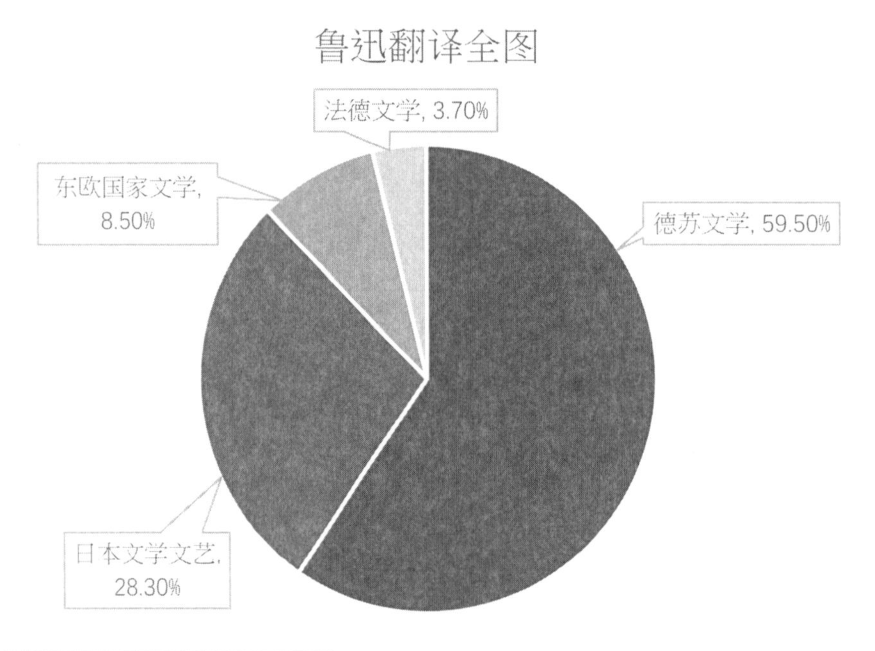

26 学界对鲁迅翻译作品的字数统计根据所依据的翻译或全集的版本不同有所差异，王秉钦认为共有310万字（《20世纪中国翻译思想史》，天津：南开大学出版社，2004年版）。王友贵在他的《翻译家鲁迅》（南开大学出版社，2005年，第301页）中认为共有239万字，孙郁2006年12月5日在中华网新闻发表的《鲁迅首先是位翻译家》中说有500万字，彭定安在中国社会科学出版社2001年出版的《鲁迅学导论》中说有300多万字，顾均在他的专著《鲁迅翻译研究》（2009年福建教育出版社）中说是近300万字。此处字数为《鲁迅全集》（北京：同心出版社，2014年版）的统计数字，也参考了王家平的《〈鲁迅译文全集〉翻译状况与文本研究》（社会科学文献出版社，2018年5月出版）中对《鲁迅译文全集》（福建教育出版社，2009年）的统计字数。

27 王友贵：《鲁迅翻译对中国现代文学史、翻译文学史、中外关系的贡献》，《外国语言文学》，2005年第3期。

其中大部分被编入30部集子出版，还有80篇译作未结集印行。从他的译文和创作的比例来看，他把毕生的大部分精力都投入到翻译事业上，无论从所费的时间，还是从作品的数量上来看，翻译家鲁迅都优先于文学家鲁迅，从鲁迅的翻译实践对他创作的影响来看，没有鲁迅的翻译文学就没有鲁迅的文学创作。因此学者孙郁认为："鲁迅首先是一个翻译家，其次才是作家。"[28]鲁迅的翻译选材与风格受他的"拿来主义"个人意识形态的操纵，因而有着卓绝不群的气派，不仅对中国翻译理论有着创新性的贡献，也是中国现代语言和文化构建的大功臣。[29]在新旧文化交替的年代，不管时代的主流意识如何变迁，他始终如一地坚持"拿来主义"的个人意识形态，并使其见之于译介和写作实践，在这样的翻译实践中，形成了独特的翻译思想和实践策略。由于鲁迅的翻译观散见于其译著的序、跋以及书信里，没有系统论述翻译观的著作，因此翻译界长期以来对鲁迅作为翻译理论家的贡献发掘不够，本研究结合具体的历史背景，用描述法客观评价他在翻译理论上的成就和对现代翻译事业所做出的贡献。

鲁迅最初创作的作品《怀旧》完成于1911年，发表于1913年《小说月报》，而他最早的译文《哀尘》则完成于1903年，从时间上看要早八年，自此鲁迅一直汲汲于文学翻译事业，甚至去世前病重期间还在呕心沥血地从事翻译。鲁迅的翻译涉及面十分广泛，在长达33年的翻译生涯中，"他翻译的文学类别涉及文艺论集（5本）、文艺政策（1本）、美术史专集（1本）、文艺随笔（1本）、杂文集（1本）、童话（5本）、长篇小说（2部）、短篇小说（64篇）、科幻小说（2篇）、中篇小说（2篇）、剧本（2本）、童话剧（1本）、诗歌（10篇）、杂文（20篇）等几乎各种文学体裁"[30]。因为他不懂波兰语、荷兰语，以及他的翻译所涉及的所有欧洲小国语言，他的翻译很多时候都通过转译的方式完成。在多数译文前，他都附有"译者附记"，对所译的外国作家及其作品进行深刻而独到的评论，并写了大量探讨翻译问题的文章，提出了许多富于真知灼见的学术见解，形成了独具特色的翻译思想。鲁迅直接翻译了113篇日语和德语作品，占全部251篇译作的45.02%，其中日语作品为

28 孙郁：《鲁迅首先是翻译家》，《北京日报》，2008年9月27日。孙郁在2015年鲁迅主编《译文》杂志出版80周年际的讲话又提到这一点。研讨会由北京鲁迅博物馆和中国人民大学文学院共同主办。

29 白丹：《鲁迅的翻译思想及其对翻译理论的贡献》，《知识经济》，2010年第18期。

30 同上。

112 篇，德语作品只有一篇《察拉图斯忒拉》，另外 54.98%是从日语或德语转译的其他欧洲小语种文学作品。大量的翻译实践促进了鲁迅对翻译的思考，他把自己的译作定位为可以超越的“中间物”，是无限进化链条中的一环，为重译提供了理论基础，使译文有了不断出新的可能。通过不断的总结和反思，与一些重要作家和翻译家（尤其是与郭沫若与梁实秋）的激烈论争，不同意识形态的交锋碰撞出很多重要的翻译观点。虽然他的译作受到的关注与他的努力和付出极不匹配，但他的心血不会付之东流，他的译作的价值必定会得到公正的评价，这些作品里有些生硬的行文因其包涵了新的语言元素，而对汉语白话的进化和发展产生了重大的影响，和他的创作一样在中国现代文学史、翻译文学史上占据重要的位置。所以在研究鲁迅的文艺思想及其社会意义时，需要将其翻译观作为研究的重要组成部分，因为他的文艺观和他的翻译观是密不可分的整体。

鲁迅的翻译思想，散见于他的译文集的序跋、杂文集和书信集中。主要包括：早期的《月界旅行 · 弁言》（1903）、《域外小说集 · 序》（1909）、《译了〈工人绥惠略夫〉之后》（1921）、《〈战争中的威尔珂〉译后记》（1921）、《〈一个青年的梦〉译者序》（1922）、《〈爱罗先珂童话集〉序》（1921）等。后期有《“硬译”与“文学的阶级性”》（1930）、《关于翻译的通信》（1931）、《几条“顺”的翻译》（1931）、《风马牛》（1931）、《再来一条“顺”的翻译》（1932）、《祝中俄文字之交》（1932）、《为翻译辩护》（1933）、《关于翻译》（上）（下）（1933）、《论重译》（1934）、《再论重译》（1934）、《题“未定”草》（1935）、《非有复译不可》（1935）等。本文将结合这些文本对其翻译思想及文化和社会缘由、对翻译事业的贡献和指导意义进行详细阐发，希望能细致深入地考察前人尚未深入阐释过的思想，理解和认识鲁迅在翻译理论方面所做出的重大革新，以及鲁迅如何将其理论付诸于实践，从翻译实践和理论的角度探究鲁迅对我国翻译事业的贡献和现实指导意义，希望此研究在继承和发扬我国的优秀翻译传统，对于推进我国翻译学科的发展和繁荣有一定的价值与意义。

鲁迅在 20 世纪 30 年代曾明确提出了“归化”翻译的概念，但那已是他早期翻译实践中坚持的策略了，他提出这个概念的目的是将其作为反面教材，为论证他的“直译”理论而服务的。他于 1935 年提出“保存洋气”的翻译方法，强调保留原文的异国情调和风味，原因是这种翻译方法可以增加本国语言的表达方式。也许是因为过于超前于时代[31]，背逆了主流翻译理念，虽然有一些同道者支持，但自提出以来一直都受到批评与指责，很多学者都发表过轻视鲁迅翻译工作及其理论的言论，尤其是对其“硬译”理论进行非议和诟病，认为他的译风让读者失望，语句不通之处过于生硬、艰涩等[32]，虽然在当代很多翻译教材里能读到对他的翻译理论与实践的溢美之辞，比如张培基说“鲁迅是翻译工作上理论与实践相结合的典范”[33]，庄绎传也这样介绍鲁迅的翻译理论：“鲁迅对翻译工作的态度是极其严肃认真的。”[34]但是由于他的译文严格采用了“直译”的策略，从读者接受角度看一直都不够理想，直到当今仍然不难听到非议与不解，比如学者罗长斌就在文章《鲁迅的翻译地位之反思和归位》里就对鲁迅的翻译文字提出了批评，认为他的译文似乎改变了原作的风格，而且太难读懂[35]。但就翻译理论来说，虽然中国翻译史上佛经翻译时代也曾广泛使用过“直译”的策略，然而是鲁迅使“直译”作为一种观念形态登上中国翻译文化的历史舞台，可谓有里程碑的意义，故而王秉钦将他尊为“中国翻译理论的奠基者”[36]。可见只有从文化翻译的角度来分析，才能看到鲁迅翻译理论与实践的真正价值。直到 20 世纪 80 年代末期苏珊·巴斯奈特和安德烈·勒菲弗

---

31 西方“异化”翻译的概念最早由美国翻译理论家劳伦斯·韦努蒂在他 1995 年的专著《译者的隐身》(*The Translator's Invisibility*)一书中提出。从历史上看，异化和归化可以视为直译和意译的概念延伸，但又不完全等同于直译和意译。有学者如南京大学崔永禄、周馥郁等认为鲁迅提出的“保存洋气”就是异化策略，“洋气”和“异国情调”是异化的另一种表述，认为鲁迅比韦努蒂之前六十年就提出了这个问题。但学者李田心则认为鲁迅的“保存洋气”与韦努蒂的“异化”并非一回事，而是一种独立的翻译理论。

32 鲁迅对“硬译”策略的选择曾受到当时知识界的广泛批评，代表人物有梁实秋等“新月派”文人，并与之进行了长达八年的翻译论战。赵景深甚至鲁迅的朋友瞿秋白对鲁迅的“直译”、“硬译”都颇有微词。钱基博甚至批评过鲁迅的白话直译方式，认为鲁迅“摹欧文以国语”、“鹦鹉之学舌，托于象胥，斯为作俑”，其“欧化的国语文……字句格磔”，“生吞活剥”。当代学者李欧梵也在他的《铁屋中的呐喊》里对鲁迅的“硬译”理论进行了批评，声言他的这种译风让消费者觉得失望，疏远了他的读者，称他主要通过一些“三流”日文译本来转译欧洲文学作品和理论。当酝酿再版《鲁迅译文集》时，于宗瀚提出疑义：“鲁迅先生的译著是从来不为民众所接受的。他的译笔十分不畅，……是没有研究价值的”。

33 张培基：《英汉翻译教程》，上海：上海外语教育出版社，2010 年版，第 4、5 页。

34 庄绎传：《英汉翻译简明教程》，北京：外语教学与研究出版社，2005 年版，第 126 页。

35 罗长斌：《鲁迅的翻译地位之反思和归位》，《陕西教育·高教》，2013 年第 5 期。

36 王秉钦：《20 世纪中国翻译思想史》，天津：南开大学出版社，2004 年版，第 110 页。

尔的文化翻译学派在他们的《文化构建——文学翻译论集》一书里宣告“文化转向”，对翻译研究提供了一个新的视角，中国学者在借此视角对中国翻译史进行重新审视与评价之后，这种批评的声音才少了很多。所以我们可以看到，鲁迅主张的“直译”理论及其实践，其方法论意义还属其次，在那个封建传统习惯仍然顽固，民族自大心理占据社会主流的时代，鲁迅用“直译”引入了西方理性思维和外来的异质文化，带来了全新的认识世界的方式，可谓在颠覆中国旧的封建文化和体制方面功不可没。所以要考查鲁迅的翻译，必须超越“直译”与“意译”之争，将其放在社会文化与社会政治的背景下，从意识形态的角度进行分析与评论。

鲁迅本人从未将自己的翻译定位为最完美的译文，他从不放弃在翻译实践中超越自己，他中后期坚持的硬译观及其实践是对他前期意译实践的反拨与颠覆，也是对彼时任意删改原文的主流译风的扬弃与超越，他提倡的“直译”旨在为中国输入原质原味的异域文化，以给翻译赋予救亡图存的伟大使命，使翻译文学引领着中国新时代的新文化建设。他甚至以现代普罗米修斯来自喻，认为他的翻译事业好比普罗米修斯盗取天火给人间一样，具有十分重要的译介内涵与意义。虽然近年来有不少学者以不同的方法从各种角度对鲁迅的翻译思想进行了探索与阐释，但对他到底是不是翻译理论家一直没有达成统一的认识，普通文献只将他作为文学翻译家对待。从迄今所取得的鲁迅翻译理论的研究成果来看，多数论文和论著都致力于梳理和评介他的翻译工作，对于其理论的研究缺少创新佳作，从数量上来看，鲁迅翻译理论研究的成果在整个鲁迅研究的成果中占比很小，通过国家图书馆文津搜索系统等多个系统检索，目前共有鲁迅翻译研究专著10 部，通过中国知网检索，目前以“鲁迅文学翻译”为主题的学术论文有 389 篇，以“鲁迅文学翻译”为主题的硕士和博士学位论文有 152 篇（其中专门以鲁迅翻译为研究对象的博士学位论文 6 篇），通过国际亚马逊检索系统检索到涉及“Lu Xun' translation”的书籍有 144 部，基本都是鲁迅作品的外文译本。国外研究鲁迅翻译的有日本学者志贺正年 1870 年出版的专著《鲁迅翻译研究》，以鲁迅翻译为研究对象的博士论文中有一部[37]。从质量上虽然出现了冯玉文的专著《鲁迅翻译思想研究》（中国社会科学出版社 2015 年版），学者王家平的专著《〈鲁迅译文全集〉翻译状况与文本研究》（社会科学文献出版社 2018 年版）

37 见第 14 页所述瑞典学者 Lundberg 的博士论文 *Lu Xun as a Translator: Lu Xun's Translation and Introduction of Literature and Literary Theory*。

等力作，但对于鲁迅的翻译实践与社会意识形态之间的关系却很少有人深入探索过，本文拟以文化翻译理论为基础，应用勒菲弗尔和巴斯奈特的翻译操纵理论来分析讨论鲁迅的翻译实践，具体是从意识形态、诗学及赞助人对翻译活动的操纵方面对鲁迅的翻译观及翻译实践和效果进行再评估，这就需要建立在细读文本以及历史资料的基础之上，从意识形态操纵的视角对其翻译理论与实践进行独到的创造性分析与批判性反思，并展现出他的翻译活动与社会政治之间的关系，以及他的翻译实践对意识形态转型与文化交流的影响，发掘他在翻译理论方面所做出的贡献及其意义，深入认识他在中国翻译理论史上的地位，只有这样才能发挥出鲁迅翻译理论对当代翻译界翻译实践的指导意义。

二、研究现状

（一）鲁迅翻译研究历史概述

1926年台静农编著了《关于鲁迅及其著作》[38]一书，其中景宋撰写的《鲁迅先生撰译书录》一节对鲁迅的译作进行了介绍，是最早研究鲁迅翻译的著作，迄今为止对鲁迅的翻译研究已逾90年。李长之开系统研究鲁迅翻译的先河，他1935年开始在《益世报》副刊连载《鲁迅批判》[39]，1936年9月出版全书，该书是鲁迅研究史上第一部体系性的专著，其中第三部分"批判十"对鲁迅著译工作进行了总检讨，对鲁迅译著进行了开拓性分析，认为鲁迅所翻译的俄国爱罗先珂童话剧《桃色的云》、阿尔志跋绥夫的《工人绥惠略夫》、厨川白村的《苦闷的象征》等都蕴涵着对一种空洞的新文明的信仰与向往，和对旧体制旧观念的否定和离弃[40]。早在1939年唐弢就提出尼采的"超人"概念和形象对鲁迅思想的影响，后世如乐黛云等学者多采用此论，唐弢在《论鲁迅作品与外国文学的关系》[41]一文中探讨过《野草》与《小约翰》的互文关系，开始研究翻译文学对中国现代文学的影响与作用。随后历史学家李季在鲁迅研究上也取得了丰硕成果，他于1952年在《翻译通报》上发表的《鲁迅对于翻译工作的贡献》一文中总结了鲁迅在翻

38 台静农：《关于鲁迅及其著作》，上海：开明书店，1926年版。

39 李长之：《鲁迅批判》，北京：北京出版社，2003年版，第173-174页。

40 郜元宝，李书：《李长之批评文集》，珠海：珠海出版社，1998年版，第19页。

41 王瑶：《论鲁迅作品与外国文学的关系》，原载《鲁迅研究》第1期（1980年12月），见《王瑶全集》第6卷，河北教育出版社，2000年，第228页。后来王瑶进一步把鲁迅与外国文学的关系扩展到整个中国现代文学与外国文学的关系，写成长文《现代文学所受外国文学的影响》。

译界的17年所做的贡献，并在他对鲁迅翻译进行本体研究的专著《鲁迅传统汉语翻译文体论》中对鲁迅在1903到1918年间的翻译文本的文体状况进行了考察，是从语言文体入手考察鲁迅翻译的奠基之作，但却没有涉及鲁迅的意译思想。许广平也写有《鲁迅与翻译》[42]一文，将鲁迅的翻译理论归结为五点，包括“易解与风姿兼顾”“保存洋气”“反对宁顺而不信”“提倡硬译”“重译和复译”，并用第一手资料说明鲁迅对翻译工作的态度。从50年代到70年代，一些期刊上开始发表有关鲁迅翻译的文章，学者刘半溪于1954年撰写了《鲁迅介绍世界文艺的成绩》，曹未风于1965年发表了《鲁迅先生和外国文学》，余石1959年撰写的《关于〈鲁迅译文集〉》，概括性地介绍了鲁迅的翻译活动，肯定了鲁迅对输入外国文学方面的贡献。福建师范大学中文系李万钧教授于1977年编辑了《鲁迅论外国文学》的文集，收录了鲁迅论述翻译及外国文学的文章和散论，为读者展示了鲁迅与外国文学的关系。茅盾为此书写了一篇题为《向鲁迅学习》的序言，是一篇非常重要的研究鲁迅文学翻译的论文，它首次结合鲁迅文学翻译的政治与意识形态背景，从文化翻译的高度，通过梳理鲁迅的翻译历程，论述了鲁迅与外国文学的关系，深刻分析了鲁迅的翻译实践在整个翻译文学史上的地位以及对中国现代文学的价值所在。1980年王瑶撰写了一篇论述鲁迅与外国文学关系的长文《论鲁迅作品与外国文学的关系》，从鲁迅的翻译思想、翻译与写作实践中体现的精神、翻译作品对其创作的小说的影响方面来探讨鲁迅与外国文学的关系，实际上已经是在用比较文学的研究方法研究鲁迅的翻译实践了。1981年后鲁迅翻译方面的研究成果日渐增多，但1983年的《鲁迅研究学术论著资料汇编》中尚未出现“专题性”鲁迅翻译研究。

自21世纪以来，鲁迅翻译研究日益受到重视。国内鲁迅研究的最高级别机构鲁迅博物馆2013年编辑出版的《鲁迅翻译研究论文集》[43]（春风文艺出版社）

42 许广平：《鲁迅的写作和生活》，上海文化出版社，2006年7月。《鲁迅与翻译》为其中第一部分。

43 这二十篇论文分别为《翻译与独创性》、《重估作为翻译家的鲁迅》、《周氏兄弟早期著译与汉语现代书写语言》、《翻译主体的身份和语言问题》、《以鲁迅与梁实秋的翻译论争为中心》、《“略参己见”：鲁迅文章中的“作”“译”混杂现象》、《以〈凯绥·珂勒惠支版画选集〉序目》为中心、《翻译与鲁迅的阶级之“眼”》，《在自由主义文学与政党文学以外》、《翻译自主与现代性自觉》、《以北京时期的鲁迅为例》、《鲁迅的两篇早期译作》、《鲁迅早期三部译作的翻译意图》、《民元前鲁迅的翻译活动》、《兼论晚清的意译风尚》、《鲁迅〈造人术〉的原作》。

收录的20篇研究鲁迅翻译的论文中，只有3篇于上世纪90年代发表，其他17篇论文都是2000年后所取得的成果。然而2004年前鲁迅翻译研究的不足仍然相当明显，其数量和地位与整个鲁迅研究成果都不成比例，自2004年开始有了很大的改观，比如单2004年一年就有8篇关于鲁迅翻译的论文发表，2005年则超过了13篇，且出现了工具书一部，国内外期刊文章总量达218篇，国外达25篇。2005年前的鲁迅翻译研究主要是结合历史背景对鲁迅翻译理论与实践观念进行探讨，将鲁迅与同时代翻译家进行比较研究，包括与周作人、郁达夫以及丰子恺的翻译观比较，以及对鲁迅具体译作的分析与考订，甚至出现了鲁迅译文与原作文本的比较考较。2005年之前只有三部专著：一部是日本志贺正年于1970年出版的《鲁迅翻译研究》，一部是斯德哥尔摩大学中国学系的伦德伯格博士撰写的博士论文Lu Xun as a translator，于1989年作为专著出版；还有一部是刘少勤的博士论文《盗火者的足迹心迹——论鲁迅与翻译》，于2004年作为专著出版，是国内本领域的首部专著。而2005年至今研究鲁迅翻译的期刊文章总量已达389篇，专著则多达10部，且在分析论述鲁迅的翻译活动时运用了很多中西方翻译理论。比如崔峰结合“中间物”理论对鲁迅的翻译思想和实践进行了深入探索[44]，贺爱军于2009年对鲁迅翻译思想从文化视角进行了解读[45]，褚孝泉则于2010年从翻译语言度向角度来分析鲁迅“硬译”文本的语言变异实质[46]。2005年至今国内关于鲁迅的翻译研究专著已出版7部：包括2005年7月出版的王友贵教授的《翻译家鲁迅》（南开大学出版社2005年版）；2009年顾钧的《鲁迅翻译研究》；李寄《鲁迅传统汉语翻译文体论》（上海译文出版社）；吴钧《鲁迅翻译文学研究》（齐鲁书社2009年版），以及冯玉文《鲁迅翻译思想研究》（中国社会科学出版社2015年版），学者王家平的巨著《〈鲁迅译文全集〉翻译状况与文本研究》（社会科学文献出版社2018年版），但显然可见基本都属于中国翻译史的研究，至今仍然没有用国际先进理论研究这个课题的专著，从文化与意识形态的高度来研究鲁迅与外国文学的关系也很少，更不用说明确使用西方翻译方法与理论成果来阐释鲁迅翻译，这未免与国际翻译研究有了距离，将鲁迅的翻译文本与理论放在一个国际性的视野进行研究势在必行。

44 崔峰：《翻译家鲁迅的“中间物”意识》，《中国翻译》，2007年第6期。
45 贺爱军：《鲁迅翻译思想的文化解读》，《名作欣赏》，2009年第1期。
46 褚孝泉：《译文·异文·易文——翻译行为的第三个度向》，《上海翻译》，2010年第3期。

综观中国翻译史上对鲁迅翻译的实践与理论研究，虽已取得了一定的成果，但在广度和深度上尚未达到所期待的水平，究其原因，是由于研究方法较为陈旧，没有引入新的视野与角度，故而对于鲁迅翻译研究中最为重要的文化与意识形态要素缺少深入探索。目前学术界主要集中研究鲁迅的翻译选材、翻译策略与方法等基本翻译问题，对于鲁迅翻译理论及实践的特征与精神从广度上已研究得较为全面，然而缺少将现象上升到本质的力作，即需要能更为揭示翻译现象实质的翻译理论来指导此研究。外语界比较重视鲁迅的翻译理论，但由于鲁迅在翻译理论方面只发表了很有限的文字，如果不结合鲁迅的翻译实践具体分析现象，就不太可能有鸿篇巨制的成果。综观中外鲁迅翻译研究现状，研究成果主要集中于界定鲁迅翻译的地位与意义，对鲁迅翻译理论与实践的考察，以及对鲁迅与其他持"异化"论翻译家的比较研究，鲁迅与同时代人关于翻译的论争的研究。已有部分学者致力于与国外翻译界的沟通交流，借鉴国际翻译理论来分析中国翻译现象，但由于鲁迅翻译文学的难度较大，将这些最新理论与鲁迅的翻译实践结合起来阐释的力作就更为缺乏。

（二）对鲁迅翻译理论与实践观念的讨论

近年来学界发表了大量关于鲁迅翻译的专著与期刊论文，对鲁迅的翻译理论、实践决策及其历史意义进行了考察，多数都是从历史环境、时代背景出发辩证看待鲁迅不同阶段采取的不同翻译策略，以及从中体现的文化抱负，分析了鲁迅坚持"宁信而不顺"的历史意义，以及"直译"观念所蕴含的鲁迅文化观。

顾钧的《鲁迅翻译研究》[47]是国内第一部系统而全面地考察鲁迅翻译活动、翻译思想的学术专著，开篇即提到鲁迅对中国翻译事业的重视，强调研究作为翻译家的鲁迅的意义，分章节对鲁迅前期、中期、后期的翻译选材及成就进行了系统梳理，对鲁迅的"硬译"、"重译"以及"复译"的翻译思想进行了阐释。本书着重从文化层面探讨鲁迅翻译实践与翻译理论（以及创作）之间的关系，对鲁迅翻译语言技术方面的问题也不畏艰难加以探索，对鲁迅与翻译合作者的关系进行了详细的讨论，亮点在于论述了鲁迅的翻译与创作之间的互文关系，试图通过对鲁迅翻译的全面研究深入阐述其思想、创作和整个一生的文学

47 顾钧：《鲁迅翻译研究》，福州：福建教育出版社，2009 年版。

活动。冯玉文《鲁迅翻译思想研究》[48]主要从鲁迅翻译的选材和翻译策略入手，围绕鲁迅的翻译思想对其从事的全部翻译活动进行了概括与阐释，详细叙述了鲁迅以“立人”目的所进行的“别求新声于异邦”的翻译活动，希望借此对国民进行启蒙，以催生自立自强、平等博爱的新人，这本专著结合鲁迅自身弱国子民的处境对鲁迅翻译的取材思想进行了极为详尽的分析，指出鲁迅采用欧化翻译策略的意义是站在世界文化交流的高度，借翻译建立沟通中西的桥梁，寻找最有益于中国文化发展的方向。

中国第一部研究鲁迅翻译的专著是刘少勤的《盗火者的足迹与心迹——鲁迅与翻译》[49]，作者声称巨细无遗地精读过鲁迅所有翻译文本及翻译理论文字，但此作并没有从细读角度来分析鲁迅的翻译作品，而是结合时代因素考察了鲁迅翻译时选材的取向、翻译时选择的方法，以及作出如此选择的动机与苦心，赞扬了鲁迅通过翻译拿来西方先进文化，是一种普罗米修斯“盗火”般的勇敢行为，肯定了鲁迅在推动汉语现代化、促进中国现代化进程中的功绩，以及为中西文化贯通所作的努力，但此书的结论却并非直接来自对鲁迅具体翻译作品的细读，在阐释鲁迅翻译观时，直接从鲁迅论及翻译的言论中进行了语录式引用，在考察鲁迅翻译理论时欠缺深度与客观性，在掺入了很多自己的主观思想与情感时，很少引用鲁迅译文进行论证。王友贵在著作《翻译家鲁迅》[50]中，将鲁迅的翻译活动置于20世纪中国翻译史的背景来考察，通过分析鲁迅散见于各文集序跋以及杂文中的翻译言论，细读鲁迅的全部著作、译文、书信、日记，尝试用一种客观公正的态度，总结出他的翻译选材原则及实践策略，描绘出鲁迅作为翻译家的人生全貌，对鲁迅在中国译介史上的地位进行了定位。具体涉及到鲁迅将“直译”或者说欧化翻译策略应用于翻译实践，一改当时以林纾为代表的意译时尚，开创了新的翻译传统。本书亮点在于使用“以译文为本”的研究范式对鲁迅的翻译理论和作品进行了全面梳理，从鲁迅的科学意识、现代意识的角度解读了鲁迅的多部译作，并发现了他在翻译实践中出现的“浪漫”倾向，翻译过程中出现的“苦闷”心理，以及他所赞美和发扬的“童心”，在鲁迅对苏联革命文学及理论的态度方面有比较独到的见解，避免了前

48 冯玉文：《鲁迅翻译思想研究》，北京：中国社会科学出版社，2015年版。

49 刘少勤：《盗火者的足迹与心迹——鲁迅与翻译》，南昌：百花洲文艺出版社，2004年版。

50 王友贵：《翻译家鲁迅》，天津：南开大学出版社，2005年版。

人研究鲁迅的抽象性，颇费苦心地为读者展现了作为翻译家的鲁迅每个独特的侧面，这本书对鲁迅翻译文本的解读方面超越了前人，但是对鲁迅与同时代人的译论比较上未曾提及，而且未充分使用现代翻译理论来分析独特时代的翻译现象，但算是一项全面完整客观的鲁迅翻译研究成果，对进一步探索鲁迅深层翻译思想具有重要意义。

瑞典学者 Lundberg 博士在他的博士论文 *Lu Xun as a Translator: Lu Xun's Translation and Introduction of Literature and Literary Theory*, 1903-1936[51]中首先把鲁迅定位为一个为弱势群体和“被侮辱与被损害者”发声的人，认为他大量译介弱势民族的作品也是出于这个初衷，并强调研究鲁迅的翻译理论与实践需结合他那个特定时代的历史和文化背景。该论文还考察了鲁迅的前辈严复以及林纾对他在翻译方面的影响，特别对鲁迅和俄国文学之间的渊源进行了详细阐释，对鲁迅翻译活动方方面面的考查系统、全面而深入。国内的吴钧也撰写了题为《论中国译介之魂——鲁迅翻译文学研究》[52]的博士学位论文，通过文本细读分析探讨了鲁迅的文学翻译与其文学创作之间的互文性关系，以及鲁迅的翻译实践与理论对新时代跨文化传播事业的启示，并首次提出鲁迅的翻译生涯早于他的文学生涯，强调他从大量翻译实践中得出的丰富经验与宝贵思想对我国文学翻译事业的指导作用，将鲁迅定位为译介之魂。

刘禾在她的著作《跨语际实践：文学、民族文化与被译介的现代性（中国，1900-1937）》[53]中，从跨语际实践的视角专门论述了鲁迅对翻译理论的贡献，并以《支那人气质》一书为例对鲁迅翻译与写作的互文性进行了分析，分析了此作与鲁迅用日语所译的斯密思作品在行文与意义上的相似处，发现鲁迅将自己译文中传教士的支那国民性理论融入自己的文学创作，成为鲁迅国民性思想的主要来源，形成一种丰富与建立中国文学现代性的崭新模式，鲁迅也成为跨语际写作的主体，也是中国新文化建构中最重要的设计师。本文将鲁迅对国民性的挖掘与批判与中国现代文学的设计联系起来，指出这都是鲁迅在翻

---

51 Lennart Lundberg. Lu Xun as a Translator: *Lu Xun's Translation and Introduction of Literature and Literary Theory*, 1903-1936, Stockholm University, Orientaliska Studier, 1989.

52 吴钧：《论中国译介之魂——鲁迅翻译文学研究》，山东大学博士学位论文，2008年。

53 刘禾：《跨语际实践：文学，民族文化与被译介的现代性：中国，1900-1937》，上海三联书店，2002年版。

译活动中所作出的重大贡献，但本文尚未从语言和技术的文本层面评析这些观点，有待后人进一步去论证。

孙郁于1991年发表于《鲁迅研究月刊》的《鲁迅翻译思想之一瞥》[54]，通过研究鲁迅的许多关于翻译的言论，指出应当珍视一名伟大的翻译家的一手经验，理解这些观点对于中国新文学吸取外来文化经验的意义。本文从不同时期鲁迅翻译活动的不同特征发现，前后鲁迅的翻译初衷始终未改，都是希望启蒙国民，救国图强，但选材与策略都有所变化，前期鲁迅试图通过翻译外国科幻小说，引入外国近现代科学和理性的精神，并强化国人的科学强国的意识，此期间使用意译的方法。后期强调使用直译作为输入外国文化元素，强化翻译主体意识，将西方文学中的"人道主义"拿来震醒沉睡的国民，用文艺振奋国人萎靡不振的斗志，以扭转国民精神走向。孙郁于2011年在《北京日报》上发表了《鲁迅首先是翻译家》一文，提出鲁迅首先是翻译家的说法，强调鲁迅作为翻译家地位的重要性，正式提出作为翻译家的鲁迅要先于作为文学家的鲁迅的观点。这虽不完全是一种全新的观念，但体现了对鲁迅翻译的日益重视。

从翻译《域外小说集》开始，鲁迅有意采用"直译"甚至"硬译"策略，成为鲁迅翻译研究中论争的焦点，也一直有学者为其进行辩护，迄今为止对这些争论的探讨已取得了一些研究成果。陈福康在《论鲁迅的"直译"与"硬译"》[55]一文针对历来诸多批评家的质疑，就那个特殊时代的特殊需要，对具有鲁迅特色的"硬译"观的内涵和意义进行了重新释义，批驳了对鲁迅翻译实践的全盘否定，肯定了鲁迅"硬译"理念与实践在中国近代翻译史上的特殊地位与作用，作者还借鉴了几位重要翻译家兼哲学家艾思奇、朱光潜、陈康阐释的"直译"理论，他们对"信"的强调与鲁迅不谋而合，相互佐证，从中找到为鲁迅的"直译"理论辩护的论据。陈福康还在他的《中国译学理论史》[56]一书中两次介绍鲁迅的翻译理论，一处是在第二章第十五节介绍鲁迅、周作人兄弟俩的"直译"理念，二是在第三章第十一节阐释了鲁迅的翻译理论在译学理论史上的重要地位。陈硕、倪艳笑2003年发表的《文化转型与鲁迅的直译理论》[57]

---

54 孙郁：《鲁迅翻译思想之一瞥》，《鲁迅研究月刊》，1991年第6期。
55 陈福康：《论鲁迅的"直译"与"硬译"》，《鲁迅研究月刊》，1991年第3期。
56 陈福康：《中国译学理论史稿》，上海外语教育出版社，1992年版。
57 陈硕、倪艳笑：《文化转型与鲁迅的直译理论》，《贵州工业大学学报》，2003年第4期。

借鉴国外引进的多元系统论，对鲁迅“直译”理论在中国文化史上的地位及其意义进行了阐述，强调鲁迅的“直译”理论的启示性不仅仅体现在翻译文本的操作上，而且体现在其文化输入的目标和宗旨上，从而将鲁迅的翻译活动上升到文化建构的高度。高芸在《从归化到异化》[58]一文中详尽描述了鲁迅前中后期的翻译实践从意译到直译的嬗变过程，认为他的翻译理论核心在于对“信”和“顺”的偏重与倾向上。认为他“宁信而不顺”的“硬译”观体现了用翻译“拿来”外国先进文化以实现救亡图存和唤醒民众的目的，在那个特殊的文化转型期为中国译者指明了翻译的发展方向，为后人提供了探索和研究的起点。2009 年王秉钦的《20 世纪中国翻译思想史》[59]在第三章第二节把鲁迅翻译思想概括为五个方面：“易解与风姿”说，“移情与益智”说，“宁信而不顺”的思想，“重译”和“复译”的思想，翻译批评——“剜烂苹果”的思想，总结了鲁迅对中国近代文学翻译做出的重大贡献：第一、为我国近代文化输入与传播开辟了“外国新文学”的源流，直到现在都有着重要借鉴价值和先行意义；第二、引领了中国近代翻译史上在翻译方法上的一次“重大革命”[60]。作者将鲁迅定位为中国译论的奠基人。虽然鲁迅对中国近现代文学翻译的贡献无可质疑，但认为“外国新文学”的源流是“鲁迅”开辟的说法稍嫌仓猝，而他是否是“中国译论的奠基人”一语也需要充分论证。

对于鲁迅选择直译的缘由也有很多学者独辟蹊径进行探索，澳门理工学院的蒋骁华在他的《〈支那人气质〉对鲁迅直译思想的影响》[61]里分析了美国传教士明恩浦的《支那人气质》一书对鲁迅直译乃至“硬译”思想形成的影响。同时还分析了鲁迅在译介国外作家和评论家的过程中，受外国文学与文化的影响，如日本文学评论家厨川白村对鲁迅国民性思想形成的影响等。同时也梳理了中国本土传统译论如佛经直译论对鲁迅直译论的影响等。浙江理工大学外国语学院毛文俊与付明瑞在其《当代文本外译场域下鲁迅直译和异化翻译观的意义解读》[62]一文中将鲁迅的“直译”和“异化”翻译观解读为“拿来主义”——普罗米修斯盗火式、“以信为准”——鲁迅本源翻译观的体现和“弗

58 高芸著：《从归化到异化——试论鲁迅的翻译观》，《江西社会科学》，2008 年第 5 期。

59 王秉钦：《20 世纪中国翻译思想史》，南开大学出版社，2004 年版，第 118 页。

60 王秉钦：《20 世纪中国翻译思想史》，南开大学出版社，2004 年版，第 113 页。

61 蒋骁华：《〈支那人气质〉对鲁迅直译思想的影响》，《中国翻译》，2017 年第 1 期。

62 毛文俊，付明瑞：《当代文本外译场域下鲁迅直译和异化翻译观的意义解读》，《大学英语（学术版）》，2017 年第 1 期。

失文情”——鲁迅的文化翻译态度，且认为这些论点在文本外译中不仅仅具备理论价值，还有着可操作性和实践性，不失为一种富具现代性的阐释。肯定了在翻译实践中，鲁迅挑战当时风靡一时的意译风气的勇气，大力提倡直译、硬译、异化、复译和宁信而不顺，呼吁以最本真的“直译”再现源语文本原汁原味的异域风情，以输入异域文化的原貌来改造国民性情。

对于鲁迅直译观内涵的诠释也有一些学者进行论述：张秀芳在《多元系统论对鲁迅翻译思想的解释力》[63]中尝试用多元系统论的理论框架对鲁迅的翻译思想与实践进行描述性的研究，从多元系统论的宽广视阈来解读鲁迅翻译选材中的“弱国模式”以及鲁迅异化翻译观的精神实质，并从此视角重审鲁迅的重译与复译观，以求深入全面地挖掘鲁迅翻译思想的现代意义。李宝暻在他的《发现异质语言的世界——再读鲁迅的翻译观》[64]中对鲁迅的“硬译”进行了解释，从鲁迅作为翻译家的困境这个新颖的角度出发，打破惯习理论视角，试图找出一个突破其困境的方案。鲁迅的“硬译”文本对读者的耐心与理解力提出了很高要求，读者需要比读“意译”文本时更积极深入地思考和理解，因为外来语与中国本土语言之间的异质性，要完全彻底地从译文去理解源语文本和文化几近不可能，故而“硬译”仍然要实现鲁迅的初衷也仍不艰难的，而且对读者的过高要求也构成了理解的难度。他还分析了鲁迅对《中国人的性格》一书的翻译如何成为鲁迅国民性话语的主要来源，以及鲁迅对国民性话语的质疑，并因此敞开未来再诠释其翻译观的多种可能，认为不能简单地以片面的现代性话语主观概括他的“硬译”观，因为鲁迅的“硬译”不仅意图进入“现代”，同时更不满足于只停留在现代，而是试图穿越甚至超越现代。顾钧、顾农 1999 年在《鲁迅研究月刊》上发表了《鲁迅主张“硬译”的文化意义》[65]一文，分析鲁迅“硬译”的实质是尽可能靠近原文、达到形式与内容完全等值的直译。此文结合鲁迅对外国文化的“拿来主义”理念，指出鲁迅采纳“硬译”的文化起因，是根据现实的需要，以开放而大胆的心态准确引进异质文化而采取的一种策略，“从别国那里窃得火来”，以利于中国文化的发展。作者也认为鲁迅的“直译”理论是鲁迅从翻译史上吸取佛经翻译的经验教训后深思所

63 张秀芳：《多元系统论对鲁迅翻译思想的解释力》，《课程教育研究》，2017 年第 17 期。

64 ［韩］李宝暻：《发现异质语言的世界》，《东岳论丛》，2017 年第 3 期。

65 顾钧、顾农：《鲁迅主张‘硬译’的文化意义》，《鲁迅研究月刊》，1999 年第 8 期。

得，鲁迅高度称赞译经的“质直”是出于一种“闳放”的文化心态，和一种“毫不拘忌”的学术风范。

关于鲁迅的“中间物”翻译思想，有两篇文章值得一提：新加坡南洋理工大学崔峰的《翻译家鲁迅的“中间物”意识——以鲁迅早期翻译方式的变换为例》[66]一文，从“中间物”的概念出发，分析了在当时的社会文化背景下，鲁迅选择颇为卓而不群的翻译理念及行为的历史原因与特定内涵，试图让鲁迅翻译研究回归其“本体”意义，将鲁迅的翻译理论与实践视为特定历史语境下的选择，用辩证的历史的态度来考察鲁迅翻译现象及其矛盾与困境，正视鲁迅翻译的历史局限性，把翻译家鲁迅定位为一个特定历史语境下的探索者和开拓者。宜宾学院外国语学院徐文英在他的《鲁迅‘中间物’翻译思想与译文的杂合》[67]一文也从“中间物”的视角来考察鲁迅的翻译活动及其翻译文本，认为鲁迅的“中间物”思想是更好理解鲁迅译著意义的一把钥匙。此文从鲁迅“中间物”的翻译思想体会到鲁迅“追问”生命价值的恳切性，它作为一种生命哲学一直深刻地指导和影响着鲁迅，他特立独行的“直译”实践就是这种翻译思想的必然结果。

鲁迅的翻译观经历了从意译到直译的衍变过程，王家平在《鲁迅文学翻译思想及翻译策略的价值与启示》[68]一文里建立了现代理想译者的原型，从鲁迅翻译的各个角度衡量鲁迅与此原型的契合度，从鲁迅文学翻译初衷出发，系统地梳理了鲁迅的译本选材、翻译策略和方法的选择、翻译途径的演变、译本读者交流渠道的发掘与开发、对翻译批评地位的界定、对翻译与创作之间关系的言说，对鲁迅文学翻译的异化策略、内在矛盾与外在困境、“直译”方法的价值、启示和局限性进行了独到的评析。

（三）鲁迅与其他翻译家以及翻译理论家的比较研究

周馥郁的《鲁迅与韦努蒂异化翻译观比较》[69]一文对鲁迅与韦努蒂的异化翻译理论的内涵与外延分别进行了辩析，得出鲁迅是先于韦努蒂提出归化与异化问题的人，比较和辩析两位伟大的理论家在不同时代对同一翻译策略

66 崔峰：《翻译家鲁迅的“中间物”意识——以鲁迅早期翻译方式的变换为例》，《中国翻译》，2007年第6期。

67 徐文英：《鲁迅的“中间物”翻译思想与译文的杂合》，《才智》，2015年第32期。

68 王家平：《〈鲁迅译文全集〉翻译状况与文本研究》，社会科学文献出版社，2018年版。

69 周馥郁：《鲁迅与韦努蒂异化翻译观比较》，《文学教育（下）》，2016年第10期。

所做出的阐释，可以发现二者在不同的文化和时代背景下提出相似的观点，是有着不同的目的的，鲁迅的目的是为了改良汉语和救国图存，所以对弱国文化与文学的大量译介是为了引入他国自强自立、反抗压迫的精神，而韦努蒂的目的是抵抗西方主流的价值观，即后殖民语境下的种族中心主义、文化自恋与政治、文化霸权主义。闫艳在他的《后殖民视阈中的鲁迅翻译思想》[70]中分析了鲁迅与解构主义者本雅明、后殖民主义者韦努蒂在“直译观”方面的相似之处，在细读和分析鲁迅译文之后，发现了鲁迅在实践中采用的“跳译”“转译”“增译”等改写式归化译法也是不可忽略的，体现了他在翻译实践中翻译方法的灵活性和创新。还认为奈达的“功能对等论”同样可以用来阐释鲁迅的“直译”理论，他的转译法谕示了不同文化之间有着交流沟通的无限潜力，此文将鲁迅在翻译方面的贡献归纳为：他使翻译文学化了，又使文学文化化了。张铁荣《鲁迅与周作人的日本文学翻译观》[71]一文视角比较独特：文章首先精读和对比分析了周氏兄弟译介的日本文学原文及译文，由局部见整体，从他们的日本文学翻译实践的个案，对他们整体的翻译观进行对比分析。文章结合时代背景的变化分析了周氏兄弟翻译思想的衍变历程，将周氏兄弟早期对日本文学的翻译，与译介弱小民族文学的初衷联系起来分析。作者接下来肯定了周氏兄弟特立独行、不拘一格的翻译方式，认为“直译”手法是鲁迅和周作人兄弟二人的首创，他们翻译的日本文学作品都蕴含着欲淡又浓的日本味道，但二人的翻译风格又有明显的差异，体现了二人不同的个性：“强烈的鲁迅风”体现了鲁迅倔强不屈、孤独峻急的个性，“淡雅的知堂风”又再现了周作人冲淡平和、知性清新的个性。从二人的日本文学翻译风格进行比较分析中，鲁迅的日本文学翻译风格显得愈加立体和生动。陈红在《鲁迅早期翻译理念及策略辩析——以鲁译〈月界旅行〉》为例》[72]，通过分析《月界旅行》中鲁迅翻译特点，以陈平原的“译意”说为依据来描绘出鲁迅与晚清翻译家的异同。

（四）对鲁迅与同时代人有关翻译论争的研究

分析鲁迅与同时代人关于翻译的论争，也是鲁迅翻译研究的一个重点。丁

---

70 闫艳：《后殖民视阈中的鲁迅翻译思想》，《文学批评》，2015 年第 10 期。

71 张铁荣：《比较文化研究中的鲁迅》，南开大学出版社，2003 年版。

72 陈红：《鲁迅早期翻译理念及策略辨析——以鲁译〈月界旅行〉为例》，《东方翻译》，2014 年第 5 期。

言模在他的论文《鲁迅与瞿秋白在翻译语言方面的意见分歧》[73]中，细致地考察了鲁迅与瞿秋白关于翻译的几次通信，因为鲁迅与瞿秋白的很多关于翻译的观点都能在这几封信里找到详细的言说，这篇文章分析了二人的翻译观的内涵与实质，认为在翻译策略的选择上鲁迅比瞿秋白有更为辩证的认识，能更客观地审视不同历史条件下译者的贡献。王锡荣在《瞿秋白、鲁迅翻译问题讨论的启示》[74]一文里全面梳理了鲁迅与瞿秋白讨论翻译问题的始末，对两人翻译观的异同进行了对比阐释，列出了两者在翻译观上的共同点：对翻译必要性的认识，对赵景深“宁顺而不信”的翻译主张的批评都有相似性，对鲁迅翻译《毁灭》时对原著的“忠实”方面发表了相近的观点。不同的是：瞿秋白认为翻译外国文学能给中国人带来“绝对的正确和绝对的中国白话文”，鲁迅对此并没有全盘接受；瞿秋白不赞成翻译文本存在任何的“不顺”，鲁迅则主张“宁信而不顺”；对于如何吸纳外国文学中新的表现法，并能真正为现代中国的白话所用，对于读者的分类，对于如何理解与评价严复等诸多方面都无法达成共识。作者认为，重要的不在于有一致的观点，鲁迅与瞿秋白对翻译的讨论对于解答翻译界长期未解决的翻译理论难题有实际意义，他们讨论问题的方式和态度也为翻译界与翻译批评界树立了风范。冷子兴在他的《“无可厚非”的“牛奶路”》[75]中强调，鲁迅当年对赵景深的批评不能只看表面，虽然看上去只是在纠结一两个误译的词，实质是不赞同他及其师祖梁实秋“宁顺而不信”的翻译主张。周楠本的《谈 Milky Way 与银河的互译》[76]对鲁迅“硬译”理论的来源进行了分析，既发掘了鲁迅的“硬译”说的合理性与实践意义，又论证了鲁迅对赵景深的批评的合理性。该文信息量很大，行文趣味横生，字里行间凸显出作者的睿智与幽默。张钊贻的《鲁迅的“硬译”与赵景深的“牛奶路”》[77]以此论争为个案对鲁迅持“硬译”论的良苦用心进行了肯定，认为也许可以质疑鲁迅在文学作品翻译实践中所使用的“硬译”策略，却无法质疑鲁迅对赵景

73 丁言模：《鲁迅与瞿秋白在翻译语言方面的意见分歧》，《鲁迅研究资料》第 24 辑，1991 年，第 12 期。

74 王锡荣：《瞿秋白、鲁迅翻译问题讨论的启示》，《上海鲁迅研究》，2005 年第 2 期。

75 冷子兴：《“无可厚非”的“牛奶路”》，《鲁迅研究月刊》，1995 年第 3 期。

76 周楠本：《谈 Milky Way 与银河的互译》，《鲁迅研究月刊》,1996 年第 7 期。

77 张过大卫：《论“牛奶路”乃 the Milky Way 之乱译》，《鲁迅研究月刊》，2005 年第 7 期。

深误译的批评[78]。张过大卫在《论“牛奶路”乃the Milky Way之乱译》中凭借自己雄厚的外语实力与精湛的外国文化修养，在精研文献和细读文本的基础上，逐一批驳了对“牛奶路”译法的各种翻案谬论，揭露了翻案者们的枯竭文思与浅见薄识。

（五）鲁迅翻译理论与实践中的文化翻译倾向研究

首先是鲁迅翻译理论中本身具有的文化翻译倾向。虽然鲁迅并没有明文提出“文化翻译”的概念，且翻译的“文化转向”理论也出现于鲁迅之后的时代，但鲁迅的翻译理论与实践中其实已经蕴含着翻译的“文化转向”的倾向，故而研究鲁迅翻译理论中的文化翻译因素与观点，对于研究“文化翻译”理论在中国翻译史上的发展和演变有着不可忽略的重要性。学者芦亚林在《翻译的文化转向辩析——以鲁迅的翻译文化观为例》一文中[79]指出在“文化转向”口号提出前，就有翻译研究学者在关注翻译研究中的文化因素了，这种研究角度在翻译研究领域尚属新型研究视点，把翻译视为一种交流的方式，一种文化转换的媒介，用这种视角分析其翻译困境、遇到的挑战及其解决方式，以及对翻译研究所带来的解构作用。此文从鲁迅对中国传统文化的批判性继承以及对外国文化的“拿来主义”态度入手，分析这样的文化观点在他的翻译实践及理论中的反映，认为在面临“归化”还是“保留洋气”的选择时，鲁迅的决策集中体现了他的文化翻译观。本文特别指出从鲁迅的翻译思想中体现的对待文本和语言的文化态度，这在某种程度上与翻译的“文化转向”思想有共通之处，但仔细审视所处时代的历史和文化背景，其翻译文化观与后来学者提出的翻译的“文化转向”却有着根本的不同。指出鲁迅的文化翻译观实际上是一种翻译的意识形态，他的翻译活动本身就是一种翻译的“文化转向”。但这篇文章篇幅较短，对于文化翻译的概念与例证所费笔墨较少，对于鲁迅的文化翻译理论论述的较少，主要集中于鲁迅翻译理论与后来学者提出的“文化转向”的交集与区别上。

王宏志在《鲁迅翻译研究的理念思考》[80]一文中提出，对鲁迅翻译的研究应超越文本层面“忠实”与“通顺”的传统说法，从更高的层面来探讨鲁迅建

---

78 张钊贻：《鲁迅的“硬译”与赵景深的“牛奶路”》，《鲁迅研究月刊》，1996年第7期。

79 芦亚林：《翻译的文化转向辩析——以鲁迅的翻译文化观为例》，《长江丛刊》，2017年第4期。

80 王宏志：《鲁迅翻译研究的理念思考》，纪念鲁迅诞辰120周年学术讨论会文集《鲁迅的世界 世界的鲁迅》，呼和浩特：远方出版社，2002年版。

立一个译文文本背后的文化考量，以及译本对译文文化所产生的反作用与影响，提出应对鲁迅独特的翻译文体作详尽的剖析，并对鲁迅的“直译”策略进行客观的评析与论说，认为只有结合时代来谈鲁迅的翻译活动，才能对鲁迅的翻译作出更客观公正的评价。在此基础上作者提出了一系列有关鲁迅翻译研究的重要课题，是对鲁迅翻译研究总体上的探讨与展望。

上海外国语大学陶丽霞于 2007 年发表的博士学位论文《文化观与翻译观——鲁迅、林语堂文化翻译对比研究》从论述鲁迅、林语堂的翻译观与其文化观的关系出发，试图从跨文化交流的高度，从翻译选择、文化立场及价值重构等角度来研究二者的翻译理论及实践，并认为这种研究有助于深入了解鲁迅和林语堂与“文化转向”同步的翻译研究文化观。此文力图摆脱传统只着重研究鲁迅翻译理论自身内涵的固定模式，而是从从二者所处的特殊的历史与社会背景出发，探索二者虽然身处相同的社会文化环境，但他们所持的不同文化态度对其翻译策略选择的影响，从而强调翻译主体的主观能动性也应属于考查范围以内。但此文对前人在此论题所取得的研究成果的梳理方面未能十分到位，而且对于鲁迅作为文化翻译理论先行者的作用没有进行论证，对于鲁迅在翻译史上的地位也没有进行定位。

三、本研究的理论基础

近 20 多年世界译学界开始注重理论的开放性，在翻译理论的创新方面取得了丰硕的成果，这归功于对跨学科理论如语言学理论、文学史与文学批评理论、文化批评理论、社会科学理论的借鉴。翻译流派峰起云涌，研究视角日新月异，翻译理论就是在众说纷纭和百家争鸣中不断地更新和发展的，从最初纽马克只是将翻译归为一种知识[81]，到翻译观点开始变成“一堆缺乏原创性的意见”[82]，后来赫曼斯感叹翻译理论的匮乏[83]，如今翻译终于摆脱了单一的标准，开始有了海纳百川的雅量和兼收并蓄的勇气，形成了百家争鸣的局面。“翻译操纵论”就是在这样的背景下诞生和成长的。本文将以巴斯奈特与勒菲弗尔的“翻译操纵论”为理论基础，以具体历史时期的主流意识形态和鲁迅的个人意

81 Newmark, Peter. *Approaches to Translation.* (Oxord: Pergamon Press Ltd, 1982) Shanghai: Shanghai Foreign Language Education Press, 2001. PP. 19.

82 Gutt, Ernst-August. *Translation and Relevance: Cognition and Context*. UK: B. Blackwell, 1991. PP. 1-2.

83 Hermans, Theo. Ed. *Translation in Systems- Descriptive and System-oriented Approaches Explained*. Manchester: St. Jerome, 1999a. PP. 159.

识形态和诗学意识为贯穿全文的线索，分析各种因素在鲁迅的翻译理论与实践中的操控作用，以达到深刻理解翻译本质的效果。巴斯奈特认为，翻译不仅受意识形态与诗学因素的操纵，翻译本身也对文化与政治有反作用，因而被利用来影响意识形态和构建文化。本文也用巴斯奈特的文化建构理论来分析鲁迅的翻译理论与实践对构建中国现代文化的意义。

（一）操纵理论的历史演变与内涵概述

1972 年，美国詹姆斯·霍尔姆斯（James Holms）在《翻译学的名称和本质》（*The Name and Nature of Translation Studies*）中首次提出“翻译学”（Translation Studies）的概念。1976 年在比利时的卢万召开的“文学与翻译论坛”，勒菲弗尔提出“翻译研究”应作为一门独立学科而存在，标志着翻译研究学派的成立，翻译研究也开始了广义上的文化转向，具有历史性的意义。1980 年英国学者苏珊·巴斯奈特出版的《翻译研究》指出翻译研究应从文化层面对翻译进行整体性思考，积极响应勒菲弗尔将“翻译研究作为一门独立学科”的说法，开启了翻译研究的“文化转向”之门。20 世纪 90 年代，翻译学迎来了历史性的突破，即二人倡导的翻译文化研究模式，不再把研究重点放在文本内部，而是投向译者、操控者和接受者层面，走进了翻译研究多元系统的中心，在翻译界产生了引人瞩目的影响。1990 年，苏珊·巴斯奈特以及安德烈·勒菲弗尔于 1990 年在《翻译·历史·文化：指导书》[84]（*Translation/History/Culture: A Sourcebook*）的前言《导言：普鲁斯特的外祖母与〈一千零一夜〉：翻译研究的‘文化转向’》（*Introduction: Proust's Grandmother and the Thousand and One Nights: The 'Cultural Turn' in Translation Studies*）中提出翻译研究的“文化转向”，最早将翻译研究置于文化与社会背景，随后迅速引领翻译学研究的主潮。1998 年巴斯奈特与勒菲弗尔合作出版了新作《建设文化——文学翻译论集》（*Constructing Cultures-Essays on Literary Translation*），标志文化转向的完成。这本书强调了翻译学科的独立性与开放性，提出了独创性的改写理论，并使翻译学超越了纯语言层面的研究，认为翻译行为是文化互动的结果，即文化内部和文化之间互动与交流的结果，翻译不

---

84 此书于 1992 年出版，收录了勒菲弗尔、斯内尔-霍恩比、铁木志科、戈达尔德、西蒙等学者的论文十二篇，涉及翻译与历史、权力、意识形态、诗学与功能等因素的关系问题，以及从女性主义研究、后殖民主义研究和大众传媒研究等角度对翻译的考察。

可能产生于真空，而是在意识形态、文化传统等各种权力因素共同作用下进行[85]。其中意识形态是介入翻译过程中的一个常量因子，但不是绝对因素。勒菲弗尔对翻译实践中的个案进行了大量研究，对翻译进行描述性研究，翻译标准本身的描写性质，注定其自身具有一定的局限性。自此之后结构主义语言学在翻译研究中一统天下的局面就不复存在了。

"翻译操纵理论"又称为"操纵学派"，它诞生于翻译研究的文化转向。1984 年当代翻译理论家安德烈·勒菲弗尔与提奥·赫曼斯等人在编辑《文学操纵：文学翻译研究》（*The Manipulation of Literature*）一书时，提奥·赫曼斯率先提出"从目的语文化的视角看，任何文学译介活动都是出于某种目的以某种方式对原文实施某种程度操纵的行为"[86]，勒菲弗尔干脆以"操纵"作为书名，所以就有了题为《文学操纵》的论文集，并成为操纵学派成立的标志，从此翻译研究的范围从文本扩大到超越文本以外的文化范围。赫曼斯说："翻译从来就不仅是翻译而已"[87]。玛丽斯·涅耳霍恩比明确指出，20 世纪 80 年代，"操纵学派"成为与语言学派相平行的两个欧洲主流派系之一，它不再执着于"等值词语"，而是从翻译的操纵性质入手来探寻新的翻译实践与研究之路，自此"操纵学派"开始活跃于世界译坛。

翻译操纵学派认为翻译实践历来有扭曲和背叛原文的成分，并用描述性研究的方法探讨了翻译是如何被操纵的。巴斯奈特和勒菲弗尔共同主编了《翻译研究》丛书，在总序中指出翻译是对原作的改写，所有的改写都是意识形态和诗学的反映，改写是一种为权力服务的操纵行为，有引进新观念与文学形式的功能，改写既有可能引起改革，也有可能压制改革，对通过翻译进行的文学操纵过程进行研究，有助于我们更好地理解我们生活的这个世界[88]。这种认为翻译受目标语文化中意识形态和诗学操纵的理论称为操纵论。认为翻译对目标语文化的进化起关键作用的理论称为"文化构建论"，两论对国际译学研究产生了重大影响。

---

85 Lefevere, Andre. *Translation, Rewriting & Manipulation of Literary Fame*. London & New York: Routledge, 1992. PP.14.

86 Hermans, Theo. Ed. *The Manipulation of Literature: Studies in Literary Translation.* London & Sydney: Croom Helm, 1985. PP. 11.

87 Hermans, Theo. Ed. *Translation in Systems- Descriptive and System-oriented Approaches Explained.* Manchester: St. Jerome, 1999a. PP. 96.

88 Bassnett, Susan and Andre Lefevere (des). *Translation, History and Culture*. London and New York: Pinter Publishers. 1990. PP.4.

1985 年，勒菲弗尔在《为何重写？》（*Why Waste Our Time on Rewrites?* The Trouble with the Role of Rewriting in an Alternative Paradigm）根据阅读与翻译的本质属性“创造性地使用系统性思维”[89]首次提出“改写”的概念。1992 年，操纵学派主要代表学者勒菲弗尔在他的重要著作《翻译、改写以及对文学名声的制控》中指出“翻译是把一种文化中的文本挪移到另一种迥异的文化中的改写行为。无论改写的目的如何，一切改写必定反映了特定的意识形态及诗学传统对文本的操纵，在特定的社会中扮演特定的角色。改写是权力所掌控的一种操控手段”[90]。勒菲弗尔又于 2004 年在韦努蒂的《译者的隐身》序言中再次重申：“所有改写，不管意图如何，都反映了某种意识形态和诗学，这类操纵文学在一个既定社会以一种既定方式起作用。”[91]改写受目的语文化的诗学、文学观念和意识形态的制约，在翻译活动中，意识形态和主流诗学通过改写对翻译功能的实现和翻译策略的选择产生影响[92]，改写是文化学派著名的代表理论，不仅对翻译的本质和概念进行了再思考，而且对翻译学研究领域的扩展、研究方法的革新和发展提供了理论借鉴。译者在翻译过程中对原著有或多或少的调节与操控，以适应并满足主流意识形态与诗学、权威的预期。可以说，翻译通过改写解决了对立意识形态间的斗争，衡量了系统内部诗学渗透的深度，并深深影响着文学系统的内部发展。总之，翻译的改写是为特定意识形态服务的手段，译者或意识形态出于某种目的，可以通过改写来操纵文学，在某个特定的社会体系中产生影响。

（二）意义与局限性

应当看到翻译操纵理论还存在很多局限。赫曼斯认为，勒菲弗尔所用的术语太少导致概括性太强，范围太泛，比如他的赞助机制就包括读者大众、个人、群体、机构、出版商、报纸杂志与大型电视公司等[93]。孙艺风指出勒菲弗尔翻译因素研究中的意识形态泛化现象，即让“意识形态主宰一切”，或把一切都

---

89 Lefevere, Andre. *Translation, Rewriting & Manipulation of Literary Fame*. London & New York: Routledge, 1992. PP. 13.

90 Lefevere, Andre. *Translation, Rewriting & Manipulation of Literary Fame*. London & New York: Routledge, 1992. PP.7.

91 Venuti, Lawrence. *The Translator's Invisibility: A History of Translation*. Shanghai: Shanghai Foreign Language Education Press, 2004. P3.

92 Lefevere, Andre. *Translation, Rewriting & Manipulation of Literary Fame*. London & New York: Routledge, 1992. PP.7.

93 Hermans, Theo. Ed. *Translation between Poetics and Ideology.* Translation and Literature, 3, 1994. PP.140.

归因于意识形态。比如他把性问题、翻译的忠实与不忠实问题以及文化归属问题等本属于文化范畴的问题都纳入了对意识形态的讨论[94]。过度关注影响翻译活动的外部因素，夸大了意识形态和诗学对翻译活动和译者的影响作用，甚至赋予翻译的外部因素无限的权利："翻译仿佛成了赞助人、主流诗学操纵读者、操纵社会的任意行为，与文本本身关系不大"[95]在意识形态、诗学、论域和语言四要素中，勒菲弗尔将语言摆在了最次要的位置，在文化转向中，勒菲弗尔又强调了翻译中的对等实际上是文化的对等，历史、文化、社会各种外部因素对翻译活动的影响成为其翻译研究的中心。但外部研究毕竟不是翻译研究的全部，至少不能算作翻译研究的核心，勒菲弗尔的做法有将翻译研究引向无边际和无中心的偏狭境遇，将文化作为翻译的目的，模糊了翻译学的本体，忽略了对翻译本质的全面描述，从另一个角度来说是对翻译学科独立性的威胁与挑战。

（三）文化建构理论

和文化或权力通过意识形态和诗学操纵翻译一样，翻译也通过意识形态和诗学塑造和构建文化。从意识形态方面看，翻译帮助引进外来的新思想和新观念，协助目标语文化建立新的社会秩序。这涉及到翻译操纵的目的和翻译的功能，巴斯奈特与勒菲弗尔在这套《翻译研究》丛书中通过改写与操纵的概念对翻译的重要功能进行了彻底的研究，后又在《"文化转向"导言》中提出翻译要满足文化中不同群体的需要，要满足文化的需要，就需要操纵文学使其以某种方式在社会中发挥其功能，这种对翻译的功能研究也以佐哈尔的多元系统论为源头，佐哈尔的故乡以色列独特的文化特征使其无可避免要关注翻译在文化构建的作用，他认为翻译文学处于文学多元系统的中心位置时就是不可或缺的革新力量，而翻译文学在多元文学系统中处于边缘时，就成为一种保守力量。勒菲弗尔也认为改写或翻译也是一种文学创作，可以通过改写引入新的文学观念、新的文体和新的文学工具，带来文学革新，催生新文化、新思想，进而促进文学发展，推动社会进步。

巴斯奈特与勒菲弗尔把翻译活动分为两大类，文化内与文化间翻译，前者指翻译来自同一种文化的文本，后者指翻译来自他种文化的文本，所有的翻译

94 孙艺风：《理论、经验、实践》，《中国翻译》，2002 年第 6 期。

95 曾文雄：《翻译学"语用学转向"："语言学转向"与"文化转向"的终结》，《社会科学家》，2006 年第 5 期。

都可用“改写”来概括，二者指出凭籍着各种“翻译”与“改写”，原作才超越了时空，扩大了影响，延续了生命，故原作也严重依赖着翻译。一个民族的文化发展与丰富必须走出封闭的自我，与其他文化进行交流和碰撞，翻译就是一个民族拓展、丰富和建构文化的一种工具。正是由于有这样的功能，各种文化才竞相利用翻译构建自己的文化。翻译过程中的操纵行为往往是无形的，或被掩盖了的，对于不懂原文的读者来说，他们没有能力和精力去考证译文的忠实性和可靠性等质量问题，对他认可的译本存在信任，这就为赞助人提供了利用翻译来构建文化的前提。

与文化或权力通过意识形态和诗学操纵翻译一样，翻译也反过来通过意识形态和诗学塑造和建构文化。从意识形态方面看，翻译帮助引进外来的新思想和新观念，协助目标语文化建立新的社会秩序。在《翻译研究》专著中，巴斯奈特专门追溯了在西方不同历史时期翻译所起的作用，特别是中世纪后期以及文艺复兴时期用本国语翻译《圣经》的潮流给西方文明和语言文化带来的史无前例的影响，各民族都能用自己的语言读到《圣经》，这抬高了每个译人国语言的地位，甚至也让各民族的身份得到了确认，尤其是德国伟大的宗教改革家马丁·路德用民众的语言译出史上第一部民众的《圣经》，对德国人的生活与信仰甚至德国语言的统一和进化产生了深远的影响，英国翻译的钦定版英文《圣经》也使英语成为与古希腊语、拉丁语、法语等语言相媲美的文学语言，所以她认为翻译塑造了时代的文化与生活，甚至翻译家很多时候就是一位革命活动家，而不是原作的奴仆。

翻译也有利于弱小国家抬高民族语言的地位以及确认民族身份，甚至在一特定的历史文化背景下可以与信息传递无关。翻译也有破坏和颠覆目标语文化中的主流意识形态及社会结构的功能，因此被目标语文化利用来构建对异域“他者”的形象再现，制造出异域的固定形象，塑造本土对异域的态度，比如尊重、蔑视。体现在诗学上，可以为本土文学形式增添新形式，对新时代的文学增添新色彩。

四、研究目标、思路及方法

（一）研究目标

本课题首先对前人在鲁迅翻译思想研究方面已取得的成果进行总结，在此基础之上进一步深度挖掘鲁迅翻译思想的独创性与优异性，为中国翻译理论这棵大树增添更多养分、结出更多果实。本文站在特定的历史和时代背景下，从独特的文化与社会视角发掘鲁迅特立独行的翻译实践和充满真知灼见的翻译理论，以及鲁迅多达 300 多万字作品的翻译实践给当代翻译工作者带来的启示，意在回归鲁迅从事翻译的文本场域，对鲁迅每个阶段的翻译理论及其衍变进行细致的分析和阐释，从宏观的非文本层面包括文化和社会层面以及微观的文本层面揭示影响鲁迅翻译活动的因素以及鲁迅翻译观形成的社会与文化缘由，将其明确表达出来的翻译观点结合其翻译文本进行分析、论证，客观地分析对鲁迅翻译思想与实践的非议与指责，并发掘出鲁迅翻译思想及其翻译策略的价值与启示，以及他如何毕其一生致力于为中国翻译文学铺路架桥的奉献性和开拓性的工作，从鲁迅先生在那个特殊年代的翻译实践中获取宝贵的经验教训，让鲁迅的翻译观与实践回归他在历史上应有的位置，正如他给自己翻译事业的定位一样，他把自己的翻译形象地比拟为博取域外“天火”的普罗米修斯，成为照亮中华“暗室”的光辉，他的翻译文字跨越时空，体现了译者对真善美永恒而执著的追求。

在今后的翻译理论研究中希望达成两个长远目标，即描写在人的经验世界中的翻译过程与译本的种种现象，二是建立普遍原理以解释和预测这些现象。本文是这条漫漫长路的第一步，也是关键的一步。

（二）研究思路与创新点

本文试图对鲁迅的“直译”进行较为客观理性的评价，认为“直译”是鲁迅结合中国实际，经过深思熟虑之后提出的一种主张，是他为中国的新文化建设而发出的呐喊，希望从文化高度将鲁迅的“直译”理念与他一直倡导的“拿来主义”联系起来。如果按传统翻译理论比如乔治·斯坦纳提出的“翻译四步骤”[96]理论来看，鲁迅的翻译就不属于正确的翻译，因为斯坦纳否定直译，主张用意译紧跟作者意思，不应过多注重形式的一致，而鲁迅的直译强调“宁信而不顺”，达雅位居其次，不属于当时翻译界的主流观点，但如果用翻译操纵理论来分析，他实现了他预期的意识形态借鉴和拿来的理想，理论不是为了约束实践，而是为实践服务，理论最终要服务于目的明确的译者，故本文拟以“翻译操纵论”为理论基础，描述与分析鲁迅翻译实践与理论中的一些重要问题。

96 斯坦纳认为翻译的正确方法既不是直译，也不是仿译，而是德莱顿提倡的意译，即译得要有一定限度的自由，紧跟作者的意思，不死抠字眼，译者应对作者的意思加以发挥，不能改变意义。

鲁迅的翻译作品是那个年代鲁迅在主流意识形态与他个人意识形态的共同操纵下的产物，由于特殊的历史背景，未免带有时代的痕迹而显得沉重与笨拙，当今的读者可能更偏爱梁实秋译文的飘逸与清丽，鲁迅译文的读者必然会越来越少，然而，他留给后人最有价值的是他在翻译过程中采取的翻译策略及其背后的动因，这也是本文研究的重点。将鲁迅的翻译生涯按其年代以及所倡导的翻译观分为三个阶段，即按从归化到异化衍变的思路分为早、中、后期来探讨鲁迅翻译观的进化，其中心点是“信”与“顺”的关系问题，从前期重视“顺”的归化翻译观到中期“宁信而不顺”的硬译观，整个过程体现出鲁迅希望通过翻译活动实现救国图存的根本目的。

本文创新点之一：应用勒菲弗尔的操纵理论，来分析鲁迅不同时期选择不同的翻译观的意识形态原因，重点剖析中期鲁迅选择晦涩难读的“硬译”风格的原因，发现他对翻译作品的思想和翻译实践的文化意义的关注超过了对翻译技术的关注，其中有鲁迅作为一名思想家的独立思考，分析鲁迅在进行翻译决策时所受的意识形态的操纵，不是为了对鲁迅翻译本身的高下对错进行评判，而是为了借鉴他的点滴经验和得失的教训。

创新点之二：本文将鲁迅的翻译观与同道中人包括翻译理论家韦努蒂以及文学家纳博科夫、文学家兼哲学家本雅明的翻译观进行了平行研究，得出了“硬译”观的真实内涵与真谛，对他们持有“异化”翻译观的内涵、原因及目的的异同进行了详细的分析与论述，在论证过程中注意资料详实，且在大量证据的情况下得出了具有创新价值的结论。

创新点之三：对鲁迅各阶段的翻译理论与决策进行了辩证的、历史的分析与讨论，并厘清了鲁迅在翻译理论上对前人的继承与超越，对鲁迅在扫清阻碍中国翻译事业前进的障碍的过程中所做出的努力进行了概括，对他在此过程中与各翻译家进行的论争进行了辨析与论述，具有较高的综合性与文献价值。

（三）研究方法

第一，文献细读与案例研究法：首先通读《鲁迅全集》，获知鲁迅在不同阶段的个人意识形态，再对《鲁迅译文集》进行仔细研读，从其翻译文本了解他具体的翻译方法，试图将二者联系起来研究。由于鲁迅的译论散见于大量的译者附记里，本文打算在掌握丰富的鲁迅翻译研究资料的基础之上，将译文与附记结合起来研读。当然鲁迅在杂文、日记和书信里也不时谈及翻译，都是本文所要用到的资料。

第二，采用共时比较与历史阐释相结合的方法、以点面结合的方式发现作为翻译家的鲁迅。对鲁迅翻译活动结合历史背景与文化因素进行客观描述，既不给予过分褒奖，也努力澄清对他的翻译方法的误会。共时比较主要指他与同时代翻译家和学者在翻译方面的论争，以及论争中闪现的翻译思想和智慧。历史阐释法主要谈及前人翻译思想和实践对鲁迅思想的影响，比如佛经翻译、林纾、梁启超与严复对鲁迅翻译理论形成的影响以及鲁迅对前人翻译思想的反思、批判与超越。由于鲁迅的翻译选材涉及多个国家的不同语种的文本，而鲁迅只精通日语，熟悉德语，故而转译为多，对于具体文本语言层面的技术与细节问题进行条分缕析具有十分大的难度，本文由于时间、能力与精力所限，暂时留作今后作进一步扩展研究。

第三，比较文学平行研究法：对鲁迅各阶段的翻译理论与决策进行辩证的、历史的分析与讨论，并与翻译理论家韦努蒂，以及文学家纳博科夫、文学家兼哲学家本雅明进行平行研究，主要对他们同样持有“异化”翻译观的内涵、原因及目的的异同进行分析与论述。当然翻译研究也是比较文学最重要的研究方向之一。

第四，本文借鉴操纵学派代表学者赫曼斯于 1972 年提出的描述性研究方法，即理论联系实际中的个案研究，是一种描写性的、导向的、功能的、系统的方法，注重研究决定译作的产生和被接受的准则和制约因素。描述法的主要功能是描述、解释和预测翻译的客观现象，分析操纵翻译活动的诸因素，避免参照自己的价值判断[97]。站在描述的立场上，不对其翻译质量作出好坏对错的判断，专门研究翻译文本与策略选择的原因与条件，把翻译过程所涉及的社会与文化因素，译者的政治责任感与意识形态抱负等到都融进研究思路中去。这也是翻译操纵理论的路径，不规定译者应当怎样操纵，而是以中立的立场描述译者的操纵实践，从而达到对翻译理论与实践普遍规律的认知与理解。

（四）难点与局限性

由于鲁迅的翻译主要选材于苏联和俄罗斯文艺作品，东欧与北欧的作品主要通过日语转译过来，将原文与译文对照研究很有难度，多数源文本已经很难在国内找到了，鲁迅早期的翻译用文言文译就，用了很多异域词汇和句法表达，都给研究带来了很大的难度。但由于本文重在探索在那个社会文化背景下

97 Toury, Gideon. *Descriptive Translation Studies and Beyond.* Amsterdam & Philadelphia: John Benjamins, 1995. PP.12.

鲁迅的翻译实践与意识形态操纵的关系，所以语言与文本的限制尚在其次。但对于某些问题仍然未得出答案，比如鲁迅倡导一种面向大众的普罗文学，但他的“直译”和“硬译”策略又主要是针对受过高等教育的知识分子；他提倡用欧化的语言来翻译，但在创作中又使用了古雅的文言，这似乎是一种矛盾，希望在未来的研究中尝试解决。

第一章 鲁迅翻译理论及实践的历史概述

如果按翻译理论、翻译选材和翻译风格来划分鲁迅的翻译阶段，可以把鲁迅的翻译生涯分为三个阶段：前期、中期和后期。当然鲁迅所做出的翻译选择都与不同时代背景下社会的需要有关，三个阶段的划分也与时代的特征有关。鲁迅的翻译生涯开始于 1903 年，到 1909 年为止他的翻译活动都处于一种早期探索状态，这段时期中国内忧外患，整个社会的仁人志士都处于寻路求索的迷茫阶段，对于未来要走一条什么路尚无定论，鲁迅也是如此，思想未成熟，就会影响到他翻译风格的不稳定，这一时期他的科教救国的理想让他主要选择科幻小说和历史小说来翻译，常常采用“编译”的策略，风格为时而意译时而直译，理论方面则是相对贫乏的，一些零星的言说也基本上是对翻译方法的论述。第二阶段是从 1909 年到 1928 年，鲁迅在此阶段已经成为新文化运动的主将，也明确了他的翻译宗旨是用一种新的文化与语言来取代旧文化与语言，所以从翻译《域外小说集》起，开始采用一种以“直译”为主的翻译方式，甚至有“硬译”的倾向，这一段时期他主要对“归化”与“洋气”问题进行了论述，并在中国翻译史上首先对翻译批评问题进行了独到的分析与论证。选择的“硬译”文本以文艺理论著作为主。从文学革命一直到革命文学论争前夕，鲁迅都重点选择俄国、日本文学中反映人民疾苦和社会黑暗的作品来译介，特别是具有反战思想和批判国民性的作品，后期逐渐转向以俄国、东欧以及巴尔干半岛小国家的文学为主。第三阶段，从 1928

年到 1935 年，鲁迅的翻译风格仍以“直译”为主，但“硬译”风格主要体现在所译介的俄国马列主义作品里。这一段时期的主流意识形态从革命文学论争向无产阶级文学运动转化，鲁迅的翻译侧重于译介苏联革命文学和无产阶级文学理论[1]。这三个阶段中，对复译问题的论述则贯穿始终，并始终不离对翻译本质问题的探索。

第一节　“宁顺而不信”：鲁迅前期“意译”理论及实践

在鲁迅 1909 年前翻译过的九篇作品中，除了《哀尘》和《造人术》使用了直译的策略，其余几篇或使用译述，或使用意译的方法，1909 年鲁迅《域外小说集》的翻译和出版标志其翻译风格的转向，其间经历了从摇摆于译述或直译之间，后过渡到译述，再转向意译，最终选定了直译方法的过程，最终确定了直译的思想。本节主要描述鲁迅 1903 年至 1909 年期间以“意译”为主的翻译理论与实践，分别对这段时期他别出心裁的翻译策略：译述、转译、改译进行论述，这一段时期鲁迅还处于当时翻译界的名人前辈如林纾以及严复的影响下，尚未形成自己独立而稳定的翻译风格与理论，但是仍然有关于翻译的片语只言散见于其译文的序跋中，从中可以一窥鲁迅翻译理论的形成与演变轨迹。

在《翻译、改写与文学声誉的操纵》中，勒菲弗尔认为文学要受社会大环境的制约，而翻译又是属于文学这个大系统的一个小系统，所以也要受社会大环境的制约，所以翻译只能是原作在文化层面上的改写，不仅只是语言层面的转换，翻译所受的社会制约包括内外两方面：意识形态会影响和控制译者的选材和采取的翻译策略，所以在分析翻译实践的时候应将意识形态背景与文本联系起来分析。译者选择的翻译策略旨在让他们所翻译的文本能让社会接纳和喜爱，所以译文在某种程度上会偏离原作。比如林纾的译文以及鲁迅在 20 世纪初的前期翻译实践。他们的译作应当被视为是改写，是译者对原作是和操纵的结果，即受社会主流意识形态与译者个人意识形态的操纵。本文从意识形态操纵角度的研究持一种客观的描述性立场，不是规定译者或读者或赞助人必须持有某种意识形态。

1　谢天振，查明建主编：《中国现代翻译文学史（1898-1949）》，上海：上海外语教育出版社，2004 年版，第 83 页。

一、前期翻译选材及其意识形态背景

翻译选材作为翻译实践的第一步，受译者所信奉的意识形态以及社会主流意识形态包括赞助人所操纵[2]。意识形态主要包括特定历史时期的社会、政治和文化形态，包括政治、哲学、文化、艺术和宗教。要对鲁迅的翻译活动进行深入透彻的阐释，首先就需对他那个时代的社会背景与政治意识形态进行分析。鲁迅前期的译作也是在个人意识形态与社会主流意识形态特别是代表社会主流意识形态的赞助方的共同操纵下做出的翻译选择。这个时期社会的主流意识形态，是在两次鸦片战争之后，中国被列强侵略者打开了大门，沦为半殖民地半封建社会。清政府对外签订了很多丧权辱国的条约，对内不得人心，大厦即将倾覆，以儒学为主流的封建意识形态阻碍着新的生产力的发展，洋务派主张向西方学习科技与军事，以拯救危机中的统治，“中学为体，西学为用”成为社会主流的意识形态，在这样的意识形态操纵下，洋务派设立同文馆，开始招揽和培养翻译人才翻译西方书籍，但甲午战争后洋务运动破产，资产阶级维新派登上历史舞台，不单是想学习西方自然科学与军事，还想学习其先进的社会制度与文化，大力提倡西方民主、自由和人权，主张实行君主立宪制，想在中国发展资本主义，希望通过援西入中的方式对封建儒学进行改造，想唤醒沉睡中的国民。所以改革是这时期社会的主流意识形态，无形中控制了译者对译本的选择，许多中国知识分子包括梁启超、严复、林纾、鲁迅等开始把西方科学、文化、哲学著作译入中国，这个时期出版了大量西方社会科学译著，比如启蒙思想家严复把进化论、唯物的经验论以及资产阶级古典经济学和政治理论包括达尔文主义介绍进来，成功地利用西方意识形态颠覆了中国已日趋腐败的封建意识形态，对翻译文本的选择反映了当时社会主流意识形态的操纵。按照勒菲弗尔的赞助人操纵理论，赞助人指可能会促进或阻碍文学改写活动的个人或机构的力量，赞助人（包括学术团体、审查官署、教育机构）是通过自己的意识形态对给译者施加影响[3]。鲁迅翻译生涯的前期基本是在日本留学度过的，那时的日本正处于明治维新的全面改革与现代化时期，鲁迅第一次译作《斯巴达之魂》于 1903 年

2 Lefevere, Andre. *Translation, Rewriting & Manipulation of Literary Fame*. London & New York: Rougledge. 1992.

3 Lefevere, Andre. *Translation, Rewriting and the Manipulation of Literary Fame*. London and New York: Routledge, 1992.

发表于《浙江潮》，这是东京最激进的学生杂志，从操纵理论来看，《浙江潮》杂志就是操纵鲁迅翻译选材的赞助人角色，这是东京最激进的学生杂志，它的宗旨是宣传反清的民族革命思想，揭露帝国主义对中国犯下的罪行，批判改良派的妥协退让，积极传播西方政治文化思想与学说。所以鲁迅选译的这个故事题材很符合其宗旨，它讲的是俄罗斯侵略塞莫皮莱的满洲里的一场战役。鲁迅想用这样的文章唤起国人反抗外国侵略，当时鲁迅的同乡和同学都认为这样的作品能唤醒沉睡的国人。他在日本期间还转译了雨果的《芳汀的来历》，取名为《哀尘》，以及凡尔纳著的两篇科学小说《月界旅行》、《地心旅行》。所以鲁迅一开始从事翻译的宗旨就不是为了翻译而翻译，而是为了介绍外国先进的观念与思想，以对国人进行启蒙，激起他们的革命激情和爱国情怀，这与当时社会的主流意识形态是相符合的。

鲁迅此时的个人意识形态与他的身世以及他所受到的教育相关，他的家庭背景让他受传统文化影响很深，他既对感受过中国文化中最优秀的一面，也体验过其最糟糕的一面，但他广泛涉猎过中西方文学经典，并接受过最严格的中国古典文学教育，后来又受康有为与梁启超的影响很大，从严复那里接受了赫胥黎的影响，又受尼采哲学影响很深，这些都打开了他的眼界，开阔了他的思想。家道中落让他体会到了人世的悲辛，在日本留学期间“幻灯片”事件又让他受到了刺激，让他想到用文学的力量来改造中国。这些就是鲁迅最初从事翻译时所形成的个人意识形态，这有助于理解鲁迅反封建和改变旧制度的翻译宗旨，他一开始就将自己定位为一名革命性的翻译家。分析鲁迅翻译生涯初期社会的主流意识形态，可以进一步知道他选择意译的翻译策略的原因。鲁迅早期翻译实践与风格深受晚清域外小说译介潮流的影响，“是裹挟在晚清域外小说译介潮流中的摸索阶段”。[4]“五四”运动前夕，西方列强和日本的肆意入侵给中国人民带来了深重的苦难，鲁迅和当时多数仁人志士一样，想通过输入外来的文化血脉以改良社会，从“师夷长技以制夷”到“别求新声于异邦”，在鲁迅看来，最有效的莫过于通过翻译国外的科技著作和科幻作品来引起国人对科技的重视与关注。鲁迅出于“科学救国”、“小说救国”的目的翻译了一些外国作品，比如凡尔纳的科幻小说《月界旅

4 高传峰：《论周氏兄弟的早期翻译》，《杭州师范大学学报（社会科学版）》，2014年版第6期。

行》[5]和《地底旅行》[6]，他还译述了历史小说《哀尘》[7]，并希望借助于这些小说拓展国人视野，改良国民性格，他就这样将翻译实践和社会变革、国家命运联系起来。此时鲁迅的个人意识形态与主流的意识形态基本一致，这个时期他的写作与翻译都因他对中国传统文化与文学的欣赏与继承而采用了古旧的文风。

鲁迅在这一时期由于对翻译理论的陌生与实践经验的缺乏，尚未形成自己独立的理论，学者徐朝友认为，从 1903 年到 1906 年期间，鲁迅在翻译理论方面还没有形成具有创造性的独立见解，他这段时期的翻译观依从当时社会主流的翻译理念，受梁启超等人影响颇深，过于看重翻译对社会与文化的实用功能。鲁迅读过严复的《天演论》以及林译小说并且十分欣赏他们的作品，故而在开始尝试翻译异域作品时，林译小说的意译之风及严复的"信达雅"的翻译主张都对他产生了重要的影响，翻译策略上也模仿林纾[8]。不管是严复的《天演论》还是林译小说，都倾向于用本国的文化惯习对外国文化进行归化，即采用一种意译的翻译策略。彼时鲁迅从翻译策略上模仿当时的翻译名家林纾的风格，因为在当时的晚清社会，外国文学翻译刚开始起步，译者与读者都仍然习惯于中华传统表达方式与语言，在中国人的"集体无意识"[9]里流行一种很

5　《月界旅行》，法国小说家儒勒凡尔纳著的科学幻想小说，（当时译者误为美国查理士·培伦著），一八六五年出版，题为《自地球至月球在九十七小时二十分间》。鲁迅据日本井上勤的译本重译，一九〇三年十月日本东京进化社出版，署"中国教育普及社译印"。儒勒·凡尔纳（Jules Verne, 1828-1905）的小说富于幻想，幻想中却含有科学的真实性，是全世界儿童所喜爱的读物，著有《格兰特船长的儿女》、《海底两万里》、《神秘岛》、《八十天环游地球》等。最新收录于《鲁迅全集》第 11 卷，北京：同心出版社，2014 年版。

6　《地底旅行》日语转译，鲁迅于 1903 年译就。首二回载 12 月《浙江潮》月刊第 10 期，署名索士，未刊完，原著者误作英国威男。1906 年 3 月南京启新书局初版，现收《译文集》第 1 卷。最新收录于《鲁迅全集》第 11 卷，北京：同心出版社，2014 年版。

7　《哀尘》最初刊登于 1903 年 6 月 15 日《浙江潮》月刊第 5 期，署名庚辰。据日文转译。初未收集，现收《鲁迅佚文集》。

8　徐朝友：《鲁迅早期翻译观溯源》，《解放军外国语学院学报》，2003 年第 5 期。

9　这个概念最早由心理学家荣格提出，他对集体无意识的定义："集体无意识是人类心理的一部分，它可以依据下述事实而同个体无意识做否定性的区别：它不像个体无意识那样依赖个体经验而存在，因而不是一种个人的心理财富。个体无意识主要由那些曾经被意识到但又因遗忘或压抑而从意识中消失的内容所构成的，而集体无意识的内容却从不在意识中，因此从来不曾为单个人所独有，它的存在毫无例外地要经过遗传。个体无意识的绝大部分由"情结"所组成，而集体无意识主要由"原型"所组成。"

强的“中华中心主义”心理，对陌生的外来文化有一种排斥心理，翻译界普遍用中国传统价值观、诗学观和本土文化元素对翻译文本中的异质文化因子进行同化，如林纾翻译狄更斯的 The Old Curiosity Shop（《老古玩店》）,哈葛德的 Monterumas' Daughter（《蒙特马祖的女儿》）等小说时，把中华“孝文化”强行植入西方文化中。所以鲁迅的译文中也大量出现一些西方文本中不可能出现的中国文化元素，比如“工欲善其事，必先利其器”这种习语，甚至所译的科幻小说也采用了中国传统小说的体例，即章回小说的形式。

二、前期多种译法杂糅的译风

据陈梦熊考证，鲁迅从 1903 年 4 月的《哀尘》起步，开始了他的翻译生涯。鲁迅在日本弘文学院读书的两年时间，翻译了很多作品，陈梦熊对鲁迅在弘文学院读书时期的史实进行了调查，发现鲁迅的正式翻译工作，始于一篇名为《哀尘》的译文[10]。至 1905 年 4 月在在弘文学校留学的两年期间译了《斯巴达之魂》（编译）、《哀尘》（小说）、《造人术》（科幻）、《说鈤》（科学）、《中国地质略论》（科学）、《中国矿产志》（科学）、《月界旅行》（科幻）、《地底旅行》（科幻）、《地质学残稿》（科学）、《物理新诠》（口译两章，已佚）、《世界史》（史学）、《北极探险记》（科幻小说，已佚）。自 1905 年鲁迅翻译《造人术》的时候才开始产生直译倾向。鲁迅早期的译作，基本都是从日语转译他国作品，包括中篇科幻小说 2 篇，短篇小说 5 篇，诗歌 3 首，文学理论论文 1 篇，教育论文 4 篇，哲学绪言 1 篇，使用包括译述、直译、意译和改译等多种方式杂糅的翻译手法。

（一）译述的译法

多数学者都认为这段时间鲁迅主要采用了译述的翻译策略。以鲁迅所译《斯巴达之魂》为例，大量使用译述手法使这部作品几乎算不上严格意义上的翻译作品，故而上海鲁迅纪念馆编的《鲁迅著译系年目录》未将其列入鲁迅译作范围以内，认为它属于鲁迅的散文创作。对于那个时代译述或者说意译风的流行，陈平原认为其原因由于译者外语水平有限，且没有良好的翻译态度，加上中华中心主义带来的对国外作品的偏见，以及几人合译的现象造成[11]。鲁迅

10 陈梦熊：《〈鲁迅全集〉中的人和事——鲁迅佚文佚事考释》，上海：上海社会科学院出版社，2004 年版，第 17-19 页。

11 陈平原：《二十世纪中国小说史第一卷》，北京：北京大学出版社，1989 年版，第 38-39 页。

早期翻译态度也受时风的影响，当时他的一些同学曾回忆鲁迅翻译的惊人速度[12]，说明鲁迅早期翻译态度并不十分严谨。鲁迅也曾回忆说他初学日文还没有太熟练，连阅读也不太胜任的情况下就急于翻译，连他自己也不怎么相信翻译的质量[13]。翻译缺少忠实性，这是由于当时鲁迅受流行的译风影响，对翻译尚没有成熟而独立的思考，所以采用了当时流行的译述、编译和改译等翻译策略，实际上这种策略可以归结为"宁顺而不信"的宗旨，"不信"指的是语言文字层面的不忠实，据说是讲究译文对原文的"传神"，认为好译文不需要过分追究字词句的翻译细节，能传达原作精神才是首要的，在译文的主要精神不与原文相悖的条件下，文字的增删改动都是可以接受的。

（二）转译的途径

鲁迅精通日语，熟练掌握德语，这段时期的翻译多通过日语转译而来，鲁迅的《斯巴达之魂》是从日语转译过来的，其中有挑译与改写的成分。《月界旅行》和《地底旅行》是鲁迅早期重要的翻译作品，都是由日文转译而来，但《地底旅行》没有译完。受恩师章太炎影响，这两部作品都采用文言文和传统章回体小说的体例，文字和风格上颇具古风，民族意识和旧学气都十分浓厚，所以前期鲁迅的翻译文本体现了鲁迅本人的复古和传统色彩。

鲁迅1903年翻译了法国著名科幻小说家儒勒·凡尔纳的科幻小说《月界旅行》，是他一生中所译的第一部科幻小说，根据井上勤的日译本《九十七时二十分间月世界旅行》重译过来[14]。接着鲁迅根据日译本转译了儒勒·凡尔纳科幻小说《地底旅行》[15]。鲁迅又于1904年译了凡尔纳的《北极探险记》[16]。1905年从日语转译美国科幻作家路易斯·托仑所著《造人术》[17]。从翻译《造人术》起，鲁迅的翻译风格就开始发生变化，虽然只是一篇千余字的微型小说，鲁迅用传统古文译出，间夹以严复式翻译笔法，语句简洁明快，已经开始有"直译"的倾向，特别是开头一段有严复译《天演论》开头的影子，总体保留了较

12 杨良志：《鲁迅回忆录（散篇）》，北京：北京出版社，1999年版，第46页。

13 鲁迅：《集外集序言》，最初发表于1935年3月5日上海《芒种》半月刊第一期。本篇未编入《鲁迅全集》同心出版社，2014年版。

14 陈红：《日语源语视域下的鲁迅翻译研究》，华东师范大学博士论文，2015年。

15 前二回于1903年12月8日刊于《浙江潮》第十期，全译本由南京启新书局于1906年4月印行，署译者名为"之江索士"，将原作者误认为是英国威男。

16 此篇未发表，译稿丢失。

17 于1905年发表于第4期和第5期《女子世界》合刊（原第16、17期，未记刊年）。

多原文风貌。鲁迅的翻译实践始终是醉翁之意不在酒，而在于盗取“境外先进文化”之火给国民，以达到启蒙的目的，召唤人民清醒过来以寻求进步，最终实现强国、富民的梦想。

（三）改译手法

将鲁迅的翻译版本与原作对比，可以发现鲁迅对原作做了很多改动，最明显是删节。《月界旅行》原书有28章，鲁迅只翻译了一半，但他没有将两章合二为一，而是将原作第二至四章的内容略加删节，基本保持原貌，并与其他章节合并，将原作的第五章和第六章完全删去。鲁迅据为底本的井上勤的日文译本《月界旅行》是从英文译本转译过来的，相对于凡尔纳的法文原文来说已有所删改，到鲁迅的译本又进一步删节改易，主要是删去井上勤译本中多处对自然科学知识的解说，其他则没有太大变更。这样每一回的字数就基本相等，不像原作各章节的字数分配不够平均，如原作十六章的字数几乎是十七章字数的七八倍，译作从体例上看十分接近中国古代的章回小说，鲁迅用自拟的七字或八字的对偶句来代替原书中各章的标题，在字数、回目上刻意模仿中国章回体小说，还编写了对仗工整的目录，在每回末尾就配套出现章回小说所常见的套话。卜立德说，鲁迅“态度比较认真”，在大规模删改原文的情况下，他注意保留了与科学有关的内容，对于篇幅很长的议论部分，他也基本说清楚每个论点，基本完成他想担起的“使读者……获一斑之智识”的任务。他为了适应中国人阅读习惯所作的增删也没有影响到大局，卜立德认为他至少他没有沿习当时翻译界风行的挂羊头卖狗肉的做法，用保留原作精神的幌子，借小说人物之口发表自己的见解[18]。

为了照顾当时读者的口味，文字上任情删易是鲁迅翻译这两部科学小说的明显特点，学者陈红认为此译本对译述的过分使用相当于是一种改作，不能算是严格意义上的翻译[19]。鲁迅在《月界旅行·弁言》中也叙述了当时他认为原文直译过来语言会失去味道，不适合中国人阅读，所以会适当删减[20]，当然有删就有加。分析《月界旅行》增加的部分，主要有两种情况：一是添加“且听下回分解”之类文字来结束一章，借鉴中国传统章回体小说的样式，每章结束时鲁迅会添加两句自撰的古诗[21]。二是增添少量母本中没有的内容，进行自

18 卜立德：《鲁迅的两篇早期翻译》，《鲁迅研究月刊》，1993年第1期。
19 陈红：《日语源语视域下的鲁迅翻译研究》，华东师范大学博士论文，2015年。
20 鲁迅：《译文序跋集》，北京：人民文学出版社，2006年版，第2页。
21 陈红：《日语源语视域下的鲁迅翻译研究》，华东师范大学博士论文，2015年。

我创作加工，不管是增添，还是删减，鲁迅都是希望让人在阅读的时候不生厌倦，本来科学这类文本就让人觉得枯燥，如果不进行加工，恐让人读不下去，所以添加的古诗都有补充析理的功效[22]。

比如以下译文：

> 社长还没说完，那众人欢喜情形，早已不可名状，呼的，叫的，笑的，吼的，嚣嚣嗥嗥，如十万军声，如夜半怒涛，就是堂中陈列的大炮，一齐发射，也不至此。正是：
>
> 莫问广寒在何许，据坛雄辩已惊神！
>
> 要知以后情形，且待下回分解[23]。

这一段借鉴中国传统章回体小说的语言添加一段表述，为原文本没有的，鲁迅为照顾中国读者的阅读习惯擅自添加的。甚至第一回还擅自插入陶渊明的诗句："精卫衔微木，将以填沧海，刑天舞干戚，猛志固常在"[24]。即使不对照原文，也很明显知道是译者随意发挥擅自添加的。这种添加一般出现在每回末尾，也有插入章回当中的语句，都是由译者兴之所至，随手添加的。举例来说：

> （A）世人都想先晓得决议如何，热心探问的，不知多少。然而不晓得火药的道理，就是坐在傍听席上，也不免头绪毫无，味如嚼蜡。[25]
>
> （B）若竟跌落演坛，则身负重伤，是不消说；便是喋喋辩论的无空间说，也可惜从演坛落至地面的实有空间，而大悟彻底了。[26]
>
> 原日文为：
>
> 若し不幸にして墮落したらんには彼雄辯者の今迄舌を極め

22 鲁迅：《译文序跋集》，北京：人民文学出版社，2006年版，第2页。

23 鲁迅：《鲁迅全集》第11卷，北京：同心出版社，2014年版，第12页。《月界旅行》，是法国小说家儒勒·凡尔纳著的科学幻想小说，（当时译者误为美国查理士·培伦著），一八六五年出版，题为《自地球至月球在九十七小时二十分间》。鲁迅据日本井上勤的译本重译，一九〇三年十月日本东京进化社出版，署"中国教育普及社译印"。儒勒·凡尔纳（Jules Verne，1828-1905）的小说富于幻想，幻想中却含有科学的真实性，是全世界儿童所喜爱的读物。著有《格兰特船长的儿女》、《海底两万浬》、《神秘岛》、《八十天环游地球》等。本篇最初印入《月界旅行》。

24 （晋）陶渊明诗：《读山海经十三首》之十。

25 鲁迅：《鲁迅全集》第11卷，北京：同心出版社，2014年版，第24页。

26 鲁迅：《鲁迅全集》第11卷，北京：同心出版社，2014年版，第44页。

て距離に虚無なるを說きたるも足を挫傷して以て始て距離の高座と土地の兩間に於て虚無ならざるを悟りたるなるべし（叶一四三）

（A）为日文原文中没有的句子，（B）是译文与原文之间缺乏对应关系的例子，鲁迅在翻译的时候根据原文的意思进行了随意发挥。当然文中多数增译都只是个别词语的添加。此外，鲁迅对《月界旅行》中出现的人名、地名采取了音译以及部分音译的方法，后者指译出单词的部分内容来指代整个单词。

同样的现象在《地底旅行》中也出现过，《地底旅行》原作共45章，前半部分为故事，后半部分对书中涉及到的科学知识进行了解说，鲁迅只译了前半部分，未译后半部分的解说文字，所以改动明显，日译本为17回，鲁迅改译为12回，且都改译为章回体，每回有回目，使用“演义小说”的风格，文字风格为文言与白话并用。由于不受翻译底本约束，鲁迅用了清新流畅且情感充溢的文字翻译《月界旅行》等作品，给读者带来了很好的阅读感受。既然鲁迅的“意译”风格不要求准确再现原文，故笔下充分展现了他自己的个性和勃勃生气，鲁迅最初的译风受严复的影响很大，但追求特立独行的鲁迅后来终于找到了自己的风格，变得清新雄健，在译书界独树一帜[27]。《月界旅行》原著的结局给人留下的是悬念，鲁迅为了迎合中国人喜求圆满的传统心理，将结尾改成了大团圆的喜剧，这是受当时“意译为主”的译界风气所影响，对于此书各章节的标题，鲁迅也同样模仿中国传统章回体小说，把标题译成对仗的七言诗歌句式，例如《月界旅行》第四、五、六回的标题分别译为：

第四回　喻星使麦氏颂飞丸　废螺旋社长定巨炮[28]；

第五回　闻决议两州争地　逞反对一士悬金[29]；

第六回　觅石丘联骑入山　鼓洪炉飞铁成瀑[30]。

鲁迅选择“编译”与“意译”法是从读者接受的角度考虑的结果，事先对译文的受众进行分类，为不同的读者群选择最适合的翻译方法，以增强民众对翻译作品的理解与接受，虽然鲁迅没有提出接受美学的概念，但这一时期他对翻译策略的选择完全可以用西方的接受美学来解释。出于读者接受的考虑，很

27 转引自李广益:《幻兴中华:论鲁迅留日时期之科幻小说翻译》,《汉语言文学研究》，2010年第4期。

28 鲁迅:《鲁迅全集》第11卷，北京：同心出版社，2014年版，第18页。

29 鲁迅:《鲁迅全集》第11卷，北京：同心出版社，2014年版，第24页。

30 鲁迅:《鲁迅全集》第11卷，北京：同心出版社，2014年版，第30页。

多时候鲁迅对原文的内容进行大规模删改和变更，以归化的翻译策略输入西方文学与文化。

鲁迅早期的翻译实践中所使用的翻译策略经历了意译——编译——直译的嬗变过程，在这个过程中他一直在探索一种适当的翻译方式，以适应改造国民性的理想，这时他已经开始探索如何通过翻译“拿来”异域先进的语言成分来改造现代汉语。鲁迅翻译生涯的第一部译作《哀尘》（1903）其实采用的是直译的方法[31]，但随后翻译的几篇小说比如《地底旅行》（1903）以及《斯巴达之魂》（1903）、《造人术》（1905），《北极探险记》（1904）却没有继续采用直译法[32]。对于《哀尘》的译文，学者熊融提到，即使对照法文原著核对鲁迅的译文，发现虽然是从日译本转译过来，但除了一处是因日译本的误译以外，其他译文几乎都是逐字逐句的直译。当时意译盛行，鲁迅这种极度忠实于原文的译法可谓独树一帜[33]。

这个时期鲁迅也会在“直译”的文本中加入“归化”的内涵，比如鲁迅从日本森田思轩翻译的《随见录——芳梯的来历》（雨果著）转译了《哀尘》，文字虽然用古文，且与原文很接近，属于直译风格，但原文的内涵被诠释为中国传统小说的内涵，即对中国传统“仁义”精神的赞美与颂扬：贫贱而无辜的女子芳梯被一无赖少年频那夜迦欺侮，读书人嚣俄路见不平，出手相助，体现出中国传统士子“侠肝义胆”的儒家精神，小说中的嚣俄始终是以一位“爱人施惠”的仁者形象出现，鲁迅此处的译文体现了他欲用中国儒家文化的伦理内核——“仁”来诠释这部小说的初衷，企图以儒家“仁者爱人”的思想来解读西方人道主义精神。西方翻译理论家韦努蒂曾批评过这种翻译现象，说这种翻译行为抹杀了外来文本与译入语之间的语言与文化差别，用译入语文化的主流价值观将其同化[34]。但这也正说明当时社会的主流文化意识形态仍然是以封建家族制为中心的等级制，鲁迅此时尚未完全突破旧的价值观与意识形态，拥有自己独立的思想与意志，所以他的翻译策略以及选材仍然是由他生活的社会

31 据熊融、戈宝权等研究者查证，《哀尘》译文和雨果的法文原文甚为吻合，应为直译（《关于鲁迅译述〈哀尘〉、〈造人术〉》，《文学评论》（1963.4）将两文收入陈梦熊《<鲁迅全集>中的人和事鲁迅佚文佚事考释》，第 1-16，17-19 页。而据工藤贵正论述，鲁迅译文中的“译者曰”是对日译者森田思轩所撰序文的改造。

32 崔峰：《鲁迅翻译初探》，上海外国语大学硕士论文，2006 年。

33 熊融：《关于〈哀尘〉、〈造人术〉的说明》，《文学评论》，1963 年第 4 期。

34 Venuti, Lawrence. *The Scandals of Translation.* London & New York: Routledge, 1998. PP. 23.

与文化条件所决定，鲁迅这个时期的翻译行为完全可以使用勒菲弗尔的意识形态操纵论来进行阐释，他当时选择的翻译策略基本上由那个特定历史时期的社会历史或意识形态因素所决定。

三、相对应的翻译理论[35]

（一）“宁顺而不信”的翻译理论

鲁迅翻译生涯的初期采纳了一种“宁顺而不信”的翻译策略，这是顺应当时流行的译风，讲究文章内在精神上的“传神”，不讲究字面意思和形式上的一一对应。严复称此为“达旨”；梁启超的表述是“译意不译词”[36]，林纾认为“存其旨而易其辞，本意并不亡失。”[37]分析鲁迅初期的翻译实践可以看出这一点。《月界旅行》以旧白话为主，最初鲁迅使用俗语来翻译，是希望有利于读者思考，但只是用俗语，就会让他们觉得过于冗繁，夹用文言使文章简洁，节省篇幅[38]。《北极探险记》在讲故事的时候用了文言，对话则使用白话[39]。《造人术》则用了桐城气十足的质实文言，但读起来简洁明快，朗朗上口。其中《中国地质略论》全文采用文言，翻译《地底旅行》时叙事用文言，对话用白话，这个时期他给友人的信中提到他的翻译多是改作[40]。他在翻译《域外小说集》里的三篇小说时重新采取直译的手法，与1903年翻译《哀尘》相隔六年。

虽然没有提出系统的翻译理论，但鲁迅早期的翻译观可以从他某些言论中得到体现，他曾解释过为什么要从事外国文学翻译，提到在日本留学期间，就存一种不太有信心的希望，认为文艺可以利用来改造社会，于是这成了他译

35 尽管鲁迅此时尚未形成系统的理论，但为了统一的目的，本文对其翻译理念、思想与观念一律使用“理论”的说法。

36 梁启超在1999年翻译的《十五小豪杰》第一回结尾对“译意不译词”进行了说明：“英译自序云：‘用英人体裁，译意不译词，惟自信于原文无毫厘之误。’日本森田氏自序亦云：‘易以日本格调，然丝毫不失原意。’今吾此译，又纯以中国说部体段代之，然自信不负森田。”

37 林纾：《黑奴吁天录·例言》，北京：商务印书馆，1981年版，第2页。

38 鲁迅：《鲁迅书信集》（上卷），北京：人民文学出版社，1976年版，第542页。本文所引鲁迅书信，除注明其他出处外，均选自《鲁迅书信集》，北京：人民文学出版社，1976年版。

39 鲁迅：《鲁迅书信集》（上卷），北京：人民文学出版社，1976年版，第542页。本文所引鲁迅书信，除注明其他出处外，均选自《鲁迅书信集》，北京：人民文学出版社，1976年版。

40 鲁迅：《鲁迅书信集》（上卷），北京：人民文学出版社，1976年版，第538页。

介外国文学为的起因[41]。可见他选择科幻小说来翻译的初衷就是为了借小说对民众怡情移性，达到改良社会的目的，所采取的翻译策略则顺应了当时的主流诗学，并与改良派的观点不谋而合。鲁迅的翻译理论深受当时梁启超发动的小说界革命的影响，比如其《月界旅行》等小说的翻译就深受《新小说》上连载的《海底旅行》的影响[42]，鲁迅多数译作所具有的一种桐城复古气息，是受了其师章太炎很深的影响，文字艰深不够通俗，所以前期鲁迅的译作不太容易被大多数民众所接受，自然他以文学启蒙民众的效果要大打折扣。其后的《造人术》尝试采用古拙的语言进行直译，并调整了翻译策略，学者李广益认为鲁迅在翻译这部著作时，用古朴的文言文来展现科技创造生命这一现代性极强的科幻题材，古风与现代的结合产生了穿越时空的效果，在中国科幻小说史乃至世界科幻史上都属罕见[43]。《造人术》是鲁迅尝试"文学复古"的先声，后来鲁迅的翻译思想经过不断的反思与更新，其翻译语体相应由"俗"转"文"。初期鲁迅留日期间翻译风格的复古倾向反映了他骨子里的民族主义因子，这是一条必由之路，因为文化民族主义必然通过这条路进行文化建构[44]。留日期间鲁迅已经开始了他独树一帜的思考模式，行为也颇特立独行，开始露出其文化先锋的苗头，才有可能在今后的翻译与创作活动中从更高的境界开始其独特的文化建构活动，他翻译风格的"复古倾向"才真正发挥了自身的积极作用[45]。鲁迅将最初的编译性创作——《斯巴达之魂》题献给那些保卫国土的爱国者，以唤起民众抵抗侵略者、实现救国图强的目的。鲁迅翻译的《中国地质略论》，表面看似乎是在介绍中国地质及矿产资源状况，但他醉翁之意不在酒，而在于谴责沙俄等东西方列强对中国国土的侵略以及对矿产资源的掠夺，翻译此文是为了激发民众的爱国情怀。此后的《说鈤》、《科学史教篇》等都以此为宗旨而翻译过来的。

（二）《月界旅行·弁言》中体现的翻译理论

鲁迅虽然没有创造出成体系的翻译理论，但从他为自己的译作所撰写的

41 鲁迅：《鲁迅全集》第11卷，北京：同心出版社，2014年版，第117页。

42 李广益：《幻兴中华：论鲁迅留日时期之科幻小说翻译》，《汉语言文学研究》，2010年第4期。

43 李广益：《幻兴中华：论鲁迅留日时期之科幻小说翻译》，《汉语言文学研究》，2010年第4期。

44 袁盛勇：《论鲁迅留日时期的复古倾向（上）》，《鲁迅研究月刊》，2000年第10期。

45 ［日］木山英雄：《文学复古与文学革命》，北京：北京大学出版社，2004年版。

序跋中仍然可以找到很多翻译思想。他初期的翻译理论大都可以从他《月界旅行·弁言》中找到，从这篇文章还可以了解鲁迅翻译生涯早期所持的翻译态度、所采用的翻译方法以及他的翻译初衷，甚至能从中发现鲁迅当时所持的价值观和文艺思想，感受到他译介科学小说的苦心。这是鲁迅在翻译初期唯一的一篇论述翻译理论的文字，在这篇《弁言》中他对翻译小说尤其是科学小说的目的进行了说明，还对自己所采用的翻译方法进行了介绍，说明自己为何会采用这样的翻译方法，他采用不忠实于原文的意译法是希望让读者有良好的阅读体验。鲁迅在序言中提到自己当时的翻译方法是随兴删易那些不适合中国读者阅读的乏味文字[46]。鲁迅也给杨霁云写信说他的翻译其实更是一种改作[47]。当代翻译理论家在评价鲁迅初期翻译活动时，也同意鲁迅自己的说法，认为他这时的意译不能算是严格意义上的翻译活动，只能算是译述或改作[48]。欲理解和评价鲁迅早期的翻译思想，就需细读领会《月界旅行·弁言》的精神。自鲁迅在《月界旅行·弁言》里第一次重点表述自己的翻译理论之后，这种翻译观贯穿了鲁迅留日早期整个翻译生涯。

（三）前期“中间物”意识

鲁迅早期翻译风格摇摆不定，是因为他在探索一种相对理想的翻译策略，他的“中间物”意识就是在这种探索过程中生发出来的。鲁迅首创了“历史中间物”的概念，在1926年在《写在〈坟〉后面》一文中，鲁迅专门提出“中间物”的概念，认为世上一切事物都处于转变和演化的过程中，故中间物始终存在。不管是动植物之间，还是无脊椎动物之间，都有中间物；甚至世界上任何事物都是处于进化之链上的中间物[49]。在鲁迅的时代，中国与其他国家在文化交流过程中受到了巨大的冲击，中国处于新旧交替的历史大转变时期，鲁迅超越了初期的浪漫主义和象征主义，以更清醒的现实主义精神对旧的腐败的东西进行了批判，对过去、现在和未来之间的联系进行了思考，发现生存在当下，就无法割断现实与历史之间千丝万缕的联系，现实是历史的后续生命，它承袭着旧世界的血脉，无法彻底摆脱传统所施加的重负与枷锁。鲁迅从严格的自我解剖中意识到了个人的现实性存在处于一种悲剧性的

---

46 鲁迅：《译文序跋集》，北京：人民文学出版社，2006年版，第2页。
47 鲁迅：《鲁迅书信集》（上卷），人民文学出版社，1976年版，第538页。
48 顾钧：《鲁迅翻译研究》，福州：福建教育出版社，2009年版。
49 鲁迅：《鲁迅全集》第1卷，北京：同心出版社，2014年版，第169页。

“历史中间物”地位，认识到个人与自我在强大的现实力量面前的渺小与无力。鲁迅始终是以一名探索者和开拓家的身份来从事翻译，并把自己的翻译理论与实践都视作一种“中间物”的历史体现，不将自己的文本定位为终极文本，思想也始终在反思中改变和更新。和译界其他的仁人志士相似，虽然年轻，鲁迅早期的翻译活动超越了“为艺术而艺术”的唯美与浪漫，而有意强化了其现实意义和功利性，即他后来所一直主张的“拿来主义”，急于从国外盗来先进文化的火种，以实现他想实现的国民性改造，并抵抗阻碍社会发展的中国传统文化，所以鲁迅早期在很短时间就尝试了各种不同的翻译策略，以检验何种翻译策略能达到他想要的效果，所以鲁迅早期在很短时间就尝试了包括直译、改译、译述、编译在内的种种翻译策略，以检验何种翻译策略能达到他想要的效果。他在翻译方式上不断反思与超越自己，并寻求医治痼疾，“跳出古老生活方式”的途径，在“破”的层面他显现出异常决绝的偏激态度，如他后来对青年人“不看中国书”的号召，主张汉字拉丁化，把直译推向极端的“硬译”，都是他这种“破”的态度的体现。通过“破”，鲁迅完成了“直译”的“立”。

前期“中间物”意识已全面渗透进鲁迅的翻译思想、实践及其文化观、价值观中，比如他认为黑暗会越着事物的灭亡一同消失，黑暗只是暂时的，也不过是一种中间物，光明迟早会到来，不依附于黑暗，为光明而灭亡，才能有光明的未来[50]。鲁迅的翻译理论体现出一种历史“中间物”意识，他对翻译时不能达到通顺与融会贯通的标准深以为苦，费力也不讨好，效果不过是译成一部有错误又枯涩的书，故而他认为自己的译文不过是一种“中间物”，期待未来的潜心研究者把原文句法解散，把术语译得浅显易懂，当然最好不通过转译而是从原文直接翻译，那就是对“中间物”的一种超越[51]。

第二节　“宁信而不顺”：鲁迅中期“直译”理论及实践

1909 年至 1928 年为鲁迅翻译的中期阶段，其翻译选材、翻译理念与目的都与早期翻译大相径庭，鲁迅在翻译策略上逐渐与林纾等主流翻译家分道扬

50 鲁迅：《鲁迅全集》第 3 卷，北京：同心出版社，2014 年版，第 194 页。
51 鲁迅：《译文序跋集》，北京：人民文学出版社，2006 年版，第 163 页。

镳了，主要是因为鲁迅经过大量的实践与思考，终于找到了自己的翻译强国路，也有了自己独立的文化翻译宗旨。1909 年鲁迅与其弟周作人合作翻译并出版了《域外小说集》，是当时中国翻译界最为规范、最接近原作风貌的译作，自此之后，鲁迅正式开始践行“异化”的翻译策略，鲁迅的这部作品既是鲁迅翻译之路上的一块里程碑，也是中国近代翻译史上的一件大事，它标志新一代翻译家开始崭露头角，并发出了自己的艺术与文化宣言[52]。这部译作的出版标志鲁迅的翻译风格趋于成熟和稳定，即从初期的意译风格转向直译风格，在理念上也发生了巨变，鲁迅经过艰苦求索后创立了自己独到的文化翻译观，其核心是一种“拿来”主义的精神，必然会选择这种“异化”策略，与英国翻译家巴斯奈特所提倡的“异化为主，归化为辅”[53]有异曲同工之妙。其中归化主要指在“纯语言层面”，要遵守目标语言文化规范，使其为读者易懂。在“文化层面”则应以最大限度的异化为主，即保留原文的异域风味即“洋气”，以推进不同民族的文化交流，丰富本民族的语言表达，也能满足人们普遍的求新求异的审美情趣。

直译总是理所当然地被视为“忠实翻译”，也许它的确有不偏不倚的可能性，但实践中直译的本质仍然是对原文的意识形态和诗学保留。勒菲弗尔说，直译者内心对原文的尊崇使其尽可能地保留原文的文化特征与行文风格，所以它强调尊重原文字句的本意，历史上一些奠定社会基础的文本如《圣经》、《可兰经》以及《共产党宣言》来说，原文的极端重要性要求其句法和语法必须被精确地复制过来，辅之以大量注释和脚注以帮助理解[54]。直译的反对者通常认为直译过来的文本过于晦涩难懂，但意译容易演变为胡译与乱译，近现代这样的例子实在太多，就出来了鲁迅这种以“直译”抵制胡译、乱译的翻译家。虽然鲁迅也时时不忘剖析“直译”的局限，不排斥意译，但他认为只有直译能最直接保存“原作的丰姿”。就这一点来说，“直译”是保存原作内容和形式的理想方式。

鲁迅在他所写的《域外小说集》序言里明确表达了他翻译观的这种变化：“《域外小说集》为书，词致朴讷，不足方近世名人译本，特收录至审慎，适

52 陈平原：《二十世纪中国小说史》，北京：北京大学出版社，1997 年版，第 58 页。

53 Bassnett, Susan & Andre Leevere. *Translation, History and Culture*. London & New York: Pinter Publisher, 1990, p.7.

54 Lefevere, Andre. *Translation, Rewriting & Manipulation of Literary Fame*. London & New York: Routledge, 1992. PP. 50-51.

译亦期勿失文情、异域文述新宗，自此始入华土。”[55]，旗帜鲜明地倡导直译，并对年轻时候的意译进行了深刻反思，对自己在翻译生涯之初选择随意的意译感到后悔，认为那是一种自作聪明[56]，但更准确的说法，应当是他尚没有形成独立思考能力，而选择了从众吧。自《域外小说集》之后，鲁迅一直矢志不渝地坚持直译的翻译方法。在《域外小说集》的翻译实践中，对其中的地名人名一律按原文音节译出，并在之后的翻译实践中始终注意传达译作中原汁原味的“异域风情”，强调译作须同时兼顾易懂和保留原作的气质和风貌，坚守一种“宁信而不顺”的翻译原则，进行逐字逐句的翻译，意图将原文中所有异域元素原原本本地吸取过来，不再把通俗易懂放在首位。苏珊·巴斯奈特的文化翻译理论也认为，源语的语言结构和形式往往具有独特的民族特色，在不同文化的译语中往往没有对应的表达方式，所以翻译时就需用异化的策略来达到文化交流的目的。他在翻译汉语文学著作时，就没有把中国人的行为模式和认知模式都改为西方式的，比如如来就不会改为上帝，二者无法等同。这一点几十年前的鲁迅就已经论述过并努力去实践了。本节从其翻译选材谈起，对鲁迅“直译”观的内涵进行了详细阐释，说明其实质是一种“为人生的艺术”原则下的文化“拿来主义”。

一、中期翻译选材

前期中国改良派所致力的翻译活动主要是针对受过教育的知识阶层，精英们通过翻译传播的先进思想仍未传达给普罗大众，多数国民仍然处于愚昧与昏睡中。而面临民族生死存亡的关头，需要每个人都醒过来，才能拯救危亡中的国家。此时的主流意识形态表现为一种立人救国的诉求，可以归纳为开民智、求变革，目的是为了警醒每个国民，对他们进行现代意识的启蒙，让人民从思想上武装起来，实行根本的变革。此时严复等资产阶级改良派将翻译重点转向小说，认为要改变国民的精神，须从心灵入手，改变人心的风俗，所以此时的主流意识形态是强烈要求进行政治改革，主流诗学是文以载道的文学观，在这样的主流意识形态和主流诗学的操纵下，出现了小说翻译的热潮。

---

55 鲁迅：《译文序跋集》，北京：人民文学出版社，2006年版，第6页。本篇最初印入一九二一年上海群益书社合订出版的《域外小说集》新版本，署“周作人记”。后来周作人在《关于鲁迅之二》中对此有所说明：“过了十一个年头，上海群益书社愿意重印，加了一篇新序，用我出名，也是豫才写的。”

56 鲁迅：《鲁迅书信集》（上卷），北京：人民文学出版社，1976年版，第542页。

此时鲁迅的个人意识形态也有所变化，出于对国民性的思考以及对“文化救国梦”的追求[57]，留日后期鲁迅的翻译选材从科技转向人文，从1909年翻译《域外小说集》起，他逐渐开始关注并译介俄国、东欧以及巴尔干半岛小国家的文学，他偏爱那些有助于改善国民性和拯救民族命运的文学作品。选材时他对意识形态的关照要重于市场效应的驱动，即他选择弱小国家的作品来译，旨在传播弱势文化的经典、以他们自立自强的精神来震醒中国人，达到改造社会的目的。鲁迅“注重的倒是在绍介，在翻译，而尤其注重于短篇，特别是被压迫的民族中的作者的作品。因为那时正盛行着排满论，有些青年，都引那叫喊和反抗的作者为同调的……因为所求的作品是叫喊和反抗，势必至于倾向了东欧，因此所看的俄国，波兰以及巴尔干诸小国作家的东西就特别多。”[58]。周作人后来也回忆说：“鲁迅的文学主张是为人生的艺术，虽然这就是世界文学的趋向，但19世纪下半欧洲盛行自然主义，过分强调人性，与人民和国家反而脱了节，只有俄国的现实主义的文学里，具有革命与爱国的精神，为鲁迅所最佩服。他便竭力收罗俄国文学的德文译本，又进一步去找别的求自由国家的作品，如匈牙利、芬兰、波兰、波希米亚（捷克）、塞尔维亚与克洛谛亚（南斯拉夫）、保加利亚等。这些在那时都是弱小民族，大都还被帝国主义的大国所兼并，他们的著作英文很少翻译，只有德文译本还可得到，这时鲁迅的德文便大有用处了。”[59]比如《域外小说集》就收录了他翻译的三篇俄罗斯小说：《谩》、《默》以及《四日》；1922年周氏三兄弟合译《现代小说译丛》，鲁迅译的九篇小说中，就包括保加利亚伐佐夫的《战争中的威尔珂》，近代芬兰作家亚勒吉阿的《父亲在亚美利加》，芬兰作家明那亢德的《疯姑娘》。1926年鲁迅与朋友刘宗颐合译荷兰作家望·蔼覃的童话作品《小约翰》，1929年与许广平合译匈牙利海尔密尼亚·至尔妙伦的童话《小彼得》，还翻译了罗马尼亚作家萨多维亚努的《恋歌》。1934年又译了西班牙作家巴罗哈的小说和短剧。还翻译了捷克凯拉绥克的论文《近代捷克文学概观》，并介绍过丹麦文学史家勃兰兑斯的《十九世纪文学主潮》。新文化运动开始后，鲁迅自觉承担了思想启蒙的任务，他的翻译目的与文本选择也发生了变化，本着文化启蒙的目的，鲁

57 鲁迅从科技救国梦转向文化救国梦的原因请参见本论文第二章第二节。

58 鲁迅：《鲁迅全集》第5卷，北京：同心出版社，2014年版，第54页。

59 周作人：《鲁迅的国学与西学》，收入《鲁迅的青年时代》，1956年10月1日刊《新港》第4期，署名周遐寿。

迅希望通过广泛译介外国文学作品和文艺理论，将外国文化精髓“拿来”作为医治中国传统文化痼疾的药，并从西文里汲取营养以建设现代汉语，推动白话文运动。

（一）《域外小说集》的翻译及出版

前期鲁迅基本上采用一种顺时代潮流而动的翻译策略，没有形成自己独立的翻译思想。这个时期他对西方浪漫主义诗人的热爱，对其个性解放思想的吸收与倡导，以及对卢梭的民主启蒙思想、孟德斯鸠的法的精神、达尔文进化论、尼采超人哲学的推崇，都影响了他这一时期的翻译思想、选材与策略，他认为对于别国的文艺，中国还了解得太少，吸收得太少。自译《域外小说集》起开始对前期翻译实践进行反思，着重于选择那些充满人道主义精神、洋溢新潮审美趣味的小说，目的在于引入“异域文术新宗”[60]，希望通过翻译为国民思想种下现代化的种子，继而推动中国文学的现代化。自此他开始对前期对林纾意译法的模仿进行了反思与批判，虽然他们的翻译动机都是为了传播国外的语言文化以推动中国社会进步，但鲁迅认识到意译法不是达到此目的的最佳手段。他认识到了中文文法的不足，并认为在翻译过程中应当有所“新造”，并重新认识到“欧化”的意义，对前期草率的意译深感懊悔。这个时期鲁迅开始发出“拿来主义”的呐喊之声：“没有拿来的，人不能成为新人；没有拿来的，文艺不能自成为新文艺”。

鲁迅几兄弟所翻译的《域外小说集》取材很广泛，既包括俄国、东欧和北欧等被压迫民族的小说作品，也有英、法、美等发达国家的文学[61]。鲁迅翻译了迦尔洵的《四日》，刊于《域外小说集》第二集中，他还在书中的《杂识》对迦尔洵作了简短的评介，说他“悲世至深”，“文情皆异，迥殊凡作也”[62]。

鲁迅认为翻译外国诗歌难度很大，要把异域风的诗歌与文字译成汉语，其

---

60 鲁迅：《译文序跋集》，北京：人民文学出版社，2006年版，第6页。

61 《域外小说集》第一期选择的作家和作品是：［波兰］显克微支：《乐人扬珂》、［俄国］契诃夫：《戚施》、《塞外》、［俄国］迦尔洵《邂逅》、［俄国］安德列耶夫：《谩》、《默》，［英国］淮尔特：《安乐王子》。第二期的作家作品：［芬兰］哀禾：《先驱》，［美国］亚伦坡：《默》，［法国］摩波商：《月夜》，［波斯尼亚］穆拉淑微支：《不辰》、《摩诃末翁》，［波兰］显克微支：《天使》、《灯台守》，［俄国］迦尔洵：《四日》，［俄国］斯谛普虐克：《一文钱》。

62 原载《域外小说集》初版第一册；关于迦尔洵之第二节原载初版第二册。

艰难程度甚至是当时无法胜任的[63]。对于诗歌翻译，就是用原文的语言来翻译，也都不太可能，何况是用另一种语言来译[64]。但鲁迅仍然译过很多西诗，其早年都用骚体译诗，五四以后都用白话译诗，比如他 1928 年译了法国诗人阿波里耐尔的诗：

跳蚤，朋友，爱人，

无论谁，凡我们爱者都是残酷的！

我们的血都给他们吸去。

啊呀，被爱者是遭殃的。[65]

中期的鲁迅一反潮流，开始了他离经叛道，特立独行的翻译生涯，除别具慧眼地将国人鲜有所知的诗翻译过来，还选择了许多与中国传统思想相悖的外国作品进行译介，意在打破中国顽固守旧的封建道德习俗，废除一切陈腐的旧事物，扶植中国新诗和新文化。

（二）译介阿尔志跋绥夫作品

鲁迅翻译了阿尔志跋绥夫的《医生》、《幸福》与《工人绥惠略夫》，并在其跋文中详细介绍了阿尔志跋绥夫的生平，对他的思想和作品进行了独到的诠释，这位屡遭批评家攻击的伟大作家在中国得到了知己般的理解，鲁迅在此文中指出批评家的武断，认为阿尔志跋绥夫的颓废有一种强者的特质，其颓废中表现出一种极度的深刻和“纯粹个人的体验”，以及一种“博大而又丰富的”个性，指出其作品中的主人公反而有一种强大的求生意志，即使无路可走，也要顽强地寻找到一条有生机的路[66]。他选择翻译《工人绥惠略夫》的初衷是借他人的酒杯浇自己的块垒，其中寄托了文化救国的深心，他曾表达过为何要选

63 鲁迅：《译文序跋集》，北京：人民文学出版社，2006 年版，第 295 页。最初发表于《河南》月刊第七期（光绪三十四年七月，即一九〇八年八月），署名令飞。据周遐寿在《鲁迅的故家》中说：“这本是奥匈人爱弥耳·赖息用英文写的《匈加利文学论》的第二十七章，经我口译，由鲁迅笔述的，……译稿分上下两部，后《河南》停刊，下半不曾登出，原稿也遗失了”。

64 鲁迅著：《鲁迅全集》第 7 卷，北京：同心出版社，2014 年，第 278 页。

65 转引自《王家平书稿（下）》，《学术论文联合比对库》，2015 年。鲁迅从日译本《动物诗集》转译这首诗作，最初发表在《奔流》月刊第 1 卷第 6 期上，署名“封余”，后收入《译丛补》。

66 鲁迅：《译文序跋集》，北京：人民文学出版社，2006 年版，第 21 页。本篇最初发表于《小说月报》第十二卷第七号（1921 年 7 月），后收入《工人绥惠略夫》初版本卷首。

择这篇来译的原因，认为他是改革者的代表，他的境遇具有一种代表性。鲁迅在翻译选材方面有自己独立的判断，不会受别人批评意见的左右。他对小说中的人物绥惠略夫寄予了同情与理解，认为他一心为社会，却反为社会所迫害，所仇恨，于是他愤而转向复仇和破坏，虽然鲁迅在他的创作作品中也塑造过类似的人物如魏连殳，但他还是不希望中国社会会出现这样有破坏性的人[67]。鲁迅赞同其作品所表达的对个人价值的肯定，以及一种“摩罗”式的独立自强的精神，借以表达自己追求个性解放和自由的心声。

鲁迅在译了阿尔志跋绥夫的短篇小说《幸福》和《医生》之后，又译过阿尔志跋绥夫的杂文《巴什庚之死》[68]，他看出了阿尔志跋绥夫颓废背后的力量，对他隐藏的为人生的现实主义进行了褒扬，他在《〈幸福〉译者附记》中将阿尔志跋绥夫与托尔斯泰和戈里奇相提并论，认为他虽然没有他们伟大，但却是俄国新兴作家的典型代表；但他的著作达到了写实派极致的深刻[69]。虽然阿尔志跋绥夫的作品始终在展现同一重绝境，但这种绝境是人的灵魂与肉体的双重绝境，超越了他的时代，而成为一种终极的绝境，这也影响了鲁迅的写作，并在鲁迅作品中演绎成李欧梵所概括的“希望与绝望之间的绝境”[70]。阿尔志跋绥夫执著于他的信仰，而鲁迅则始终关注在苦痛和悲伤中挣扎的民众的精神。

（三）译介武者小路实笃的作品

1919年8月鲁迅着手翻译日本作家武者小路实笃的剧作《一个青年的梦》，这是一篇表述反战思想的作品，鲁迅的译文陆续在北京《国民新报》上连载；到10月25日，该报被北洋军阀查禁，剧本只登到第三幕第二场就被迫中断。武者小路实笃将战争的根源归结为国家、国家主义，只有人类意识、人道主义才能消灭战争，鲁迅读后很受感动，因为他从中读到了透彻的思想和顽强的信心，以及真切的声音[71]。他认为其中所体现的人类意识和人道主义思想是可能用来治疗中国旧思想的很多痼疾[72]，所以将它翻译出来。鲁迅曾在随感录中大

67 鲁迅：《鲁迅全集》第3卷，北京：同心出版社，2014年，第193页。

68 载1926年9月10日《莽原》半月刊第17期。

69 鲁迅：《译文序跋集》，北京：人民文学出版社，2006年版，第25页。

70 李欧梵著，尹慧珉译：《〈野草〉：希望与绝望之间的绝境（上）——〈铁屋子里的声音〉第五章》，《鲁迅研究月刊》，1991年第1期。

71 鲁迅：《译文序跋集》，北京：人民文学出版社，2006年版，第47页。

72 鲁迅：《译文序跋集》，北京：人民文学出版社，2006年版，第47页。

段引用有岛武郎的文章[73]，称赞他是一个觉醒的白桦派，只是他的话里总带些眷恋凄怆的气息[74]。

（四）与周作人合译《现代日本小说集》

1923 年，商务印书馆出版了周氏兄弟合译的《现代日本小说集》，共收 15 位作家的短篇小说 30 篇，其中鲁迅一共翻译了 6 名作家的 11 篇作品，既有明治文学重镇夏目漱石与森鸥外的作品，也有后起的白桦派名家有岛武郎的作品，新思潮派菊池宽，芥川龙之介的作品等，所译作品的形式除了《与幼小者》、《阿末的死》，《峡谷的夜》三篇小说外，都不符合严格意义"小说"的标准，鲁迅认为它们不是严格意义上的小说，也许可称为随笔风的小说[75]。这段时期鲁迅还译了大量日本作家、文艺理论家如片上伸、片山孤村、有岛武郎、青野季吉等人论述文艺的文章，以弥补中国缺少批评及文论作品的不足。鲁迅的翻译活动和他"为什么"做小说的动机一样，都是为了把中国社会久已生病的躯体展现出来，以呼吁有志有为的医生的注意[76]。

（五）童话文学的译介

鲁迅从留学时期就开始关注儿童文学的翻译了，深感历来中国文学界对童话文学的关注都不够，不单是数量很少，质量也不尽如人意，周作人早在 1920 年就认识到中国几乎没有儿童文学，因为中国人从来都不理解儿童[77]。将国外优秀的童话作品直接翻译过来，也许是最高效的弥补空白的途径，鲁迅为此不惜亲力亲为，因为需要译得明白晓畅，生动有趣，符合儿童的年龄与性格特点，所以鲁迅在翻译的时候比其他类别的翻译往往付出更多的心血，竭力不使用难字，而且使用通俗易懂的语言来译，对他来说比用古文写作来要难[78]。鲁迅所选择的童话情节丰富，主题鲜明，基本主调是弘扬一种"自由、平等、博爱"的精神[79]，因此也适合成人阅读。在翻译选材与翻译策略上，鲁迅十分

---

73 此文发表于 1918 年《新青年》杂志第 5 卷第 5 号上。

74 鲁迅：《鲁迅全集》第 2 卷，北京：同心出版社，2014 年版，第 39 页。

75 转引自顾农：《重温绝唱读周氏兄弟合译〈现代日本小说集〉》，《博览全书》，2006 年第 4 期。

76 鲁迅：《鲁迅全集》第 5 卷，北京：同心出版社，2014 年版，第 54 页。

77 周作人：《儿童的文学》，《新青年》第 8 卷第 4 号，1920 年 12 月 1 日。

78 鲁迅：《鲁迅书信集》（下卷），北京：人民文学出版社，1976 年版，第 715 页。

79 刘少勤：《盗火者的足迹与心迹——鲁迅与翻译》，南昌：百花洲文艺出版社，2004 年版。

注重适合那个时代儿童的心理特征与认识能力，认为事先不经过研究，随意和粗暴对待儿童文学都是有害的，因为与成人世界完全不同，儿童有一个纯真、率真、诚实、公正、想象的世界，有无止境的好奇心和对知识的渴望。所以鲁迅采用了简单流畅的翻译策略，使儿童更容易理解。

鲁迅在日本留学时期就开始关注外国的童话创作，并致力于童话翻译和绍介，自此终身保有对童话的兴趣。《爱罗先珂童话集》是中国最早出版的童话集，其中收录的 11 篇童话以及 1 篇自序传中，有 9 篇都是鲁迅翻译，序言也为鲁迅所写。1921 年鲁迅从报纸上获悉爱罗先珂被日本驱逐出境，遂开始关注和翻译《爱罗先珂童话集》和爱罗先珂童话剧《桃色的云》。到 1923 年 4 月为止共翻译爱罗先珂童话作品 14 篇，散文 2 篇，相关评论文章和报道 3 篇。鲁迅在《〈狭的笼〉译者附记》里评说爱罗先珂有一颗“赤子之心”，认为他的作品是用“血和泪写的”[80]。鲁迅当时强烈希望传递其他受压迫国家中被虐者的苦痛呼声，激起国人对于强权者的憎恶和愤怒[81]，所以他的译介宗旨并非为了艺术而艺术，不是为了猎奇和应景而将他国的奇花异草移植过来供上层人士享用的[82]；他在翻译童话作品时，频频修改文本使之明白晓畅，根据儿童的理解力对生难字词进行调整和简化。经过大量的实践与探索，他的儿童作品译文为后世的译者和作家树立了榜样，为中国儿童文学的繁荣打下了雄厚的基础。而他译的童话作品也适合成人阅读，很多故事要完全理解，必须是有很多生活经验，对真理与情感有深刻把握的成人才能胜任。他不单是为了启蒙和教化来翻译童话，也是为了保护童真，甚至激起成人内心的“天真”与“童心”来对抗一个缺乏真诚、真爱与纯真的现代社会。

（六）文艺理论的译介

这一时期主要是对厨川白村和鹤见祐辅文艺理论著作的译介，中心思想是说明苦恼是文艺的根源。鲁迅为了给中国现代文坛引进世界先进的文艺理论，大量译介了日本现代文艺理论作品，最具代表性的是厨川白村[83]的《苦闷

80 鲁迅：《译文序跋集》，北京：人民文学出版社，2006 年版，第 52 页。
81 鲁迅：《鲁迅全集》第 1 卷，北京：同心出版社，2014 年，第 133 页。
82 鲁迅：《鲁迅全集》第 1 卷，北京：同心出版社，2014 年，第 133 页。
83 原名辰夫，又号血城、泊村，活跃在日本大正文坛上一位文艺理论家。代表作有《近代文学十讲》、《苦闷的象征》、《出了象牙之塔》、《文艺思潮论》、《走向十字街头》等，主要介绍 19 世纪末 20 世纪初欧美流行的各种文艺思潮，有独到见解。

的象征》和《出了象牙之塔》，以及鹤见祐辅[84]的《思想·山水·人物》。《苦闷的象征》是一部体系性的文艺作品，由《创作论》与《鉴赏论》两部分组成，是对文艺根本问题的探询，并对文学的起源进行了考察。在这本书里，厨川白村从一名文艺思想家、社会批评家、文明批评家的角度对文艺的根本问题以及文艺的起源进行了考察，他吸取了柏格森的生命哲学和弗洛伊德精神分析中的一些思想，并借鉴了立普斯的移情学说，融汇成综合性与独特性兼具的一家之言，形成了颇具包容性与开放性的理论体系。

厨川白村于1924年2月出版了《苦闷的象征》，鲁迅很快就购得此书，半年后将全书译成中文，在《晨报副刊》连载，1925年3月结集为一书出版，列为《未名丛刊》第一种，由北京新潮社代售。此专著篇幅不大，自成体系，文字生动流畅，没有理论文字的枯燥，可读性强，很受中国读书界重视，在鲁迅之前以及与其同时就另有三位译者译过该书的全文或片段，影响最大的是鲁迅的译本。厨川白村曾说《苦闷的象征》全书的立论都建立在“弗洛伊德的学说”基础之上，虽然作者本人对弗洛伊德学说的局限性有所批判，认为弗洛伊德把一切人类活动都归于“性的渴望”是一种偏见，其“泛性欲说”也过于以偏概全，但其中有价值的养分使作者得出了一些独到见解，比如文艺的根底是生命力受压抑之后所生出的苦闷，而象征法则是表现这一苦闷的重要写作手法[85]。这是一种批判性接受的态度，颇为鲁迅所欣赏。鲁迅也赞赏厨川白村勇于批判时代弊端，有知识分子良知与风骨，认为他的批判切中时弊，而很少有人敢于揭露自负的精神文明的痼疾[86]。鲁迅吸取了厨川白村的思想精髓和批判精神，对中国传统文化中糟粕的那部分进行了批判。他还指出《苦闷的象征》的论说特点没有科学家的武断和哲学家的玄奥，也没有文学家的琐碎，将文艺理论作为一种创作来写，不乏真知灼见与发自内心的体会。通过翻译《苦闷的象征》，鲁迅将自己的文艺思想进行了整理和创造性的发挥，为他的理论体系化做了准备。据鲁枢元统计，鲁迅一共撰写了十多篇评介厨川白村的文章，在其他文章中也有三十多处提及厨川其人及其作品[87]。鲁迅借鉴了《苦闷的象征》中表现自我、张扬个性的个人主义观点，并肯定了厨川白村“苦恼是文艺的根

84 鹤见祐辅出生于1885年，作家，自由主义者，政治家，他的主要作品随笔集《思想·山水·人物》在大正十三年，也就是1924年39岁时成书。

85 鲁迅：《鲁迅全集》第13卷，北京：同心出版社，2014年版，第60页。

86 鲁迅：《译文序跋集》，北京：人民文学出版社，2006年版，第115页。

87 鲁枢元：《一部文艺理论心理学的早期译著》，《郑州大学学报》，1985年第1期。

源”的说法，吸取了他勇于面对现实的审美功利主义，为他中后期文艺观的开拓创新奠定了基础，特别是厨川白村勇于挖掘内心深处的艺术源泉的精神[88]对鲁迅的影响很深，鲁迅吸取了其合理内核，并与自己的创作与翻译实践结合起来，充实和完善了自己的文艺与美学思想。鲁迅翻译此书是为了教学和推动文艺创作，将其用作大学中文系授课的教材，以培养一些创作方面的人才。厨川白村认为创作需要发挥一种“天马行空”的精神，在工作和生活中讲究一种“余裕的”态度；鲁迅将这种态度诠释为天马行空似的大精神，认为这是伟大艺术产生的必要条件[89]，他自称“冒昧开译”此书的动机之一即在此。

鲁迅后来又翻译了厨川白村的文艺著作《出了象牙之塔》[90]希望在文艺理论方面为国内创作者提供借鉴与指导——这部书尽管内容非常丰富，但其核心仍然是文艺问题。稍后鲁迅又从厨川白村的另一本论文和随笔集《走向十字街头》中选译了《西班牙的剧坛将星》、《东西之自然诗观》两篇，后来收入《壁下译丛》。鲁迅谈及借鉴厨川的批评手法和精神时，用“霹雳手”来比喻他对本国国民性缺点的攻击，而且以为他所狙击的本国的要害恰恰也是中国的病痛的要害，从而值得我们深思和反省[91]。鲁迅在译本《出了象牙之塔》的《后记》中也提到对厨川白村思想与体验的感同身受，认为这种批评对陈腐古国的疮痛有疗治作用，厨川白村在鞭策他自己时，好像也打在了鲁迅身上，痛过之后反而有一种药到病除的功效。中国陈腐过时的封建糟粕总会让大部分中国人像身上生疮一样的肿痛。而割疮时的疼痛比未割的肿痛要痛快舒服得多。鲁迅想让国人意识到和感觉到这种肿痛，再把割疮的“痛快”分享给他们[92]。鲁迅认为两个国家的人民因有同样的疮痛而“同病相怜”，所以该国作家的思想与创作对于中国颇具借鉴意义，要大家知道对旧世界进行扫荡之后才有可能诞生新的生命[93]。通过翻译厨川白村的轻性论文，鲁迅从他那里学到了写一种带有随笔风的论文，他认为与旁征博引的学院派论文相比，这种论文实际上更难写，需要对问题有融会贯通的理解，和更强的驾驭文字的能力，厨川白村很擅长写这类文章，鲁迅很多杂文风格轻松而老辣，诙谐又深刻，不能不说是受了厨川白村的影响。

---

88 鲁迅：《鲁迅全集》第 13 卷，北京：同心出版社，2014 年版，第 25 页。
89 鲁迅：《译文序跋集》，北京：人民文学出版社，2006 年版，第 95 页。
90 于 1925 年 12 月由未名社出版。
91 鲁迅：《译文序跋集》，北京：人民文学出版社，2006 年版，第 115 页。
92 鲁迅：《译文序跋集》，北京：人民文学出版社，2006 年版，第 107 页。
93 鲁迅：《译文序跋集》，北京：人民文学出版社，2006 年版，第 108 页。

（七）与周作人合译出版《现代小说译丛》

周氏兄弟翻译的日本以外的外国短篇小说收入《现代小说译丛》一书，还收入了老三周建人的译文。

1922 年 5 月，上海商务印书馆出版了《现代小说译丛（第一集）》[94]，全书共收译文 30 篇，这部译文集大都选自波兰和东欧等小国的文学作品，鲁迅曾谈及选材缘由，说很多时候出于对被侮辱与损害人民和民族的心情的同情，他说这种同情已经沁入了骨髓，选择翻译他们的作品，也是受了该国革命思想相当大的冲激的缘故，希望波兰及东欧小国复兴起来，正是这种心情，让鲁迅感受到了这些国家充满传奇色彩的异国情调，所以才选择这些偏僻国度的作品来译[95]，既是因为对弱小国家寄予了复兴的希望，也有对享受异域趣味的期待。

二、采用“硬译”策略

自晚清末年中国出现第一个翻译高峰以来，中国学界和翻译界对翻译标准问题一直存在着争议与讨论，严复提出“信、达、雅”[96]的翻译标准算是给翻译界众说纷纭的翻译观点进行了总结，有了一个相对统一的说法。从这三字原则中，鲁迅衍生出了“易解”与“丰姿”的双重标准，以及翻译“移情”与“益智”的双功能，其核心是对忠实即“信”的强调，此处的“信”是广义的“信”，全面的“信”，包括译作的内容与形式都应当完全充分地忠实于原作，对构成原作的语言要素、超语言要素与艺术要素都要忠实。解决了翻译界长期存在的将外国文学作品“归化”与“保存洋气”的问题。他认为翻译的目的是从异域“拿来”优秀的文化基因，以充实本国日渐衰落的文明，就好比像普罗米修斯从天国窃火一样，“从别国盗取火种”，以利于中国文化的发展，而“倘有曲译，倒反足以为害。”[97]从异域引进优秀的思想和表达方式，开始难免会感到陌生——如果早已熟悉，就没有引进的必要了。前辈林纾的翻译就明显是

94 全书共收译文 30 篇，周作人的译文占了 3/5 即 18 篇；鲁迅译了 9 篇，周建人译 3 篇，合占 2/5。俄国 9 篇，波兰 8 篇，保加利亚 1 篇，爱尔兰 2 篇，新希腊 5 篇，芬兰 3 篇，亚美尼亚 1 篇，英美法德诸大国作品未收。

95 周作人：《现代小说译丛序言》，《知堂序跋集》（第二辑），长沙：岳麓书社，1987 年版，第 225 页。

96 此翻译标准是严复在其《天演论 · 译例言》中提出，《天演论》于 1897 年 12 月在天津出版的《国闻汇编》中刊出。

97 鲁迅：《鲁迅全集》第 4 卷，北京：同心出版社，2014 年版，第 117 页。

以中华文化为本位，带有浓厚的复古色彩，它大受欢迎的原因在于此，而其局限亦在于此。即意译虽然符合汉语的表达习惯，使读者易懂好读，但使读者失去了体验外国文化原貌的机会，不符合“损失最低原理”。中期鲁迅尝试超越这一局限，在翻译时“决不肯有所增减”，且“并无故意的曲译”，希望能完整传达原文的信息和文化，这不仅是一种翻译的路径，其背后有着深刻的文化原由，我们从鲁迅自己的言论可以看出这一点：

> 动笔之前，就先得解决一个问题：竭力使它归化，还是尽量保存洋气呢？日本文的译者上田进君，是主张用前一法的。他以为讽刺作品的翻译，第一当求其易懂，愈易懂，效力也愈广大。所以他的译文，有时就化一句为数句，很近于解释。我的意见却两样的。只求易懂，不如创作，或者改作，将事改为中国事，人也化为中国人。如果还是翻译，那么，首先的目的，就在博览外国的作品，不但移情，也要益智，至少是知道何地何时，有这等事，和旅行外国，是很相像的：它必须有异国情调，也就是所谓洋气。其实世界上也不会有完全归化的译文，倘有，就是貌合神离，从严辨别起来，它算不得翻译。凡是翻译，必须兼顾着两面，一当然力求易解，一则保存着原作的丰姿，但这保存，却又常常和易懂相矛盾：看不惯了。不过它原是洋鬼子，当然谁也看不惯，为比较的顺眼起见，只能改换他的衣裳，却不该削低他的鼻子，剜掉他的眼睛。我是不主张削鼻剜眼的，所以有些地方，仍然宁可译得不顺口。[98]

鲁迅想尽量保存原作的“洋气”、“洋味”和“洋风”，反对将语言完全“归化”，然后就进一步提出“直译”甚至“硬译”的理论，虽然从语言学和纯文本角度来说，这有很多不完美的地方，但从文化角度来说，就具有重要意义。他从不认为自己的译本就一定是定本，世上也并无一劳永逸的定本之作。“硬译”必然导致不顺，这种不顺自然有其自身的命运：可用的传下去了，而“不顺”的则被淘汰，译者在这进化之链上算是尽到了一己之任，为翻译事业做出了贡献。他认为每个个体只是历史之链上的一个环节，即“中间物”，包括他自己，他自己的文章也不过是构建文化桥梁的木头与砖石，不是什么终极范本，总之“在进化的链子上，一切都是中间物”[99]。他的翻译也不例外。如果

98 鲁迅：《鲁迅全集》第 6 卷，北京：同心出版社，2014 年版，第 196 页。
99 鲁迅：《鲁迅全集》第 1 卷，北京：同心出版社，2014 年版，第 169 页。

将来有更好的译者能译得既忠实，又灵活，他就很开心被取代，因为他自己也不过是个来填这从“无有”到“较好”之间的空白的“中间物”[100]。日本语迥异于欧美语，但他们逐渐从欧美那里学到了新语法，比起古文来，更宜于翻译，又能不失原来的精悍的语气，当然最初需要摸索和找寻句法的线索和位置，这个过程很难也很枯燥，让人不开心，但经过一番上下求索，习惯了新的语法和句法，后来就会适应、同化，而变成自己的东西[101]。鲁迅以此说明他的直译并非为了争取个人在翻译界的位置，而是为了探索处于危机中的民族文化的道路，为此不惜牺牲个人翻译的可读性与受欢迎性，为后来的译者开辟道路，给世人提供一种进化与改造的新思路。鲁迅在《且介亭杂文二集》的“题未定草”一文中对直译的真正含义作了进一步阐释：“凡是翻译，必须兼顾两面，—当然力求其易解，一则保持原作的丰姿。”[102]可见鲁迅坚持“硬译”并不意味着拒绝“顺”，而是在兼顾“信”与“顺”的前提下，置“信”于首位，试图通过盗取外国优秀文学之火种，为现代汉语“拿来”新的表现方法，丰富汉语的句法与语汇。“易解”和“丰姿”是鲁迅欲达至的终极境界。1925 年，鲁迅在《〈出了象牙之塔〉后记》中解释他的直译法是为了最大程度地保留原书的语气，甚至字词句的顺序都很少变动[103]。1932 年，在《关于翻译的通信》中，他还提出将不同的读者根据其所受的教育水平分为三类：甲类是受过良好教育的，乙类略能识字，而丙类基本不认得几个字的，被排除在“读者”范围以外[104]。不同程度的读者供给不同程度的书籍，即使是乙类都不适合读直译的译本，最多读那些经过改译的作品，最好是创作的作品。而鲁迅所针对的直译策略，则是针对甲类很受了教育的读者的。可见鲁迅在使用其“异化”翻译策略时，并非没有考虑过读者接受的效果，只是对读者提出了更高的要求。此后鲁迅始终坚守着“直译”观点并不断进行“直译”实践，坚持以“盗火”的精神

100 鲁迅：《鲁迅书信集》（上卷），北京：人民文学出版社，1976 年版，第 542 页。

101 鲁迅：《鲁迅全集》第 4 卷，北京：同心出版社 2014 年版，第 109 页。

102 鲁迅：《鲁迅全集》第 6 卷，北京：同心出版社 2014 年版，第 196 页。

103 鲁迅：《译文序跋集》，北京：人民文学出版社，2006 年版，第 109 页。《出了象牙之塔》是厨川白村的文艺评论集，鲁迅译于一九二四年至一九二五年之交。在翻译期间，已将其中大部分陆续发表于当时的《京报副刊》、《民众文艺周刊》等。一九二五年十二月由北京未名社出版单行本，为《未名丛刊》之一。

104鲁迅：《鲁迅全集》第 4 卷，北京：同心出版社，2014 年版，第 202 页。其中三世界国家不用书本来启发他们，可以用其他手段比如绘画，演讲，戏剧，电影等文化方式。

引进外国文学与文化，为中国文化与文字的发展贡献着一己之力。

在同日本作家增田涉的通信中，鲁迅提到翻译《域外小说集》的初衷是学习林纾译介外国小说的精神，选择当时费力不讨好的直译策略，也是希望扭转林纾的意译法导致的误译过多现象[105]。在《域外小说集》的略例中也谈及翻译该书时遵守的原则，“任情删易，即为不诚。”[106]，即使在翻译原作中的人名、地名时，也坚持“人名地名悉如原音，不加省节者”[107]，说明其目的为了尽可能传达原作中所体现的异域风貌，基本传达从异域来的原声而不至于扭曲原意[108]，说明鲁迅在其翻译中开始有独立思考和勇于批判的精神。由于“硬译”所引致的攻击与非难，鲁迅在《硬译与文学的阶级性》中为自己的硬译策略辩护，指出虽然没有完全从读者接受的角度考虑，但在没有找到真正的好译法之前，不能一味地曲译，如果把外国作品不顾原貌译过来，虽然有删改与错译也不顾及，那译过来的作品就不复有原貌了[109]。在专门谈及翻译的几篇杂文[110]中，鲁迅对翻译中如何处理“顺”和“信”二者之间的关系再次进行了思考，对赵景深的“顺而不信”的主张进行了批驳，指出译得“顺而不信”是误入了歧途，是如何想也没法懂得的。

鲁迅的直译并非他的首创，中国古代翻译实践就有成功的先例，特别是东汉至隋唐年间的佛经翻译就因其成功而可供借鉴，鲁迅正是通过这些例子看到了直译的优势，原汁原味地引进外国文化不是没有可能的，其长处在于可以丰富和充实中国文化，直译的译文因为带着外语的特征和因子，可改进现代汉语的语法和句法，进一步改进汉语语言和中国人的思维。鲁迅的新方针可以说是一种有意识的直译。将鲁迅的译文与现在白话译文比较比如《默》的第二部分即可以看出这一点：

> 伊革那支自哂曰，“误矣！”遂止歧路间。顾不能俟，未一秒时，即复左折，默迫之耳。默出自碧色垄中，十字架亦各嘘气，地怀僵蜕，孔孔均吐幽波。伊革那支行益急，左右奔驰，越墓撞于阑槛，

105 鲁迅：《鲁迅书信集》（下卷），北京：人民文学出版社，1976年版，第1090页。
106 鲁迅：《译文序跋集》，北京：人民文学出版社，2006年版，第2页。
107 鲁迅：《译文序跋集》，北京：人民文学出版社，2006年版，第2页。
108 鲁迅：《译文序跋集》，北京：人民文学出版社，2006年版，第2页。
109 鲁迅：《鲁迅全集》第4卷，北京：同心出版社，2014年版第118页。最初刊发于1930年3月上海《萌芽月刊》第一卷第三期。
110 见鲁迅所著《风马牛》、《几条“顺”的翻译》、《再来一条顺的翻译》等杂文。

铁制华环，刺手见血，法服亦撕裂如鹑衣，第心中则止存一念，日觅去路耳。[111]

现在的白话译文：

“我迷路了！”伊格纳季神甫苦笑着，站在岔路口上。他站立片刻，未加思索地向左边走去，因为既不能等待，又不能止步不前。沉默在驱赶他。它从绿色的坟墓中出来，那阴郁的灰色十字架呼出它的气息。它象窒息生灵的细流一般，从掩埋着无数尸体的泥土著人的缝隙流出来。伊格纳季神甫的步子越走越快。他晕头晕脑地在那几条小路上转来转去，跑过一个个坟墓，撞在栅栏上，又用手去抓那些带刺的白铁花环，柔软的衣料撕成了一绺一绺的。他的头脑里只有赶快离开这个念头。[112]

可以看出，现代翻译将长句拆开后，确实要好懂得多，以鲁迅的文字功底自然也能做到，只是他认为要准确传达原文的意思和保留原文的异域元素，即使“有些不顺”也在所不惜。鲁迅认为从文化的角度看“顺”包含有同化对方的意思，强人以就我，虽然可能会大受欢迎，但却失去了翻译的意义，鲁迅反对这样的顺译。特别是在文学艺术与理论领域，在十分需要输入西方新鲜血液的时代，这样的翻译之所以显得“硬”，实际上有超出于文本形式之外的原由，这需要从文化层面来分析，如果用归化的翻译来输入西方文化，将西方文字尽量用中国的习惯表达出来，尽管从读者接受角度来说效果很好，但对于十分需要启蒙的时代，其意义就没有虽读起来生涩且僵硬的“硬译”重要。

第三节　盗火者的足迹[113]：鲁迅后期的“硬译”理论及实践

1927 年到 1936 年属鲁迅翻译生涯的后期，由于正值第二次国内革命战争，中国国内时局动荡不安，时代的变迁使鲁迅后期思想发生了深刻的变化，

111 鲁迅：《鲁迅全集》第 11 卷，北京：同心出版社，2014 年版，第 135 页。

112 鲁民译：《沉默》，见伍国庆编《域外小说集》，长沙：岳麓书社，1986 版，第 283 页。

113 鲁迅将自己的翻译工作比喻为普罗米修斯从外国窃来文化与语言之火，而“硬译”的本意却是“煮自己的肉”。

他在广州的六个月让他成长为一个马克思主义者。由于大革命的失败以及对国民党政府希望的幻灭，鲁迅个人的意识形态发生了改变。由于认识到时代不仅需要文化革命，更需要深层的政治革命，鲁迅决定让所从事的文化运动去服务于政治革命，所以后期的翻译目的除了继续思想和文化启蒙以外，增加了政治革命与阶级斗争的成份。鲁迅翻译生涯后期仍然坚持严格的直译，其直译程度甚至超过了中期，成为鲁迅所说的“硬译”，但在翻译选材上则出现了很多新的特点。从在文化与社会语境下欣赏鲁迅的翻译，可以看到他对同胞和祖国深切的关心都体现在他对“异化”的坚持上。

一、翻译选材多倾向于苦难盟友的讽刺小说

这个阶段鲁迅对于革命形势有了清醒的认识，他看到了介绍马克思主义理论的紧迫性。正如勒菲弗尔所说，翻译的目的是为了对文化的发展发生影响[114]。这段时间鲁迅的翻译目的是尽可能多地翻译马克思主义理论以武装不同阶层的国民，让他们获取革命所需要的基本知识。所以这段时期他的翻译作品非常可观，在26个月内翻译了43篇文章，不包括那时期所译的小说。翻译从广泛介绍外国文化转向翻译苏联与东欧弱小国家的文学作品，主要涉及到苏俄革命文学和“同路人”文学，如俄国19世纪批判现实主义作家契诃夫的短篇小说，苏联无产阶级作家高尔基的小说及散文作品，以及俄国作家果戈理的长篇小说《死魂灵》，苏联作家法捷耶夫的长篇小说《毁灭》，这类译作几乎占了鲁迅译作总量的四分之一[115]。1929到1930年间鲁迅主要翻译了四部苏联文学理论作品，包括卢纳察尔斯基的文艺理论专著《艺术论》[116]，文艺论文集《文艺与批评》[117]，以及苏联关于党的文艺政策的会议记录和决议《文艺政策》[118]，普列汉诺夫的艺术论文集《艺术论》[119]。这个阶段的译文与前两个时期比较，更看重作品的革命性与实践意义，作品内容也传达了一种以新世界代替旧世界的先声，其中的社会主义理想代替了人道主义诉求，革命现实主义手法

114 Lefevere, Andre, ed. *Translation/History/Culture: A Sourcebook.* Shanghai: Shanghai Foreign Language Education Press, 2004b.

115 于海燕：《鲁迅的翻译目的与翻译选择——目的论视域下的鲁迅翻译研究》，《宿州教育学院学报》，2010年第2期。

116 1929年4月译成，初版于同年6月，由上海大江书铺出版。

117 1929年译成，初版于1929年10月，由上海水沫书店出版。

118 1929年译成，初版于1930年6月，由上海水沫书店出版。

119 1929年译成，初版于1930年7月，由上海光华书局出版。

代替了象征主义手法[120]。

鲁迅这段时期的翻译选材充分突出了“拒绝暴力、取向真实、瞩目边缘”[121]的个体意识形态取向，尤其关注那些贫病交加、遭受苦难或流亡、被迫害和压制、英年早逝的作家及其作品，或者处于精神孤寂或思想苦楚状态中写出的作品。选择德、英、美等强国的文学作品来翻译是出于“翻译救国”、“拿来主义”的初衷，取材于东欧 9 个弱小民族是为了寻觅有着共同苦难命运的盟友。苏俄文学以其对生活、社会和政治的介入及其浓厚的革命色彩受鲁迅亲睐，鲁迅翻译这些作品都是出于“为人生”的目的，他不想翻译那些在世界上已有崇高地位或已定位为不朽的作品[122]。通过翻译苏联的文艺理论，鲁迅渐渐看清中国文艺发展的方向和文艺学界要走的路。

（一）通过翻译苏联文艺论著来了解马克思主义

鲁迅通过研读和翻译普列汉诺夫的《艺术论》来接触和理解马克思主义，从中“拿来”和“吸收”其精髓，并进一步超越了他的文艺思想，虽然此后他没有系统研读过马克思的著作，但他从这些著作中学会了熟练运用唯物史观和阶级论，并能独立地解剖中国文艺以及社会，他剖析家庭与社会时，就认识到是那些脑满肠肥、丰衣足食的人们要掩盖人要吃饭的事实，并对他们的虚伪进行了无情的嘲讽[123]。鲁迅学会了用马克思主义的理论形式来表达自己的观点：“在我自己，是以为若据性格感情，都受‘支配于经济’（也可以说根据于经济组织或依存于经济组织）之说。”[124]鲁迅把自己翻译苏联文艺论著的行为比作是普罗米修斯盗火给国人，但“本意却在煮自己的肉”[125]。他借用古希腊普罗米修斯神话的比喻，将翻译比作天国窃火，即使遭天帝虐待也无怨无悔，仍然博大坚忍，而他将自己的翻译说得更有悲剧色彩，认为这种盗火行为的本意是煮自己的肉，咀嚼着味道好的那一面也能得到好处，即使被吞食，也无怨无悔。鲁迅这样说并没有标榜自己的意思，而是申明其出发点全是个人主义，

---

120 李万钧：《鲁迅与世界文学》，摘自《鲁迅与中外文学遗产论稿》，海峡文艺出版社，1985 年版，第 201 页。

121 冯玉文：《鲁迅翻译思想研究》，北京：中国社会科学出版社，2015 年版，第 107 页。

122 鲁迅：《译文序跋集》，北京：人民文学出版社，2006 版，第 145 页。

123 鲁迅：《鲁迅全集》第 1 卷，北京：同心出版社，2014 年版，第 94 页。

124 鲁迅：《鲁迅全集》第 4 卷，北京：同心出版社，2014 年版，第 69 页。本篇最初发表于 1928 年 8 月 20 日《语丝》第 4 卷第 34 则，原题《通信 · 其二》。

125 鲁迅：《鲁迅全集》第 4 卷，北京：同心出版社，2014 年版，第 117 页。

甚至有小市民的奢华，以及“慢慢地摸出解剖刀来，刺进解剖者的心脏里去的‘报复’。……这样，首先开手的就是《文艺政策》，因为其中含有各派的议论。”[126]后期的鲁迅坚持不懈地翻译这类作品，从中吸取养份，不断地丰富和发展自己的文艺思想，进行广泛的文明批评和社会批评。鲁迅选择这部作品来译的原因就在于他相信艺术来自于生活，他相信这部作品会激起国人团结一致为他们梦想的自由而奋斗。

（二）翻译《死魂灵》等讽刺小说：寓庄于谐

不管是译果戈理的《死魂灵》还是巴罗哈的《山民牧唱》，都坚持了鲁迅在个体意识形态操纵下的取材标准，希望用这些作品批判现实，唤醒国人，推进民主革命，从“诗学”标准来看，这些作品都是鲁迅所亲睐的“笑中有泪”的美学风格，且具备精湛的讽刺艺术，使用了诙谐、幽默的笔法，“寓庄于谐”。而巴罗哈的小说更有思想启蒙的功效，他笔下麻木愚昧的群众也有助于警醒中国国民认识自己的民族性格，从而达到改造国民性的目的。鲁迅在弃医从文之初就特别热爱果戈理的作品，一直对果戈理的写作才华赞赏有加，在翻译生涯后期鲁迅应郑振铎之邀翻译《死魂灵》，在身体状况下滑的情况下仍然坚持翻译，是他晚年最重要的一部译作。鲁迅留日时期搜集的文学资料集《小说译丛》中，就收录了二叶亭四迷的日文译本《狂人日记》和《昔人》（即《旧式地主》以及西本翠荫译本《外套》）。鲁迅自1934年起开始翻译立野信之的《果戈理私观》[127]以及果戈理的《鼻子》[128]，并将两篇文章同时发表于同年9月16日《译文》月刊的创刊号上，指出其长处不在于精深，反在于浅显易懂，清楚明了[129]，目的是为了让读者更好地了解果戈理，也反映了鲁迅对果戈理的偏爱，所以周作人认为对鲁迅影响最大的是果

126 鲁迅：《鲁迅全集》第4卷，北京：同心出版社，2014年版，第117页。

127 ［日］立野信之作，鲁迅译，载1933年9月16日《译文》月刊第1卷第1期，署邓当世译。初收入1938年6月全集出版社版《全集》第16卷《译丛补》，现收《译文集》第10卷《译丛补》。最新收入《鲁迅全集》第16卷，北京：同心出版社，2014年版，第470-475页。

128 ［俄］果戈理作品，鲁迅译，载1933年9月16日《译文》月刊第1卷第1期，署许遐译。最新收入《鲁迅全集》第16卷，北京：同心出版社，2014年版，第445-469页。

129 鲁迅：《译文序跋集》，北京：人民文学出版社，2006年版，第315页。本篇连同《果戈理私观》的译文，最初发表于1934年9月《译文》月刊第一卷第一期，署名邓当世。

戈理的短篇小说《狂人日记》,《两个伊凡尼支打架》,以及喜剧《巡按》等,《死魂灵》排在第二位,它们都用了滑稽的笔法来写悲剧[130];立野信之在此文中强调了果戈理作品对当时日本社会的价值所在,鲁迅翻译果戈理时,也仍然期待着有改变中国国民性的功效,希望激发中国读者坚定革命信仰,为反抗压迫和剥削勇敢斗争。鲁迅自 1935 年开始根据"德人奥托·贝克译编的全部"为底本,参照上田进的日译本译《死魂灵》,在郑振铎的《世界文库》催促下赶译,难度之大、翻译之苦不足为外人道也,然而译出来却不甚满意,不但要避免累坠而省去形容词,连自己也不愿意读下去,每译两章就好像生了一次大病[131],就这样花了一年多的时间才完成,是鲁迅一生中花费精力最多的翻译作品。

鲁迅评价自己的译本时,还谦虚地说《死魂灵》的译文肯定超越不了原作,德文译文肯定也比中文译文好,他说他对形容词的翻译感到为难,有些甚至略去了,但仍然自信自己的译文比两种日文译本好一些,错误也少一些[132]。细读鲁迅所译的《果戈理》,除了少数形容词略有出入,基本都非常忠实于原文,与采用"硬译"法所译的苏联文学作品和文艺理论相比较,句式更加灵活,在兼顾"易懂"与"丰姿"方面发挥得很出色,1936 年萧军赞其"译笔无比的尖锐",并称鲁迅为"中国的果戈理",《死魂灵》的译文体现了十分强烈的鲁迅个人风格,频繁使用颇具鲁迅个人风格的词汇如"大欢喜"、"大苦痛"、"大智慧"等,甚至出现"聪明、聪明,第三个聪明"这样的译笔,从另一方面说明了鲁迅个人的语言风格很适合译果戈理这种批判现实主义意味极浓的小说,所以对作品的语言把握很精准而游刃有余。

早年鲁迅受西方摩罗诗人影响而成为"精神界之战士",他发现要实现立人强国的梦想,必须要有现实主义精神。果戈理是引导他走近俄罗斯现实主义文学的第一位导师,鲁迅被果戈理晦涩又幽默的风格所吸引,并吸取了其关注现实问题的经验和发自心灵深处的表达。出于对果戈理的浓烈兴趣,他阅读并翻译了俄罗斯白银时代的安德列耶夫、迦尔洵等人的作品,并走上类似的创作道路。

---

130 周作人:《年少沧桑——兄弟忆鲁迅(一)》,石家庄:河北教育出版社,2001 年 5 月版,第 246 页。

131 鲁迅:《鲁迅书信集》下卷,人民文学出版社,1976 年版,第 837 页。

132 鲁迅:《鲁迅书信集》下卷,人民文学出版社,1976 年版,第 867 页。

（三）对童话的翻译：写给成人的童话

这一段时期鲁迅对童话仍然痴心不改，他选择童话来翻译，就是希望将世界优秀的童话介绍给中国孩子们的父母、师长以及教育家、童话作家参考[133]。鲁迅继翻译爱罗先珂的童话之后，于 1934 年又翻译了苏联作家班台莱耶夫的童话《表》以及高尔基的《俄罗斯的童话》。《俄罗斯的童话》作为一部批评俄罗斯国民性的寓言体讽刺作品，因其寓意颇深，更像是一部写给成人的童话，鲁迅自己也说这作品写得太恶辣了[134]。从爱罗先珂的痛苦而忧郁的作品，到寓言式童话《表》，《俄罗斯的童话》，鲁迅越来越关注反映和映射现实的童话，虽然里面的人物读起来并不像真人，事件也不像真事，但是字里行间却无不听得到人的呼吸，看得到人的疮疽，是完全有人的意识与特征[135]。

（四）翻译随笔集：余裕与个人主义

鲁迅 1928 年 3 月翻译了《思想 · 山水 · 人物》，这是他整个翻译生涯中所译的唯一一本随笔集，由上海北新书局出版。鲁迅欣赏一种“想说甚么便说甚么的文章”[136]的魏晋文章，这是他选择鹤见祐辅的这篇随笔集翻译的原因，因为这篇散文就有这样的特点。鲁迅翻译这部日本随笔集时，正赶上中国现代文学从“文学革命”向“革命文学”转型的特殊时期，鲁迅置身于上海“革命文学”的大潮里，却选择翻译这样一部看似与革命毫无关系的书，与他提倡一种“余裕”的精神有关。作为一名精神界的战士，他当然赞成和支持革命文学的战斗性，他甚至认为时代不需要“幽默”与“性灵”，所需要的“必须是匕首，是投枪”，他批评林语堂提倡性灵的幽默观[137]，但是又认为写作须有一种“余裕”的精神，认为鹤见祐辅的这类散文同样能给人愉快和休息，但却不是轻松的小玩意儿，不是为了抚慰和麻痹人，它让人休养与快乐是劳作和战斗前的准备[138]。因为革命虽然需要艰苦战斗，但并非不需要休养生息，革命需要一种从

---

133 鲁迅：《鲁迅全集》第 14 卷，北京：同心出版社，2014 年版，第 140 页。

134 本篇最初印入 1935 年 8 月上海文化生活出版社出版的《俄罗斯的童话》一书版权页后，未署名。1935 年 8 月 16 日鲁迅致黄源信中说“《童话》广告附呈”，即指此篇。

135 同上。

136 鲁迅：《鲁迅全集》第 3 卷，北京：同心出版社，2014 年版，第 275 页。

137 鲁迅：《鲁迅全集》第 5 卷，北京：同心出版社，2014 年版，第 84 页。最初发表于 1922 年 9 月 16 日《论语》第 25 期。

138 鲁迅：《鲁迅全集》第 5 卷，北京：同心出版社，2014 年版，第 89 页。

容不迫的气度，鲁迅讲的“俯首甘为孺子牛”，并不是让人始终处于一种痛苦与残酷的斗争状态[139]。比如鲁迅译的一个小段落中说：

> 凡翻阅英国史者，无论是谁，总要着眼于迪式来黎（B. Disraeli）的生涯。他的一生，正如他的小说一般，很富于波澜和兴趣。他的三十九年的议院生活中，三十二年以在野的政客而耗费了。[140]

此文后来又提到从政治家逸闻轶事中读到他们浮沉的身世与无穷的兴味，虽然有趣，但描绘出他们坚忍不拔的一生，以及凛然难犯的伟大[141]。此处是为了说明兴味与趣味并非一定与伟大相悖逆，完全可以共存在一个人的一生中。鲁迅从《思想 · 山水 · 人物》中得到不少共鸣，比如鹤见祐辅认为学者书斋中的思考撰述易与社会现实生活隔膜不相关，以及关于幽默不是冷嘲，闲谈也是可贵的观点，都与鲁迅的看法相近。鲁迅也在《题记》中称赞作者关于英美局势与国民性的观察方面的洞见。与其分析一时的政局，他更关注社会批评和文明批评。

鲁迅选择这样一篇颇具“余裕”风格的文章来翻译，说明他对战斗与休息的关系的理解，《思想 · 山水 · 人物》里专门有一篇谈论“闲谈”的文章，认为闲谈的人世给人们带来了居住的乐趣和生活的从容，尊重和珍视闲谈的社会，一定走在文化发达的路上[142]。除了对“闲谈”与“从容”的看法，鲁迅并不完全同意鹤见祐辅所表述的自由主义，他在《思想 · 山水 · 人物》的“题记”里说明自己对鹤见祐辅所神往的“自由主义”看法不同，鲁迅认为歌德的说法更有见地，即自由与平等不可兼得，人们只能选取其一，在此表达了对整个自由主义本身的质疑，认为自由与平等无法兼备，自由无非是资产阶级的自由，认为资产阶级民主并不充分，无非是“将事权言议，悉归奔走干进之徒，或至愚屯之富人，否亦善垄断之市侩，特以自长营攫，当列其班，况复掩自利之恶名，以福群之令誉”[143]。自由主义所提倡的改良、妥协与宽容与鲁迅的革命、不妥协格格不入，自由主义所谓的“个人主义”与鲁迅的“任个人”也相差甚远。

---

139 王吉鹏，陈晨：《余裕与真实：鲁迅杂文人学的精神境域》，《南通航运职业技术学院学报》，2014 年第 1 期。

140 鲁迅：《鲁迅全集》第 13 卷，北京：同心出版社，2014 年版，第 242 页。

141 鲁迅：《鲁迅全集》第 13 卷，北京：同心出版社，2014 年版，第 242 页。

142 鲁迅：《鲁迅全集》第 13 卷，北京：同心出版社，2014 年版，第 361 页。

143 鲁迅：《鲁迅全集》第 1 卷，北京：同心出版社，2014 年版，第 25 页。

（五）翻译“同路人”文学：以自由的心态创作的文学

鲁迅一直都关注并尊重“同路人”[144]作品，认为“同路人”作家的文学成就比无产阶级文学的成就高，这是鲁迅如此倾心于他们的原因之一。其次“同路人”作家以自由的心态创作，直面现实，重视文学技巧，与鲁迅强调文艺自身的独立品格一致，所以鲁迅十分青睐这类文学。早在离开北京前就谈论过皮利尼亚克，他的第一篇苏联译作就是著名的“同路人”作家皮利尼亚克所写的散文作品《信州杂记》，他还校订过勃洛克的长诗《十二个》的中译文，并为这首译诗撰写了一篇很深刻的序言。自1928年9月起，鲁迅翻译和发表了左琴科的《贵家妇女》、雅各武莱夫的中篇小说《十月》、伦支的《在沙漠上》、理定的《竖琴》、斐定的《果树园》、英培尔的《拉拉的利益》，毕力涅克的《苦蓬》、绥甫林娜的《肥料》等“同路人”作家的中短篇小说[145]。鲁迅翻译的苏联作品中，以法捷耶夫的长篇小说《毁灭》和雅各武莱夫的中篇小说《十月》最具现实意义。鲁迅在翻译长篇小说《毁灭》上倾注了最多精力，法捷耶夫是一名亲历过战火的士兵，作品充满了现实感，鲁迅说他并不是对其情节感兴趣[146]，认为此作品并非以情节取胜，作者并非只想讲个故事，主要是描写历史背景下各种心理和性格，恰好这也是作者所擅长的[147]。并把这部充满“铁的人物和血的战斗”的小说看成是一部里程碑式的作品，“在读者眼前开出了鲜艳而铁一般的新花”[148]。《十月》写十月革命的巷战中，多涉及平凡人在战争中的表现，有着人性的弱点比如游移与懊悔，没有钢铁般的革命意志，但却接近于事实，所以仍然会有人阅读[149]。鲁迅翻译的“同路人”作家和“无产者文学”的作品多收入《竖琴》和《一天的工作》两个集子中，鲁迅说他之所以翻译这

144 1922年至1923年间，托洛茨基在《文学与革命》一书第一部里首次把“同路人”概念用于文学批评。被托洛茨基列为“文学同路人”评论的对象几乎包括了当时苏俄文坛上除所谓“国内流亡派”和“无产阶级文化派”之外所有出名的流派和作家，这一概念一开始就带上政治功利性、界限模糊性和主观随意性，“同路人”成为苏俄流行的文学批评术语。对待“同路人”文学的态度成为20年代苏联文学理论批评和思潮流派半争的一个焦点，对包括中国在内的世界无产阶级革命文学运动都有重大影响。

145 刘少勤：《盗火者的足迹与心迹——鲁迅与翻译》，南昌：百花洲文艺出版社，2004年版。

146 鲁迅：《鲁迅全集》第18卷，北京：同心出版社，2014年版，第157页。

147 鲁迅：《鲁迅全集》第18卷，北京：同心出版社，2014年版，第157页。

148 鲁迅：《鲁迅全集》第7卷，北京：同心出版社，2014年版，第323页。

149 鲁迅：《译文序跋集》，北京：人民文学出版社，2006年版，第217页。

些作品，是因为“对于中国，现在也还是战斗的作品更为紧要。”[150]鲁迅在《〈十月〉译后附记》中提到自己译这篇作品不是因为担心自己会没落，也不是为了鼓吹别人革命，不是让读者了解当时的历史状况[151]。鲁迅深刻认识到，同路人文学中所描述的失败与胜利，是革命时代所常有的事情，不独为苏联才这样，所以可拿来为中国所借鉴。这段时间翻译界翻译“同路人”作品几成风潮，鲁迅分析其原因首先是因为同路人文学为西欧和日本国家所欣赏，所以介绍得多，这样也给中国翻译家带来了不少转译机会；其次，同路人看似没有立场的立场，容易受到译介者的赏识，虽然同路人自以为是革命文学者[152]。

分析鲁迅选择同路人作品的内在原因，是因为“同路人”作品敢于剖析苏联的现实和人生，鲁迅认为《十月》的生命力体现在其博爱与良心有着宗教的质地，让人佩服教会，且视农民为人类正义与良心的最高的保持者，只有他们才具备将全世界联系起来的友爱精神[153]，对十月革命发生的事情既有实况描写，又有超越于实际的艺术与宗教分析。在鲁迅看来同路人文学虽然离革命较远，但却是“为人生”的，继承了自尼古拉斯二世以来俄国文学的优良传统。鲁迅看重“同路人”文学的文学性，在评论《星花》时，他特别欣赏其技艺的高超，认为写出了动人的居民风习，描绘了美丽的景色，朴诚的士兵，让人一读就手不释卷，非要一口气读完不可[154]。即使是对革命曾心存幻想的革命诗人如叶赛宁和梭波里，虽然他们很有可能死在自己曾讴歌的现实里[155]，但鲁迅认为这也是无可厚非的，因为他们愿意面对真实，在沉没前先给自己唱了挽歌，并以此证明革命的进展，说明他们毕竟不是旁观者[156]。同路人文学正是敢直面真实的“血和污秽”，所以也写出了革命最真实的一面。

二、翻译风格与策略

（一）翻译文艺理论时使用“硬译”策略

鲁迅后期仍然将翻译作为一种抗争与启蒙的工具，持一种明显的翻译政

---

150 鲁迅：《鲁迅全集》第 6 卷，北京：同心出版社，2014 年版，第 10 页。
151 鲁迅：《译文序跋集》，北京：人民文学出版社，2006 年版，第 198 页。
152 鲁迅：《鲁迅全集》第 19 卷，北京：同心出版社，2014 年版，第 4 页。
153 鲁迅：《鲁迅全集》第 18 卷，北京：同心出版社，2014 年版，第 149 页。
154 鲁迅：《译文序跋集》，北京：人民文学出版社，2006 年版，第 220 页。
155 鲁迅：《鲁迅全集》第 4 卷，北京：同心出版社，2014 年版，第 22 页。
156 鲁迅：《鲁迅全集》第 4 卷，北京：同心出版社，2014 年版，第 22 页。

治观："窃火给人，虽遭天帝之虐待不悔"[157]。鲁迅从 1924 年译厨川北村的《苦闷的象征》到 1930 年译苏联卢那卡尔斯基的《文艺与批评》、日本藏原帷人的《文艺政策》、苏联卢那卡尔斯基的《艺术论》，一直坚守"硬译"的原则，虽然鲁迅本人并非一直用同样的态度对待所有的翻译文本，但他后期在翻译文艺理论的时候，其"硬译"的程度甚至超过以前的译作，因为他并不确定自己的译文多大程度能被读者消化吸收，所以只选择了文艺理论来承载输入西化文法的任务，他解释说为什么要译难懂的理论"天书"，是为了少数一些以无产阶级批评家自居的人，他们不图一时"爽快"，能克服艰难想要理解这些理论的读者[158]。先少量输入，让知识精英阶层先消化吸收，条件具备的情况下再大量输入，待到大众慢慢习惯，再将语言过渡到用拉丁文，欧式语言[159]。鲁迅这些文艺理论译作都是通过日文转译过来，前人又是从俄语译过来的，这样就经过了几次转手，所以希望能尽量直译，使意思与表达都能尽量靠近日译文，所以鲁迅笔下就出现不少诘屈聱牙的句子，如《艺术论》里的几个句子：

> 苦痛或快乐，满足或不满——这是美底情绪所不可缺的基础。将在我们之中惹起美底情绪的一切对象，我们称之为美的东西，或美丽的东西。那么，凡将快乐给与我们者，我们都可以称之为美么？我们并没有可以将愉快的东西，鄙野而悦人的东西，从美学的领域截开的根据。[160]

现代译文如下：

> 直接激情反应，即痛苦或享受，满足或不满足——这是审美情感的必不可少的基础。我们称之为美或漂亮的客体都能够在我们心中唤起审美情感。我们能否说一切漂亮的东西都能给我们以享受呢？我们没有理由把令人愉快的粗俗的东西从美学领域中单独分出来。[161]

从两段不同的译文可以看出，现代译文将长句拆开，读起来顺了不少，显然，鲁迅不是不具备顺译的能力，"自信并无故意的曲译"，只不过为了让意思

157 鲁迅：《鲁迅全集》第 4 卷，北京：同心出版社，2014 年版，第 117 页。
158 鲁迅：《鲁迅全集》第 4 卷，北京：同心出版社，2014 年版，第 116 页。
159 冯玉文：《鲁迅翻译思想研究》，北京：中国社会科学出版社，2015 年版。
160 鲁迅：《鲁迅全集》第 15 卷，北京：同心出版社，2014 年版，第 125 页。
161 卢纳察尔斯基著，郭家申译：《艺术及其最新形式》，南昌：百花文艺出版社，1998 年版，第 38 页。

与形式完全与原文对等，不惜牺牲“顺”的语感。1929年鲁迅在《卢氏〈艺术论〉小序》时提到他翻译这本书时的困难与尴尬，即使文字相同也无法理解，译过来仍然不能通顺，呕心沥血地译出来，读起来仍然诘屈聱牙，错误难免。需有时间和潜力去下功夫研究，将原来的句法拆散，把术语的意思改得浅显，让人容易理解，才算是合格的翻译[162]。鲁迅还谦虚地提到自己力不从心的状态，并寄希望于读者的耐心阅读，希望译文至少让人能了解大意[163]。但到鲁迅译《死魂灵》时已经少了很多先前刻意欧化的硬译风[164]。通过直译尽可能广泛地探索现代汉语的多种可能性，鲁迅先生称之为“窃火煮肉”，把自己比作普罗米修斯，用翻译的工具从国外盗来先进文化之火，却是来煮译者自身的皮肉。另外，鲁迅的文学翻译带有很多个人风格，加入了文学创作特有的“创造性”，很多地方使果戈理的文风有了明显的鲁迅的风格，而他的作品也受译文的影响，可谓是翻译与创作“互文性”的典型。

鲁迅体现在翻译事业中的“拿来主义”和“创造性”，“不仅在于他的思想，也在于他的文体。”[165]鲁迅采用一种晦涩难懂的文体来做翻译，旨在不仅拿来他国先进的思想，而且拿来他国文字的某些可以为我所用的特征和因子，以改造前进中的白话汉语，他的翻译文体有几个来源：除了传统魏晋文章和白话口语，还吸收和整合了外来句法和语法，并有机地使用到翻译的文本中，由于引入了陌生的因素，所以译文读起来多少会不“顺”，但也给白话文增添了以前没有的句式、表达和词汇。

（二）翻译《死魂灵》时兼顾“易懂”与“丰姿”

鲁迅在翻译针对大众的小说时，译文注意既严格传达原文的精神，又注意行文的易懂性，可谓兼顾了“易懂”与“丰姿”，这多少与他主张的翻译理论有关，他采取“硬译”策略的读者群主要是高级知识分子，故在翻译外国文论与批评文章时采取了“硬译”的策略，而对于给大众读的小说，则用了相对易懂的方式，为严格意义上的“异化”策略。鲁迅曾表达过他采用直译理论和实践的宗旨：“凡是翻译，必须兼顾着两面，一当然力求其易解，一则保存着原

---

162 鲁迅：《鲁迅全集》第15卷，北京：同心出版社，2014年版，第99页。最初印入《艺术论》单行本卷首，未在报刊上发表过。

163 鲁迅：《鲁迅全集》第15卷，北京：同心出版社，2014年版，第99页。

164 王向远：《翻译文学导论》，北京：北京师范大学出版社，2004年版，第116页。

165 王家新：《翻译文体、翻译、翻译体》，《当代作家评论》，2013年第2期，第134、135页。

作的丰姿，但这保存，却又常常和易懂相矛盾。”[166]因此在鲁迅长期的翻译实践中，解决这个矛盾问题其实才是鲁迅一直在思索的主要问题，也是我们今天的翻译工作应当借鉴与学习的地方。

比较鲁迅的译本与满涛和许庆道的译本，鲁迅的译本是最简洁的，用词干净利落，毫无繁复堆砌。现摘录一段满涛译文与鲁迅译本对比如下：

> 关于N城的女士们要是浮浅地说几句的话，那么，能够说的就是这些。可是，如果看得深一些，当然可以发现许多别的东西；然而，把女士们的心窥探得深一些可危险得很呀。所以，我们就以表面现象为限，继续往下讲吧。到目前为止，女士们不知怎么的很少谈起乞乞科夫，不过，对他在交际场上的风度的优雅得体，还是给以充分公正的评价的；可是，自从传出他有百万家私的消息之后，他身上的其他品格也都被一一发掘出来啦。[167]

鲁迅的译文：

> 关于N市的闺秀们，就表面上说起来，大略如此。自然，倘使再看得深一点，那就又有完全不同的东西出现的：然而深察妇人的心，危险得很。我还是只以表面为度，再往前去罢。这以前，闺秀们是不大提起乞乞科夫的，虽然对于他那愉快的，体面的交际态度，也自然十分觉得。然而自从他的百万富翁的风传散布了以来，注意可也移到他另外的性质上去了。

鲁迅特色的用语如“自然，倘使”等体现了鲁迅行文的个人风格，但仍然保留了不少中期“硬译”的特色，比如使用很多“的”字，而不是使用现成的成语，这体现了鲁迅希望探索现代汉语的多种可能性，希望“硬造”或“新造”一些表达方式来激发汉语的自我更新的力量。许广平就说过：“有时因了原本字汇的丰美，在中国的方块字里面，找不到适当的句子来，其窘迫于产生的情况，真不下于科学者的发明。”[168]

又如：

> 对于我们的客人的，这样的夸奖的意见，在市里传布，而且留

---

166 鲁迅：《鲁迅全集》第6卷，北京：同心出版社，2014年版，第180页。

167 ［俄］果戈理著，满涛，许庆道译：《死魂灵》，北京：人民文学出版社，1993年版，第171页。

168 许广平：《〈死魂灵〉附记》，《许广平文集》第1卷，南京：江苏文艺出版社，1998年版，第433-434页。

存了，一直到这旅客的奇特的性质，以及一种计划，或是乡下人之所谓‘掉枪花’，几乎使全市的人们非常惊疑的时候。关于这，读者是不久就会明白的。[169]

而满涛与许庆道的译文如下：

他来到这个城市之后，认为他责无旁贷必须对当地的高级官员们表示他无限的敬意。这便是满城上下关于很快就要出现在省长家的晚会上的这位新人物所能知道的一切。[170]

可以看出后者的翻译在句子中保留了英语定语从句的结构，即句子中嵌着定语从句。鲁迅也将定语从句嵌于句子中，但因为有些微古风，所以显得简洁一些，可以看出鲁迅在翻译《死魂灵》时已经克服很多当初的硬译痕迹了。

但是鲁迅仍然有意在译文中保留原文风格，以至于读起来不顺：

对于我们的客人的，这样的夸奖的意见，在市里传布，而且留存了，一直到这旅客的奇特的性质，以及一种计划，或是乡下人之所谓‘掉枪花’，几乎使全市的人们非常惊疑的时候。关于这，读者是不久就会明白的。[171]

这样一种对于新来客人恭维备至的意见就此在城里传开了，这意见一直保持着，直到客人的一个奇怪的特性，他办的一件事情，或者按照外省的说法，一件咄咄怪事（关于这一点读者不久就会知道），使向乎全城的人完全陷于迷惑之中为止。[172]

鲁迅完全可以使这里的译文句子更加“通顺”，但他依然选择保留“洋气”，在译文中鲜明地体现了他兼顾“易解”与“丰姿”的原则。和翻译文艺理论相比，鲁迅对《死魂灵》的翻译并没有完全采用“硬译”，而是兼顾了句子的通顺，从具体的语境出发，通过表面的“背叛”实现更高层次的忠实。

鲁迅所译的《死魂灵》还有一种语言形式，即为了方便读者理解为正文所做的注释，使用当时读书人最熟悉的语言，具有最低程度的异域性，比如在解

169 鲁迅：《鲁迅全集》第20卷，北京：同心出版社2014年版，第24页。

170 ［俄］果戈理著，满涛，许庆道译：《死魂灵》，北京：人民文学出版社1983年版，第3页。

171 鲁迅：《鲁迅全集》第20卷，北京：同心出版社2014年版，第34页。

172 ［俄］果戈理著，满涛，许庆道译：《死魂灵》，北京：人民文学出版社1983年版，第16页。

释俄国本地的一些物件与炊饮时，为保证中国读者能明白，多以十分通俗的口语白话行文，例如："俄国旧例，每人都有两个名字，例如这里的保甫尔伊凡诺维支乞乞科夫，末一个是姓，第一个是他自己的本名，中间的就是父称，译出意义来，是'伊凡之子'，或是'少伊'。平常相呼，必用本名连父称。否则便是失礼。译者"[173]，类似的还有"完全中立的关于历史，政治，文学的杂志，一八一二年至一八五二年，在彼得堡发行。——译者"[174]由于未给注释赋予语言试验与输入异质元素的任务，它在原文中就具有了一定的自主性，并恰好能够反应一个译者日常的语言习惯。鲁迅的注释里混合了古今中西四种语言风格，是鲁迅时代的文化背景以及《死魂灵》被译出时的语言背景。从注释中可以看出鲁迅的精神中仍然保留了文言词汇中有生命力的东西，也能看到西化的文体已悄悄渗透到译者的语言习惯之中。

综上所述，从"硬译"走向"易解"并非鲁迅翻译路上的最后目的地，鲁迅认为为了实现移情与益智的目的，必须要保存原作的"丰姿"。鲁迅的"易解"与"丰姿"理论从某种程度上回答了自严复"信达雅"理论提出以来，翻译界长期没有定论的一些问题，比如到底应当对外国作品进行"归化"处理，还是应当尽量保持洋味的问题。"易解"与"丰姿"从某种程度上反映了鲁迅对"达"与"信"的追求，是针对当时某些文人所提出的"与其信而不顺，不如顺而不信"的主张，而提出如何体现外国情调即洋气，如何再现原作丰姿的策略，对易解的强调，是对"硬译"带给读者阅读困难的反思，而兼顾"丰姿"则是调和直译和意译的艺术手段，它体现了易理解与求忠实这对文学翻译中永远存在的矛盾，在对其语言文本意义进行阐释的同时，一定要从其广义的文化角度来进行全面的理解与揭示。

鲁迅认为中国旧文化中有不再适应新的时代的腐朽因子，要迅速对旧文化进行改良，翻译不失为一种高效的工具，特别是翻译外国优秀文学名著，可以达到改革和丰富中国文学的目的，从而改造中国文化和社会、治愈国民性的病灶。但变革中国文学并改良国民性，首先需要将语言从排斥大众的古旧文言变为普罗大众都能接受的白话文，这样才能提升大众的文化水平，鲁迅从翻译入手来变革现代汉语，将"硬译"作为基本方法，改革与革命都有一种暴力色彩，鲁迅赋予了"硬译"法以暴力色彩，用一种"诘屈聱牙"的现代汉语来诊

173 鲁迅：《鲁迅全集》第20卷，北京：同心出版社，2014年版，第32页。
174 鲁迅：《鲁迅全集》第20卷，北京：同心出版社，2014年版，第44页。

治文言文的含混和费解，借鉴外文逻辑清楚的句法与语法来完美汉语的结构，使汉语欧化易解，便于大众接受，这是“易解”的使命所在。

第四节 贯穿始终的“重译”与“复译”理论及实践

在中国翻译史上，由于社会及文化的需要和翻译事业的发展，复译与重译越来越普遍，尤其是 1930 年以后，翻译人员进行复译与重译的频率越来越高。复译与初译相对，“通常指同一作品被再次或多次翻译的行为”[175]。学者方梦之认为复译即重译，认为“重译有两层意思：一是译者自己对旧译在较大程度上的润色修订；二是指非直接译自原著语言的翻译，即‘以第三国语言为中介的翻译’”[176]。许渊冲认为复译是重译的一种，“重译有两个意思：一是自己译过的作品重新再译一次；二是别人译过的作品，自己重新再译一遍，也叫复译……”[177]陆谷孙在他编撰的《英汉大词典》里将“复译”的英文表达 retranslate 解释为“再译，重译；把……译回成原文：转译”[178]就扩大了复译的内涵。一直以来，复译都存在两种情况，一是出于改善的目的对前人译过的译本进行复译，即所谓“复译书”，因复译者确信复译本比前面的译本更优秀时进行的复译。二是由于复译者对译本信息不完全了解的原因，不知道已存在译本的情况下进行的翻译。根据语言学理论，语言要随时间而进化，所以不单是不好的译本需要复译，最终任何一种译本都需要复译。

本文所讨论的重译即为现代学者所说的转译[179]，又称“间接翻译”，指“通过非原语文本进行翻译，在原作向译本转换的过程中要通过一个语言中转站”[180]。鲁迅通过日语和德语大量重译了俄苏和其他弱小国家和民族的作品，虽然他也清楚重译存在着诸多弊病，但认为在源语人才稀缺的条件下，重译是必须

175 宋志平、胡庚申：《翻译研究若干关键问题的生态翻译学解释》，《外语教学》，2016 年第 1 期。

176 方梦之：《译学辞典》，上海：上海外语教育出版社，2004 年版，第 346 页。

177 许渊冲：《谈重译——兼评许钧》，《外语与外语教学》，1996 年第 6 期。

178 陆谷孙：《英汉大词典》，上海：上海译文出版社，1993 年版，第 450 页。

179 在鲁迅的时代和鲁迅的论述中，有时把转译称为重译，有时又把复译称为重译，这些称谓非常容易造成混淆，更缺乏科学性，需要根据具体的语境才能作出相对准确判断，所以现在重译的说法已经基本不用。

180 冯玉文：《鲁迅转译：两害相权的无奈选择》，《绍兴文理学院学报》，2016 年第 6 期。

且应当的选择，译者在正确的翻译策略指导下，以一种认真严谨的翻译态度来进行翻译从一定程度上可以弥补重译的缺陷。

一、鲁迅关于复译与重译的辩证观点

鲁迅的“复译”概念指“对前人已经译过的文本进行再翻译”[181]，即当代人说的“重译”。复译是鲁迅终生为之捍卫和坚持实践的重要翻译思想之一。鲁迅可以说是提倡复译的先锋，也最早捍卫复译并为之辩护的翻译家，1935 年他专文论述《非有复译不可》，在此文中提出复译是“非有不可的”[182]的观点，并对复译的必要性进行了强有力的论证，提出以复译“击退乱译”的策略可以提高翻译文学的整体质量。鲁迅虽然提倡复译，但他这方面的实践并不多。五四以后，由于白话文成为一种普及了的书面语，强调“以信为本”的翻译家，必然会采用直译的方法用白话文重新翻译已有译本，“现代汉语的发展、演变和完善与复译的大量涌现是分不开的”[183]。现代汉语在晚清及民国时期以文白相间为特征，发展到五四运动时期则表现出复古风与欧化风的混杂，直到 30 年代才逐渐定型，所以 30 年代以前的译本语言处于过渡阶段，渐渐落后于时代，不再满足读者大众的阅读习惯，就需要出现新的复译本以满足广大读者的需要。回顾我国近现代文学翻译史，在 20 世纪 30 年代前后形成第一个复译高峰。新中国成立后的 30 年是我国翻译史上第二个复译高峰时段，据胡东平、黄秋香考证，当时我国翻译出版的外国文学作品中，80%以上都属于复译作品，数量十分惊人[184]。复译的浪潮对翻译文学的发展有着十分重大的意义，但也出现了像抄译、乱译之类等泥沙俱下的弊端，相应就引起认识上的分歧与学术上的论争。

抗战爆发前夕，日寇发动侵略，文化市场相对繁荣，出现了大量的翻译作品，但翻译质量良莠不齐，出现了不少次品和乱译，鲁迅先生呼吁翻译工作者进行复译，多出精品以抵制市场上不负责任的译本。鲁迅在《非有复译不可》等文里很清楚地论述了复译的必要性与重要性，体现了鲁迅独立思考的惯习和务实

181 冯玉文：《鲁迅复译理论解析》，《陕西理工学院学报（社会科学版）》，2013 年第 4 期。

182 鲁迅：《鲁迅全集》第 6 卷，北京：同心出版社，2014 年版，第 152 页。

183 陈言：《20 世纪中国文学翻译中的“复译”、“转译”之争》，《四川外语学院学报》，2005 年第 2 期。

184 胡东平，黄秋香：《复译的伦理》，《山东外语教学》，2012 年第 3 期。

的作风。他认为即使前人已经有了译文，仍有复译的必要，以复译击退滥译与乱译，推陈出新，最终读者和市场会筛选出好的复译本，让翻译版本越来越臻于完美。但不可否认，复译也会带来一些弊病，复译者都期待自己的译本超过前译，所以会出现标新立异和哗众取宠的情形，似乎完全否定了原译，才能体现复译的价值，因此常常会对原译者产生不公或不恭，抹杀了原作中不应否定的东西。

现代中国实现了文言到白话的转换，当今世界白话文已成为主导，原来用文言译的版本应当改译为白话，这是时代的要求，如果文言版本不用白话进行复译，则相当于没有翻译过这部作品。鲁迅认为不但文言文译本需要用白话文再次复译，"语言随着时代的变化"，也在不断进行变化，随着语言的变化也应有新的复译本出现，甚至到后来应当有拉丁文的译本出现。鲁迅认为复译是一种再翻译，"后起的生命，总比以前的更有意义，更近完全。"[185]鲁迅认为即使以前的白话译本已经很不错了，但如果有译者认为自己能译得更好，再译一遍只会有百利而无一害[186]。原来的译本是参照系，但如果不认为自己的译作能超越原来的译本，则没有复译的必要。鲁迅考察了两种日语版的达尔文《物种起源》，发现前面一版错误很多，后出的一本就好多了。然而中国马君武所译的中文版是根据较差的日译本转译的，所以这种情况就需要进行复译[187]。

对于重译（转译）的必要性，鲁迅在《题未定草（一至三）》里概括了清末以来中国人的外语掌握情况，世界上三大语言——英语、法语和德语中，学习英语的人数最多，然而清末英语名著却主要由不通英文的林纾翻译过来，20年代莎士比亚的译介也是由懂日文的田汉转译过来，掌握东欧、北欧、南欧等受压迫中民族语言的更是几近于无，但不能因此而不输入他们的文学，其文学作品自然只能从其他语言转译过来。

鲁迅对重译（转译）的利弊有清楚的认识，这归功于他的辩证法思考方式。他仍然用一种"中间物"的理论与心态指导着自己的重译实践，他也总是不满意自己转译的文本，但因为没有别的更好的译本，更没有直接翻译的译本，所以它仍有存在的必要，如果有人从原文直接翻译，不但没必要忌讳，而是值得欢欣鼓舞的事情[188]，这其中当然也有他对转译的无奈，他当然很清楚重译的弊

185 鲁迅：《鲁迅全集》第 1 卷，北京：同心出版社，2014 年版，第 76 页。
186 鲁迅：《鲁迅全集》第 6 卷，北京：同心出版社，2014 年版，第 154 页。
187 鲁迅：《鲁迅全集》第 5 卷，北京：同心出版社，2014 年版，第 156 页。
188 鲁迅：《鲁迅全集》第 6 卷，北京：同心出版社，2014 年版，第 227 页。

病，比如他曾发现孙用转译的莱蒙托夫的几首诗，发现有与原文不相符合的地方，推测这是孙用先生由世界语转译过来的缘故，又或许中间曾有过几次转译，故原文的精彩处一再地流失，早已失去原貌了[189]。他在写给曹靖华的信中说："《毁灭》我有英德日三种译本，有几处竟三种译本都不同。这事情使我很气馁。"[190]他还说："从别国文重译，是很不可靠的"[191]。可见他对重译或者说转译的不利方面认识得够充分，但仍然捍卫其有利的一面，他认为重译（转译）的版本越多，读者的选择就会越多，重译（转译）版本是向最终完全的定本过渡的桥梁，无奈之下，权作聊胜于无的选择，总能让读者知道世界上有如此多的文学奖，绝不只是曾听说过的那几个，他非常欢迎直接从原文译出的作品，可谓求之不得[192]

二、鲁迅如何捍卫"复译"与"重译"

很多翻译家都认为复译是一种急功近利的思想与行为，虽然都知道在当时是出于救亡图存的目的，但仍对此颇有微词，邹韬奋就不赞成译者把已有译本的书再译一遍，认为在精力不足的情况下，这不是一种讲效率的行为，西方好书那么多，如果还把时间浪费在翻译已有译本的作品上，就无法满足读者的求知欲[193]。他们认为翻译者的功夫不应花在已有译本的作品上，鲁迅的观点恰恰相反，认为即使有了初译本，但并不一定就是完全的定本，而复译在借鉴前译优点的基础上，发挥自己的智慧，取长补短，这样才会越来越接近于所谓"完全的定本"[194]。

鲁迅认为复译出于一种竞争的策略可以让乱译者或不良译文退而却步，他分析了直接译与复译的利弊，认为"复译"确实比直接译容易，复译时译者可以参考前人的译本，而原文没有注释的地方，首译者往往会加注，有利于复译者理解那些难点，这是首译者无法享受到的方便，所以往往会有首译错误的时候，复译时则有机会对此进行纠正[195]。鲁迅不仅从技术层面即译文准确性方

189 鲁迅：《鲁迅全集》第 7 卷，北京：同心出版社，2014 年版，第 178 页。
190 鲁迅：《鲁迅书信集》，北京：人民文学出版社，1976 年版，第 286 页。
191 鲁迅：《鲁迅书信集》，北京：人民文学出版社，1976 年版，第 287 页。
192 鲁迅：《鲁迅全集》第 7 卷，北京：同心出版社，2014 年版，第 180 页。
193 鲁迅：《鲁迅全集》第 7 卷，北京：同心出版社，2014 年版，第 180 页。
194 鲁迅：《鲁迅全集》第 6 卷，北京：同心出版社，2014 年版，第 154 页。
195 鲁迅：《鲁迅全集》第 5 卷，北京：同心出版社，2014 年版，第 293 页。

面去理解复译的问题，还认为复译的文本与实践有其独到的文化意义与美学意义。鲁迅认为即使在前面的译本不错的情况下也仍然需要复译，由于语言从文言进化到白话文，原来的文言译本就该为白话译本所代替，即使原来有好的白话译本，如果译者觉得可以译得更好，再来一遍又何妨，走自己的路，让别人去说吧，在旧译的基础上兼收并蓄，加上自己有所改进的地方，才有可能成就一种近于完全的定本。言语随时代在变化，译文也需要推陈出新，多来几次复译何足为奇，但中国也确实没有译过七八次的作品[196]。可见鲁迅很自然用一种“中间物”意识来对待自己的翻译和译作，对他们的相对性认识很清楚，说明鲁迅认识到语言的时代性并企求通过翻译来求得语言的进化。鲁迅也多次撰文表明这一务实的态度，强调翻译最重要的是译文的质量，而不是看是否是重译，以及译者的态度是否顺应了时代主流和趋时而动。[197]

他进一步从吸取各国优秀文学作品的好处入手，论述重译（转译）功不可没，没有重译，便看不到少数语言族类的优秀的作品，就中国人掌握语言的情况，往往是懂英文的多，其次是日文，如果不通过其他语言转译过来，恐怕中国人就只能读到英国和日本的文学作品，不但不知道易卜生，连安徒生童话都读不到，更不用说塞万提斯的《唐·吉诃德》了，何况中国那些精通西班牙、丹麦等国文字的人却根本不从事翻译，所以好多只能从英文转译过来，苏联的作品也差不多都是从英法语言转译过来的[198]。如果没有重译或者说转译，那国内的读者就只能读到英美等主流国家的文学作品，其他国家的优秀作品也就不可能接触到，这就大大局限了眼界，给翻译设置了不必要的壁垒，需要依靠重译来打破这个壁垒，即强调重译对开阔眼界、了解并融入世界文学都有着无可替代的作用。

三、重译与复译理论体现了鲁迅“中间物”意识

鲁迅的“中间物”理论最富于哲学性，这一理论几乎体现于他对人以及人所创造的一切的看法里，不仅体现在他的创作实践中，也体现于他的翻译理论里，首先体现在鲁迅对翻译的态度上，并最终成为他独创的一种理论。它的来源是达尔文的进化论思想，鲁迅创造性地把“中间物”扩大到用来描述人类创

196 鲁迅：《鲁迅全集》第 5 卷，北京：同心出版社，2014 年版，第 129 页。
197 鲁迅：《鲁迅全集》第 5 卷，北京：同心出版社，2014 年版，第 508 页。
198 鲁迅：《鲁迅全集》第 5 卷，北京：同心出版社，2014 年版，第 292 页。

造的一切事物。只要社会始终向着进化的方向前时，进化中的“中间物”就始终是存在的。

穆木天主张译者要有“自知”之明，在译之前要先确定能否译成“一劳永逸”的译本，否则还不如不动手。鲁迅反对这种说法，认为“一劳永逸”说起来是容易的，但做起来未必有那么容易，中国文字本来就不是“一劳永逸”的符号[199]。鲁迅以其“中间物”理论来为复译辩护，他认为从理论上说也许有理想中的“一劳永逸”的译本，但在现实中却很难有，任何好译本都称不上是完美的，只不过是翻译史上的“中间物”或过渡，任何译本都是来填这从“无有”到“较好”的空间[200]。即使在面对翻译的不同版本时，鲁迅也坚信后来者必有它进化的可能，而中间出现的译本也自然就成为一种“中间物”了。

正是在“中间物”的翻译理论指导下，鲁迅撰文主张复译，他用婚姻来比拟翻译，以还击那些否定复译的人：“他看得翻译好象结婚，有人译过了，第二个便不该再来碰一下，否则，就仿佛引诱了有夫之妇似的，他要来唠叨，当然罗，是维持风化。但在这唠叨里，他不也活活的画出了自己的猥琐的嘴脸了么？”[201]，鲁迅认为对复译的嘲笑和打击，表面上好像是为翻译事业着想，其实却在阻碍翻译事业的发展[202]。鲁迅说，即使前人已经有过出色的译文，仍需要允许复译的存在。因为白话文渐已取代文言文，所以为着读者阅读习惯的需要就应用白话文进行复译，即使已有白话译本，仍然需要再复译一遍甚至多遍，任何相对不完善的译本都是通向完美译本的中间物和必经之路，都有其存在的价值与意义。

四、鲁迅如何判断复译译本的优劣

但复译的译本多了，读者如何选择想要的或者优秀的译本?鲁迅认为这时翻译批评应当发挥其指导作用，鲁迅用著名的“剜烂苹果”的比喻来说明批评家在鉴别诸多译本时所起的作用，不完美的译本好比有烂疤的苹果，不能因其有疤就立即扔掉，毕竟读者能得到的翻译译本有限，译者也花费了心血，有几处烂疤，只要还有没烂的地方就可以吃，就不应当丢掉，读者就不至于什么都

199 鲁迅：《鲁迅全集》第 5 卷，北京：同心出版社，2014 年版，第 293 页。
200 鲁迅：《鲁迅全集》第 4 卷，北京：同心出版社，2014 年版，第 117 页。
201 鲁迅：《鲁迅全集》第 6 卷，北京：同心出版社，2014 年版，第 153 页。
202 鲁迅：《鲁迅全集》第 6 卷，北京：同心出版社，2014 年版，第 153 页。

读不到[203]。对不好的译本进行批评，会有助于复译本的出现，优秀的复译本与初译本一样可能得到读者的认可，如“《鲁滨逊漂流记》、《迦因小传》，两本并行，不相妨害”[204]所以复译并非无意义地重复翻译的动作，其意义在于超越和创新，要实现这个目的和意义，需要翻译批评家对翻译工作者及读者进行正确引导。

鲁迅在翻译《枯煤，人们和耐火砖》时也发现复译本决不是摆设和无用的，与前一个译本相比，鲁迅的译本内容偏少，读起来也比较枯燥，但他仍然觉得：内容少则脉络更分明，即使枯燥点也会有相对应的趣味相投的读者。如此看来，“复译本都能找到自己存在的理由”[205]。

对于重译本的优劣，鲁迅也同样希望借助于翻译批评来判别。在《再论重译》中，鲁迅指出开展翻译批评的必要性与艰巨性，甚至认为比文学批评还要艰难，因为批评家读原文的时候需要比原译者的阅读理解水平更高，而且功夫也要更深[206]。鲁迅在翻译中也常参考各种重译本，如果译本是在参考各种译本的情况下译成，对批评家的要求就要更高，须去读各种原译本[207]。鲁迅并不认为翻译批评应当一味地严苛，应有宽松的氛围与改正的空间，过于苛刻反而不利于翻译事业的繁荣与发展，他说：“倘只是立论较严，想使译者自己慎重，倒会得到相反的结果，要好的慎重了，乱译者却还是乱译，这时恶译本就会比稍好的译本多。”[208]

鲁迅认为并不是所有的复译都是好的，所以一件新译作也需要达到这样的要求，即新译作必须要达到精粹的标准，才能将读者从智识的饥荒中解救出

203 王向远，陈言：《二十世纪中国文学翻译之争》，南昌：百花洲文艺出版社，2006年版，第299页。

204 鲁迅：《集外集拾遗·〈劲草〉》译本序》，《鲁迅全集》第8卷，北京：人民文学出版社，1981年版。《鲁滨孙漂流记》长篇小说，英国作家笛福（1660-1731）著。当时有沈祖芬（署钱塘跛少年）和林纾的两种中译本。沈译本于1902年由杭州惠兰学堂印刷，上海开明书店发行，题为《绝岛飘流记》。林译本于1906年由商务印书馆出版。《迦因小传》，长篇小说，英国作家哈葛德（1856-1925）著。该书的下半部曾由蟠溪子（杨紫麟）译成中文，于1903年由上海文明书局出版。后来林纾又经魏易口述，译出全文，于1905年2月由商务印书馆出版。

205 冯玉文：《鲁迅复译理论解析》，《陕西理工学院学报（社会科学版）》，2013年第4期。

206 鲁迅：《鲁迅全集》第5卷，北京：同心出版社，2014年版，第293页。本篇最初发表于1934年7月7日《申报·自由谈》。

207 鲁迅：《鲁迅全集》第5卷，北京：同心出版社，2014年版，第293页。

208 鲁迅：《鲁迅全集》第5卷，北京：同心出版社，2014年版，第293页。

来，即使是旧译本重新出版也聊胜于无，只是此时的旧作就必须有其文献价值，不至于让读者花钱买无价值的东西，在读书界造成不良影响[209]。

鲁迅认为正确的批评是必要且重要的，他认为劣质翻译的出现虽然大部分责任归咎于译者，“但读书界和出版界，尤其是批评家，也应该分负若干的责任”[210]，要挽救翻译事业的颓势，必须开展正确而深刻的批评，批评劣质的，奖励优质的，如果没有较好的翻译出现，对较好的也要予以鼓励。如果没有较好的翻译出现，就要对坏的译本进行批评和反思，指出其中有些地方对于读者有益。

209 鲁迅：《鲁迅全集》第 6 卷，北京：同心出版社，2014 年版，第 130 页。
210 鲁迅：《鲁迅全集》第 5 卷，北京：同心出版社，2014 年版，第 156 页。

第二章 “拿来主义”的操纵：鲁迅翻译理论形成的原因

在勒菲弗尔的操纵理论中，他指出操纵背后的各种制约因素，最重要的三种操纵因素是意识形态（ideology），诗学（poetics）和赞助人（patronage）[1]。狭义的意识形态仅指政治意识形态，广义的意识形态指人们在一定的经济基础上形成的对世界和社会的系统的看法和见解，指一种观念的系统总和，即社会、政治的思想观与世界观，可以表现为哲学、政治、宗教、道德、艺术、审美等多种形式。意识形态分主流意识形态和非主流的意识形态。翻译实践作为一种跨语言和跨文化的交际行为，从一开始就注定刻上意识形态的烙印。当代不少翻译理论家引用《国富论》中操纵市场交换的那只“看不见的手”来比喻意识形态的利益驱动对翻译实践的操纵[2]。广泛意义上的意识形态也包括某一个体在一定时期内一整套或系统的价值观和社会文化信念。诗学概念（poetics）源于希腊哲学家亚里士多德回答学生有关诗的问题的系列讲稿，勒菲弗尔的“诗学”指某个特定社会中关于文学应该是什么，允许是什么的主流观念，他认为诗学主要由两部分构成：一为文学技巧、文类、主题、人物、环境和符号；另一内容指文学在社会体系中的主要功能。诗学并非固定不变，而是随历史发展不断变化，但在一定时期内，却有相对稳定的规范，这些规范影响着操纵行

1 Lefevere, Andre. *Translation, Rewriting and the Manipulation of Literary Fame* [M]. London: Routledge, 1992m. PP. PP.17.

2 王东风：《一只看不见的手——论意识形态对翻译实践的操纵》，《中国翻译》，2003年第5期。

为，而诗学地位的巩固又不断通过操纵来实现。根据文化翻译学派的理论，所有的翻译活动都不是在真空中进行，也不是一种纯技巧的实践活动，而是一种社会文化活动，所以不可避免要打上文化的烙印。从鲁迅翻译实践可以看出，他的翻译活动同时受到意识形态与诗学形态两种因素的操纵影响。对鲁迅的翻译评价与研究也不能仅限于“忠实”与“不忠实”的语言层面，而需要从广阔的历史文化角度进行探究与考查，才能更全面、客观与公正地进行研究。同时鲁迅的诗学观在不同时期也有所变化，这些诗学观也操纵着他不同时期的翻译过程，所以才使他在不同时期采取了不同的翻译策略。和文化或权力通过意识形态和诗学操纵翻译一样，翻译也通过意识形态和诗学塑造和构建文化。从意识形态方面看，翻译帮助引进外来的新思想和新观念，协助目标语文化建立新的社会秩序。

从鲁迅前期别出心裁的译述与改译，到中期独树一帜的“直译”策略，再到后期“硬译”风格的形成，鲁迅的翻译都不是随心所欲的选择，在那个特定的历史背景下，其翻译思想形成是社会文化、历史环境与意识形态多种因素共同作用的结果。所以必须将鲁迅的翻译思想放到特定历史时期和特定的社会背景下进行分析，才能对其翻译思想有全面而客观的理解。中后期鲁迅的个人意识形态与占支配地位的封建意识形态不相容，但与号召反封建文化与制度的主流意识形态是一致的，所以他的意识形态不允许他只翻译那个时代所支持的，他在不同时期对材料的选择见证了他意识形态的成长，他的翻译策略是一只看不见的手操纵，即社会意识形态与其个人的意识形态，主要是由他个人的意识形态操纵。本章对从社会与政治意识形态、文化意识形态、个人意识形态、创作意识形态以及诗学理论角度对鲁迅在各个阶段翻译的选材、翻译策略的选择以及翻译理论背后的深层原因进行阐发，还原鲁迅作为新文化的建构者和备受争议的翻译家的本真面貌。

第一节　取今复古，别立新宗——鲁迅意译观形成的原因

鲁迅早年采用了一种意译为主的翻译手法，在一定程度上受了民国初年以归化为主的翻译潮流的影响，严复、林纾使用古文进行归化翻译，盛行一时，鲁迅早期对翻译理论处于探索阶段，并没有完全遵循严复和林纾的意译译法，

而是或直译或意译，文白杂糅，适当对原文进行增删，但总的来说是考虑了读者接受之后的选择，希望以归化的策略来传播西方文化。本文从影响其翻译理论选择的历史原因入手，分析在那个特定的思想氛围下鲁迅选择归化策略背后的深意。

一、影响鲁迅前期意译观的政治与文化因素

（一）意识形态对鲁迅前期翻译理论与实践的操纵

鲁迅前期的翻译目的已经带有强烈的意识形态倾向，受到近代中国长期以来“救亡图存、保种救国”的主流意识的影响。但初期鲁迅对于传统封建价值观和旧的意识形态的认识并不彻底，他只看到科技对拯救民族的力量，所以这段时间主要选择外国科幻小说来翻译。因为这时鲁迅受翻译前辈严复与林纾的影响，意识形态倾向于保守的维新派和变革派，翻译文体采用的是古雅文体。

鲁迅于清朝末年开始其翻译生涯，正值以“师夷长技以制夷”为宗旨的洋务运动，此时清廷仍持有“天朝上国”的思想，在这种思想氛围下国人抵制西方文化的输入，不少译者仍享有一种中华文化中心的优越感，不管是读者还是译者都更能接受符合本土口味的译文[3]。此时流行的翻译模式是利玛窦式的“西译中述”，由西人将原文口译成中文，然后由文笔流畅的中国人听写下来润色而成。此时的中国仍然处于封建专制统治下，闭关锁国，妄自尊大，缺少接受西方文化的土壤，利玛窦等西人的汉语水平使他们难以凭一己之力出色地完成西汉翻译工作，只能勉强采取这种合作翻译模式，使译文在忠实性方面不够理想[4]。

在清末特定的历史条件下，出于现代化运动的要求，洋务派、维新派和新文化运动者都热衷于译介西书。其翻译活动在开风气之先者那里怀有明显的政治功利性，译者常把翻译外国作品当成救国手段，所以大多从读者阅读效果考虑，在翻译过程中对作品任意删改。此时的翻译实践大多受意识形态与赞助人的操纵，此外也有译者出于利益和销量的考虑，为满足读者期待而对作品做出改动，必然导致“顺而不信”的译风蔓延。不管是人道关怀的作品，还是社

---

3 黄亚：《生态翻译理论视角下鲁迅“宁信不顺”翻译思想浅析》，《河池学院学报》，2016 年第 1 期。

4 刘杰辉，冯书彬：《中国传统合作翻译模式刍议》，《唐山师范学院学报》，2009 年第 1 期。

会批判的作品，只要是反抗强权和压迫的作品都是他们青睐的对象，那个时期大量译介了易卜生、斯特林堡、托尔斯泰、陀思妥耶夫斯基、显克微支等人的作品。多数译者仍抱持着“汉文化中心观”和“汉语中心观”，在翻译过程中用中国文化同化外国文化，用汉语改写外国语，以暴力迫使外国文化融入中国文化，想守护中国的“文化节操”和“语言节操”。他们翻译的标准是希望读者分不清是外国人的作品才好，所以译书时政治功利心很强，常见的是无中生有，借外国作家之口浇自己的块垒，以发表自己的政治见解，把原作改得面目全非，根本谈不上忠实于原作，其实是伪托“西书”。按勒菲弗尔的操纵理论，赞助人利用了他们的话语权直接操纵了翻译过程及翻译文本的传播。而赞助人大多是希望利用域外文学和文化为中国文学和文化的构成与创造包括科学技术的发展服务。故而这一时期的文学、文化和科学翻译一开始就超越了纯粹语言学的文本意义，而有了语言学以外的文化意义了。

五四前鲁迅选择用文言文进行意译的翻译策略是出于对中国汉语文化的热爱和信心，鲁迅在《哀尘》的译者附记里曾这样概括过他初期的翻译动机：“嗟社会之陷阱兮，莽莽尘球，亚欧同慨，滔滔逝水，来日方长！”[5]由于对“世界公理、普遍人性、普遍文心”[6]的认识，鲁迅在其翻译生涯的初期，只注重“展现目的语文化优越性的同质文化因子,排斥与目的语文化不同的异质文化因子”[7]。这段时期鲁迅仅在国内接受了有限的基础西学启蒙，他对当时主流人士所持有的文化价值观与翻译理念没有来得及进行独立思考，所以未能摆脱当时传统而保守的主流意识形态的影响，而和他们一样采取归化的翻译策略。

（二）深层思想的变动

鲁迅初期翻译科幻小说的选材与翻译策略以及背后的深层思想，都受了恩师章太炎的影响，鲁迅最初的几篇学术论文如《文化偏至论》以及《破恶声论》都传承了章太炎的革命精神与学术理想，把自己的理论境界上升到文化民族主义的高度，他的文化建构活动才有了更高的境界，其翻译中的“复古倾向”才发挥了他积极的功用[8]。学者袁盛勇认为，初期鲁迅的文化民族主义促使其

5 鲁迅：《译文序跋集》，北京：人民文学出版社，2006 年版，第 318 页。

6 胡翠娥：《文学翻译与文化参与：晚清小说翻译的文化研究》，上海：上海外语教育出版社，2007 年版，第 18 页。

7 李寄：《鲁迅前期翻译的归化策略》，《文艺争鸣》，2007 年第 7 期。

8 ［日］木山英雄：《“文学复古”与“文学革命”》，北京：北京大学出版社，2004 年版，第 224 页。

产生复古倾向，而其复古倾向又坚定了他的文化民族主义，可谓互相促进，形成“一个不可分割的结构循环”[9]。鲁迅本来是希望学医回来报效祖国，然而在仙台发生的幻灯事件让他的思想发生了重大转变，鲁迅回忆说：“我的梦很美满，预备卒业回来，救治像我父亲似的被误的病人的疾苦，战时便去当军医，一面又促进国人对于维新的信仰。”[10]，虽然怀抱着救国图存的梦想出国求学，但对当时的激进革命仍然有着自己的独立思考，很快就离开处于革命浪潮漩涡中心的东京，来到相对偏僻安静的仙台。在课堂上亲历了幻灯片事件，为国民的麻木所震撼和痛心，便认为“我们的第一要著，是在改变他们的精神，而善于改变精神的是，我那时以为当然要推文艺，于是想提倡文艺运动了。”[11]于是鲁迅发生了一生中道路的转折，决定弃医从文。1906 年夏鲁迅停止医学课程的学习，离开仙台重返东京，打算从事文艺工作，开始阅读和翻译外国作品，从一开始就选择了受压迫民族的文学如北欧和俄国作品，希望翻译这些国家的作品，以给国人传递这些国家的国民所发出的声音，意欲唤起国民反抗与发奋图强。鲁迅在 1904 年写给朋友蒋抑卮的信中，称他得到《黑奴吁天录》“穷日读之，竟毕”，并由黑奴悲惨命运联想到受欺辱与损害的中国人，两相比较，油然升起强烈的民族自尊心和对民族未来的期待。

在《黑奴吁天录》等作品的启示下，这段时期鲁迅开始对国民性进行了思考，据友人回忆，鲁迅这段时期有远离“清国留学生”的心理[12]，并认识到和身体健康相比，国民的精神更需要改造，而能担当此任的只有文艺，只有振兴中国的文艺事业，引入优秀的文学和文化，才有可能拯救这个日趋衰颓的民族，鲁迅因此萌发的启蒙理性最终战胜了脆弱的情感，作为启蒙者和先驱者的鲁迅诞生。鲁迅感觉到当务之急是重振败坏与衰颓的人文精神，而光复中华传统文化是他此时最深切的向往，所以有意用复古的文字来翻译——欲以小说“新民”，又希望将中国那充溢着生命力的历史得以重现，去弘扬民族文化中有价值的部分。所以鲁迅的“别求新声于异邦”的最初动因恰恰是“怀古”，

9 袁盛勇：《论鲁迅留日时期的复古倾向（下）》，《鲁迅研究月刊》，2000 年第 10 期。

10 鲁迅：《鲁迅全集》第 1 卷，北京：同心出版社，2014 年，第 172 页。鲁迅于 1922 年 12 月于北京为自己的小说集《呐喊》写的序言。

11 鲁迅：《鲁迅全集》第 1 卷，北京：同心出版社，2014 年，第 172 页。

12 钟叔河编：《周作人散文全集》第 12 卷，桂林：广西师范大学出版社，2009 年第 611-612 页；山东师范学院聊城分院中文系图书馆编，《鲁迅在日本》，聊城：山东师范学院聊城分院，1978 年版，第 31 页。

即重新激发民族文化中某些有价值的东西，如他所说："外之既不后于世界之思潮，内之仍弗失固有之血脉，取今复古，别立新宗。"[13]鲁迅在翻译短篇科学小说《造人术》时有意采用中国古典文学的元素来表现科学，从此对生命科学的思考与探索贯穿了他一生；他这段时期经常听恩师章太炎的讲座，章太炎对宗教和科学问题的论述也对鲁迅探讨生命形式及科学与宗教问题产生了积极影响。鲁迅是第一个以自觉的科学意识译介和宣传科学的人，在翻译《造人术》时用了相对雅洁的古文文体，这种翻译风格很受了严复所译的《天演论》的影响，鲁迅在这个时期所译的四部科幻小说《月界旅行》《地底旅行》《造人术》《北极探险记》的主旨都是宣扬以人自身的智慧、勇气和美德的力量战胜大自然，以故事来弘扬科学理念与精神，既宣传了科学，又体现了鲁迅作为"文学者"的特征。

内在思想的归化也体现于鲁迅早期的一些翻译实践中，以鲁迅翻译雨果的小说《哀尘》为例，这是鲁迅最早公开发表的译著，从文章的内在精神看，本来雨果是借此故事表现人、社会、宗教与法律的矛盾，对社会罪恶进行揭露，鲁迅却将其以中国传统小说的体例和中心思想展现出来——贫贱女子落难，读书人路见不平，拔刀相助，鲁迅在译文中进行了内在思想的归化处理，讲述的故事情节更多反映了译者那传统中国式的仁爱情怀，鲁迅的译文将原文的人道主义精神归化处理为儒家"仁者爱人"的思想，将西方精神同化为中国伦理思想。

二、梁启超的救亡图存梦对鲁迅的影响

梁启超提出"政治小说"的概念，认为"欲新一国之民，不可不先新一国之小说"[14]，认为欲振兴中华，需借新小说的力量来振奋国人精神，驱使他们奋发图强，在这种思想指导下，梁启超大量译介外国作品尤其是政治小说，通过引介这类'政治小说'来改良本已萎靡的国民精神，以使"全国之议论为之一变"[15]梁启超所翻译的作品以及发表的言论对鲁迅产生了吸引力和影响力，丰富了鲁迅对西方世界的了解和认知。鲁迅以文学和翻译作为改造国民性的

13 鲁迅：《鲁迅全集》第1卷，北京：同心出版社，2014年版，第33页。

14 梁启超：《论小说与群治之关系》，写于1902年11月14日，刊于《新小说》1902年第1期。

15 陈福康：《中国译学理论史稿》，上海：上海外语教育出版社，2000年版，第102页。

工具，并始终开展对国民性的剖析与批判，很大程度都是在梁启超理论基础之上的扩展与深化，可以说，梁启超的国民性理论成为鲁迅进行国民性批判的重要理论来源[16]。

梁启超极力提倡“科学救国”与“小说界革命”，倡导“以科学上最精确之学理，与哲学上最高尚之思想”[17]组织而成的“科学小说”，而且在流亡日本时期，筹办了各种报刊杂志，很有影响，从周作人的描述可以看出鲁迅对这些报刊的喜爱：

“末了是梁任公所编刊的《新小说》。《清议报》与《新民丛报》的确都读过，也很受影响，但是《新小说》的影响总是只有更大不会更小，梁任公的《论小说与群治之关系》当初读了的确很有影响，虽然对于小说的性质与种类，后来意见稍稍改变，大抵由科学或政治的小说渐转到更纯粹的文艺作品上去了。不过这只是不看重文学之直接的教训作用，本意还没有什么变更，即仍主张以文学来感化社会，振兴民族精神，用后来的熟语来说，可以说是属于为人生的艺术这一派的。”[18]梁启超提倡用文学来唤醒民众，以科学与小说救国的思想极大地启发了鲁迅，维新变法失败以后，梁启超再次利用翻译这台文化武器，大量翻译西方小说，引进西方启蒙思想以抨击时政，改造国民素质，以达到政治改革的目的，使鲁迅也认识到翻译对于强国富民的作用，在梁启超科学救国理想的影响下，鲁迅译了《科学史教篇》、《中国地质略论》、《中国矿产志》、《人之历史》、《说鈤》等科学著作，也在梁启超的“为人生”的文艺宗旨影响下，不论是翻译还是创作鲁迅都一直秉持“为人生的艺术”，借翻译来转移国民性情，改造社会。

在提倡新小说的同时，梁启超对诲淫诲盗的传统小说进行了批判，要求“新小说”须在“文以载道”的主旨下有益于世道人心，有益于开民智、新民德。要在短时间内完成“新小说”作品，最方便快捷的方式就是将国外小说翻译过来，所以他认识到翻译的重要性，并为翻译事业的兴旺而呐喊，由此正式推出政治小说，他在《译印政治小说序》中对政治小说在欧美及日本等国的社

16 李春梅：《试论梁启超对鲁迅国民性思想形成的影响》，《内蒙古大学学报（人文社会科学版）》，2005 年第 2 期。

17 梁启超：《饮冰，世界末日记·译后记》，《二十世纪中国小说理论资料（一）》，北京：北京大学出版社，1997 年版，第 168 页。

18 周作人：《关于鲁迅之二》，作于 1936 年 12 月，收入《周作人散文全集·七》，桂林：广西师范大学出版社，2009 年版，第 447 页。

会进化过程中所起作用进行了论证，所以“今特采外国名儒所撰述，而有关切于今日中国时局者，次第译之，附于报末，爱国之士，或庶览焉”[19]，认为政治小说对社会进化功莫大焉，甚至起了决定作用。梁启超力主学习西方先进文化与科技，且身先士卒，先后翻译了《佳人奇遇》、《十五小豪杰》、《俄皇宫中之人鬼》、《世界末日》等小说，在梁启超的引领下，掀起一股由日本留学生译介日译本西学著作的热潮，很快就涌现了一批以翻译为主的出版物，接着将大量日文书籍翻译成中文，大多是日译西学书籍，诸如西方著名思想家康德、卢梭、孟德斯鸠以及亚当·斯密的日译作品，范围涉及哲学、社会学、政治学、经济学、历史学以及文学。正是在梁启超的影响下，鲁迅在弃医从文之初就选择了翻译外国作品，远在创作之先。鲁迅回忆当时他的化学与历史水平并没有所翻译的作品反映出的水平高，还调侃说“大概是从什么地方偷来的”[20]，但后来却再也回忆不起来了，这是当时鲁迅的真实处境，从此鲁迅的翻译选择也都起于复兴中国的理想。

三、前人翻译实践对鲁迅初期翻译风格的影响

（一）受严复所译的《天演论》影响

鲁迅初期的翻译深受林纾和严复等翻译家的翻译理念与风格的影响，采取了“顺而不信”的翻译思想。鲁迅最初的翻译生涯受主张“师夷长技以制夷”的洋务派的影响，希望学到西方先进的科技以改变被侵略的命运，无论是京师同文馆还是江南制造局都以翻译自然科学著作为主，偶然涉及社会科学。由于京师同文馆培养的学生已经有能力直接翻译外国著作，所以不必使用西人口述自己笔录的方法，中国近代翻译史展开了新的一页，促进和推动了中国对西方科技知识的重视与传播。接着以康有为和梁启超为代表的维新派的翻译对鲁迅产生了更为深远的影响，维新派的主要机关报《时务报》是一份以翻译为主的期刊，戊戌维新时期由严复在天津主办，专门译介国外社科书籍和报纸、期刊等出版物上的文章，当时的情况是：“已译诸书，中国官局所译者，兵政类为最多，盖昔人之论，以为中国一切皆胜西人，所不如者兵而已西人教会所译者，医学类为最多，由教士多业医也。制造局首重工

19 同上。

20 鲁迅：《鲁迅全集》第7卷，北京：人民文学出版社，1981年第1版，第4页。本篇未录入《鲁迅全集》同心出版社，2014年。

艺，而工艺必本格致，故格致诸书虽非大备，而崖略可见。惟西政各籍，译者寥寥，官制学制农政诸门，竟无完帙。”[21]维新派希望通过译报传播西方的政治理念与科学文化，鲁迅就是通过阅读《时务报》上的翻译文章了解到西方发达的科技文明，知道了西方文化不但迥异于中华文明，且某些元素更为先进，鲁迅最初选择学医就是受维新派的影响，所以他说：“因为我确知道新的医学对日本的维新有很大的助力。”[22]只是那时的翻译界还处于西译中述的时代，长期闭关锁国使翻译人才十分匮乏，《时务报》也一样，严复曾对刊登的翻译文章进行了详细的校对分析，并与原文对照阅读后，发现其“纰漏层出，开卷即见。”[23]《时务报》的大部分文章都由梁启超亲自主笔，在翻译的时候完全没有忠实原文的概念，只是坚持一种“为我所用”的功利主义原则，希望刊载西方文章来传播变法思想，给国人宣扬西方先进理念，为了吸引国人来阅读，用一种符合传统审美习惯的译述风格，文采高蹈、文情斐然，完全没有忠实的概念，与原文的行文规范相差甚远[24]。初期鲁迅大量阅读过《时务报》，接受了维新派的翻译救国的思想，在初期进行翻译选材和实践时都很受《时务报》上梁启超所编译的文章的影响。梁启超要求“新小说”须“为人生”，要文以载道，有益于世道人心，有利于开启民智，提高国民素质，这就对小说创作提出了较高要求，要求创作人须同时具备社会科学、自然科学、政治学等多方面知识，要创作这样的小说，当时鲁迅的知识面和思想才力还达不到这要求，要高效出产符合这些标准的“新小说”以应救国之急，还是得求助于翻译。所以鲁迅翻译科幻小说的初衷就是给国人介绍科学知识，培养科学意识，扫除愚昧，实现科技强国的梦想。从这一时期鲁迅对国外科幻小说的译介可以明显看到梁启超的影响，但他在翻译科技文本时的文风却更多受了严复和林纾的影响。译《月界旅行》时鲁迅的日文水平有限，只允许他采用归化的策略，随意增删,有“创作”的意味，可以说是他早年“口头幻想文学创作的延续。鲁迅受《天演论》影响很深，甚至能背

---

21 梁启超：《西学书目表序例》，《饮冰室合集》第一卷，文集之二，北京：中华书局，1989 年版，第 17 页。

22 鲁迅：《鲁迅全集》第 7 卷，北京：人民文学出版社，1981 年第 1 版，第 4 页。本篇未录入《鲁迅全集》同心出版社，2014 年版。

23 严复：《论译才之难——王栻、严复集》，北京：中华书局，1986 年版，第 90 页。

24 王书亭：《从时代影响到个人自觉——鲁迅早期翻译思想及实践研究》，厦门大学硕士学位论文，2009 年版。

诵其中《察变》的篇章”[25]，鲁迅受严复进化论思想尤其深，这已不完全是达尔文的自然进化论，而是严复将赫胥黎的《天演论》与斯宾塞的社会达尔文主义相融合以后的产物，把进化论应用到社会领域，赞同赫胥黎关于人应在自然进化的过程中发挥自己的主观能动性的主张，希望国人奋起自强，救亡图存。从《月界旅行·弁言》中可以看到鲁迅对《天演论》的赞扬，鲁迅由此知道了社会进步是一种必然趋势，并高呼“冥冥黄族，可以兴矣”[26]，在翻译凡尔纳科幻小说时，用严复在《天演论》中所体现的社会达尔文主义进化论思想进行发挥。比如受《天演论》影响，鲁迅在他所译的《地底旅行》第九回中插入原文本没有的“胜天说”。

鲁迅在南京水师学堂[27]求学期间开始阅读严复和林纾的翻译作品，1901年读到严复从英国作家赫胥黎著的《进化论与伦理学》翻译过来的《天演论》。严复从这部著作中吸取了“进化论”思想，加上自己创造性的理解，将其中“物竞天择，适者生存”和“优胜劣汰”的观点用来分析中国，“‘天择’者，存其宜种也，意谓民物于世，樊然并生，同食天地自然之利矣，然与接为构，民民物物，各争有以自存，其始也种与种争，群与群争，弱者常为强肉，愚者常为智役”[28]。严复喊出“物竞天择，适者生存”的口号意在宣传维新思想，警醒国人不要固步自封，要放开眼界，开放心灵，参与竞争，否则就有亡国灭种的危险。所以严复通过《天演论》敦促国人自立自强，在民族危亡的关头改变自己的命运。落实到具体的方案就是采用“科学救国”、“教育救国”唤醒麻木的国人，提高民族素质，这也多少影响了鲁迅早年对翻译作品的选择。

《天演论》的翻译向现代中国输入了进化论，对彼时找不到路的知识分子提供了路径和方向，青年鲁迅也被其吸引且受到了深远的影响，自此鲁迅的世界观和人生观发生了革命性的变化，他第一次认识到世界是不断发展和进化的，唯有前进，才能生存。严复使用古文来翻译这部巨著，译笔简洁古奥、生动典雅，赢得了鲁迅的青睐。鲁迅因喜爱这部译作达到熟读成诵的程度。所以，这一段时期鲁迅的译文风格也很受严复影响，鲁迅自己也常提到这一点，如在

25 许寿裳：《挚友的怀念：许寿裳忆鲁迅》，石家庄：河北教育出版社，2000年版，第217页。

26 鲁迅：《译文序跋集》，北京：人民文学出版社，2006年版，第1页。

27 这是洋务派为了富国强兵兴办的，开设了数学、物理、化学等传授自然科学知识的课堂。

28 严复：《原强》，长春：吉林人民出版社，1976年版，第5页。

为《中国矿产志》所撰写的例言中，鲁迅声明“祈于尔雅”，并在文中叙述这种影响：“但我的文章里，也有严又凌的影响，例如‘涅伏’，就是‘神经’的拉丁语的音译……”[29]但鲁迅从赫胥黎的书里更多得到的是思想上的启示，看到了与中国传统思想完全不同的西方思想，鲁迅在看待中国面临的社会危机上与严复取得了共识，而进化论观点也让他获得一种新鲜的世界观和价值观，使他更加清楚地认识到近代中国所面临的深刻的社会矛盾与民族危机，他率先认识到要解决中国人的疾苦，单是让他们身体强壮是不够的，需要首先从精神上做到“立人”，让国人从精神上站起来，成为独立自强的人，这就是鲁迅选择译介国外优秀的科技与人文作品来改善“国民性”的理由。

（二）林纾的小说翻译影响了前期鲁迅的意译实践

林纾翻译的小说为鲁迅接触和欣赏西方文学打开了一扇窗户。林纾用古雅的文言翻译的外国长篇小说用中国风格和元素同化了西方文学，但也打破了中国传统白话叙事小说的章回形式，将西方长篇小说的新颖体式引入中国，拓宽了小说的题材与形式，他古雅流畅的文言风格提高了小说的地位，如开辟鸿蒙般地对国人进行了文学启蒙，打开了国人的眼界，并滋养过一大批新文学作家，比如鲁迅、周作人、郭沫若、茅盾与钱钟书等。这种小说的文体不同于唐人传奇，内容又与《红楼梦》迥异，给他们一种罕见的观感，令他们对小说刮目相看，极大地促成了文学观念的转变[30]。林译小说使鲁迅首次接触到异域文学作品，可以说大开了眼界，鲁迅和其弟最初都很痴迷林译小说，每出版一部，他们必定跑到神田的中国书林购买，“看过之后鲁迅还拿到订书店去，改装硬纸板书面，背脊用的是清灰洋布。但是这也只以早期的林译本为限。”[31]彼时青年鲁迅正渴求新知，自然少不了接受林译小说的影响，据好友许寿裳回忆，对于林译小说，“鲁迅每本必读”[32]，鲁迅自己也描述过这种痴迷，“昨忽由任君克任寄至《黑奴吁天录》一部及所手。录之《释人》一篇，乃大欢喜，穷日读之，竟毕。拳拳盛意，感莫可言。树人到仙台后，离中国主人翁颇遥，所恨尚有怪事奇闻由新闻纸以触我目。曼思故国，来日方长，载悲黑奴前车如

29 鲁迅：《鲁迅全集》第7卷，北京：人民文学出版社，1973年版，第371页。本著作未收入《鲁迅全集》同心出版社，2014年版。
30 胡翠娥：《文学翻译与文化参与》，上海：上海外语教育出版社，2007年版，第121页。
31 周作人：《鲁迅的青年时代》，河北教育出版社，2002年，第74页。
32 许寿裳：《亡友鲁迅印象记》，北京：人民文学出版社，1977年版，第9页。

是，弥益感喟。”[33]鲁迅不但阅读其译作，而且多次想法购买，并将林译小说对他的影响以及他对林译小说的痴迷记录在日记里[34]。林纾用这种小说翻译模式推动小说走近平民大众，主张小说须刻画展现市井大众之事，认为小说创作要回归世俗人心，持一种“专为下等社会写照”的文学理念，与鲁迅关注下层社会与世俗生活的取向不能不说有一种承续关系。

鲁迅翻译的章回体科幻小说在形式上与林译小说有所不同，但“文化策略上是殊途同归”[35]，都是为了传播西方先进的文明和开发民智的目的，因适应社会需求而产生巨大影响。林译小说在语言上也对鲁迅有所影响，鲁迅虽然发现了很多林纾翻译中存在的问题，但承认他的“文章确实很好”，初期翻译对他的模仿也是自然的了。

勒菲弗尔的操纵理论中，诗学形态对译者的翻译实践也有着操纵作用，诗学形态分为一、文学手法、体裁、中心思想、人物原型和环境、象征。二、文学的社会角色功能。前者构成文学的功能，后者决定文学作品的影响力[36]。一种文学的诗学形态一旦形成，就具有稳定性和保守性，其变化很少与这个体系周围环境的变化同步。尽管随着时代与环境的改变，诗学形态不可能不发生演变，其中某些内容仍有可能大沉寂多年后复活或被重新发现。鲁迅译著中的诗学特征受林纾译作影响很大，林纾的身上体现了传统与现代的矛盾统一，他用古文传播异域文化的垂范之德值得赞扬，鲁迅初期模仿林纾用古文顺译的方法翻译，他在《月界旅行·弁言》中谈到《月界旅行》原来共有 28 章，经他任情缩减改为 14 回，用国人的阅读趣味来归化译文，有些不合中国传统文化和习俗的地方干脆删除。林纾使用归化的方法对源语文本及文化施加暴力、并用目的语彻底同化的做法，展现出他尊崇目的语的中华文化中心主义，以及巩固清朝统治阶级统治的目的。如果用勒菲弗尔的翻译操纵理论来分析，可以看出意识形态、赞助人与诗学因素对他的翻译风格进行了操纵。林纾时代，资产阶级改良主义思潮兴起，出现了大量与康有为、梁启超一样的上层改良家，他

33 鲁迅：《鲁迅书信集》（上卷），北京：人民文学出版社，1976 年版，第 3 页。

34 鲁迅在 1902 年《辛丑日记》中曾提及《巴黎茶花女遗事》、1903 年《癸卯日记》里提及《华生包探案》、1904 年《甲辰日记》提及《利俾瑟血战余腥录》。

35 王书亭：《从时代影响到个人自觉——鲁迅早期翻译思想及实践研究》，华中科技大学硕士学位论文，2009 年。

36 Theo Hermans. The Manipulation of Literature: Studies in Literary Translation[M]. London: Croom Helm, 1985: 24.

们致力于翻译以政治小说为主的各类文学作品达到改良政治的目的。林纾的译作比如《巴黎茶花女遗事》、《黑奴吁天录》就是因为受到了他们的支持应运而生。这种现象可以用康有为的“译才并世数严、林，百部虞初救世心。”来形容。所以作为赞助人的政治权威和文化权威在文本选择与翻译策略方面起了关键作用。林纾在翻译时坚持使用古雅的文风，而拒绝使用当时有人倡导的“白话文”，都是为了维护旧中国传统的封建价值观和诗学观，甚至在翻译文本中把不符合封建礼教的情节予以更改或删除，把中华传统道德思想如忠孝节义强行移植到译文中。这都可以看出翻译不是单纯的文字转换，在翻译过程中，两种文化传统的相遇产生了冲击与碰撞。鲁迅翻译的初衷是“拿来”外来文化，以达到启蒙国民的目的，但他在此阶段的翻译却没有达到这种效果，反而起到了维护清王朝的统治，巩固旧文化地位的作用。

另外，林纾选择“意译”的翻译策略，也与他译以致用，尝试以翻译救国的思想相关，林纾翻译的根本价值取向在于用翻译完成他的社会与文化使命，即试图最大程度地实现翻译的社会价值，这一点也影响了鲁迅的翻译理论，使鲁迅从翻译生涯之初就树立了以翻译改良思想，补助文明，启蒙国人的宗旨，极力引进异域先进文明，以变革旧的文化与文明，改造国民性，构建新文化，积极推动社会变革。“翻译对于这两者所起的作用往往是直接而深刻的。”[37]

第二节　为起义的奴隶搬运军火：鲁迅中期直译观的意识形态动因

勒菲弗尔认为翻译之所以不能完全反映原作，在译作中树立了不同于原作的有独立特点的形象，主要取决于译者本身所认可的意识形态，包括译者个人的意识形态，当时占主流的意识形态；这种意识形态是赞助人强加给他的，赞助人包括政党、阶级、宗教组织、出版社与大众传播机构等，在不同的意识形态和赞助人对翻译活动全过程的操纵与支配下，原作中带有民族文化特性的东西就有可能褪色、变形甚至消失[38]。尤其在鲁迅所处的不稳定的革命时代，意识形态能决定翻译方法和源文本的选择。学者孙致礼研究发现，20 世纪初

37 许钧：《翻译论》，武汉：湖北教育出版社，2003 年版，第 383 页。

38 Lefevere, Andre. *Translation, Rewriting and the Manipulation of Literary Fame*[M]. London & New York: Routledge, 1992. PP. 41.

的中国占统治地位的是归化翻译策略，主要是因为当时主流意识形态的排外倾向和文化自大[39]。由于采用意译的译者大多是民族中心主义，闭关自守于故国文化，很多译者有保皇倾向，在这样的意识形态驱使下，就将外国文本中的文化进行归化，并同化为本土特色的东西，使原译本的文化在译作中隐形，鲁迅早期也受这种翻译思潮的影响。中期鲁迅有了自己独立的意识形态，所以自然他的翻译策略就发生了变化。鲁迅面对中西两种不同的文化系统和“规范”，选择与初期不同的策略，以原语文化为主导，尽量保留原作原貌，不进行“修枝剪叶”，使译文最大限度保留原作面目，迫使译语文化即中文让步，所以他的译文效果也免不了诘屈骜牙，诲涩难解，很难进入译语文化系统。

鲁迅在对前期“意译”理论进行了严格反思之后，意识到意译不能实现他通过翻译改造国民性和文化兴国的梦想，从翻译《域外小说集》开始，毅然地放弃了早期归化的翻译理论与策略，开始实践他独树一帜的“直译”理念，在“拿来”主义的思想指导下，决定使用逐字逐句的直译法将西方先进文化输入中国，但因为西方文法与中国大不一致，所以直译过来的文本有不少难解的地方，在读者的阅读效果方面并不理想，带来了不少非议与诟病，但几十年过去了，实践证明直译法在推动汉语言文化的前进方面起到了重大的作用，要重新审视鲁迅直译的功劳，未免需要对其直译策略的原因进行一番思量，有助于我们重新评价鲁迅翻译思想的地位和作用，并对今后翻译事业的发展有着十分重要的指导意义。

一、政治原因：为被压迫者发声

（一）主流意识形态与个人意识形态共同操纵的结果

从勒菲弗尔的意识形态操纵理论来看，意识形态在一个动荡不安的革命时期总是决定翻译动机、翻译文本选择以及翻译方法的主要因素，是意识形态让译者成为源语文本和译文之间的调停人。鲁迅是首次提出翻译中的这个两难问题的人，他的“忠实”或者“直译”翻译理论需紧密结合其政治与文化背景来进行探讨，他选择的异化翻译策略也是当时主流意识形态与他个人的意识形态共同作用的结果。鲁迅中期的个人意识形态与当时社会进步的主流意识形态是基本一致的，然而，在翻译中后期实践中，他将翻译方法从最初的意译改为直译法，这偏离了当时主流的翻译潮流而构成对主流翻译策略的一种

39 孙致礼：《再论文学翻译策略问题》，《中国翻译》，2003 年第 1 期。

抵抗。到底是什么让他改变了最初的翻译策略呢？有学者认为，他的改变说明他对文化与社会的态度即他的个人意识形态在发生变化[40]。分析当时的主流意识形态，1911 年的革命推翻了 2000 多年的封建社会，中国经济、政治实力在世界上的地位偏低，国内突出的阶级矛盾以及各方面的文化冲突与政治冲突日趋激烈，不断增加的民族危机激起国人高涨的爱国热情，民众对本国的语言文化产生怀疑，1915 年陈独秀成立了《新青年》杂志，第二年发动了新文化运动，将中国人民从封建教条的束缚中解放出来，并为马克思主义在中国的传播打下了基础，20 世纪的中国第一次外国文学翻译高峰到来。1917 年俄国十月革命的胜利深刻地改变了中国主流社会意识形态并启发了中国人民，国人普遍关注和崇尚西方发达国家的科技、文化以及生活方式，中国译者把视野转向对苏俄、日本以及西方发达国家的作品，对此进行了大量译介。当时的仁人志士都认为，如果拒绝学习西方文化与科技，势必会导致进一步落后挨打，学习西方是大势所趋，所以清末民初的翻译家都抱着救亡与启蒙的目的来翻译西方文学与文化，他们最初译介外国文学并不是冲着其艺术技巧去的，而是有着实用和功利的目的，那就是救亡图存，对国人进行思想启蒙，唤醒他们沉睡的精神，译者遵循的就不是诗学标准，而是意识形态标准[41]。鲁迅此时期的个人意识形态也有了重大改变，经过多年留学生涯，他遍览外国文学和社会科学作品，大大开拓了他的文化视野，国外的先进技术与发达社会与当时中国落后的现实形成了令人痛苦而鲜明的对比，鲁迅为当时中国封建专制的残暴和国民的麻木所震撼，他倾向于从国外语言文化中吸取先进的价值观，尤其是受到达尔文与赫胥黎的进化学说的影响，生活上的变故，父亲的逝世，幻灯片事件的刺激，使他认识到国民精神的贫弱，产生了以文化立人救国的梦想。他认为中国国民性中最缺乏的品质是诚与爱，唯一能救中国的方法是革命，但第一要务是改变国民的精神，而善于改变精神的是文艺，应由少数清醒而深刻的人来承担启蒙国民的任务，所以可以用他的笔将西方文学这把文明之火“盗”来照亮中国人的精神世界，重造日渐衰落的社会大厦。他认为自己对西方文艺了解得太少，更谈不上吸收了[42]。在翻译生涯的中期，鲁迅呼吁译界引介国外先进

40 王凤霞：《从勒菲弗尔的意识形态论看鲁迅的翻译思想》，新疆大学硕士学位论文，2006 年，第 38 页。

41 郭延礼：《近代外国文学译介中的民族情结》，《文史哲》，2002 年第 2 期。

42 鲁迅：《〈奔流〉编校后记（二）》，《鲁迅全集》第 7 卷，北京：人民文学出版社，2005 年，第 170 页。本篇未收入《鲁迅全集》同心出版社，2014 年版。

的文艺理论，了解世界文学各种思潮，洞察其发展趋势，以避免国人视野局限于狭隘的偏见中，可以说是提倡对外开放理论的雏形。这时鲁迅从施莱尔马赫和歌德那里接受了德国浪漫主义翻译理论[43]，他的欧化中文译文需要一种更高层次的美学欣赏方式，韦努蒂也说他的翻译活动的目的是以一种新的现代中国文化革命性地替代中国传统文化[44]，以改造日益腐败的社会，将千百万人民从压迫与剥削的悲惨困境中解放出来。他后来将归化策略和文言文风格改成异化策略和白话风格，都与社会主流意识形态的变迁以及他个人意识形态的进化密不可分。所以“归化”与“异化”之争一开始就与政治意识形态紧密联系在一起，虽然表面看来只是在争论如何处理翻译过程中出现的技术问题：

“不向域外引进具有现代意识的现实主义文学作品，中国文学就只能永远处于闭关自守、囿于成规的境地，永远在什么‘梦’、‘魂’、‘痕’、‘影’、‘泪’之类的文字上徘徊、消耗。这倒契合了反动统治者的‘愚民政策’，而不利于新文学的建立和国民性的改造。他希望通过大量引进优秀文艺作品和文艺理论供从事文学创作的作家们借鉴，开阔他们的生活视野，吸取各种成功的创作经验，使他们在先进的文艺理论指导下，洞察世界文学的发展趋势，及时了解各种文学思潮的动向，从而开拓思路，避免坐井观天，为某种狭隘偏见所左右”[45]。在翻译文本的选择上，俄国与苏联作品占了一半以上，其余的除了日本、英国、法国、德国、奥地利等发达国家的作品以外，还包括罗马尼亚、保加利亚等弱小国家的作品。不管是清初的科技翻译，还是中期思想政治与文学领域的翻译，鲁迅的翻译理论从最初的“意译”开始，到中后期的“硬译”，都持一种以启蒙民众和救国图强为目的的“为人生”翻译观。鲁迅自己也说：“好比是为起义的奴隶搬运军火，是直接为革命服务的。”[46]翻译理论家韦努蒂认为，直译是社会精英改进语言以构建一国文化的策略，鲁迅也认为精英构成了主流意识形态，并拥有改变中国命运的力量，精英应当有能力从忠实的翻译文本中掌握和输入外国先进思想与知识，故应当给受过高等教育的读者一

43 Chan, Leo Tak-hung. *Twentieth-Century Chinese Translation Theory.* Amsterdam / Philadelphia: John Benjamins Publishing Company, 2004. PP. 26.

44 Venuti, Lawrence. *The Scandals of Translation.* London & New York: Routledge, 1998. PP.183.

45 黄琼英：《“西方文化中心主义”话语下的鲁迅翻译》，《曲靖师范学院学报》，2004年第1期。

46 陈福康：《中国译学理论史稿》，上海：上海外语教育出版社，2000年版，第286页。

种异域风味的译文，而不是归化过的译文。故“直译”文本的读者对象应当是很受了教育的人。

鲁迅提出“直译”的翻译理论，是希望这样的翻译实践对当时政治和文化时局有所帮助，意在“取今复古，别立新宗。”[47]在他所译的《一个青年的梦》[48]“译者序二”中很明确地说明了他的翻译宗旨：“我以为这剧本也很可以医许多中国旧思想上的痼疾，因此也很有翻成中文的意义。”[49]明确地说明他对国外优秀文化和文学的译介是为了输入国外文化中优秀的因子，以代替国人固有观念与审美中糟粕的一部分，以实现“立人”的目的，因为民族文化的复兴与国家的崛起最终需要自强自立的国人共同来实现，才能最终实现中国文化与文学的现代化，完成与世界先进文化的接轨。

《域外小说集》的出版标志鲁迅从初期“意译”策略转向了“直译”实践，此译文集被誉为“中国近代译论史上的重大文献”[50]，其意义远远超出了文学本身。鲁迅自提出“拿来主义”以来，希望用“直译”的翻译策略“拿来”西方文化，输入新鲜血液，之后鲁迅一直坚持一种“直译”的翻译策略，终身不悔。1918 年，他在写给张寿朋的信中明确表达了他的“直译”观：“我以为以后译本……要使中国文中容得别国文的度量……又当竭力保持原作的‘风气习惯，语言条理’。”[51]。

从翻译《域外小说集》开始，鲁迅的翻译就开始以对抗清朝日趋腐朽的反动意识形态为目的，反对对外来文化的异域性进行本土化的改造，提倡吸收原质性的外国文学和文化。鲁迅在翻译中不惜使用读起来诘屈聱牙的西洋句式，且坚持“宁信而不顺”的硬译法，一是为了弥补“中国文法的不精密”，以达到改造汉语表达法的目的，还想以此反驳当时狭隘的民族中心主义，以从文化

47 鲁迅：《鲁迅全集》第 1 卷，北京：同心出版社，2014 年版，第 33 页。

48 《一个青年的梦》，日本武者小路实笃所作的四幕反战剧本。中译文在翻译时即陆续发表于北京《国民公报》副刊，至该报被禁停刊时止（1919 年 8 月 3 日至 10 月 25 日），后来全剧又移刊于《新青年》月刊第 7 卷第 2 号至第 5 号（1920 年 1 月至 4 月）。单行本于 1922 年 7 月由上海商务印书馆出版，列为《文学研究会丛书》之一；至 1927 年月 9 月，又由上海北新书局再版发行，列为《未名丛刊》之一。现收《译文集》第 2 卷。

49 鲁迅：《译文序跋集》，北京：人民文学出版社，2006 年版，第 50 页。

50 陈福康：《中国译学理论史稿》，上海：上海外语教育出版社，1992 年版，第 171 页。

51 刘全福：《鲁迅（1881-1936）和周作人（1885-1967）》，北京：人民文学出版社，1981 年版，第 35 页。

和语言上对国民精神进行改造。

（二）打破狭隘民族主义，复活“失声”的民族文学

这段时期鲁迅主要选择弱小国家的作品来翻译，希望将国外弱国人民的呐喊之声传递给中国民众，激起他们的抗争精神，自此之后对俄国文学和弱小民族文学的关注终身未改。当时国内政局动荡不安，鲁迅和当时其他知识分子都心存巨大的亡国恐惧，鲁迅翻译的书籍大都宣传一种革命斗争精神或者科学精神，包括革命小说、科幻小说以及美学理论，以思想启蒙与政治救亡为目的，即使是名不见经传的小人物著作，只要能激励人心、陶冶情操并催人清醒、发人深思，都会受到鲁迅青睐。那时欧洲的波兰、亚洲的印度、菲律宾、非洲的很多国家比如埃及等已“亡国”，很多其他国家也处于“亡国”之境，和中国一样面临悲惨的命运。所以他选材时特别偏爱那些勇于在反抗中求生存、能拯救国民精神和民族命运的斗士，比如波兰的密茨凯维支、显克微支等。据说显克维支的古典作品曾通过追忆民族光荣的历史而滋养过波兰的国民精神，如藤井省三所说：“就正是因为这些亡国的文学家们是以建设国民国家为悲愿的诗人，此外没有别的原因”[52]。

鲁迅选择弱小民族文学，暗含着一种“翻译政治”，他希望在英、法、美等国的强势话语下，人们还知道世界上还有波兰和捷克小国文学的存在，期望通过独特的翻译选择来为弱势文化争取其应有的话语权，传达弱势民族的声音，这就是他所说“立意在反抗，指归在动作，而为世所不甚愉悦者”[53]。中国与弱势民族之间“虽然民族不同，地域相隔，交通很少”，但经历与境遇有相通之处，这些民族都和灾难深重的中华民族一样，曾经走过的艰难仍在继续，但寻求光明的心始终未改变[54]。所以他们的作品能跨洋过海，唤起中国读者的共鸣，激起中华民族受苦民众的反抗与觉醒，传达出精英知识分子忧国忧民的情怀，读了以后发现“世界上也有许多和我们劳苦大众同一命运的人，而有些作家正在为此而呼号，而战斗”[55]。1906 年周氏兄弟提出“文以移情”[56]

52 ［日］藤井省三著，陈福康译：《鲁迅比较研究》，上海：上海外语教育出版社，1997 年版，第 154 页。

53 鲁迅：《鲁迅全集》第 1 卷，北京：同心出版社，2014 年版，第 37 页。

54 鲁迅：《鲁迅全集》第 1 卷，北京：同心出版社，2014 年版，第 318 页。

55 鲁迅：《鲁迅全集》第 1 卷，北京：同心出版社，2014 年版，第 330 页。

56 黄晓凤：《“文以移情”——周作人留日时期的文学观研究》，《文艺生活·下旬刊》，2017 年第 3 期。

的翻译理念，实际上他们重视的不单是优秀文学作品“移人情”的审美效果，更重视借“移情”达到一种人道主义的社会政治效果。

鲁迅将自己比作“普罗米修斯”，要通过翻译向旧世界挑战，哪怕牺牲自己也在所不惜，他提到的“窃火给人”，“火”指的是自己翻译的为中国现代性带来福音的无产阶级文学。“也愿意于社会上有些用处，看客所见的结果仍是火和光”[57]。通过翻译的“暴力行为”[58]达到改造社会与文化的目的。他参与翻译的《域外小说集》就涉及俄罗斯、北欧和东欧受压迫民族国家的作品，所选择翻译的作品大多反映社会底层贫苦大众凄惨与艰难的生活处境，或传达他们反抗压迫与剥削的呼号，也有作品充满对世态人心的批判与讽刺，由于贴近现实，多反映民众疾苦，所以引起当时处于民族危机中的中国人民的共鸣[59]。

二、“立人”诗学对鲁迅直译策略的操纵

（一）人立而后凡事立

学者顾钧在他的《鲁迅翻译研究》总结出鲁迅翻译的核心思想就是“立人”，这个核心目的又决定了他的翻译策略、方法与选材。冯玉文在他的《鲁迅翻译思想研究》里也指出“立人”的思想是“精神界战士”鲁迅一生为之奋斗的终极目标，更是翻译家鲁迅确立正确方略的标准[60]。“立人”意味着摆脱奴性，成为有自由思想和独立精神的人，这一条主线贯穿了鲁迅整个文学思想和翻译思想体系，体现了鲁迅思想内涵的丰富性和一致性[61]。“立人”是从鲁迅翻译思想的宝库中挖掘出的一条闪光的逻辑金线，将变革中国语言——建设中国文学——改造国人思想贯穿了起来。

鲁迅抱着忧国之心去日本留学，为民众的愚昧麻木所震撼，遂认为拯救国民精神是第一要务，信奉“人立而后凡事举”[62]而形成“立人”的思想。最初

57 鲁迅：《鲁迅全集》第4卷，北京：同心出版社，2014年版，第117页。

58 雨果早就指出过翻译在接受国往往被视为暴力行为，而韦努蒂所指的暴力对象与雨果的相反，指在特定的文化政治语境下，原作本身遭遇了暴力。Tejaswinin Niranjana 和 Eric Cheyfitz 都分别指明了翻译行为固有的暴力特征。Auradha Dingwaney 在更为广义的层面，把翻译视为一种暴力形式。

59 王友贵：《当代翻译文学史上译者主体性的削弱（1949-1978）》，《外国语言文学》，2007年第1期。

60 冯玉文：《鲁迅翻译思想研究》，北京：中国社会科学出版社，2015年版。

61 鲁迅并非体系性的思想家，此处用了“体系”二字旨在说明他内在思想的一致性。

62 鲁迅：《鲁迅全集》第1卷，北京：同心出版社，2014年版，第34页。

鲁迅曾将全部理想诉诸于“立国”梦，但后来发现只要人民的精神强大，自由、平等、博爱的思想深入人心，国家自然就会富强起来，立国的实质就是立人，所以他很快就从对“立国”的诉求转向“立人”的理想，并希望在现实生活中通过“立人”实现一种理想化的境界，于是把关注的视点转向国民思想的建设，想通过翻译国外的优秀作品来改善国民性，以“互爱”来主导一切。自此以后鲁迅终其一生都致力于吸取异域文明的精髓，祈望将外国优秀文化“拿来”为我所用，以促进中国人的新生——由“愚弱的国民”转变为“思想自由、人格独立、个性解放的人”，此即鲁迅的“立人”思想。他翻译过尼采的文章，将尼采笔下独立自由、平等博爱的“超人”作为国人人格的理想。要立人，首先得创作出人人都容易掌握的语言文字，使人人都有受教育的机会。鲁迅竭力想通过“直译”的策略从异域“拿来”优秀的新思想与新文艺，甚至希求通过“硬译”作为拿来主义的工具而改良现代汉语，实现白话化，以普及全民教育。不管是翻译选择，还是语言风格上，无不出于“立人”的诉求，因为他坚信将外国文学的引介作为一种重要的策略来重塑国人思想，剔除国人心中残留的封建毒素，从异邦国民的精神中吸取振奋人的因子以震醒麻木的国民，这些都是“立人”所要采取的重要手段和必经的途径。

鲁迅的翻译与写作都诉求于改善国民性，他认识到解放个人、张扬个性与发挥个体价值的重要性，认为人的存在是有价值的。日本留学期间鲁迅因翻译尼采的书，受尼采“超人”哲学启发，初步形成了“立人”思想。中国趋新求变的整体社会氛围与尼采的超人哲学和反抗精神、重估一切价值等思想契合，受到当时智识阶层的追捧，如 1904 年王国维就曾指出尼采“以强烈之意见而辅以极伟大之智力，其高瞻远瞩于精神界”[63]。鲁迅在写《摩罗诗力说》时，一开始就引用了尼采的话：“求古源尽者将求方来之泉，将求新源。嗟我昆弟，新生之作，新泉之源于渊深，其非远矣。”[64]并在文中两处写到尼采，说尼采认为“文明之联，固孕于蛮荒……蛮野如蕾，文明如实”；另一处阐明：“尼耙欲自强，而并颂强者；此则亦欲自强，而力抗强者”[65]。在《文化偏至论》中说尼采是“个人主义之至雄桀矣，希望所寄，惟在大士天才”[66]。

---

63 王国维：《叔本华与尼采》，《王国维论学集》，北京：中国社会科学出版社，1997 年版，第 266 页。

64 鲁迅：《鲁迅全集》第 1 卷，北京：同心出版社，2014 年版，第 63 页。

65 鲁迅：《鲁迅全集》第 1 卷，北京：同心出版社，2014 年版，第 47 页。

66 鲁迅：《鲁迅全集》第 1 卷，北京：同心出版社，2014 年版，第 30 页。

尼采的超人学说直接启发了鲁迅对“立人”的思考，鲁迅1918年用文言翻译了《察罗堵斯德罗绪言》中的前三段，但未发表，两年后再次用白话翻译了尼采的这篇文章，名为《察拉图斯忒拉的序言》，扩展到十段，发表于《新潮》杂志，这是他唯一一部分别用文言和白话翻译的作品，足见他对尼采作品的重视，以及介绍给国人的决心，鲁迅的译本几乎是中国最早的相对完整的尼采作品翻译。直到1928年，除鲁迅以外，只有郭沫若翻译过尼采作品《查拉图司屈拉钞》第一部分，说明鲁迅先同时代人认识到尼采的价值。鲁迅选取译介的是尼采这种“个人主义之至雄桀者”[67]的深刻思想，这正是改造国民性和“立人”所需要的精华理论，成为鲁迅“立人”思想的重要来源，刘半农曾用“托尼学说，魏晋文章”[68]来评价鲁迅，就是指他从尼采处获益匪浅，变成了自己生命的一部分。

鲁迅也对摩罗诗人的反抗和叛逆精神表达了赞美与赏识：“无不刚健不挠，抱诚守真；不取媚于群，以随顺旧俗；发为雄声，以起其国人之新生，而大其国于天下。”[69]浪漫派诗人拜伦与雪莱成为尼采之外鲁迅“立人”学说的又一思想源泉。张全之曾评说鲁迅早年翻译科幻小说是受洋务派的影响，后来参加革命是受了革命派的影响，对“国民性”的洞见是受了梁启超的影响，说明鲁迅寄希望于智识高超的“超人”来承担民族复兴的任务。

（二）“立人”的内涵即“掊物质而张灵明”

鲁迅在《文化偏至论》中首次明确提出“立人”的概念：

> 欧美之强，莫不以是炫天下者，则根柢在人，而此特现象之末，本原深而难见，荣华昭而易识也。是故将生存两间，角逐列国是务，其首在立人，人立而后凡事举：若其道术，乃必尊个性而张精神[70]。

鲁迅的“立人”观多少有西方的个人主义色彩，他对中国一直以来对“个人主义”的误读进行了纠偏，他认为“个人”一词进入中国就受到了错误的诟病，即使是有识之士也“苟被其谥”，只是因为他们没有对其深义进行明察，

---

67 鲁迅：《鲁迅全集》第1卷，北京：同心出版社，2014年版，第30页。

68 据孙伏园回忆，刘半农曾赠送鲁迅一幅对联：“托尼学说，魏晋文章”，其中“托”指“托尔斯泰”，“尼”指尼采。

69 鲁迅：《鲁迅全集》第1卷，北京：同心出版社，2014年版，第64页。

70 鲁迅：《鲁迅全集》第1卷，北京：同心出版社，2014年版，第34页。

误读成损人利己的意思，其实考察其真义并不是这样。鲁迅指出人们对“个人”含义的误读，其意思与中国“自私自利”的概念是不同的，鲁迅认为：“国人之自觉至，个性张，沙聚之邦，由是转为人国”[71]。鲁迅一直不用“个人主义”的表述来阐释个性解放、个体权利和思想自由，因为很多人都认为“个人主义即利己主义”，而忽略了个人主义中自由、独立、反抗的成分。鲁迅认为要重建国人精神，需让他们不安于物质生活，而产生形而上之需求[72]。鲁迅将人道主义与“个人主义”进行了区分，认为人道主义和个人主义都是曾经的穷人变得有钱以后出现的两种情形，因为曾经困苦过，所以肯设身处地替人着想，这就成为人道主义，另一种是从前的遭遇让他觉得一切都是冷酷的，就流为个人主义，中国流为个人主义的偏多[73]。

鲁迅的“直译”观和实践体现出对“立人”的构想，是要建立自觉自主、理性执着、超凡脱俗、张扬个性的人格，强调“立人”是立国和民族富强的“根柢”，指出“立人”可以扫荡积习，抵御泯灭人性、摧残个性的专制和强权，因此鲁迅的“立人”思想受到多方压制。1907 年鲁迅已确立“自由独立、个性解放、尊重个体、自强不息的国人精神范本”[74]，将其表述为对个人精神境界的建设目标：“勇猛无畏之人，独立自强，去离尘垢，排舆言而弗沦于俗囿者也”[75]

三、选择“直译”的文化原因——建构新的大众文化

1919 年五四运动之后，当时的作家都把白话当成从体制与制度中解放出来的工具。鲁迅对 20 世纪初翻译活动中出现的任性归化的现象进行了批评，他认为翻译虽然是一种创造性工作，但它与创作的区别在于它必须忠实于原文，而翻译的主要宗旨在于给中国人民绍介外国的文化与社会生活，而直译则是了解外国文化的有效方式以及理解外国的良好渠道。可以说在当时的翻译人士中，鲁迅是第一个以原文及其文化持尊重态度的译者。他期待欧化的汉语

71 鲁迅：《鲁迅全集》第 1 卷，北京：同心出版社，2014 年版，第 33 页。

72 鲁迅：《集外集拾遗补编 · 破恶声论》，《鲁迅全集》第 8 卷，北京：人民文学出版社 1981 年版，第 27 页。本篇未收入《鲁迅全集》，北京：同心出版社，2014 年版。

73 鲁迅：《鲁迅全集》第 7 卷，北京：同心出版社，2014 年版，第 169 页。

74 孙海英：《鲁迅为谁翻译?》，《中华读书报》，2016 年 8 月 10 日 11 版。

75 鲁迅：《鲁迅全集》第 1 卷，北京：同心出版社，2014 年版，第 31 页。

可以带来一种新的思维方式。他认为与其说为了要人理解或以好懂为标准去做翻译，还不如去创作，按勒菲弗尔的理论，译者的意识形态决定了他选择的翻译策略[76]，鲁迅这样的意识形态决定了他必定会选择直译的策略。勒菲弗尔认为不同类型的读者需要不同风格的翻译，鲁迅将读者分为三类，并根据不同的类型选择不同的翻译策略[77]，而他的翻译方法主要是针对第一类很受了教育的人。他想通过翻译从外国语言中引入异样的语法和句法结构，反映了他希望打破阻碍中国知识分子对民众进行启蒙的语言障碍。他认为只有第一类很受了教育的读者——知识分子才是社会的核心力量，拥有能推翻过时而腐蚀的旧社会和旧文化而重塑新文化的力量——知识，也只有这类读者才有条件受启发从而接受和欣赏异域文明和异质文化元素，甚至在其表达还如此笨拙的时候，因为随着这些异样的表达在生活中使用得越多，变得越来越流畅，仍然笨拙的不适应生活的可以淘汰掉，留下来的就是精华的新东西了。事实证明，现代汉语的发展也确实经历的是这样的一个过程，而鲁迅提倡的直译确实起到了这样的作用。

他将汉语和外语对比后，发现汉语语义的模糊含混，以及语法的不够精密，继而发现了汉语思维的不精密，想通过直译尽可能把外国语的表现法“拿来”为汉语所用，以改造、丰富和发展白话文，进而推动汉语的现代化。鲁迅认为要改造汉语，就应从外国引进新的表达方式，所以翻译中坚持“信”或者说“直译”的原则有利于改造汉语，提高汉语表达的精确度，从而达到改造国民思维和精神，拯救日益衰落的中华民族。

鲁迅在论及汉语改革时未免有一些激进的想法，特别是为了普及国民教育，他主张汉字的拉丁化，他曾在《论新文字》中谈及拉丁化的文字去除了空谈的毛病，因为它与民众息息相关，不是阳春白雪的书斋里的脱离实际的清玩，而是街头巷尾的东西，它与旧文言的关系比较远，但却和大众的联系紧密起来了，所以要大众发声且普及大众文化和知识，拉丁文是最简易的文字[78]。鲁迅在《关于新文字》一文中认为汉语被用作一种愚民的工具，普罗大众不可

76 Lefevere, Andre. *Translation, Rewriting and Manipulation of Literary Fame.* Shanghai: Shanghai Foreign Language Education Press, 2004a. PP.41

77 Lefevere, Andre, ed. *Translation/History/Culture: A Sourcebook.* Shanghai: Shanghai Foreign Language Education Press, 2004b. PP.6.

78 鲁迅：《鲁迅全集》第 6 卷，北京：同心出版社，2014 年版，第 248 页。最初发表于 1934 年 8 月 25 日《中华日报 · 动向》。

能学会这样一种复杂累赘的文字，即使上层人士也一时难得学会，鲁迅将汉字称作劳苦大众身上的一个结核，潜伏着必须去除的病原体，否则就只有灭亡的路[79]。鲁迅认为劳苦大众之所以没有文化，是因为汉字太艰深，没有学会汉字的可能，方块字是政府开展“愚民政策的武器”，虽然这种观点是受时代局限所致，但其背后的苦心是希望人们吸取新的外来思想与观念，彻底抛弃使国家走向贫弱的旧思想。鲁迅在《汉字和拉丁化》一文中也提到汉字的难和变革的必要性：“大众语言的音数比文言和白话繁，如果还用方块字来写，不但费脑力，也费工夫，连纸墨都不经济。为了这方块的带病的遗产，我们的最大多数人，已经几千年做了文盲来殉难了，中国也弄到这模样，到别国已在人工造雨的时候，我们却还是拜蛇，迎神。如果大家还要活下去，我想：是只好请汉字来做我们的牺牲了”[80]。在论及汉语语法不精密和汉语导致“心智混乱”时，鲁迅在《关于翻译的通信（回信)》(1931 年）中说：“自然，一切表现细腻的分别和复杂的关系的形容词、动词、前置词，几乎没有。宗法封建的中世纪的余孽，还紧紧的束缚着中国人的活的言语，(不但是工农群众！)这种情形之下，创造新的言语是非常重大的任务。”[81]鲁迅在《关于新文字》中认为有必要提倡汉字拉丁化，更接近劳苦大众的生活，使他们能发出自己的声音，“这回的新文字却简易得远了，又是根据于实生活的，容易学，有用，可以用这对大家说话，听大家的话，明白道理，学得技艺，这才是劳苦大众自己的东西，首先的唯一的活路”[82]。鲁迅寄希望于翻译来改变汉字不尽如人意的地方，以为语言的革新能承担起一部分启蒙的任务，翻译时保存原作的丰姿与韵致，尽可能地将源语的文化元素移植到目的语中，既输入新的情感理念，而且要输入新的表达方式，表现法是思维的外衣，“宁信而不顺”的翻译法可以为汉语输入新的句法与语法，有助于提升国人的思维能力，达到改造国民性的目的，真正实现思想启蒙。

鲁迅是第一个在译论中提出“归化”一词的人，鲁迅的理论就是对是否应采用归化问题的思考，认为在下笔翻译之前，就先得考虑清楚所采用的翻译策略，是应当竭力使原文归化，还是尽量保留原文的洋味[83]。鲁迅反对归化译法

79 鲁迅：《鲁迅全集》第 6 卷，北京：同心出版社，2014 年版，第 89 页。
80 鲁迅：《鲁迅全集》第 5 卷，北京：同心出版社，2014 年版，320 页。
81 鲁迅：《鲁迅全集》第 4 卷，北京：同心出版社，2014 年版，193 页
82 鲁迅：《鲁迅全集》第 5 卷，北京：同心出版社，2014 年版，第 89 页。
83 鲁迅：《鲁迅全集》第 4 卷，北京：同心出版社，2014 年版，202 页。

对外来文化的同化，提倡要尽力保留原作的“洋味”，使译作具有一种“陌生感”，为了尽量保存洋气，就需要采用一种“宁信而不顺”的翻译观。他认为古汉语是属于贵族与精英的语言，因其门坎太高，广大劳苦大众只能仰望，不能接近，听不懂，也学不来，因此被剥夺了受教育的权利，只有普及白话文让老百姓接受到科学、民主的思想，达到思想启蒙的效果。鲁迅一再强调古汉语的文法与句法很不精密，由此得到的好文章也很不科学，只要用生疏的字词，少用虚词就是好文章，讲话时也不能清楚地表达意思[84]。

澳门理工学院的蒋骁华考察了美国传教士明恩浦所著的《支那人气质》一书对鲁迅的影响，认为日本文学评论家厨川白村改造日本国民性思想、佛经直译论、东方主义思想等影响了鲁迅的直译思想[85]。鲁迅认为此时的中国需要“别求新声于异邦”，他的“新声”主要指雪莱、普希金、密茨凯维支、裴多菲等浪漫主义诗人的诗歌及其精神力量，即异邦的刚健文学、思想或精密的语言表达法。要传达这些“新声”，直译是最可靠的手段，因为：1.汉语文化中充斥着庄老学说之类的毒素[86]，汉语文化“顽固，……抱残守缺，以底于灭亡”[87]；2.“固有的白话不够用”[88]；3.汉语语法不精密[89]。如果意译或译述，汉语语言和文化本身的问题会渗透进去并埋没这些“新声”的真意与力量。

第三节 “窃火煮肉”[90]：鲁迅后期“硬译观”的意识形态动因

一、“硬译”是社会主流意识形态与个人意识形态的共同操纵下的选择

这个历史时期的主流意识形态主要是马克思主义在全中国的广泛传播。十月革命的胜利给中国带来了“五四”运动，这是中国革命的转折点，象征着

84 鲁迅：《鲁迅全集》第4卷，北京：同心出版社，2014年版，第202页。
85 蒋骁华：《〈支那人气质〉对鲁迅直译思想的影响》，《中国翻译》，2017年第1期。
86 鲁迅：《鲁迅全集》第6集，北京：同心出版社，2014年版，第248页。
87 鲁迅：《鲁迅全集》第1卷，北京：同心出版社，2014年版，第24页。
88 鲁迅：《鲁迅全集》第5卷，北京：同心出版社，2014年版，第301页。本篇最初发表于1934年7月25日《申报·自由谈》。
89 鲁迅：《鲁迅全集》第4卷，北京：同心出版社，2014年版，第202页。
90 鲁迅把翻译行为比作是普罗米修斯盗火，但本意是煮自己的肉。

旧的资产阶级领导的民主革命的结束以及无产阶级领导的新的革命的开始。“五四”运动提出了崭新的社会意识形态，在民主、科学、自由新思想的启发下迎来了马克思主义和共产主义，1921 年在上海召开了中国共产党第一次国民大会，树立了实现繁荣、民主、文明的共产主义国家的终极理想，并在党的领导下为最终的独立与自由而战。但由于这是一次崭新的革命，中国需要学习其他国家的成功经验，并探索中国属于自己的走向繁荣富强的路。这个时期中国翻译出现了翻译史上最繁荣的局面，结束了半个世纪的中学西学之争，在中国翻译史上开启了一个新时代，中国向西方敞开了文化开放的大门。对鲁迅来说，“硬译”的忠实始终比优美重要，这完全与归化翻译的历史潮流相悖，应当说远远超越于他的时代，所以他受到了同时代人太多非议与攻击。可以说鲁迅翻译俄苏作品是有着超越现实的理想主义精神在里面，前期的鲁迅经历过进化论的空想阶段，中期鲁迅的启蒙阶段，他发现文学无法救世，诗无法抵挡大炮，于是不再空想，开始想从制度文明方面启蒙民众了。后期鲁迅变为辩证唯物论者，不再旁观和彷徨，开始与工农结合，对苏联模式寄予了厚望，把工农群众当作新的意识形态的接受者，使他们成长为新的社会力量，于是想通过翻译俄苏、东欧和北欧文学以实施文化构建和社会改造。

二、因抵制反动意识形态和主流诗学所采取的翻译策略

早期鲁迅偏向于意译，使用古雅的译文风格，没有形成自己独立的思想，不免随大流，为维护封建王朝的统治而翻译。1930 年，鲁迅在他的文章《“硬译”与“文学的阶级性”》中首次正式对他的“硬译”观发出宣言：“而我的‘硬译’，就还在‘他们’之间生存，和‘死译’有一些区别……”认为他的“硬译”不单要复制源语的内容，更要复制原来的语气，而由于中国文的缺点，所以才会显得“硬”[91]。1935 年在《“题未定”草（二)》中鲁迅要每个译者在翻译前思考一个问题，即“竭力使它归化，还是尽量保存洋气呢”[92]。鲁迅自己的立场则是保持译作中的“异国情调”，完整保留原作的气质和风采，这自然会影响到其易懂性和可读性。“硬译”论体现了中期鲁迅有了独立的价值观与翻译理念，是对主流诗学和主流意识形态的双重抵抗。当时“中华民族中心主

91 鲁迅：《鲁迅全集》第 4 卷，北京：同心出版社，2014 年版，第 109 页。本篇最初刊发于 1930 年 3 月上海《萌芽月刊》第 1 卷第 3 期。

92 鲁迅：《鲁迅全集》第 6 卷，北京：同心出版社，2014 年版，第 196 页。

义”仍然很盛行，仍然流行对外来文本任意删减的顺译之风，民众接收不到原汁原味的外国文化，鲁迅认为如果继续这样，夜郎自大的“中华民族中心主义”不会改变，无法唤醒沉睡的民众，更谈不上疗救社会的病苦。

硬译不仅是一种对“信”的强调，更重要是一种文化重构的需要，必须原汁原味地引进异域文化，在“求真”的过程中必定要“容忍多少的不顺”，尽量在传播过程中保持西方文化的原貌，使异域元素不至于丢失与扭曲，“让更多的人吸取新鲜的精神滋养，促成国民灵魂的改造。”[93]实践证明，这种硬译的策略作为一种解构的力量撼动了中国那个特殊时期统治阶级已经腐朽的反动意识形态。

鲁迅采用“硬译”的暴力，不惜牺牲销路及名声而进行了一场另类“革命”，鲁迅以“易解”和“丰姿”的姿态出现的“硬译”，以其“暴力”和“革命”的品质为构建中国现代性起到了举足轻重的作用。以“硬译”的暴力为利器，打破“民族中心主义”思维以及“乱译”流弊，克服狭隘的民族主义，改造作茧自缚的语言和文学、治疗国民性的痼疾，鲁迅不畏艰难，逆流而上，将暴力的“硬译与易解、丰姿”贯彻到底，祛除翻译的流弊，使翻译能达到改造社会、启发民智的目的。

三、在鲁迅的文化诗学操纵下对传统汉语诗学的抵抗

1906 年开始，鲁迅在其恩师章太炎的深刻影响下，开始反思前人的翻译实践，探寻自己独立的翻译思想，从文字风格到每个细节尽量复制原文的特征，采纳一种诘屈聱牙的“硬译”风格，原因是他认为需要用“硬译”来给中国的语言文字输入新的血液，最终才能使一国文化健康起来，因为国家的兴衰与语言文字密不可分，语言文字直接决定国民的思维和精神，考察国民性发现中国国民的愚昧以及民族危机与中国古文言文字以及汉语的衰微密不可分[94]。

鲁迅的硬译观也是一种对传统汉语诗学的抵抗，“硬译”的作品常常晦涩难懂，因为其用词、句法和语法都没有经过汉语习惯的归化而直接复制了源语文本，而不符合汉语表达习惯。他力求“输入新的文化中异样的句法、文法，

93 刘少勤：《盗火者的足迹与心迹——论鲁迅与翻译》，南昌：百花洲文艺出版社，2004 年版，第 27 页。

94 黄亚，张喆：《生态翻译理论视角下鲁迅“宁信不顺”翻译思想浅析》，《河池学院学报》，2016 年第 1 期。

然后对其进行消化运用，旧的文法因为有了新的表达方法而得到更新”[95]。他希望通过吸收外国语言的异质元素来改造白话文，让读者逐渐接受逻辑更清楚的欧化表达法，以改造旧的汉语语法和句法并构建一种新的现代汉语，只有语言更新和发展了，才有可能发展中国文化。

在《“硬译”与“文学的阶级性”》一文中，鲁迅对中国古旧的文法进行了分析与批评，认为其不完备的程度甚至超过了日本古文，需要进行文法和句法的更新，即使采用硬译，只要能保留原文精悍的语气，就是有用的，为此鲁迅说：“中国的文法，比日本的古文还要不完备，然而也曾有些变迁，例如《史》《汉》不同于《书经》，现在的白话文又不同于《史》《汉》；有添造，例如唐译佛经，元译上谕，当时很有些‘文法句法词法’是生造的，一经习用，便不必伸出手指，就懂得了。现在又来了‘外国文’，许多句子，即也须新造，——说得坏点，就是硬造。据我的经验，这样译来，较之化为几句，更能保存原来的精悍的语气……”[96]1931年，在《关于翻译的通信（回信）》中，他提到用新的表现法来医汉语的痼疾时认为中国人思路的不精密决定了汉语语法的不精密，要医脑筋胡涂的毛病，就是努力装进异样的语法和句法，不管是从哪里来的，古的还是外国的，只要是好的就可以拿来为我所用[97]。对于如何保存原文精悍的语气，鲁迅提倡采用“硬译”的方式，敞开心胸接纳让人感觉不顺的语法和句法，等感觉顺了的时候，也便吸收了新的思维和理念，甚至会改变国民性。

在《“硬译”与“文学的阶级性”》一文中，他将翻译方法这一技术性问题上升到文学的阶级性这种政治的高度，其观点已超出了翻译问题本身，涉及到翻译政治、现实政治和文化、历史发展等宏观问题了。反映了鲁迅翻译思想超越了其时代，孙歌说：“比斯皮瓦克早半个世纪，鲁迅已经在处理不同语言在国际上的不平等地位的问题了……”[98]，“鲁迅竭力通过翻译从异域‘拿来’——不但拿来新思想，拿来新文艺，还进行了拿来新语言的尝试”[99]，鲁迅认为

95 罗新璋：《鲁迅的回信》，北京：商务印书馆，1984年版，第276页。
96 鲁迅：《鲁迅全集》第4卷，北京：同心出版社，2014年版，109页。
97 鲁迅：《鲁迅全集》第4卷，北京：同心出版社，2014年版，109页。
98 许宝强，袁伟：《语言与翻译的政治》，北京：中央编译出版社，2000年版，第2页，孙歌写了前言。
99 许宝强，袁伟：《语言与翻译的政治》，北京：中央编译出版社，2000年版，第2页，孙歌写了前言。

“硬译”是达到翻译的启蒙目的的最佳方式，甚至可以开发民众智慧，进而建立新的大众文化。

四、出于“别求心声于异邦”的目的

在晚清闭关锁国，民族面临危机的紧要关头，鲁迅认为引入西方文化迫在眉睫，“硬译”是他引介西方文化最有效的方式。鲁迅的“硬译”策略也是建立在他的“拿来主义”原则基础上，试图通过借鉴西方语言词汇和句式，给国人打开了解世界的窗口，又通过外国语言文化的刺激来促进中国文化革新，对他来说翻译就是医治中国国民性痼疾的一味良药，通过译介外国作品以引进西方思想与文化，通过传播异域文明的精髓，使中国逐渐摆脱旧的封建思想的束缚，从文化现代性的建构逐渐走向制度现代化，最终摆脱半封建半殖民地的现状。比如著名学者赵景深把 Milky Way 译为“牛奶路”，鲁迅按“硬译”将其译为“神奶路”，只是为了让读者感受到原汁原味的西方文化，通过译文让读者了解到该语出自古希腊神话。鲁迅认为赵景深牺牲忠实换来的译文流畅是对不懂外语的民众的欺骗[100]。鲁迅通过日文转译的过程中，借用了很多日语表达方法，除了历史原因造成中日文化有某些相似之处以外，主要还是鲁迅主观上希望借日本这个文化窗口来观察和理解世界的文化与政治倾向。而后期俄苏意识形态对鲁迅的影响让鲁迅吸取了唯物主义的文艺观，促成他最终完成意识形态的转变，也给他的创作带来了更多犀利的批判锋芒。

第四节 “中间物”和“桥梁”：鲁迅重译与复译观形成的原因

语言学上所指的“重译”即转译，指通过源语以外的他国语翻译，即在原作向译本转换过程中要经历一个到多个不同语言的译本，也有人称之为“间接翻译”。鲁迅所精通的语言是日语，但期望翻译的多是日语以外的文字写成的作品，所以他只能通过日语文本将所期待译的他国语言的作品转译过来。复译是对已存在初译本或其他译本的翻译文本进行重新翻译，鲁迅本人很少从事复译，但却大力提倡复译，认为在市场上大量充斥劣质翻译的情况下，复译是翻译作品由劣质到优质的必然途径。

100 鲁迅：《鲁迅全集》第 4 卷，北京：同心出版社，2014 年版，第 201 页。

一、鲁迅主张重译（转译）的原因

（一）鲁迅选择重译的社会原因——一种中间物和过渡

在鲁迅大量的翻译实践中，除直接取材于日本和德国的作品以外，其他作品都属于重译，其译文中的悖谬之处多因重译产生，他深知重译的弊端，但还是重译了大量文字。他主要重译了俄罗斯和其他弱小国家的作品，重译的量占翻译文字的一半以上。鲁迅的重译实践是从 20 世纪前半期中国翻译界的实际状况出发做出的无奈选择，正如郑振铎所说："如此的辗转翻译的方法，无论那一国都是极少看见的，但在我们中国的现在文学界里却是非常盛行。"[101]。鲁迅并没有把他的重译实践上升到理论的高度，虽然了解重译的局限性，承认重译中避免不了有对原文的不忠实和误译现象，但他认为在那个时代，重译对社会与文化仍然有现实好处，所以才进行了大量重译工作。传统翻译研究一般来说都是否定重译的价值，也不会去鼓励重译，但考察中外翻译史的实际情形，重译现象并不少见，特别是古代与外国文化交流不充分的情况下，更是出现了大量重译现象，如我国最早的汉译佛经，基本上都不是从梵文直接译成汉文，而是经各种西域语言重译过来的。晚清，中国留学日本的现象比较普遍，所以精通日文的比较多，所以大量存在从日文译本重译西方文学作品的现象。鲁迅只留学过日本，他精通日语、熟悉德语，却很关注东欧、北欧等国的文学作品，但苦于不懂这些国家的语言，所以大都从日语译本重译。并形成了自己的重译观，所以鲁迅的重译观是建立在启蒙思想和文化建设的基础之上，采取一种兼容并蓄的态度，认为要发展中国译书事业，此时救现实燃眉之急的重要性远远超过从理论上证明它的优越性。鲁迅认为"重译"肯定比不上"直接译"，但当时的社会与民众又很需要这些文本，为了应付一时之需，就采用了这种应急之策，于是大量出现了这种以"中间物"的形式出现的转译文本，其生命是有时限的，即等将来有人使用源语言直接翻译的时候，重译本就可以淘汰了[102]。总之，这是由于 20 世纪前半期中国外语人才极度匮乏，而精通某国语言的人才不一定会去从事翻译，中国亟须"拿来"国外优秀的文化与科技，所以译介世界文学与文化的精华文本就显得十分重要，但是懂得少数语种如希腊文、拉丁文等的外语人才又格外稀缺，国内文化建设急需重建，于是出现了大

101 郑振铎：《译文学书的三个问题》，《翻译研究论文集（1894-1948）》，北京：外语教学与研究出版社，1984 年版。

102 鲁迅：《鲁迅全集》第 5 卷，北京：同心出版社，2014 年版，第 293 页。

量重译的现象，鲁迅的重译观其实是一种无可奈何的选择，对于当时人们对重译的质疑与诟病所做出的回答，他并没有为此建立系统的理论，而是从翻译实际情况出发，实事求是地指出应不时之需所产生的重译本，有时会比不甚通原文而依忠实的原则译出的直接译本好[103]。鲁迅的重译观强调重译对中国输入优秀外来文化的好处，将重译作为一种强国手段来看重，他赞同重译的言论与普遍流行的翻译理论相对立：“我以为翻译的路要放宽，批评的工作要着重。倘只是立论极严，想使译者自己慎重，倒会得到相反的结果，要好的慎重了，乱译者却还是乱译，这时恶译本就会比稍好的译本多。”[104]

如此看来，鲁迅选择重译是由于社会现实需求、自身精神需求与语言能力匮乏产生矛盾后的无奈之举。虽然直接译才是最理想的，重译会带来的这样那样的错误，但鲁迅的想法比较实际，他认为只要重译在文化交流中能发挥作用，并能在翻译事业的发展中起积极作用，重译就是不可或缺的。他没有为自己的译本传世的打算，而是将自己的译作作为一种“中间物”和“桥梁”，目的是为了填补空白，牺牲一己之名而成就精神事业的开展，所以鲁迅进行了大量重译实践，体现出他的进化论思想和牺牲精神。

（二）鲁迅选择重译（转译）的文化原因

在鲁迅的时代，中国社会极为缺少俄罗斯及东欧等弱小民族语言的翻译人才，但鲁迅等仁人志士认为这些国家的作品能给中国带来希望，应当在翻译上给予重点关注，但受人力所限，这些民族的文学作品只能通过重译的方式传播到中国；由于国内很难找到小语种文本，可能找到的只有这些小语种文本的英语、日语、德语译本，这些小语种文本就只能重译；当然鲁迅等人选择重译的关键因素，还是译者希望进行跨文化交流和沟通的主观愿望。20 世纪初，虽然通晓俄语、弱小民族语言的翻译人材极度匮乏，其中有能力且又愿意进行直接翻译的人更少，但这些国家文学作品的汉译量却占了翻译文学总量的一半以上，重译不能不说有着不可或缺的作用，有着不可估量的功劳。

出于特殊的政治原因，俄国作为中国的邻居，直到 1689 年才正式与中国建立文字之交，出国学习俄语的机会很少，国内也缺乏最基本的俄语教学人员，开展俄语教学出现了极大的困难，无论是民间和官方都极少有人翻译俄语作品，更不用说有传世的译作存在。国内只有最高外语学府——京师同文馆才

103 鲁迅：《鲁迅全集》第 5 卷，北京：同心出版社，2014 年版，第 292 页。
104 鲁迅：《鲁迅全集》第 5 卷，北京：同心出版社，2014 年版，第 294 页。

设置了俄语课程，但“京师同文馆 1901 到 1911 年共五级全部俄语学生，竟然没有人直接从俄文翻译文学作品。”[105]

19 世纪末 20 世纪初，中国并不重视与俄国以及其他“小语种”国家之间的外事交流与文化沟通，大批中国留学生去英、美、德、日留学，却很少有人去留学俄国和小语种国家，所以中国十分缺乏这些语种的翻译人才。俄国十月革命爆发后，赴俄留学的人士日益增多，但他们大多都怀抱着政治抱负，希望去异邦求取真经以拯救中国，没有把语言的学习放在首位，虽然也出现了瞿秋白、曹靖华、耿济之和韦素园等翻译大家，但这样的人才却寥若晨星，无法满足时代与社会在译介俄语文学方面的大量需求，这种局面在 20 世纪 40 年代前都鲜有改善。中苏文化协会编译委员会成员孙绳武说：“40 年代中国懂俄文的人不多，东北来的一批有幸学习俄文较早的人，大多被吸收到蒋介石成立的苏联援华军事顾问团里去了。懂俄文而有志于文学的更少。”[106]1944 年，曹靖华给戈宝权的信中说：“现真正炉火纯青地来介绍苏联文艺的人手少到太可怜了。”[107]

蒋光慈曾去苏联留过学，他精通俄语却很少从事翻译，出版了一本《一周间》[108]后，就不再做翻译，还一再拿重译说事，鲁迅批评说：“我希望中国也有一两个这样的诚实的俄文翻译者，陆续译出好书来，不仅自骂一声‘混蛋’，就算尽了革命文学家的责任。”[109]。那个时代中国与俄国、波兰以及捷克等国的文化交流远远落后于中国和其他国家的交流，不但缺少译者，连俄文原版和其他“小语种”版本书籍都很难找到，即使俄苏作品在中国大受欢迎的 20 世纪 20 年代，找到俄语原本也不容易，政府并未充分理解十月革命，俄语作品一度被列为禁书。俄语作品的英、德、日文译本相对容易获得，所以即使是那些精通俄语的译者也不得不从其他语种的译本进行重译。想不与全世界的文学断绝联系，并从弱小而先进的国家取得成功的经验，只有通过这种先天不足且有局限性的途径来译书。鲁迅精通日语，德文到能阅读的程度，稍接触过一点俄语、英语和其他语种，但尚不能阅读和写作，更谈不上翻译，周作人回忆

105 智量等：《俄国文学与中国》，上海：华东师范大学出版社，1991 年版，第 353 页。
106 孙绳武：《难忘重庆岁月：在中苏文化协会》，《新文学史料》，2007 年第 11 期。
107 曹靖华：《曹靖华译著文集》第 11 卷，北京：北京大学出版社，1989 年版，第 23 页。
108 蒋光慈：《一周间》，北京：北新书局，1930 年版。
109 鲁迅：《鲁迅全集》第 4 卷，北京：同心出版社，2014 年版，第 118 页。

鲁迅：“从仙台退学后，1907年夏秋间，鲁迅协同好友许寿裳、弟弟周作人从俄国人玛利亚孔特习俄文，不过此举未满半年即告永久下课，原因是俄国教师索取的课酬为每月六元，这对这些穷学生而言委实偏高[110]。可以说明鲁迅很期待学习俄语，只是经济原因所限，不得已才没有学成，他坦言说：“学了一点就丢开了。”[111]他只初通俄语的发音和拼写，茅盾与郑振铎也有过学习俄语的计划，但都是因为经济的缘由始终未能实现愿望。可见重译是应输入外国文学的迫切需求而产生的一种现象，其起因是出于某种语言译才的紧缺和源语文本的稀少，但翻译主体的主观渴求才是最关键。学者王友贵认为，鲁迅重译的意义超出了文本本身，他对中国未来的担忧占了很大成份，他从事文学创作与翻译的宗旨与原因都超出了文学本身，而上升到文化的高度，正是出于此原因不得不从事转译，对此从来没有后悔过[112]。

（三）出于个人兴趣和志向的原因

当然鲁迅选择翻译素材的时候，很多是出于个人的主观兴趣，相对作品的语言及风格，他更看重作品的思想内容和主旨。鲁迅的重译生涯开始于1903年翻译法国雨果的《哀尘》，他当时身居日本，精通日语，但他首先选择法国雨果的小说以及科幻作家凡尔纳的科幻小说，后来他的译作大部分都是重译：“我们因为想介绍些名家所不屑道的东欧和北欧文学，而又少懂重原文的人，所以暂时只能用重译本，尤其是巴尔干诸小国的作品。”[113]直到1913年下半年，也就是翻译生涯开始后的第10年，鲁迅才首次直接翻译日本上野阳一所作的关于美育的论文：《艺术玩赏之教育》。所以对于鲁迅来说，重译是他必然的选择，他除了重译东欧和北欧文学，甚至还重译了法国和美国文学。如果只考虑语言的方便，他完全可以像大多数翻译家一样，只选择自己精通的语言进行翻译，他突破语言的限制，逾越翻译理论所设定的规则，以获取各种语言写成的优秀作品。所以重译的原因还是译者对某些语种的某一作品本身特别青睐，就只能跨越这一界限进行重译了。

---

110 王友贵：《翻译家鲁迅》，天津：南开大学出版社，2005年版，第15页。

111 曹靖华：《回望鲁迅：高山仰止——社会名流忆鲁迅》，石家庄：河北教育出版社，2000年版，第294页。

112 转引自王友贵：《翻译家鲁迅》，天津：南开大学出版社，2005年版，第148-149页。

113 鲁迅：《鲁迅全集》第7卷，北京：同心出版社，2014年版，第180页。

鲁迅选择重译不仅是出于对作品的喜好，他认为重译仍然是有用处的，重译的长处在于可以同时参考多个不同的语言版本，有条件的情况下还可与懂得源语文本的译者进行协作。鲁迅在重译的过程中就大量参照了不同的译本，他基本上都经过多个版本的校对之后才能定本，在他指导下的未名社其他社员所重译的文本也按此要求进行，并与其他译者进行过商讨和做出修正。比如瞿秋白校对过鲁迅从日文重译的法捷耶夫的《毁灭》，齐寿山也校对过鲁迅从德文重译的《小约翰》。认真的重译者都得力于多语言译者的合作，在群策群力之下才生成了重译文本，有了多语种译者认真、艰苦的劳作，间接译与直接译的效果相差无几。因为任何一次翻译行动都具有片面性，即使对于非重译的译本，也只有将多个版本进行对比参照，多重校对之后才可能接近原作，真正再现原作的原貌。所以周作人也认为“直接间接混合翻译比较是好办法”[114]。这样看来，故而并不是用直接翻译或间接翻译来判定翻译的好坏，最重要的是译文的质量，“日本改造社译的《高尔基全集》，曾被有一些革命者斥责为投机，但革命者的译本出，却反而显出前一本的优良了。”[115]鲁迅把翻译事业比作一块空地，在缺少直接译本的条件下，重译本就是不可或缺的，“白地决不能永久地保留，既有空地，便会生长荆棘或雀麦。”[116]1932 年俄国文学的引介状况，除《俄国戏曲集》以外，几乎所有的俄国作品几乎都是从其他语言转译过来的[117]。即使鲁迅此处提到的《俄国戏曲集》也是郑振铎通过英语转译过来的，因为郑振铎的俄文程度也不够。如果没有这些重译，俄罗斯、苏联和弱小民族文学作品的传播会被推迟甚至搁置，对于文化发展与社会更新就十分不利。重译虽然不尽完美，但它也一样加速了文学和文化传播，重译者也一样付出了艰辛的劳动。重译在进化之链上发挥了它应有的“中间物”的功用，等今后有了好的直接译本，不合格的重译本会被淘汰，重译本某种程度是向好译本过渡的桥梁。鲁迅将重译策略作为一种传播西方文化的手段，让国人了解世界文学，在语言环境与条件不够的情况下，不得不借助于这种“中间物”。鲁迅勇于直面重译的“尴尬”，不计个人名利得失，穷其一生坚持不懈地投身到重译事业中，在遇到攻击重译的言论时，极力捍卫重译的地位与功劳，这不仅是社会局势发

114 钟叔河编：《周作人文类编翻译四题》第 8 卷，长沙：湖南文艺出版社，1998 年版，第 803 页。

115 鲁迅：《鲁迅全集》第 5 卷，北京：同心出版社，2014 年版，第 292 页。

116 鲁迅：《鲁迅全集》第 5 卷，北京：同心出版社，2014 年版，第 293 页。

117 鲁迅：《鲁迅全集》第 5 卷，北京：同心出版社，2014 年版，第 25 页。

展的宏观需要，更是个体精神的内在诉求。

（四）鲁迅对重译弊端的认识

鲁迅之所以将重译看作一种桥梁和“中间物”，正是因为他很清楚重译的弊端，其实他非常推崇直接翻译的译本。比如他把法国凡尔纳的两部科幻从日语重译过来时，由于这两本书的英译本都没有标注原作作者，所以这两部书的作者名变成了美国的培伦和英国的威男。鲁迅在介绍作者时也出现了这样的错误：“培伦者，名查理士，美国硕儒也。”[118]

鲁迅将《死魂灵》的德译本和日译本进行了对比以后，发现：

> 德文译者大约是犹太人，凡骂犹太人的地方，他总译得隐藏一些，可笑。[119]

鲁迅提到《少年别》原名的翻译时说：

> 要译得诚实，恐怕应该是《波西米亚者流的离别》的。但这已经是重译了，就是文字，也不知道究竟和原作又怎样的天差地远，因此索性采用了日译本的改题，为之《少年别》，也很像中国的诗题。[120]

鲁迅从德语译本翻译苏联卢那卡尔斯基作的《被解放的堂·吉诃德》，译好的部分在《北斗》上发表，后来有机会读到了原本，虽然他不懂俄文，但仍能通过对比发现德文本是有删节的，而日文本却是从德文本转译过来的，鲁迅因此对自己的译本发生了怀疑，并停止了翻译[121]。在其他私人通信中，鲁迅也谈到重译（转译）的不可靠，他发现所持有的英德日三种《毁灭》译本中，有些地方三种译本都译得不同，让他感到气馁，他只是出于聊胜于无才去译它的[122]。他意识到重译的一大弊端，即从另一种语言重译过来的文本可能也会重复前一译本的错误，所以鲁迅仍然认为最可靠的翻译还是直接根据原文译成，他听编辑说得到了从原文直接译为中文的《解放了的堂吉诃德》时，就说“我的高兴，真是所谓‘不可以言语形容’”[123]。所以鲁迅很了解重译的弊端所在，他评价译作的标准之一就是看是重译还是直接译。鲁迅给曹靖华所译苏联盖

118 鲁迅：《译文序跋集》，北京：人民文学出版社，2006 年版，第 1 页。
119 鲁迅：《鲁迅书信集》（下卷），人民文学出版社，1976 年版，第 837 页。
120 鲁迅：《译文序跋集》，北京：人民文学出版社，2006 年版，第 269 页。
121 鲁迅：《鲁迅全集》第 7 卷，北京：同心出版社，2014 年版，第 340 页。
122 鲁迅：《鲁迅书信集》，（上卷），北京：人民文学出版社，1976 年版，第 287 页。
123 鲁迅：《鲁迅全集》第 7 卷，北京：同心出版社，2014 年版，第 340 页。

达尔中篇小说《远方》所写的“按语”中说：

> 这是从原文直接译出的……这一篇恐怕是在《表》以后我们对于少年读者的第二种好的贡献了。[124]

在谈到高尔基的作品在中国的译本时，认为虽然他的作品在中国译本很多，但却找不到一本优秀的，并推荐从原文翻译过来的《小说选集》和《论文选集》，认为是可以出版的好译本[125]。

在通信中也多次申明这一观点：

> 《小说集》系同一译者从原文译出，文笔流畅可观。[126]
>
> 倘要研究苏俄文学，总要懂俄文才好。[127]

在谈到对重译的认识时，鲁迅认为译者对原文意义的理解与揣摸受本人文化修养、知识背景、艺术品味等因素所限，其理解并不完全符合原作本意[128]。重译的次数越多，可能越来越远离源文本的本意。鲁迅认为经过重译的作品变了型是很常见的事情，而且很难知道在哪一个环节出了问题，即便重译时十分谨慎认真的鲁迅，他的译作也不能避免因重译带来的“硬伤”。

二、选择复译的社会与文化原因

鲁迅所倡导的复译也是特定的历史时期的产物，是为了满足不同人群的多元文化需求，在前人已有译本的条件下再进行翻译。复译与初译本虽然良莠不齐，但应当平等对待，不以先后论优劣，应根据质量进行评价，前译刚出来的时候是一种创新，当复译本出现之后则成为历史。复译不应只当作一种翻译现象来研究，它也与文化、政治和历史紧密联系。复译主要是在已有译本不够完美的情况下产生的，当然如果复译能带来利益，也会吸引译者和出版商去从事复译。从 20 世纪 30 年代以来，复译出现频率越来越高，在已出版的各种语言的译本中，复译本的比例达 50%以上[129]。

---

124 鲁迅：《集外集拾遗补编（远方）按语》，《鲁迅全集》第 8 卷，北京：人民文学出版社 1981 年版，第 395 页。本篇未收入鲁迅：《鲁迅全集》，北京：同心出版社，2014 年版。

125 鲁迅：《鲁迅书信集》（上卷），北京：人民文学出版社，1976 年版，第 399 页。

126 鲁迅：《鲁迅书信集》（上卷），北京：人民文学出版社，1976 年版，第 401 页。

127 鲁迅：《鲁迅书信集》（上卷），北京：人民文学出版社，1976 年版，第 605 页。

128 许钧：《文学翻译的理论与实践》，南京：译林出版社，2001 年版，第 149 页。

129 王向远、陈言：《二十世纪中国文学翻译之争》，南昌：百花洲文艺出版社，2006 年版，第 122 页。

（一）复译是现代汉语演变、发展的必然趋势

自 1917 年胡适提出文学改良的建议[130]以来，中国掀起了轰轰烈烈的白话文运动，30 年代的现代汉语在多方努力下逐渐成熟，这之间经历了晚清时期文言与白话杂糅、五四时期古风与欧化风相交融的阶段，定型为一种既有“文言的简洁浑成，西语的井然条理，又有‘口语的亲切自然’”[131]的现代白话。因为语言在更新和演变，读者的阅读惯习和口味也在发生变化，为了迎合最新阅读风尚，就需要对以前的译本进行复译。20 世纪 30 年代前后在我国文学翻译史上出现了第一个复译高峰，原因就在于此，统计起来，复译的比例占翻译总数的 50%以上，以鲁迅为首的许多翻译家都参与过复译，一方面促进了翻译文学的普及，但另一方面也引起抄袭或乱译等不良现象，所以给某些人诟病复译的理由，甚至发生学术上的论争。批评复译的人认为复译会浪费时间、精力与资源，译者和出版商应当选择更需要的翻译选题，赞成复译者，是以为在众多复译本的竞争中，会有相对更优质的译本脱颖而出。可谓众所纷纭，各执一词，但复译却并没有因有反对之声而终止，倒越发成为了一种必然的趋势，并不完全如邹韬奋所说是为“经济之道”所左右，据统计，1949 年至 1979 年间在全国范围内翻译出版的外国古典文学作品中，有 80%以上的作品都属于复译[132]。

在鲁迅的时代中国的书面语言正逐渐从文言过渡到白话，翻译也不可能仍然停留在文言阶段。鲁迅认为：“曾有文言译本的，现在当改译白话”[133]。如果用文言译过的文字不进行白话的复译，就相当于没有译过这种作品。鲁迅本人参与复译的实践并不太多，所做的基本上都是具有开拓意义的翻译工作，但他仍然进行过复译的实践，1918 年他用文言文翻译了尼采作品《察罗堵斯德罗绪言》的一部分，1921 年他又用现代白话复译了这部作品，并改名为《察拉图斯忒拉的序言》。这部作品的文言版本始终没有公开发表，也体现了鲁迅对复译的肯定与提倡。

130 1917 年胡适在《新青年》上发表题为《文学改良刍议》的文章，这是白话文运动的公开信号，提出白话文学为文学之正宗的口号，吹响了白话文革命的号角。

131 余光中：《从西而不化到西而化之》，《余光中论翻译》，北京：中国对外翻译出版公司，2002 年版，第 109 页。

132 国家出版事业管理局版本图书馆编：《1949-1979 翻译出版外国古典文学目录》，上海：中华书局，1980 年版。

133 鲁迅：《鲁迅全集》第 6 卷，北京：同心出版社，2014 年版，第 154 页。

在捍卫复译的时候，鲁迅用进化论的理论来论证复译符合生命进化的规律：“后起的生命，总比以前的更有意义，更近完全，因此也更有价值，更可宝贵；前者的生命，应该牺牲于他。”[134]，所以“即使先出的白话译本已很可观，但倘使后来的译者自己觉得可以译得更好，就不妨再来译一遍”[135]。鲁迅认为复译应当是在了解前人译本的情况下进行的，译者需要事先对前人译本进行了解，如果前人的译本不完善，甚至有错误，就需要进行复译，比如对于达尔文的《物种起源》，有两个日文译本，首译本很多错误，复译本要好得多，而中国马君武则是通过第一个日译本转译过来的，所以肯定有复译的必要[136]。“不同版本的译本是不同历史时期的产物”[137]，没有脱离历史和文化语境的抽象的翻译文本，故而译本只能是无限地靠近原作，只有不断推陈出新，才有可能永葆文学作品的生命力。另外，文学作品本身具有的开放性、译者的个人认知水平与主观趣味注定了不同的译者对原作的理解可能会有所不同，比如林纾译的狄更斯的 OliverTwist 是有名的随意发挥的典范，将原著名译为《贼史》，与原著的原貌有很大的距离，对读者阅读欣赏原作产生了误导，而且通篇采用文言翻译，对于现今的读者不太容易理解，随着语言的变迁、社会的发展就需要有相应的新译本。

（二）翻译界出现反对“复译”的声音

由于彼时救亡图存的呼声日趋急迫，急功近利的思想随之而来，许多文人志士都希望尽快输入西方文化，因此要求大量翻译外国文学文化作品，复译表面上看似乎与此趋势不相符，因为复译是对某个具体文本在点上的完善和深入，可能会影响面上的扩展和数量的增加。比如邹韬奋将复译视为一种浪费[138]，一种“病”，应当竭力避免，他认为在做翻译之前，需要去了解是否前人曾有译本，确定未经译过再进行翻译。其意是说如果已有译本，就不应进行翻译。对重译的顾忌与诟病是一种普遍现象，很多翻译者都认为只要有了译本，后来者便不能再有重译的资格，而译者也都不愿意在前人译过的情况下去更新原译本，使初译本成为独一无二的存在：“譬如赛跑，至少总得有两个人，

134 鲁迅：《鲁迅全集》第 1 卷，北京：同心出版社，2014 年版，第 76 页。
135 鲁迅：《鲁迅全集》第 6 卷，北京：同心出版社，2014 年版，第 154 页。
136 鲁迅：《鲁迅全集》第 5 卷，北京：同心出版社，2014 年版，第 156 页。
137 肖婵婵：《文学作品复译的成因》，《信阳农业高等专科学校学报》，2007 年第 3 期。
138 邹韬奋：《致李石岑》，《时事新报》，1920 年 6 月 4 日。

如果不许有第二人入场，则先在的一个永远是第一名，无论他怎样蹩脚。”[139]

而鲁迅认为，对初译本进行研究后，复译能在旧译的基础之上取长补短，不断更新，这样才有可能越来越接近完全的定本[140]。鲁迅用封建社会的婚姻来比喻对复译的排斥与否定，认为顾忌已有的译本而不再进行复译，就好比旧式婚姻，哪怕已经走到尽头，都应当竭力维护，这对于读者很不公平，对于文化传播也没有好处。但是复译有复译的难处，如何才能避免翻译工作像人们诟病的那样简单重复和杂乱无章，读者面对众多译本如何选择？鲁迅认为帮助读者识别译本的优劣是批评家的任务，批评家要用“剜烂苹果”的精神对翻译实践和读者的文本欣赏进行指导。只有在翻译批评指导下，读者的鉴赏水平和译本的质量才会不断发展和改进，在批评劣质译本时又会促成好的复译本的诞生，让批评参与进来是必要的，“复译是必要的救济”[141]。只要有读者需求就有复译的必要，要防止使复译工作变成一种无意义的重复劳动，就需要在翻译批评的指导下进行超越和创新，克服传统思想中的诸多闭关守旧的因素，让复译走上一条健康发展的道路。鲁迅在翻译《枯煤，人们和耐火砖》时发现复译有助于给读者提供更多选择，并肯定了复译的功劳和必要性：“有心的读者或作者倘加以比较，研究，一定很有所省悟，我想，给中国有两种不同的译本，决不会是一种多事的徒劳的。”[142]鲁迅认为即使内容稍嫌枯燥、译文略微生硬的译本也会有相应的读者，只要是认真对待的复译本，都能找到自己存在的理由。

（三）击退乱译的必要

在商业利益驱使下也会出现不少不合格的复译，比如出于谋利的目的对著名的译著进行复制、删改、剽窃，然后发表，这样的译本性质恶劣，欺骗了广大读者，应当受到严厉的谴责。鲁迅就特别赞成用复译来击退乱译，使乱译和劣译没有容身之处，鼓励好译本的出现，并在好译本的基础之上前进，成就一种较为完全的译本。“诬赖、开心、唠叨，都没有用处，唯一的好方法是又来一回复译，还不行，就再来一回。”[143]所以优秀的复译本有驱逐劣质译本的

139 鲁迅：《鲁迅全集》第6卷，北京：同心出版社，2014年版，第153页。
140 鲁迅：《鲁迅全集》第6卷，北京：同心出版社，2014年版，第153页。
141 茅盾：《〈简爱〉的两个译本》，《译文》第2卷第5期。
142 鲁迅：《译文序跋集》，北京：人民文学出版社，2006年版，第252页。
143 鲁迅：《鲁迅全集》第6卷，北京：同心出版社，2014年版，第153页。

功效，鲁迅认为语言也要与时俱进，即使已有好译本，仍然需要新的复译本出现，即使有七八次也不算奇怪[144]。如果复译仍然不符合要求，那“就再来一回”[145]。读者的鉴赏能力提高之后，能辨别好的和不好的译本，这样胡译和乱译的译本就不能容身。复译本不断地出现，译者会对自身的要求越来越高，复译为翻译领域引入了竞争机制，为批评家提供了多种版本进行比较，也为读者提供了更多选择版本，对翻译质量的提高与翻译事业的最终兴旺是有益的。鲁迅认为参考前人的译本进行复译，译本会越来越完善，最终会有“近于完全的定本。”[146]某个译本在某个时段被认为是完全的定本，长远来看，还会出现更好的，从坏译本到较好译本，再到好译本、更好译本，最后出现接近完全的定本，每个环节都依靠复译来推进和完成。所以即使对于好的译本，复译还是必要的。

文学作品的研究和鉴赏是一个需要不断更新的过程，人们对译本的阅读和理解也会经过由浅入深、由表及里的升华，发现旧译对原文的理解与处理有欠妥与不当之处，对翻译中涉及到的几种语言的不断进行对比和深入研究，人们会对不同语言的转换以及跨文化交流的规律有更深刻、更合理的认识，在新的认识指导下去考察旧译，就能发现旧译的许多有待完善的地方，随着语言表达方式的进一步丰富，原来认为难以找到相应的表达方式，现在则有恰当和理想的译语来对应。随着语言从文言文进化到现代汉语，翻译批评的开展，人们难免会看到旧译的各种不足与尚待改进的地方；随着语言的与时俱进，要符合不同时期读者的审美趣味和阅读期望，需要有更新版本的译文来适应不断变化的语境。

144 鲁迅：《鲁迅全集》第 6 卷，北京：同心出版社，2014 年版，第 154 页。
145 鲁迅：《鲁迅全集》第 6 卷，北京：同心出版社，2014 年版，第 154 页。
146 鲁迅：《鲁迅全集》第 6 卷，北京：同心出版社，2014 年版，第 154 页。

第三章　反思与论争：鲁迅与同时代人翻译之关系

鲁迅作为一名文化巨人，其翻译与写作都离不开时代与前人的影响。鲁迅前期翻译思想多来自严复、林纾与梁启超，到中后期，鲁迅对几位翻译先行者的翻译观进行了反思，在汉语文法的使用、语义的处理以及文学的观念上与前人有了距离，颠覆了早期关于文本选择、翻译策略与翻译目的在内的全部翻译思想。许寿裳曾回忆说："鲁迅受过这两个人（严复和林纾）的影响，后来却都不大佩服了"[1]。指的就是鲁迅留日后期（1907 年后），开始对翻译及文化交流进行独立思考,开创了自己独树一帜的翻译理论,走上一条特立独行的翻译实践之路，对严、林两大译家翻译思想进行了反思。

但正是在这些独树一帜的翻译理论指导下，鲁迅选择了一种颇富争议的翻译策略——"直译"甚至"硬译"，体现为文体的诘屈聱牙，晦涩难懂，受到了梁实秋等人的强烈批评和讽刺，为捍卫自己的立场，鲁迅与梁实秋展开了长达八年的论战，主要论题集中于"直译"和"硬译"的问题上，鲁迅在迎战的同时对他的翻译理论进行了深入的阐释与辩证，其背后的深意无不与救国图存、引进先进文化有关。看似对翻译文风的讨论，实质上是文艺战线上的意识形态之争，唇枪舌剑给双方带来了疲惫与伤害，但却给后世留下了一笔丰厚的精神财富。

1　许寿裳：《鲁迅传》，北京：东方出版社，2009 年版，第 10 页。

第一节 继承、批评与超越：鲁迅对前辈的反思

一、对严复“我族中心主义”的反思

鲁迅时代，以严复为代表的翻译流派是以中国文化为本，以西方文化为助，希望通过引进西方思想与制度促进中国制度的改革，语言上保留古汉语的文化自信，意识形态上表现出归化。而以鲁迅为代表的翻译流派对中国传统文化失去了信心，希望借助外域文化来改造中国文化，反对文言文，希望以异化的句法和表达来改变本土语言，故在意识形态上是持异化观的，希望通过翻译直接“拿来”外国文化进行文化改造与构建。严复是中国近代史上的政治活动家，鲁迅则是中国现代史上的文学家与思想家。他们所处年代有重合期，经历上都有相似处，比如都经历了家道中落，过早承担了家庭责任，半道转学西学，价值观也有共同的地方，不安定的生活使严复和鲁迅都多了人文关怀，除了解决家庭危机以外，都转向了救国图存的高远理想，两者都有深厚的旧学功底，也自觉从西学中探索新的思想与救国之路，但鲁迅的活动主要在新旧制度转换期，时代背景比严复的复杂得多，家境比严复更复杂。鲁迅认为严复的《天演论》走的是六朝和尚达而雅的译经路子，而他本来则是循着汉唐译经的路线，主要是因为林纾走的达而雅的翻译路线越来越不守行业规范，离“信”相去太远，所以鲁迅取法汉末的质直与唐朝的信，刚开始读上去简直无法读通。加上鲁迅认识到要借助于“拿来”国外的东西实现内部改革，要打破积痾深重的传统文化必须得有量的积累。但鲁迅与严复都沿用了同一个译经传统，只是严复选择了“非文不合”的原则，鲁迅坚守着不失本的标准。

严复是现代中国在文学与翻译方面有大贡献的人，他为了国家的富强，在译介外国文本时，常用桐城古风的文字将资本主义新思想移植入中国，他的《天演论》对鲁迅影响深远，鲁迅从这本书里吸取了进化论的思想，最初鲁迅也颇推崇严复的“译笔”，周作人日记记载说：“晚饭后大哥忽至，携来赫胥黎《天演论》一本，译笔甚好。”[2]严复一派的翻译策略是以中国文化为基础，以外来文化作补充的实用主义翻译策略和操纵翻译法，严复尝试通过引进西方思想或制度，促进中国制度在深层结构上的进化或异化，但他寄希望于官僚阶级和上层知识分子的改革，在语言层面上仍然保留对经典汉语的文化自信与内化能力，希望以古风、变换文体以及对文本进行删减和增益实行意识形态的

2 周作人在 1902 年 2 月 2 日的日记。

操纵，以吸引和打动这些人，引入西方富国强兵的战略，他既十分谙熟中国上层的文化情结，又精通西方资本主义文化，所以在翻译策略上选择了归化这种被人认为毫无独特性的惯例译法[3]，他与后世的茅盾、傅雷的“神似”以及钱钟书的“化境”有着同样的历史渊源、文化传承与审美取向。鲁迅一派是对传统文化中属于封建糟粕的那一部分进行否定，希望借助异域文化来改造中国文化，反对以传统的文言文写作和翻译，宁愿以直译的句法和表达方式来从事翻译，在意识形态方面表现出异化特征。鲁迅与严复在翻译风格上有质与文的区别，严复取“非文不合”的经验，鲁迅则坚持不失本的原则。在文本选择方面，鲁迅的意识形态考虑远远大于市场效应的驱动。

不管是勒菲弗尔的多因素操纵论还是严复提出的“信、达、雅”标准都制约着翻译的目的。译者的目的在这些标准和因素操纵下，就会有实施教育、传达信息、说服、震撼、消遣或化思想为行动的目的，为了突出其本人的翻译目的，他所作的任何选择包括编译、改译、直译、加注释等都非任意，而是受目的语文化、翻译规范、意识形态与社会需要的制约。严复的成功在于他不为了纯学术目的来翻译，而是有着政治动机。中国当时由于制度腐败造成失败的外交史与无望的未来，最大的问题是统治阶级仍然一心想保留自己的制度，严复的翻译就是为了推动体制改革和社会变革。他所选译的西莱的《政治学导论》（1896），赫胥黎的《进化论与伦理学》（1891）、斯宾塞的《群学肄言》（1873）、弥尔的《群己权界论》（1859），他希望政治一元化的共鸣与轰动，当时北洋水师在甲午战争中全军覆没，他找到了洋务派的弱点，不在“技”、“器”的陈旧，而是思想方法上的落伍，所以当务之急需要先理解西方，“知己知彼”，才能知晓如何战胜外来侵略者，使国泰民安，所以他选择了赫胥黎的《进化论与伦理学》，希望把国人从麻木、盲目和“东亚病夫”的状态中拯救出来，所以由于翻译选材极合时宜，在书名选择上将“进化论与伦理学”改为“天演论”也完全实现了“辞危而义富”的效果，体现出翻译的警世、富民强国的目的。他是在将全文完全读透达到神理共契的水准之后，才实现了一种词凝句重，结合原文的主题与内容重新命名。从严复选择译文的语气看，陈西滢对赫胥黎的原文感觉“晓畅可诵”[4]，林基成觉得赫胥黎的原作“行文舒缓，带着幽默”，但严

3　廖七一：《当代英国翻译理论》，武汉：湖北教育出版社，2001 年，第 368 页。
4　罗新璋编，陈西滢：《论翻译——翻译论集》，北京：商务印书馆，1984 年，第 403 页。

译则“行文峻急，带着焦虑”[5]，这说明严复加快了行文的节奏，符合当时中国被殖民主义逼迫，国家濒危的紧张局势。严复在翻译实践过程中采取的翻译策略也是受了他个人的意识形态的影响，他虽然为中国引入了达尔文、斯宾塞与赫胥黎的进化论，但斯宾塞有社会达尔文主义倾向，认为个人自由应不受政府干预，弱势群体也不应受到政府保护，赫胥黎反对社会达尔主义，认为是对进化论的滥用，强调伦理学的重要性，不应用社会达尔文主义来危及社会安全，而严复的进化论信仰却立足于社会视角，但他又反对斯宾塞的强权政治与弱肉强食的国家达尔文主义，他的翻译目的是为了振兴中国，唤起中国人“适者生存”的忧患意识。在这样的意识形态操纵下，严复采用了桐城派古旧语言去掉了赫胥黎的洋味，突出天演的警世作用，由于严复爱读庄子，所以按语中引用《庄子》最多，庄子以“悲夫”结尾的模式也被严复一再借用[6]，以突出天演的无情。原文导言分 15 节，没有标题，严复把导言分为 18 章，每章加标题。原文下卷没有章节和标题，也被严复变成章节形式并加了标题，以便于阅读，字里行间与章节末尾还加了“复案”进行点评，以成为进言或上书的格式。王佐良认为严复的书撼动了那时意识形态大厦的根基，所以是一味苦药，他选择的古雅文体就是糖衣[7]，可谓用心良苦。所以王佐良认为雅是严复的第一标准。严复认为《进化论与伦理学》的写作氛围与目的语文化语境无关，要重新建立相关性，必须做改写，所以他谈化了原作对进化作伦理辩护的目的，聚焦“天演”与亡国的可怕后果，企图于危难中救国，他是希望从翻译中获取足以救国的思想，如果不改写就不符合汉语的思维习惯，使国人难以理解，无法达到这个目的，所以他在翻译实践上不只去思考翻译的文本是否完全符合原文的意旨与含义，只希望能起到警世的效果。但是由于目的语的文化政治目的改写会掺入译者太多神理与思考，导致大幅度的操控，很多时候都看不到原文的影子。为了促进读者接受进化论，严复把进化论定义的消极部分都删去了，令讲究忠实于原文的读者和译者感觉难以接受。而且他为了想站在与原作者赫胥黎论战的立场上，常常制造差异，似乎想显得比其技高一筹，目的是为了吸引国人注意，并好好地利用其理论。这种损益改写的手段也是一种为本地文化

5 林基成：《天演＝进化？＝进步？》，《读书》，北京：三联书店，1991 年第 12 期，第 35 页。

6 吴德铎：《谈〈天演论〉》，《文汇报》，1962 年 7 月 12 日，第 3 页。

7 商务印书馆编辑部编，王佐良：《严复的用心——论严复与严译名著》，北京：商务印书馆，1992 年，第 27 页。

输入外来文化的策略。

鲁迅认为自己的译文“不只在配合读者的胃口，讨好了，读的多就够”[8]，鲁迅的文本选择有明确的政治目的，如以关心弱势群体为前提，以传经送典为己任，以改造社会为宗旨。鲁迅继承了严复的社会危机感，所以他们在翻译目的上是很接近的，在救国存亡的立场上与严复一致，只是文化方向与施救策略更加激进，比如他致力于引介“弱小民族的文学”经验到国内，许广平提到鲁迅的翻译是出于改造社会的目的，所以选取的是有反抗精神的作品，翻译文艺理论作品是一种盗火煮己肉的精神[9]。

鲁迅认为严复一个是“十九世纪末年中国感觉锐敏的人”[10]，而鲁迅本人却是 20 世纪初年“中国感觉锐敏的人”，不管他们选择了什么样的翻译策略，目的都是为了挽救危急中的中华民族，救亡图存，关心国民的教育发展，但却都看不起他们计划要扶助的人。意识形态的差异导致他们翻译策略不同，在鲁迅与瞿秋白讨论翻译的通信中，鲁迅对于严复就有所批评，但他对严复的批评中含着明智与尊敬，鲁迅与严复之间的差异远不及鲁迅与梁实秋之间的差异大。严复虽然出于爱国的原因对封建专制政体不满，但他主要倾向于维护制度，而鲁迅则是反对和挑战制度，严复的一切活动都以救亡图存、维护制度为目的，国家危亡之际，他译《天演论》是为了以此改革中国，“自强保种”。湖广总督张之洞对严复的论文《辟韩》很是不满[11]，严复遂主动请人斡旋，以避免冲突。在“新政”期间，他大量翻译西方哲学、政治、经济、法律著作作为思想理论准备，认为“欲开民智，非讲西学不可”[12]。严复本来是主张君主立宪的，但当袁世凯决定共和以换取总统的位置时，严复毫无反对的意识，而是积极维护当权派。不论为公为私，严复很少树立直接的对立面，即使在翻译实践中，严复也不抵抗目的语文化，与之比较，鲁迅的一切活动都是为了挑战制度，至死不变地坚持他的斗争立场，连翻译也成为他挑战制度的手段。在翻译目的上，严复的“译经”体现了“六经注我”的实用主义色彩，采用损益由己的意译，是典型的务实派。鲁迅的翻译则有为之献身的理想主义色彩，体现在

8　鲁迅：《鲁迅全集》第 4 卷，北京：同心出版社，2014 年版，第 202 页。

9　许广平：《鲁迅的写作和生活》，上海：上海文化出版社，2006 年版。

10　鲁迅：《鲁迅全集》第 2 卷，北京：同心出版社，2014 年版，第 4 页。

11　严复：《辟韩》选自《严复集》，作于 1895 年，发表于天津《直报》，此文是针对韩愈《原道》一文所作的散文。辟，驳斥。

12　翦伯赞，郑天挺主编：《中国通史参考资料》近代部分下册，上海：中华书局，1965 年版，第 83-95 页。

其超现实的政治理想和破除神话的批判现实主义，对现实的不满想要解构现存秩序，用超现实的政治理想例如苏联模式来填充现实生活。他超越现实的途径是翻译俄苏作品，特别是鲁迅晚期的俄苏文艺理论翻译，学习俄苏模式，他经历了三次蜕变后才踏上了超现实主义之路，欲通过挑战现存的制度，谋求制度文明的更新，这是鲁迅与严复的差异。

所信奉的意识形态不同，翻译策略就不同，严复的实证主义是为国情服务的，采用意译的兼容策略，鲁迅的理想主义是为了改变国情的，他并不顾及国情的兼容，而是希望取而代之。据许寿裳回忆，鲁迅最初主要是肯定严复翻译的严谨态度。严复提出的“信达雅”的译事三难标准，是当时中国翻译领域出现的唯一系统性的理论。前期鲁迅在翻译观与翻译实践上与严复有很多相似之处，是接受了严复译文及理论的影响之故,如译文的“去庄而谐”，采用意译策略，翻译的意识形态倾向以及古雅文风等。早期鲁迅认为虽然古文言作为一种翻译语言与西方语体相差更远，但比俗语更言简意赅，且能令“读者触目会心，不劳思索”，若纯用俗语，则会“复嫌冗繁，因参用文言，以省篇叶。”[13] 中后期鲁迅则是希望籍翻译“建设一种现代文学，并通过揭示中国传统文学的矛盾来对它进行质问”[14]，所以秉持一种直译甚至“硬译”的翻译观，几乎从根本上颠覆了鲁迅早期关于翻译的全部理论与实践。

鲁迅在《二心集·关于翻译的通信》中对严复进行了似扬实抑的评价，在此文中，鲁迅以“虎狗”来比喻严复与赵景深，在此文中称赵景深为“赵老爷”，认为“严老爷”与“赵老爷”相比有虎狗之差，还说严复的书出版是没有意义的，但却肯定他下的功夫，既译得费力又读起来吃力，比如《穆勒名学》和《群己权界论》的自序，即使对于早年喜爱的《天演论》也进行了一番调侃，“桐城气息十足，连字的平仄也都留心。摇头晃脑的读起来，真是音调铿锵，使人不自觉其晕，这一点竟感动了桐城派老头子吴汝纶，不禁说是‘足与周秦诸子相上下’了”[15]，并对严复过于“达”的译法进行了批评，认为他并未把“信、达、雅”贯彻到底，但又肯定他后期对“信”的重视，但仍然没有超越汉唐译经的局限，认为他没有取法汉末质直的译经风格，批评《天演论》效仿六朝的

13 曹琼英：《鲁迅的前期翻译》，《曲靖师范学院学报（哲学社会科学版），2004 年第 5 期。

14 莫逊男：《从归化到异化——鲁迅翻译策略探索》，《华南师范大学报（哲学社会科学版）》，2005 年第 1 期。

15 鲁迅：《鲁迅全集》第 4 卷，北京：同心出版社，2014 年，第 201-202 页。

“达”和“雅”。鲁迅在这里没有谈到思想影响，而是谈节奏的“顿挫抑扬”以及名词的解释，可见严复对鲁迅影响的时间很短，只表现在《斯巴达之魂》等最早的文章里。

此时鲁迅对严复作如此理解，主要是说明严复本人求“达雅”，是为了求得读者认可，给腐朽的旧中国带来西方先进文化理念，鲁迅肯定严复在这方面的历史功绩。而严复本着自己强国复新的目的，一旦“信、达、雅”某一个因素与自己的翻译目的相冲突时，他不会改变自己的翻译目的，而是调整这三因素使之符合其目的。严复就是靠这种策略让赫胥黎广为中国人所知。但中国主流文化往往既有借鉴吸收拿来的意旨，又有自我中心主义的优越感与自恋情结[16]。严复虽然倡导“信、达、雅”的主张，但他的实践并未受“信、达、雅”的束缚，他只把它当作一种弹性的规定与导向，而非刚性的指令。他的“信”先要为他的翻译目的服务，所以没能干预他对翻译的操纵。当“信”要求他在源语文化与目的语文化之间选择是否忠实是，他选择了目的语文化。中后期鲁迅所主张的“宁信而不顺”，将“信”放在了“顺”的前面。鲁迅接受进化论是他人生观的一次飞跃，且是启蒙式的飞跃，严复是现代中国思想史上的启蒙者之一，鲁迅先生是在尊重基础上对其进行了批评和调侃[17]。出于改造中国古旧的文言句法与语法，建设现代新白话文学的愿望，鲁迅自然不会首肯严复那古朴的“桐城派”译风。

《20 世纪中国翻译思想史》认为鲁迅先生对严复桐城气十足的‘雅’很赞赏，但宋以丰则认为鲁迅在前后两个阶段褒贬不一。前期鲁迅在翻译策略与翻译观问题上受严复影响很大，比如《月界旅行》采用雅洁的桐城气文风，多用文言感叹词以及感叹号，读起来慷慨激昂，抑扬顿挫。《地底旅行》则刻意采用章回体小说体例，自参与翻译《域外小说集》开始鲁迅的译风日渐严谨，不再像前期那样以随意增删的意译和归化风格刻意迎合读者，这时周氏兄弟的译文“字字忠实，丝毫不苟，无任意增删之弊，实为译界开了一个新时代的纪念碑。”[18]中后期鲁迅认为翻译除了将国外的故事与内容介绍进来，还有助于创造新的中国现代语言，他翻译的《域外小说集》、《山民牧唱》以及《毁灭》

16 孔慧怡，杨承淑：《亚洲翻译传统与现代动向》，北京：北京大学出版社，2000 年，第 15 页。

17 冯世则：《解读严复、鲁迅、钱钟书三家言：“信、达、雅”》，《清华大学学报（哲学社会科学版）》，2001 年第 2 期。

18 顾钧：《周氏兄弟与〈域外小说集〉》，《鲁迅研究月刊》，2005 年第 5 期。

都试图从异域“拿来”他认为先进且适用的异域文明因子。综上所述，鲁迅在《二心集》里评论严复的话并不是“大加赞赏”，而是对他在尊重基础上的批评，因为这时的鲁迅志在用翻译更新中国旧文法，改造古汉语，发展白话文以建设现代新文学，严复的古旧桐城风格的译文不再符合鲁迅30年代前后的翻译理念和文学趣味了。文中所讽刺的赵景深本是梁实秋的弟子，翻译方法上秉承严复的桐城译风，所以受到了鲁迅的批判。文中用“虎”、“狗”来比喻二人是为了肯定严复在翻译时“一字之立，旬月踟躇”的严谨精神，至于严译的行文及译文质量，此处鲁迅应当并无太多褒扬之意。

许寿裳在他的《鲁迅传》里提到：鲁迅到仙台后在给他的信中提及《天演论》时，开了一个玩笑，说：“同学阳狂，或登高而窥裸女。”自注：“昨夜读《天演论》，故有此神来之笔！”鲁迅因严复译《天演论》首开风气，成为翻译界与文化界的先行者，鲁迅时常称道他“一名之立，旬月踟蹰，我罪我知，是存明哲”，给严复一个轻松的绰号，叫做“不佞”。周作人后来回忆说鲁迅受《天演论》影响极大，鲁迅也承认他观察世界的方法包括进化论都是严复“开拓出来的”。但他在四年后赴日留学，读过丘浅次郎的《进化论讲话》之后才开始真正领会进化论的内涵与精髓，鲁迅20年后在《热风》一文里提到严氏“究竟是做过赫胥黎《天演论》的”，此处没有说“翻译”，而用了“做”字，暗含着他不认可严氏的翻译本身，虽然他接受严氏的思想，因为鲁迅强调“直译”，强调翻译以“信”为准，周作人说鲁迅读了丘氏的《进化论讲话》之后就不再信服严复了，基本是一种可信的说法。鲁迅旅居东京后期（1906-1909）的文章很多地方都应用了进化论的知识和理论，他在《人之历史》一文中所引用丘氏的《进化论讲话》有12处，石川千代松的《进化新论》有15处，冈上梁所译海克尔《宇宙之谜》有30处，只有两处引用《天演论》，且从未提及“天演”一词，在《中国地质略论》和《摩罗诗力说》里一律使用日制的“进化”代替“天演”一词。鲁迅最终从丘浅次郎的《进论论讲话》理解并接受了进化论的精义并视之为一种信仰，超越和颠覆了严复的进化论思想。鲁迅一生中所致力于改造的“国民性”，所批判的“奴性”或“奴隶根性”，激发民众不做“看客”，要“反抗”，以及“良心”、“人道”和“科学精神”等多次提及的概念，都是借丘氏的话题生发而来。鲁迅曾说“严复‘做’过赫胥黎《天演论》”，主要是因为《天演论》附益太多，王栻统计，严复的《天演论》字数约五万字，但附益达 8000 字左右[19]。这此按语都有很明显的意识形态色彩，包括说明“适者生存”的道理与危险性，进而提出具体的改革建议，呼吁任人唯贤，故他的翻译已远远超出翻译的范畴，意识形态的成分与境界超出了普通译者，包括对国计民生的危机警醒，对制度改革的建议，救亡图存的建议，开民智、新民德的政治革命建议。意识形态都介入了鲁迅与严复的翻译过程，二人的意识形态中都有救国图存的目的，但具体的方法与途径和彻底性不同。

总之，鲁迅对严复并没有全盘否定，他继承了严复的社会危机感，比如严复在译《天演论》时略去了进化过程中的退化与循环倾向，使进化论比原作的更为乐观，鲁迅也沿着同样的方向发展自己的思想，对推陈出新有很大的热情。但是从进化论的视野来看，严复不过是一名维护封建旧秩序的名“士”，还超越不了他保皇派的局限性，且对旧的中国文化从没有抵抗之意，仍然倾向于维护中华文化中心主义的神话。拉动社会变革与化解危机的思想倾向决定严复以意译为主的翻译策略。所以鲁迅有超越严复的想法，因为鲁迅的一切活动都是为了挑战旧的习俗与制度，反对我族中心主义的神话，始终坚持不妥协的批判现实主义立场，翻译也成为他挑战旧制度和旧文化的工具，批判“闭关自守”的旧的意识形态，这就形成鲁迅独具特色拿来主义理论。虽然鲁迅也并没有否认他的影响，他在《〈集外集〉序言》明确承认受了严复的影响，连‘涅伏’一词，即‘神经’的拉丁语音译都是取自严复[20]。他对严复的评价是复杂而多面的，并没有一概地否定他，对他的批评中有着尊重，肯定了严复对中国翻译事业的功劳，他所批评的是严复的翻译实践没有将“信”的原则贯彻到底，以及他们意识形态差异必然导致的分歧，鲁迅的批判精神和理想主义色彩必须会对严复的实用主义产生不满。

二、对林纾“坐井观天”式翻译模式的反思

如果说严复的翻译作品让鲁迅首次接触到西方进化论思想，林纾译述的外国文学作品则为鲁迅打开了一扇了解西方文学世界的窗户。林纾于 1899 年翻译了《巴黎茶花女遗事》，并以木刻本形式出版，这是林纾与人合作翻译的第一部外国小说，因语言古雅优美，文字流畅，可读性强，在全国上下引起了

19 商务印书馆编辑部，王栻：《严复与严译名著——论严复与严译名著》，北京：商务印书馆，1982 年，第 17 页。

20 鲁迅：《集外集》序言，本篇最初发表于 1935 年 3 月 5 日上海《芒种》半月刊第 1 期，未收入《鲁迅全集》，同心出版社，2014 年版。

轰动，读书人几乎人手一册，鲁迅对他译的书更是痴迷，据周作人回忆说，鲁迅十分喜爱林纾的翻译，几乎每本都购来读了。林纾的翻译在当时的读书界影响很大，林纾翻译过来的小说，既非唐人传奇的形式，又在内容上与《红楼梦》迥异，让读书界大开眼界，对小说有了一种新的理解，促成了文学观念的一大转变[21]。林译小说也给全体中国人打开了一扇了解外国文学与文化的大门，使国人首次接触到异域文学作品。

在林纾的引领下兴起了一股意译热，逐渐演变成以他为代表的意译模式，王友贵在他的《翻译家鲁迅》里将它称为“林纾模式”，即任意对原作进行增删改写以适应读者口味的翻译模式。作为近代文学翻译第一人，林纾以其翻译范围之广、受欢迎程度之大而成为当时影响最大的文学翻译家，对后来的文学翻译有重大的影响，无意中强化了中国翻译传统中固有的一种翻译模式，且成为该翻译模式的代表，译家、出版者都或多或少忽略了原作及原作者，谈不上真正意义上尊重原作和原作者，更不用说尊重原语文化，纯粹从读者接受出发，尽可能使译文“中国化”，以适应译入语的伦理规范和文学惯习。其主观原因在于，林纾不通外语，林纾的翻译是根据别人口述的内容进行译述而成。“林纾模式”是一种“以读者为中心”的“归化”翻译方式，凡遇见与本国语规范和习俗不一致的地方，都随心所欲地进行改译和编辑，使之尽可能符合中国人的思维习惯和审美喜好。一方面用他的精彩文笔向中国介绍世界各民族生活的场景，另一方面则将原作译成过度中国化的译本，无意中抹掉了源语国家的语言文化特征，既是中国翻译传统的继续，又是刚打开大门的中国在这个过渡期的必然产物。林纾的翻译模式至少主宰了中国翻译界 20 年。1903 年鲁迅刚开始涉足译坛时，沿用了这一翻译模式，即随意增删原作、改写原作，按中国传统作者的欣赏惯习来改造译作，表现为用章回体译述外国小说，章首加添对仗回止，章末加上一句“欲知后事如何，且听下文分解”的俗词滥调，抱持一种“中国乃是世界中心”的意识形态，译家毫无顾忌地使原作过度归化，极为缺少原作意识，在选材上看重原作的趣味性和知识性，甚至连笔调也受“社会上顶流行的《新民丛报》的影响”[22]。自鲁迅去日本留学起，就开始大量阅读日文版书籍或西书的日译本，后来又直接阅读德文版书籍，语言结构与

21 胡翠娥:《文学翻译与文化参与》，上海：上海外语教育出版社，2007 年 5 月，第 121 页。

22 周作人:《玉虫缘　译者回忆本书译述情况》，初刊 1951 年 3 月 3 日上海《亦报》，见《中国新文学大系　翻译文学集二》第 668 页。

思维方式的变化让他的眼界逐渐开阔，便开始不太满意林纾的翻译方式。鲁迅对林纾模式的反思表面上看是对其翻译选目和翻译方法的批评，但其实质是对以林纾等译者的“坐井观天”式的翻译模式的怀疑。

鲁迅的“译经意识”是吸取了中国佛经翻译传统、西方《圣经》翻译传统经验之后总结出的一种翻译态度和翻译方法，其内涵指译者对原作和原作者百分之百的尊重与敬畏，惟恐亵渎了原作与原作者，严守原作风格与内容进行翻译，以准确、充分传达原作意义为第一要义[23]。甚至在处理人名与地名的时候也使用直接的音译，当时普遍的处理是将人名与地名改为与汉字相似的名，让国人读起来不感觉陌生，所以鲁迅曾嘲讽当时的文人喜欢用中国姓来给外国人起名的现象，认为是《百家姓》之类的封建糟粕的影响。鲁迅为了传达原作的思想和感情，还使用了新式标点符号，这种态度在翻译的意识形态和翻译方法诸层面算是对林纾译法的反动，无论是对原作的篇章结构、文体风格、词语选择，还是其修辞手法、意象与象征意义、专有名词、特定文化符号方面都不随意改变原作和自行增删内容，裁并段落，如鲁迅的老友钱玄同评述《域外小说集》时，分析周氏兄弟翻译此书的目的在于输入俄罗斯、波兰等国崇高的人道主义和超卓的思想，以治疗中国人的麻木与劣根性，他们选择渊懿谨严的文本来翻译，用“直译”的方法矜慎地造句选辞，还从中国古代传统译经法那里学习用字妥帖。所以《域外小说集》不仅使用了古雅的文笔，其严格“直译”法也与林纾所译之小说迥异[24]。

林纾是重要的桐城派文言译者的代表，在20世纪20、30年代，鲁迅常发表一些文字批评和嘲讽林纾翻译时所用的文言风格，晚年更激烈抨击林纾的守旧倾向。比如1934年5月26日鲁迅在《“……”“□□□□”论补曼雪》里写道：“……是洋货，五四运动之后这才输入的。先前林琴南先生译小说时，夹注着‘此语未完’的，便是这东西的翻译。”[25]1928年6月5日《奔流》编校后记》批评了林纾在用文言翻译《唐吉诃德》（Don Quichotte）时的删节现象，本来就只有他的译文上半部，还严重与原作相悖，其他作品也常常对内容随意增减，混淆文体，对原作的过分归化处理，鲁迅对林纾的维新立场也进行了反思、超越与批判。

23 陈洁：《周氏兄弟翻译活动比较研究》，华中科技大学博士论文，2011年。

24 钱玄同：《我对于周豫才君之追忆与略评》，见沈永宝编《钱玄同五四时期言论集》，上海：东方出版中心，1998年10月第1版，第382页。

25 鲁迅：《鲁迅全集》第5卷，北京：同心出版社，2014年版，第281页。

鲁迅的"硬译"是他在翻译风格以及文化传承上对老一辈如林纾等人进行了反思后的结果。林纾一时呼吁民族放弃偏见，积极向西方学习，提倡新学，宣传西方民主自由思想，一会儿又做出捍卫"古文"的架式，对新文学半推半就，最终免不了持一种文化保守主义，而鲁迅有了自己独立的思想以后，就开始毫不犹豫地提倡"拿来主义"，先拿来，再研究如何"或使用、或存放，或毁灭"[26]。故而王友贵在他的《翻译家鲁迅》里指出"林纾模式"的根本病因在于中国人缺乏世界意识，仍然苟活于大中华文化统领世界的幻觉中，鲁迅的"硬译"是对"林纾模式"中"中华乃世界中心"意识的解构[27]。

三、对梁启超"中体西用"理论的反思

青年时期的鲁迅曾大量阅读梁启超编撰与翻译的作品，受其影响很大，早年通过阅读梁启超主编的《时务报》，鲁迅了解到西方不但有发达的科技，而且有着与中华民族异质的文化，甚至有可能优越于中华文化，激起了鲁迅对外国文学的强烈兴趣。梁启超本人不懂英文，但《时务报》大部分文章都经他亲自主笔，在译报的时候更是没有忠实原文的概念，只要能"为我所用"，起到传播西方先进思想和文化的目的就不会顾及译文的准确性与忠实性，所以在行文中加入了很多主观色彩，使译报颇具战斗性和煽动性，且其译述行文文采斐然，以迎合读者口味，不顾原文的风貌，所以《时务报》只能算是编译或改译，不能算是严格意义上的翻译。鲁迅翻译生涯之初选择了编译和改译等归化的手法，很多时候是受梁启超《时务报》风格的影响。

从 1925 年起鲁迅开始公开评价梁启超，在随后的十几年中，他发表的杂文作品以及书信里有二十多次谈及梁启超，负面评判偏多。鲁迅对梁启超的评价主要包括对梁启超译介外国文学作品的批评，以及对梁启超本人文学创作成就的评价。鲁迅在《月界旅行·弁言》里对他翻译科幻小说的动机进行了说明，认为"而此部小说，则'实以尚武之精刘'，写此希望之进化者也"[28]。是将科学当作一种进化的工具，给国人输入一种进化史观，正是因为有了科技，"冥冥黄族，可以兴矣。"与梁启超在《论小说与群治之关系》[29]一文中表达的

26 鲁迅：《鲁迅全集》第 6 卷，北京：同心出版社，2014 年，第 22 页。

27 王友贵：《翻译家鲁迅》，天津：南开大学出版社，2005 年，第 172 页。

28 鲁迅：《译文序跋集》，北京：人民文学出版社，2006 年，第 1 页。

29 此文 1902 年发表于东京，彼时梁启超在戊戌变法运动中被慈禧太后身边的保守派镇压后逃亡日本。

观点有些类似，二者都强调小说对读者的内在的吸引力，所以可以将小说作为教化的工具来发挥作用，梁启超“试图用小说来改革政治体系，但鲁迅只想通过翻译科幻小说来传播科学知识，使中国摆脱落后的状态”[30]。

鲁迅于1930年代之后多次对梁启超的译介实践进行评价，在1931年12月在《关于翻译的通信》中他提到因为中国人的语法和思维不精密，所以译文需吸收异域语法和句法的好处，不能完全用归化译法，中国人的思维方式也不太科学，要医这病，“我以为只好陆续吃一点苦，装进异样的句法去，古的，外省政府的，外国的，后来便可以据为己有。”[31]接着顺便提及梁启超，“这并不是空想的事情。远的例子，如日本，他们的文章里，欧化的语法是极平常的了，和梁启超做《和文汉读法》时代，大不想同；近的例子，就如来信所说，一九二五年曾给群众造出过‘罢工’这一个字眼，这字眼虽然未曾有过，然而大众已都懂得了。”[32]在文中隐晦地对梁启超进行了批评。1899年梁启超在日本时编成《和文汉读法》一书，与同学罗普一起把自己学习日语的经验总结起来，创造了一种阅读日语的方法，并草草编成一本学习日语的语法书《和汉文汉读法》，流传甚广，但其“偏写体例是以中国文法比附日本”[33]，目的在于使初学日文的中国人用中国文法颠倒读的办法快速掌握日语[34]。梁启超对此也进行了自我批评，透露他的这本书仅花了一日夜的功夫，有很多疏漏草率的地方，而且当时他本人就不太懂日本文法，肯定有很多讹谬之处[35]。1932年12月,鲁迅在《祝中俄文字之交》一文中对梁启超进行了批评：“我们曾在梁启超所办的《时务报》上，看见了《福尔摩斯包探案》的变幻，又在《新小说》上，看铜陵了焦士威奴所做的号称科学小说的《海底旅行》之类的新奇。后来林琴

30　［澳］寇志明著，姜异新译：《翻译与独创性：重估作为翻译家的鲁迅》，《鲁迅研究月刊》，2011年第8期。

31　鲁迅：《鲁迅全集》第4卷，北京：同心出版社，2014年版，第202页。本篇最初发表于一九三二年六月《文学月报》第一卷第一号。发表时题为《论翻译》，副标题为《答JAKA论翻译》。JAKA即瞿秋白。他给鲁迅的这封信曾以《论翻译》为题，发表于一九三一年十二月十一日、二十五日《十字街头》第一、二期。

32　鲁迅：《鲁迅全集》第4卷，北京：同心出版社，2014年版，第202页。

33　侯桂新：《〈鲁迅全集〉中的梁启超形象》，《中国现代文学研究丛刊》，2015年第12期。

34　罗普：《任公轶事》，转引自丁文江、赵丰田编：《梁启超年谱长编》，上海：上海人民出版社，1983年版，第175页。

35　《新民丛报》第15号“问答”栏，1902年9月。转引自夏晓虹《阅读梁启超》，上海：生活·读书·新知三联书店，2006年版，第278页。

南大译英国哈葛德的小说了，我们又看见了伦敦小姐之缠绵和菲洲野蛮之古怪。至于俄国文学，却一点不知道，——但有几位也许自己心里明白，而没有告诉我们的'先觉'先生，自然是例外。不过在别一方面，是已经有了感应的。那时较为革命的青年，谁不知道俄国青年是革命的，暗杀的好手"[36]。前半部分对梁启超的功劳进行了肯定，认为《时务报》和《新小说》在翻译外国小说和传播西方文化方面是有着历史贡献的，但后面又批评梁启超、林纾等不怎么译介俄国文学，且主观推测他们"也许自己心里明白，而没有告诉我们"，因为他们并不看好俄国文学的革命色彩。文章批评了梁启超因反对俄国革命而不愿意在中国传播俄国文学。中年以后的鲁迅多次在文章中讽刺批评梁启超，与他所抱持的意识形态、文化历史观念、文学与人性观念都有关系，鲁迅始终对主流意识形态持一种抵抗态度，强调文艺创作要讲究个人性，文艺思想要具有相对独立性，选材时侧重于选择东欧等弱小民族的文学，希望借重于这些民族勇于反抗，不畏强权的不屈意志来激发本国民众，这些都与梁启超的保守观念与行动格格不入。

综上所述，鲁迅从选择直译的翻译策略起，就开始摆脱时代和前辈的影响，开始构建自己独特的翻译观，并对晚清以来的意译法进行了反思，认为这会降低文化传播与接受的异质感，于是开始彻底抛弃"中国文化中心论"、"中体西用"的文化观，坚持按原貌输入异质文化，以冲击和改造本土文化。虽然最初的实践成果《域外小说集》在读者接受方面失败了，但并没有就此湮没在历史中，以其开一代译风先河的作品始终屹立于众多译作之林，发出了超越时代的"呐喊"，在20年后终于得到重新评价，取得了读者认可，并引领一个时代的翻译风潮。

第二节　普罗与精英立场之争：鲁迅与梁实秋的翻译论争

虽然在勒菲弗尔的翻译操纵理论中，意识形态的操纵占了很重要的地位，但此处意识形态指"人的思想观念或世界观，它可以是社会的，上层的，也可以是个人的"[37]。前述篇章除了分析鲁迅个人的意识形态取向对翻译选材及策

36 鲁迅：《鲁迅全集》第5卷，北京：同心出版社，2014年版，第24页。

37 Lefevere, Andre. *Translation, Rewriting and the Manipulation of Literary Fame* [M].

略的影响外，还讨论了社会主流意识形态对鲁迅翻译活动的影响。然而在同一时代，同一种社会主流意识形态下，译者也有可能会有不同的个人意识形态，而且同一种主流社会意识形态对不同译者也会有不同的影响。最终译者所选择的翻译文本及翻译策略，是由社会主流意识形态与个人意识形态的较量过程中哪种意识形态占上风决定。如果社会主流意识形态取胜，译者的翻译活动与社会主流意识形态要求一致，翻译就会更大程度地被社会意识形态操控；反之，个人意识形态在较量过程中取胜，译者的翻译活动与当时社会主流意识形态相对抗，就会受到社会主流意识形态拥护者的排挤与压制。鲁迅与梁实秋所处时代的主流意识形态是五四运动后学习西方的潮流高涨期，传播西方科学与民主观念寄希望于翻译，文学领域以救国图强和革命为意识形态的主体。个人意识形态的过大分歧导致鲁迅与梁实秋之间长达 10 年的翻译论战，必须通过客观分析二人的意识形态与时代背景之间发生的冲突来理解这场论战的实质。

如果鲁迅与严复的意识形态是大同小异，那鲁迅与梁实秋的意识形态则有不可弥合的分歧。从鲁迅与梁实秋的个人意识形态分析，二者的分野是不可避免的，有偶然因素，也有客观原因，从家庭条件看，梁实秋生活优越，故从他个人角度看不到改造社会的必要性，鲁迅家道中落，倍尝苦辛，所以他要积极干预社会生活，对弱者和跛行的人充满了同情，身世经历的差异可能会带来二人在意识形态的极大差异。当然从阶级上看，二人同属于中产阶级，只是二人的意识形态从同一个阶层发生了分化，鲁迅希望挑战当时的制度，做窃火的普罗米修斯，从行动上他成为“中国自由运动大同盟”的代表，这是共产党员组织，鲁迅是无产阶级“中国左翼作家联盟”主要成员，走的是无产阶级文学革命路线。所以鲁迅选择“为人生的文学”，主张平民文学；鲁迅希望将平民文学再提高一步，发展成为目的明确的普罗文学，鲁迅用这种文学来破除中国的贵族文学神话。这种不满现状的普罗文学，对现存制度有着革命性和颠覆性，所以鲁迅的翻译选择与社会主流意识形态一致。梁实秋更倾向于贵族品味，反对新诗中的“人力车夫派”。他选择了保护传统文化，继承中国传统制度与意识形态，梁实秋自然代表维护现存制度的精英一派，他是“新月派”的一员，被鲁迅抨击为“资产阶级的走狗”，彼此互视为敌人。新月派前身是拥护帝国主义者和北洋军阀的“现代评论派”，大肆宣扬英美资产阶级自由主义政治主张；宣传

London and New York: Routledge, 1992. PP.41.

人性论，反对马克思主义文艺理念。早年梁实秋师从于白璧德，强调人性的普遍性和永恒性，反对人的个性和阶级性，反对五四时期的个性解放思想，认为五四新文学运动“就整个来说，是一场浪漫的混乱”[38]。凡有利于颠覆中国传统文化的外来观念，往往是鲁迅的选择，凡是符合中国传统文化的外来观念，则是梁实秋的经典。他们之间有着根本的差异，鲁迅要颠覆封建旧伦理，梁实秋要维护旧秩序。梁实秋代表精英阶层，而鲁迅则代表与精英对立的平民阶层，这场论战表面看是学术领域的之争执，实质却是二者所代表的阶层在意识形态领域内的争斗，所以整个过程中充满偏见和意气，到了不可弥合的程度。但二者的差距并非他们的阶级差异引起，他们都属于中产阶级精英阶层，都有知识分子的使命感，从创作中可以看到他们都有知识分子的偏见，比如瞧不上底层民众（如鲁迅的《阿Q正传》)，但相同的阶层并不保证他们拥有相似的意识形态。梁实秋的个人意识形态以儒家传统为基础，他没有严复和鲁迅那样从事社会改革的激情，更没有鲁迅的激进，政治上他倾向于顺应历史的惯性，维护代表上层阶级利益的中央政府，反对暴力推翻现有统治，讲究中国传统儒家道德下的温良恭俭让，文学上也坚守绅士阶级保守的古典派风格，可以从他所译莎士比亚看出来，在实际生活中追求中国古代文人传统的隐逸而清高的生活情调[39]，梁实秋在这样的个人意识形态下也必然选择这样的翻译策略。这种意识形态的分歧终于导致鲁、梁论战由理智讨论升级到情绪性对抗。

1929 年到 1936 年期间，由于在“直译”、“硬译”、汉语“欧化”以及“文学的阶级性”等问题上的分歧，一场引人注目的激烈论战在鲁迅与梁实秋（1903-1987）之间拉开了序幕。论战持续八年之久，影响极为深远，其中关于翻译的论战，迄今都备受关注。由于这场“翻译论战”[40]发生在白话文革命和“翻译洪水泛滥”[41]的特殊时期，包括瞿秋白、郭沫若、赵景深在内等多名翻译家都参与进来，学者董炳月指出这场论争涉及“翻译的政治性、译者的主体身份以及翻译批评等中国现代翻译理论的基本问题”[42]，并与 19 世纪 20 年

38 蔡清富:《1998 鲁迅梁实秋“人性”论战评议》,《鲁迅研究月刊》, 1998 年第 6 期。
39 徐静波:《梁实秋——传统的复归》, 上海: 复旦大学出版社, 1992 年版。
40 瞿秋白在 1931 年 12 月 5 日给鲁迅的信中称之为“翻译论战”。
41 鲁迅 1931 年 12 月 8 日写给瞿秋白的信中有“从去年的翻译洪水泛滥以来”之语。《鲁迅全集》第 4 卷北京: 同心出版社, 2014 年版, 第 200 页。
42 董炳月:《翻译主体的身份和语言问题——以鲁迅与梁实秋的翻译论争为中心》,《鲁迅研究月刊》, 2008 年第 11 期。

代中国已形成的翻译观念紧密相关，因此成为中国翻译史和翻译理论史上一个值得研究的课题。论战的内容涉及两个主旨：一是语言层面的，涉及到“硬译”的理论与实践；二是关于汉语“欧化”的问题。如果仅限于文本层面的分析，难以厘清这场论战的宏观意义，本文从译者的意识形态、翻译背景、翻译选材与规范对二者论战的历史背景以及具体细节进行客观描述，寻找到合理的解释。

一、论争的始末及内容

（一）关于“硬译”的争论

1929 年鲁迅按他所提倡的“硬译”理论翻译了卢那卡尔斯基的《文艺与批评》[43]和《艺术论》[44]，并在《文艺与批评》“译者附记”里声明了选择“硬译”的必然性：

> 从译本看来，卢那卡尔斯基的论说就已经很够明白，痛快了。但因为译者的能力不够和中国文本来的缺点，译完一看，晦涩，甚而至于难解之处也真多，倘将仂句拆下来呢，又失了原来的精悍的语气。在我，是除了还是这样的硬译之外，只有“束手”这一条路——就是所谓“没有出路”了，所余的惟一的希望，只在读者还肯硬着头皮看下去而已。[45]

这篇译著一出版，很快成为论敌们攻击的对象。1929 年 9 月 10 日，梁实秋首先在《新月》发表《论鲁迅先生的“硬译”》[46]，从读者接受的角度出发，对鲁迅采用“硬译”策略编译的《文艺与批评》进行了攻击，此文将鲁迅译文里体现的“硬译”风格与“死译”等同起来，认为要读者“硬着头皮”读完“硬译”出来的文字，让人的阅读经历很不愉快，梁实秋为了批评“硬译”，引用陈西滢的观点讽刺死译不如曲译，因为死译最多不过令人看不懂，曲译却愈看得懂愈糟[47]。然后阐述“死译”不如“曲译”的道理，认为死译的文本不如不

43 卢纳察尔斯基的文艺论文集，1929 年译成，初版于 1929 年 10 月，由上海水沫书店出版，为《科学的艺术论丛书》第六种。

44 卢纳察尔斯基的专著，1929 年 4 月译成，初版于同年 6 月由上海大江书籍出版，列入《艺术理论丛书》。

45 鲁迅：《译文序跋集》，北京：人民文学出版社，2006 年版，第 167 页。

46 梁实秋：《论鲁迅先生的“硬译”》，《新月》第 2 卷，1929 年第 6、7 号合刊。

47 梁实秋：《论鲁迅先生的“硬译”》，《新月》第 2 卷，1929 年第 6、7 号合刊。

读，因为是浪费人的时间和精力，并讽刺说曲译的毛病与死译的毛病绝对不会同时犯，所以建议死译者不妨曲译[48]。梁实秋列出了“硬译”的种种“罪状”，将之等同于死译，欲彻底否定鲁迅的译文。

为了还击对方并捍卫自己的翻译理论，鲁迅撰写了一篇《“硬译”与“文学的阶级性”》进行辩驳，一场翻译论战正式拉开了序幕。鲁迅在文中为自己的硬译辩护，批评梁实秋把“硬译”比作“死译”的说法，认为他看不懂是因为他不够优秀。他的译作本来就不是要人读得“爽快”，而是给那些不图“爽快”，希望不畏艰难想要理解这些理论的读者准备的[49]。梁实秋又撰文认为译书首要的要求就是要让人能读得懂，如果译的书让读者读不懂，就是白费读者的时间和精力了[50]。并举例说明鲁迅那些看不懂的译文都是“死译”所致，“不能否认，这些都确是名副其实的‘死译’”[51]。梁实秋又在《答鲁迅先生》一文中称鲁迅的译文之所以“晦涩，甚而至于难解之处也真多”[52]，是因为鲁迅先生自己能力不够的缘故所致。后来，梁实秋又在《通讯一则》中指责鲁迅的硬译都是因为胜任不了，而用硬译来掩盖自己不懂原文的实质[53]。梁实秋的弟子赵景深随后也指出译文应考虑读者的接受度，甚至认为译得错不要紧，主要是要译得顺[54]。杨晋豪也发表文章，认为翻译固然要“信”，而更重要的是要“达”！“达”即是顺达、通达，即译文要通顺易懂，“信”即译文须忠实原作，“雅”属于文章风格的范畴了，赵景深干脆将“信”、“达”、“雅”的顺序改为“达”、“信”、“雅”，突出了以读者为中心的原则。为了还击，1931 年 12 月鲁迅撰写了《几条“顺”的翻译》将梁实秋、赵景深、杨晋豪描述为攻击“硬译”的“三代”[55]。随后鲁迅还写了《风马牛》、《再来几条顺的翻译》等文章为自己的“硬译”观辩护，反驳了论敌的错误，因为论敌是主张“顺”的，所以鲁迅把所列举的例子称为“顺”的翻译，“顺而不信”或者“信而不顺”势必要顾

48 梁实秋：《论鲁迅先生的“硬译”》，《新月》第 2 卷，1929 年第 6、7 号合刊。

49 鲁迅：《鲁迅全集》第 4 卷，北京：同心出版社，2014 年版，第 116 页。

50 黎照：《鲁迅梁实秋论战实录 · 论鲁迅先生的“硬译”》，北京：华龄出版社，1997 年版，第 190 页。

51 王宏志：《能够“容忍多少的不顺”——论鲁迅的“硬译”理论》，《鲁迅研究月刊》，1998 年第 9 期。

52 黎照：《鲁迅、梁实秋论战实录》，北京：华龄出版社，1997 年版，第 332 页。

53 黎照：《鲁迅、梁实秋论战实录》，北京：华龄出版社，1997 年版，第 332 页。

54 赵景深：《论翻译》，《读书月刊》，1931 年，第 1 卷第 6 期。

55 鲁迅：《鲁迅全集》第 4 卷，北京：同心出版社，2014 年版，第 176 页。

此失彼，难以两全，鲁迅一直在“信”与“顺”之间寻求平衡，翻译论战的剑拔弩张使鲁迅疲于应对，淡化了理性的色彩：从论敌的误译、错误中取例还击他们所主张的“顺”译。

（二）对汉语“欧化”问题的争论

梁实秋的攻击多少妨碍了鲁迅从事汉语文法欧化实验；鲁迅坚持“硬译”，认为可以通过引入外国文法与句法来改良中文，从而推动白话文的实行。他认为译文之所以不通顺是因为“中国文本来的缺点”[56]，而翻译正好可以提供这样的机会引入一些外来词汇、文法、句式和修辞，以充实发展中的现代汉语。鲁迅在一种“拿来主义”的原则指导下通过“硬译”输入新的词语和语法，他希望通过“硬译”拿来外语中优秀的语言元素来改良白话文，以改造现代汉语，梁实秋也不同意这种策略，并在《通讯一则》中批评鲁迅翻译时不应生造出除自己以外，谁也不懂的句法词法[57]。“不以改良国文和翻译搅成一团”[58]，他又在《欧化文》中强调汉语的诸多优势，认为不能出于翻译的原因来改变中文的文法和句法，任何一国的文字都不会只为了翻译而存在[59]。

梁实秋认为一国语言的句法和文法都是会与时俱进的事物，随着一国的历史演进和习俗变更，中国文法也会因为接触欧文而起变化，这是不可避免的事情，但却是循序渐进的事情[60]。他认为用翻译来推动白话文未免操之过急。鲁迅被梁实秋比作“死译”的两部译著都自日文转译，《艺术论》是鲁迅根据升曙梦的日译本转译，在翻译过程中参考了这本著作的多种日译本，鲁迅认为此书本就经过了压缩，又以生物学的社会学为依据，其中广泛涉及生物，生理，心理，化学，哲学等学科，更不用说美学和科学的社会主义。中间译者在这些方面缺乏素养，所以有很多窒滞不解的地方，就得参考茂森唯士的《新艺术论》（内有《艺术与产业》一篇）及《实证美学的基础》外村史郎译本，以及马场哲哉译本，就这样还有大量难解之处，即使各本文字相同，意思仍然无法贯通一致，耗费大量精力译出来仍然诘屈枯涩，且难免有错误。鲁迅所译的《文艺与批评》是根据尾濑敬止、金田常三郎、杉本良吉的日译本编译而成，鲁迅的

56 鲁迅：《鲁迅全集》第17卷，北京：同心出版社，2014年版，第242页。
57 黎照：《鲁迅、梁实秋论战实录》，北京：华龄出版社，1997年版，第332页。
58 黎照：《鲁迅、梁实秋论战实录》，北京：华龄出版社，1997年版，第332页。
59 黎照：《鲁迅、梁实秋论战实录》，北京：华龄出版社，1997年版，第345页。
60 黎照：《鲁迅、梁实秋论战实录》，北京：华龄出版社，1997年版，第345页。

很多译作的都是由日译本转译而成，他对曹靖华所译《铁流》的校读，也以日译本为参照，由于鲁迅留学日本时开始文学翻译生涯，所以他的译作受日语行文与句式以及词汇的影响很深，首先是多用日语汉字词汇，现代汉语中大量使用日语汉字词汇，清末发生的“日本名词”之争可以说明这一点。鲁迅也根据日语行文特点多用“的”的，所以译文中大量出现“的”字句。鲁迅的创作和翻译中可以经常见到日语汉字词汇，比如他常用的“绍介”一词。鲁迅很早就开始使用“的”字句，为此他在译著《苦闷的象征》“引言”中对此进行了说明他的“直译”取向和传达原文语气的意愿，但他又谦虚地认为自己是国语文法的外行，不免在翻译时用上不合规范的句子，“几处不用‘的’字，而特用‘底’字的缘故。即凡形容词与名词相连成一名词者，其间用‘底’字，例如 Social being 为社会底存在物，Psychische Trauma 为精神底伤害等；又，形容词之由别种品词转来，语尾有 tive，tic 之类者，于下也用“底”字，例如 speculative，romantic，就写为思索底，罗曼底。”[61]。

如此看来，鲁迅选择直译策略的原因，是认为译文语句的不顺是由于汉语自身的缺陷造成的，所以提倡“直译”甚至“硬译”的翻译手法，逐字逐词地复制原文特点，以尽量保持原作风貌，希望通过直译将外语的句法和词汇拿来丰富、充实和改造现代汉语；但梁实秋却认为以“硬译”来保存原文“精悍的语气”是白费功夫，应当使用地道而准确的汉语，使译文既忠实于原文，又通俗易懂。梁实秋完全不同意鲁迅说的汉语有“本来的缺点”，更不同意在翻译中改变目标语的固有语法以改造汉语的做法。梁实秋曾在 1933 年撰文批评“欧化文”，其实是在批评鲁迅的直译法。他对鲁迅的长句和充斥着“的”、“地”、“底”的译文进行了批评，认为鲁迅是出于懒或匆忙或者不通原文才译出“生吞活剥的”译文，并将鲁迅称为“硬译”的大师，还将鲁迅的翻译与其创作进行比较，认为他的创作就不用欧化文写，所以鲁迅的译书是勉强凑和，所以才变成了“硬译”[62]。实质上梁实秋反对鲁迅的硬译策略，以及由硬译策略造成的诘屈聱牙的阅读效果。1932 年 12 月 10 日梁实秋在《通讯一则——翻译要怎样才会好》中对这场旷日持久的翻译论争进行了总结，“信而不顺”与“顺而不信”都行不通，硬译不一定意味着信，顺译不一定是错的。劝鲁迅不要生

61 鲁迅：《鲁迅全集》第 13 卷，北京：同心出版社，2014 年版，第 4 页。

62 转引自黎照：《鲁迅、梁实秋论战实录》，北京：华龄出版社，1997 年版，第 618-619 页。此文发表于 1933 年 12 月 23 日天津《益世报 · 文学周刊》第 56 期。

造让人读不懂的句法词法之类，也不应以硬译的策略来敷衍自己读不懂的地方，不把改良国文的任务硬塞给翻译，“翻译的目的是要把一件作品用另一种文字忠实表现出来，给不懂原文的人看。”[63]

在回应梁实秋等人的责难时，鲁迅虽然言辞激烈，却始终采取一种谦虚和反思自己的态度，承认自己译文的晦涩难懂，只是并不认为有什么错处，这就是梁实秋在笔战中大加讨伐的“将错就错”[64]。翻译论战开始之后，鲁迅一直没就“硬译”一词的出处、本意进行澄清，且将“硬译”与其他的翻译方法相提并论，且不但承认自己的译文属于“硬译”，还肯定“硬译”是一种合理的翻译方法，不过仍然谦逊地说明是自己能力只此，需要读者像读地图一样来自己寻找线索[65]。仔细分析鲁迅的译作，被梁实秋等人以“硬译”名义进行批评的晦涩句段，完全可以视为鲁迅所倡导的直译理论在实践中的尝试，只是鲁迅仅在 1929 年后的文艺理论译作中尝试过。

（三）对“转译”的争论

梁实秋提出的几个论争的主题说明二人对翻译的思想有着根本的分歧。梁实秋反对转译，他坚持认为应该由精通原著语言的翻译家直接从原作翻译，而不是从其他语言的译本转译过来。他认为不应当存在转译之类的翻译活动，任何转译过来的文章，不管读起来有多么精彩，都不再忠实于原著，译文将与原文相去甚远。

梁实秋在《翻译》中对转译的坏处做了说明，认为特别是转译文学类的书，无论译得多么精到巧妙，与原作比较还是象掺了水的酒，变了味道了。梁实秋认为转译没有存在的必要，认为虽然国内少有人懂得希腊拉丁文，但懂俄文法文的应当不少，所以英文作品应由研究英文的人来译会比较有益[66]。其意是指鲁迅懂什么语言，就应去译原文为此类语言的文本。

梁实秋在《论翻译的一封信》中，批评鲁迅用日文转译普列汉诺夫《艺术论》的一段文字，认为读起来十分艰涩与暧昧，梁实秋认为鲁迅的译文是从日译本转译过来的，原来的日译本又是从俄文转译过来的，俄文中所引用的达尔

---

63 梁实秋：《通讯一则——翻译要怎样才会好？》，《梁实秋文集》第 7 卷，厦门：鹭江出版社，2002 年第 32 页。

64 黎照：《鲁迅梁实秋论战实录》，北京：华龄出版社，1997 年版，第 619 页。

65 鲁迅：《鲁迅全集》第 17 卷，北京：同心出版社，2014 年版，第 12 页。

66 转引自黎照：《鲁迅、梁实秋论战实录》，北京：华龄出版社，1997 年版，第 543 页。

文的文章又是从英文转译过来的，这样达尔文的原文就经过了好多次转贩，自然是变形了的[67]。可见梁实秋认为鲁迅的转译只具有相对的价值——如果没有直接译的条件，则可以将转译作为一种促进文化多元性的手段，在这种意义上才是有价值的。鲁迅精通日语，但不懂俄语，所以他转译苏俄文论或作品并非最佳选择，而是出于一种权宜之计。实际上，鲁迅也认为直接翻译是最佳选择，只有在条件不具备的情况下才实行转译。他甚至用“诘屈枯涩”[68]等词来形容自己的译文，并说从原文直接译的译本仍然是他最期待的。穆木天认为应当由懂某国语言的人来翻译以此语言写作的文学，鲁迅在《论重译》一文中与穆木天进行商榷，但并没有否定穆木天对转译的负面意见，并在文章结尾处表明“待到将来各种名作有了直接译本，则重译本便是应该淘汰的时候”[69]。

二、论战的效果：全盘否定与非理性色彩

鲁迅主张的“硬译”不只在技术上受到了攻击，论敌对其作为译者的人格也进行了贬抑，“硬译”的译者和译文被全面否定，他们讽刺鲁迅一味仿效西方，还自称现代，仿效英文文法，不顾中国文法，将鲁迅使用形容词“历史地”，状词“历史地的”称为“此类把戏”，贬鲁迅为只是洋场孽少，甚至说他“谈文学虽不足，当西崽颇有才”[70]。甚至说这是由于鲁迅有奴性，应当用多多思考来挽救。鲁迅自然在翻译论战中从不示弱，正是梁实秋对“硬译”的批驳和鲁迅的回应，催生了所谓“硬译”的理论。但笔墨官司让鲁迅身心疲惫，受到了不少伤害。激烈的论战氛围显然压抑、淡化了其理性色彩。

从论战开始，鲁迅便为“硬译”进行辩护，“硬译”从鲁迅主张的一种翻译策略变成了一种“硬译”理论，这就是“硬译的由来”，它是鲁迅和梁实秋等人翻译论战的产物。

除了梁实秋，也有其他文人对鲁迅的“硬译”发表过负面意见。比如鲁迅的翻译观及实践就没有得到“新月”派学人的认可，虽然他们一直都很欣赏鲁迅的文学创作，叶公超就曾赞美过鲁迅的文学创作，认为他的文字有一种属于他自己的特殊刚性（有点像 Swift 的文笔），几乎找不到任何华丽和柔媚的东西，虽然他极力提倡欧化文字，但他自己的创作文字之所以那么美，却完全是

67 黎照：《鲁迅、梁实秋论战实录》，北京：华龄出版社，1997 年版，第 601 页。
68 鲁迅：《鲁迅全集》第 15 卷，北京：同心出版社，2014 年版，第 99 页。
69 鲁迅：《鲁迅全集》第 5 卷，北京：同心出版社，2014 年版，第 293 页。
70 林语堂：《今文八弊》，《人间世》，1935 年 5 月 20 日第 38 期。

因为脱胎于文言之故[71]。但他也批判过鲁迅的硬译，认为鲁迅的译文，即使“硬着头皮”读也读不懂，甚至也没有看“不顺”来，不知道为何读不懂，所以无奈只好站在梁实秋一边[72]。

三、论战的实质：意识形态之争

论战的焦点表面看似乎是对“硬译”的否定或者肯定，实质上是二人个人意识形态发生了分歧。梁实秋所代表的“新月派”与鲁迅所代表的“中国自由运动大同盟”早已有了分歧，从论争中可以看出，鲁迅将梁实秋看作无产阶级的敌人，而梁实秋也暗讽鲁迅与共产党关系密切，所以鲁迅的译作大多与无产阶级革命主题相关，他也希望通过“硬译”与文学的阶级性建立起关系，鲁迅认为文学是有阶级性的，亦如人是有阶级性一样，鲁迅坚持一种为人生的翻译文学，就是希望通过硬译来改变语言，从而改变国民性的目的，希望文化与文学能用来为大众服务，所以他倡导一种普罗文学。这是他在个人意识形态和社会主流意识形态的共同操纵下做出的选择。而梁实秋则否定了普罗文学是一种文学，出发点在于他不承认文学的阶级性，鲁迅的审美意识是在传统审美观之上发现了审美的阶级性，这某种程度上是与俄苏文艺理论的互文效果。鲁迅在文化论战中利用了他在翻译中吸收到的观念形态，并使之作为一种武器来实现他的目的。虽然鲁迅也并不否认人的共性，但他已经发现了阶级地位的不同导致的意识形态的差异。而梁实秋则认为人性没有阶级性，是恒久不变的，普遍的，所以文学的品位应是固定的，所以梁实秋的问题是没有看到人性的复杂性，他的普遍人性论中没有包括他认为低劣的阶层。“硬译”不能给读者带来愉快的阅读体验，相对来说，即使是“曲译”也能带给读者阅读的“爽快”，所以梁实秋将“达”与“顺”放在了“信”的前面，而鲁迅则与严复一样将“信”字置于“达”和“雅”之前，只不过严复更多追求“信”、“达”、“雅”三者的均衡，而鲁迅则主张“宁信而不顺”。

实质上，梁实秋在批评鲁迅硬译观的时候，并没有理解或者甚至不同意鲁迅选择硬译的文化与政治原因，鲁迅是考虑到中国当时的文化与政治处境，需要打开国门引进外来的文化元素，译者应采取异化的翻译策略，“拿来”西方先进的文化和经验以达到“别求新声于异邦”的目的，让处于边缘的翻译文学

71 叶公超：《关于非战士的鲁迅》，《益世报》增刊，1936年11月1日。
72 房向东：《鲁迅是非》，上海：东方出版中心，2008年版。

能推动中国文学的发展。鲁迅认识到在这样的社会背景下，不能再持一种中华文化中心主义，必须通过吸收异质文化元素来实现文化转型与创新，翻译就担起了这样的重任，作为五四新文化运动的先锋，鲁迅以实践表明他与过去传统决裂并实现了超越。学者孙歌认为，流利的译文对于接受外来文化是不利的，它没有任何抵抗地迎合了保守力量的思维习惯[73]，韦努蒂也认为，异译是一种抵抗民族中心主义和种族主义、文化自恋以及帝国主义的翻译方式，符合民主地理政治的利益[74]。鲁迅的这种策略选择反映了他不屈服于西方的文化霸权的决心，在那个年代可谓远远超越了他的同时代人走在了前面。

新文化运动进一步推动了白话文运动，使鲁迅坚决支持汉语"欧化"，他不仅从文化和意识形态层面对本土文化和国民性进行了辩证批判，还对语言符号自身进行了内在否定。他的"硬译"即是一种"异化"策略，他利用直译甚至硬译创造出大量欧化的汉语句式和词汇，很多一直沿用至今，成为白话文的一部分，大大丰富了本国语言，其背后的深意是希望通过改良语言来改造国民思维和精神，最终改造中国文化。在鲁迅与瞿秋白的带动下，翻译界渐渐多了一些主张"欧化"的声音，开始有学者有意识吸收西方语言的优质元素来丰富和提高汉语的表现力，比如胡适就认为"只有欧化的白话文才能够应付新时代的需要"[75]。不少翻译家开始有意识采用直译的策略来翻译，渐渐吸收了大量西方词汇，大大丰富了现代汉语语汇，引进了西方句法结构，克服了句式单调的弊病，推动白话文最终走向成熟。从鲁迅前期的翻译惯习就是"宁顺而不信"的意译，要满足梁实秋的要求对鲁迅来说并不难，中后期鲁迅选择"直译"或者说"硬译"都是出于改造汉语的诉求，梁实秋用"死译"与"曲译"来比喻鲁迅的翻译，批评可谓尖锐，是因为他否定了鲁迅努力背后的动因。他将鲁迅的"硬译"比作"死译"，完全否定了鲁迅的译文有可取之处，是从语言的微观层面对鲁迅的"硬译"实践的彻底否定。鲁迅的"硬译"在当时处于论战的劣势，比如孙郁就说"30年代的译界几乎没有人认可他的译风。"[76]鲁迅从文化角度和历史视角对"硬译"原因进行解释，为自己的直译寻找合法性理据，

73 孙歌著，许宝强、袁伟选编：《"前言"：语言与翻译的政治》，北京：中央编译出版社，2000年版，第29页。

74 Venuti, Lawrence. *The Translator's Invisibility: A History of Translation*. Shanghai: Shanghai Foreign Language Education Press, 2004.

75 胡适为《中国新文学大系——建设理论集》写的导言。

76 孙郁：《鲁迅对汉语的贡献》，《东方早报》，2011年9月23日。

以应对梁实秋将“硬译”比作“死译”的发难，并说明自己是根据读者群选择不同的翻译策略的，而“硬译”主要是为了那些“有很受了教育的人”[77]。

（一）翻译的背后是意识形态与文艺思想合法性之争

郑周林与黄勤认为，鲁迅与梁实秋围绕“硬译”与“转译”问题展开的论争不仅关涉语言规范问题，而是“为了籍翻译之名，争夺文艺思想的合法性，即翻译社会学意义上的象征资本”[78]。董炳月则认为这场论争的实质涉及翻译的政治性，译者本人的身份和所持的翻译美学等问题[79]。鲁迅的个人意识形态受他作为一名文学家的文化观影响，除了文学家的身份以外，他的翻译活动的一切目的都是为了实现中国民族文化的历史变革，将社会功用看作翻译的主要功能成了鲁迅翻译观的核心，单从他的翻译活动来看，鲁迅在中国历史上作为文化思想家地位的地位正在取代作为文学家的地位[80]，对于鲁迅来说，文学不是唯美的艺术存在，而有着文化传播与思想启蒙的功效，他的写作偏向于杂文，也是因为他持一种社会功利性文学观，故而他对新月诗人探求音乐性的文学进行批评和讽刺，将“进步性”内容作为首要批评标准，认为文化传播、更新与建构才是当务之急，要完成此任务，就需要打破旧文化的思维定势，而语言则是思维的载体，废除文言文，似乎是破除旧思想的必经之路，故而鲁迅采用翻译这个强有力的工具投入对精确性要求更高的白话文的运动，这就带来了他的“硬译”理论与策略。

梁实秋把易读能懂作为首要的要求，说最好是变换一下句法以让读者能懂，不必硬着头皮去读，而且“硬译”倒并不一定能保存原来精悍的语气[81]。梁实秋对“顺畅”的追求与他深厚的国学功底、良好的英文教育与过去的文学经验紧密相关。哈佛的新人文主义者白璧德对他的影响很深，他说“从极端的浪漫主义，我转到了多少近于古典主义的立场。”[82]他指出“文学的精髓是人

77 鲁迅：《鲁迅全集》第 4 卷，北京：同心出版社，2014 年版，第 202 页。
78 郑周林，黄勤：《象征资本之争：鲁迅与梁实秋的翻译论战》，《东方论坛》，2017 年第 2 期。
79 董炳月：《翻译主体的身份和语言问题——以鲁迅与梁实秋的翻译论争为中心》，《鲁迅研究月刊》，2008 年，第 11 期。
80 朱晓进：《鲁迅文学观综论》，西安：陕西人民教育出版社，1996 年版，第 52 页。
81 黎照：《鲁迅、梁实秋论战实录》，北京：华龄出版社，1997 年版，第 198 页。
82 梁实秋：《关于白璧德先生及其思想》，《梁实秋文集》第 1 卷，厦门：鹭江出版社，2002 年版，第 548 页。

性描写”[83]。与鲁迅抱持的“为人生”和文学有阶级性的观点迥然相异，他秉持的立场是“人性”论，所以他选择翻译《莎士比亚》，他的文学经验决定了他的翻译观，并决定了他不接受“硬译”甚至加以批判。鲁迅未能熟练掌握英文，关注的却主要是弱小民族的文学，这一点也成为梁实秋暗讽的对象，认为鲁迅输入的大都是国外三四流的作品，还奉为至宝[84]。这主要与他们个人意识形态不同所以对翻译选择的操控也不同。鲁迅是“中国自由运动大同盟”代表，十分重视革命文学的意义，对外国文学采取“拿来主义”的态度，对“闭关主义”、“保守主义”和“送去主义”进行了批判，符合“五四”新文化运动主流的意识形态，而他在“诗学”方面，则受了西方 19 世纪批判现实主义文学的影响，吸收了民主主义思想而形成自己独到的现实主义的“革命文学”；梁实秋是“新月派”的成员，反对马克思主义文艺理论，属于资产阶级自由主义思潮，他的价值观是更注重个体主体的价值，从这个角度来关注社会的价值与意义，对文学与翻译价值的智慧关照不同于主流。鲁迅的个人意识形态与当时中国社会主流意识形态方向一致，所以鲁迅的翻译活动深深打上了时代的烙印。梁实秋的个人意识形态与中国社会主流意识形态不一致，而且他的个人意识形态在较量过程中占了上风，支配了他在翻译选材与策略，突显了译者在翻译过程中的主观能动性和译者的主体性地位。在 80 年代之前，翻译研究的文化取向还不明显，故而鲁迅的翻译活动屡遭批评与诟病，都是读者与批评家过于注重文本和语言内因素，而忽视了语言外的文化、意识形态、赞助人的操纵，翻译主体不可能超脱于文化的内、外环境独立进行研究，根据勒菲弗尔的操纵理论，鲁迅的翻译活动则有着它不可或缺的重要意义，如果梁实秋能从这方面来评价，相信他对鲁迅的翻译活动有更多的理解与认同。当然梁实秋与鲁迅迥异的个人意识形态与所处阵营的不同，他不同意鲁迅的翻译选择也是完全可以理解的。比如鲁迅翻译《文艺政策》，可能并不一定完全同意里面的观点，也有可能拿来与各种主张和批评进行比较，还可以让创造社与太阳社的翻译与批评家不会一味神话革命，并不一定是要让政策来制约文艺，而梁实秋不赞成翻译《文艺政策》，主要是担心政治对文艺的干预，然而虽然反对文艺沦为意识形态的工具的人很多，但这些人包括梁实秋在内仍然无法摆脱和避免错综复杂的意识形态的介入。

83 黎照：《鲁迅、梁实秋论战实录》，北京：华龄出版社，1997 年版，第 453 页。
84 黎照：《鲁迅、梁实秋论战实录》，北京：华龄出版社，1997 年版，第 11 页。

（二）对文学的阶级性的认识分歧

梁实秋持一种普遍的人性论，不认为人有阶级性。他秉持着人性论与精英主义观点对鲁迅的阶级论进行了批评，同时也批判了五四新文化运动中的人道主义精神，可见他与鲁迅并不属于同一个阵营，他甚至把鲁迅的文学定义为“人力车夫派”加以嘲讽，认为人力车夫没有什么值得赞美的地方，认为鲁迅普遍的同情心源自于他的“自爱”、“自怜”的扩大，根本思想是假设“人是平等的”，而这个假设是极端的。

而鲁迅作为新文化运动的先锋战士，他接受了马克思主义理论，认为人性是根据阶级划分的，他 1919 年 11 月曾在作品《一件小事》赞美过人力车夫。在 1927 年 4 月 8 日鲁迅发表题为《革命时代的文学》的演讲，对梁实秋的人性论文学观进行了批评，鲁迅十分清楚这场论战中梁实秋的立场与动机，所以专门写了《“硬译”与“文学的阶级性”》等反驳文章，将“硬译”与“文学的阶级性”联系起来，对梁实秋批判的真实原因进行了揭示，认为问题的实质就是如何评价无产阶级文学的问题。随后，鲁迅讽刺梁实秋为“丧家的”“资本家的乏走狗”[85]，说明这场翻译论争的实质与意识形态阵营有关。

鲁迅与梁实秋的翻译论战最终反映了他们在人性与阶级性问题上有根本分歧，翻译不但是一个高度专业的市场，而且也是一种文化现象，其论争实质是争取最合法的文化形式的标准。从本质上看，“他们的翻译论争与其说是对硬译的论争，倒不如说是对硬译对象——无产阶级文学及理论著作的论争”[86]梁实秋在《论鲁迅先生的“硬译”》中看似在讨论翻译语言层面的问题，但其实质是希望否定鲁迅的意识形态与思想。梁实秋在《文学是有阶级性的吗》一文中明确表示文学没有阶级性，认为所谓“资产阶级文学”和“无产阶级文学”的说法是革命家生造出来的口号标语，所谓“无产阶级文学的运动”，在理论上不成立，在事实上也不成功[87]。论争的焦点在于梁实秋不认同文学有阶级性，不承认有所谓的无产阶级文学运动，说明他与鲁迅不站在同一个文学阵营。梁实秋表面是在驳斥鲁迅的“硬译”，实则是要批判译作

85 鲁迅：《鲁迅全集》第 4 卷，北京：同心出版社，2014 年版，第 131 页。最初发表于 1930 年 5 月 1 日《萌芽月刊》第 1 卷第 5 期。

86 胡翠娥，李云鹤：《殊途不同归：鲁迅与梁实秋翻译思想比较》，《解放军外国语学院学报》，2013 年第 4 期。

87 黎照：《鲁迅、梁实秋论战实录》，北京：华龄出版社，1997 年，第 237 页。

中的思想，在他看来，鲁迅所译的理论否定了文学本身的价值，错误地把文学当作阶级斗争的工具[88]。在论战中，梁实秋贬低鲁迅的“硬译”其实质是想否定鲁迅的政治努力，在《所谓的“文艺政策”》里，他说“硬译的成绩我们瞻仰过了，请进而论文艺政策本身”[89]。试图否定鲁迅翻译中体现的政治倾向，实际上是想将鲁迅的翻译认定为一种政治的禁忌。鲁迅的一些回击文章里回答了关于文学的阶级性与翻译问题，回答了为什么要把文艺理论“硬译”为晦涩难懂的作品：“为了我自己，和几个以无产文学批评家自居的人，和一部分不图‘爽快’，不怕艰难，多少要明白一些这理论的读者。”[90]鲁迅从日文转译苏俄文艺理论和小说，希望带动更多的人去翻译苏俄以及其他小语种文学作品及文艺理论，始终希望尽到一个传播者的作用，象普罗米修斯将外国的火种传播到中国来启迪民智、改造文化、充实与丰富国民精神，最终他的观点为梁实秋所接受，梁实秋特撰文《人性与阶级性》表示同意文学具有阶级性的观点[91]。

在中国近现代翻译史上，梁实秋与鲁迅之间的激烈论争对我国翻译理论的发展和成熟都有着不容低估的意义，论争让鲁迅更加看清自己所坚持的翻译原则对现代中国文化革新的作用，并直接激发他于1934年9月开始与茅盾在上海创办《译文》杂志，使翻译理论有了实践意义。长时间的论争发生在思想观念迥异的知识人之间，涉及翻译意识形态、翻译美学等广泛领域。论战中鲁迅有言辞激烈、火药味浓的时候，而且也未就“硬译”带来的“晦涩”做出正面回应，梁实秋的攻击与回应也不可避免带上意气用事的成分，二人相互的感情也难免受到伤害，但二人的论点都有合理之处，在争论的过程中也厘清了很多模棱两可的概念，对翻译界翻译理论与实践的研究都很有益处，即使一个世纪前发生的事情对于现代翻译遇到的分歧仍然有着参考价值，他们的批判精神也值得批评界的同仁学习，后世小辈敢于批评德高望重的老前辈，不能不说促进了学术民主。我们可以从争论中出现的各种思想交锋中受益，对翻译操纵的程度、方法与目的有了更多可供研究的素材，是中国翻译界在翻译操纵论研究方面大有可为的一个案例和课题。

88 黎照：《鲁迅、梁实秋论战实录》，北京：华龄出版社，1997年，第237页。
89 黎照：《鲁迅、梁实秋论战实录》，北京：华龄出版社，1997年，第257页。
90 鲁迅：《鲁迅全集》第4卷，北京：同心出版社，2014年，第116页。
91 梁实秋：《人性与阶级性》，《梁实秋文集》第1卷，厦门：鹭江出版社，2002年版，第489页。

第三节　围剿中的温情：与瞿秋白等人的翻译讨论

1935 年 4 月，鲁迅在上海《文学》月刊上发表了《非有复译不可》一文，这场复杂而激烈的翻译论争才算偃旗息鼓。论争期间瞿秋白、穆木天、林语堂都曾参与进来，但只有鲁迅与梁实秋在论战中持续到了最后。后期这场翻译论争渐渐演变为意识形态的较量，瞿秋白主动参与了鲁迅与梁实秋之间的翻译论战。左翼文坛爆发过三次文艺论战（民族主义文艺运动批判，文艺自由论辩和翻译问题论战）[92]，每次都由瞿秋白担任主力，每次鲁迅都参与了，在论战中瞿鲁二人不断接近和认识对方，后来因文学翻译问题开始通信，瞿秋白主动介入这场翻译论战，直接促使了二人友谊升级为“同志”的情谊。在与瞿秋白频繁的文学交往中，虽然鲁迅与瞿秋白的翻译讨论只涉及了纯语言和学术问题，但他们的交往对中国现代翻译史和文学史产生了深远的影响。在鲁迅的鼓励与看重下，瞿秋白也开始了他的翻译生涯，频繁地将大量马克思主义文论著述从俄文直接翻译成中文并发表。

鲁迅对郭沫若将翻译比作媒婆，将创作比作处女的说法很为不满，用很多篇幅对其进行了抨击与批判，虽然对其观点有误读之嫌，但为翻译的地位进行了辩护和捍卫，抛砖引玉地表达了许多精辟而辩证的观点，仍然有着丰富的学理与研究价值。

一、与瞿秋白在翻译问题上的共识与分歧

（一）瞿秋白参与鲁梁论争始末

瞿秋白与鲁迅从 1931 年就开始就翻译问题进行讨论了，作为当时左翼文艺运动的领导，瞿秋白写了一系列关于文艺大众化的文章，由于论述精辟，论点有很多相似的地方，引起了鲁迅的注意，鲁迅邀请他为曹靖华的译作《铁流》赶译了一篇序言，并对其翻译水平评价很高，鲁迅甚至中断翻译《解放了的堂·吉诃德》一书，请瞿秋白接着译下去，并于 12 月 20 日开始陆续在《北斗》上刊出。11 月 26 日鲁迅翻译完《毁灭》，并刊印成书，瞿秋白第一时间得到该书并迅速读完，并于 1931 年 12 月 5 日给鲁迅写了一封长信，信中讨论了一些翻译问题。1931 年 12 月至 1932 年间，鲁迅与瞿秋白以私人通信的方式对翻译问题展开了讨论，并先后将三封“关于翻译的通信”发表于

92 傅修海：《革命与私谊：翻译论战中的瞿秋白与鲁迅》，《甘肃社会科学》，2009 年第 6 期。

《十字街头》和《文学月报》，将翻译论争推向高潮，并表达了各自鲜明的政治态度。虽然瞿秋白与鲁迅在政治上属于同一阵营，但瞿秋白在“顺”与“达”方面与鲁迅仍有分歧，翻译论战中存在学理论辩的部分，不宜完全以“阵营”来划分，应当客观地看待这场论争，应当结合当时的社会政治与个人背景，客观而全面地考察与评价，从学理上展开讨论，才能从这场论争中获取有价值的启示。

在几次通信中，瞿秋白在给鲁迅写的长信《关于翻译——给鲁迅的信》中首先称《毁灭》的出版为“中国文艺生活里面的极可纪念的事迹”[93]，看到该书“简直非常的激动：我爱它，像爱自己的儿女一样”[94]。瞿秋白在信中给鲁迅的翻译提出了一些修正意见，随后瞿秋白将此信连载于“左联”的机关刊物《十字街头》1931年12月11日第1期及25日第2期的《论翻译》一文中，首先肯定了鲁迅的翻译选材以及对翻译方法中“信”的肯定，又提出自己理想的翻译观：“绝对正确和绝对白话”的翻译标准，认为鲁迅“做到了正确”，但还没有做到“绝对的白话”。他提出：要表现新的生活，新的观念，“就差不多人人都要做‘仓颉’……，实际生活的要求是这样。”[95]并认为既然人民大众在革命生活中创造了“罢工”、“游击队”等新词，说明新的绝对的白话文有可能出现并变成一种实际生活言语。瞿秋白认为翻译的问题在当时的中国很重要，且屡次争论也没有得到根本解决[96]。这两封信的发表使鲁迅与梁实秋之间的翻译论战迅速升级到白热化的程度。在翻译论战中，瞿秋白坚定地站在鲁迅一边，与鲁迅一起对抗梁实秋、赵景深和叶公超等论敌。1933年是梁实秋攻击鲁迅“硬译”最激烈的时期，鲁迅曾称这一年为“围剿翻译的年头”。

瞿秋白在盛赞鲁迅《毁灭》的出版是“革命文学家的胜利”的同时，指出了《毁灭》的译文中几处他认为不太准确的地方，主动介入鲁迅与梁实秋的翻译论战，主要是因为他对自己的翻译才华很自信，而且就瞿秋白的身份来说，翻译论战有着非私人的利害关系。瞿秋白建议鲁迅勇敢地开展自我批

93 瞿秋白：《论翻译——给鲁迅的信》，《瞿秋白文集》（文学编）第1卷，北京：人民文学出版社，第504页。

94 瞿秋白：《论翻译——给鲁迅的信》，《瞿秋白文集》（文学编）第1卷，北京：人民文学出版社，第504页。

95 瞿秋白：《论翻译——给鲁迅的信》，《瞿秋白文集》（文学编）第1卷，北京：人民文学出版社，第504页。

96 瞿秋白：《论翻译——给鲁迅的信》，《瞿秋白文集》（文学编）第1卷，北京：人民文学出版社，第504页。

评，开始一个新的斗争[97]。他认为《毁灭》的出版是有纪念意义的好事，他在信中对鲁迅表示祝贺，但希望鲁迅在翻译问题上能听取他的意见，认为这是个言语革命问题，可以在此基础上开展新的战斗。瞿秋白希望把鲁迅的“这种努力变成团体的”。瞿秋白认为应当把这种努力继续下去，并扩大成一种团体的努力。

鲁迅在给瞿秋白的回信《论翻译》中，认为针对不同读者应当使用不同翻译的类型，比如文艺理论与作品的“直译”是针对“很受了教育”的读者，鲁迅“硬译”的受众主要还是精神界、文化界的精英，而非大众，对于“略能识字”的读者，鲁迅认为“还不能用翻译，至少是改作”。但瞿秋白的翻译受众则很明确是普罗大众，这也是他提倡“绝对的正确与绝对的白话文”的原因。

这场翻译论战在 20 世纪 30 年代已趋激烈，瞿秋白介入论战无疑推动了中国文学翻译理论的发展演变，影响了中国现代文学和现代学术进程。

（二）与瞿秋白翻译理论的共同点

瞿秋白在信里面称鲁迅为“敬爱的同志”，并在讨论的同时始终肯定和褒扬《毁灭》的成就，称其出版是中国文艺生活中值得纪念的事情，并认为系统介绍和翻译世界无产阶级革命文学的作品是中国普罗文学者的重要任务之一[98]。鲁迅与瞿秋白关于翻译问题的三封通信的发表将对翻译问题的讨论公开化了，虽然明显有潜在的质疑与辩驳，但毫无疑问反映了二人情感渐近与思想之默契，双方一致肯定介绍苏联文学的紧迫性，也都一致否定赵景深的“宁顺而不信”的翻译主张，认为他在翻译方法上犯了基本错误。瞿秋白明确提出“绝对的正确和绝对的白话文”的翻译标准，而鲁迅欲通过翻译改造现代汉语，二人有着不约而合的相似性，鲁迅批评严复的翻译观是“用一个‘雅’字打消了‘信’和‘达’。”[99]瞿秋白在通信中也强调翻译可以创造出普罗大众都能读懂的新语言，认为通过翻译可以创造出许多新的更为丰富的词汇，甚至带来更为

97 瞿秋白：《论翻译——给鲁迅的信》，《瞿秋白文集》（文学编）第 1 卷，北京：人民文学出版社，第 504 页。

98 鲁迅：《鲁迅全集》第 4 卷，北京：同心出版社，2014 年版，第 192 页。本篇最初发表于 1932 年 6 月《文学月报》第 1 卷第 1 号。发表时题为《论翻译》，副标题为《答 JAKA 论翻译》。JAKA 即瞿秋白。他给鲁迅的这封信曾以《论翻译》为题，发表于 1931 年 12 月 11 日、25 日《十字街头》第 1、2 期。

99 鲁迅：《鲁迅全集》第 4 卷，北京：同心出版社，2014 年版，第 194 页。本篇最初发表于 1932 年 6 月《文学月报》第 1 卷第 1 号。发表时题为《论翻译》，副标题为《答 J.K.论翻译》。J.K.即瞿秋白。

细腻的句法，对于为大众普及文化和传播思想很有好处，总之，瞿秋白与鲁迅和梁实秋的根本分歧就在于是否通过翻译促进现代汉语的成长，将翻译作为一种革命手段还是仅仅让其处于一种技术与语言层面来考虑。

鲁迅与瞿秋白都一致肯定译著《毁灭》的忠实性，瞿秋白则指出了几处不准确的地方，鲁迅毫无异议并虚心接受。

（三）与瞿秋白翻译理论的不同点

首先，二人的翻译面向的目标人群存在差异：鲁迅“硬译”的策略主要用于文艺理论作品，因而适用于教育程度较高的精英阶层，将翻译文本的阅读人群分为几等，分别采用不同的策略，对于不通文墨者则认为不属于翻译文本的读者，瞿秋白则认为翻译应当面向所有普罗大众，要给所有大众平等教育机会。

鲁迅将读者分为三大类：甲为接受了很多教育的，乙是稍懂文墨的，丙为识字无几的[100]。丙类不太识字的不被作为读者群。甲类与乙类也不能用相同的书。对乙类读者，还不适合用翻译的方式，至少是用改译的译本，当然最适合读创作的文本。针对甲类读者的译本，鲁迅主张“宁信而不顺”[101]，明确表达不同意瞿秋白的批评意见。但对“不顺”做了解释，并非要把“跪下”译为“跪在膝之上”，把“天河”译成“牛奶路”，而是其译文要求读者多咀嚼一番[102]。但对于乙类读者应采取什么样的翻译策略，鲁迅表示目前尚未想出什么良方，但可以肯定的是，至少不能完全口语化，更不能局限于方言。有些听起来“耳熟”的话，读起来不一定“眼熟”，而平时读起来“眼熟”的，听起来却不一定“耳熟”。

其次，二人在翻译标准的“信”与“顺”上存在分歧。

由于瞿秋白认为译文必须让普罗大众能听得懂，所以需要使用“绝对的白话”，与鲁迅不同的是，瞿秋白强调译文读起来要“顺”，希望翻译能促进从古汉语向现代汉语的变革，以创造属于普罗大众的现代新语言，并有助于激发大众从事无产阶级革命。但鲁迅认为瞿秋白的翻译标准缺乏实际操作性，看似美好，在当时的条件下很难实现，而他本人选择的“硬译”策略倒是有可能实现一种文化突围，以输入新的表现法来改造不精密的中国文，达到改造国人思维

100 鲁迅：《鲁迅全集》第 4 卷，北京：同心出版社，2014 年版，第 202 页。
101 鲁迅：《鲁迅全集》第 4 卷，北京：同心出版社，2014 年版，第 202 页。
102 鲁迅：《鲁迅全集》第 4 卷，北京：同心出版社，2014 年版，第 202 页。

的目的。鲁迅毫无保留地宣布自己可以容忍硬译中出现的暂时“不顺”，因为那些“不顺”在语言的发展和演变过程中有的会变为“顺”，最终不能变“顺”的就会被淘汰。但鲁迅也坦承瞿秋白来信的所举例子的合理性，认为比自己的译文更“达”和更“信”，对于译者和读者都有很大的益处[103]。

瞿秋白写给鲁迅的信中对鲁迅《毁灭》进行了扶正和改动，其中体现出二人翻译观的某些差异。即瞿秋白对“绝对的白话”的自信，他对真正的白话进行了解释，即一种流畅通顺的现代汉语，一种普通人讲的白话，包括大学教授演讲时的口语等[104]。这种差异表明瞿秋白与鲁迅的翻译讨论与其说属于政治场域的讨论，倒不如说是在语言、翻译美学层面的分歧与辩驳。

分析二者的翻译标准，鲁迅坚持“宁信而不顺”，“信”指准确传递原文意思，且语法也要基本忠实于原文，尽量保留原文的句法，尽量体现原作的精神，使读者读到的是原汁原味的原作风貌。瞿秋白的“绝对正确”指的是：“能够介绍原本的内容给中国读者”[105]。即我们所说的从内容和风格上忠实于原作，“绝对白话”指：“真正通顺的现代中国文”，是“朗读起来可以懂得的”，是普罗大众可以看得懂的白话文。

瞿秋白认为鲁迅的“硬译”策略仍然不能解决根本问题，“无形之中和赵老爷站在同一水平线上去了”。一向被鲁迅引为知己的瞿秋白也表示对鲁迅的翻译不能苟同，他尖锐地批评鲁迅，认为他在提出和解决问题的方法上犯了根本错误，问题的关键不是“信”与“顺”的取舍，而在于翻译是否能够帮助建构现代汉语[106]。他明确翻译的职责是完全准确地将原文的本意传达给中国读者[107]，首先得看读者能否理解和明白，瞿秋白在看过鲁迅翻译的《毁灭》后，认为鲁迅的翻译做到了“正确”，但没做到“白话”，并认为唯有用白话来翻译，才能传达原作的精神，虽然这很费功夫[108]。瞿秋白虽然给予鲁迅译文“正确的”评价，同时也给鲁迅提出很多意见，告诫鲁迅应当让每一个字都译得准确[109]，还一再强调翻译应当使用用绝对的白话文，既要完全等同原文含义，又要

103 鲁迅：《鲁迅全集》第 4 卷，北京：同心出版社，2014 年版，第 203 页。
104 鲁迅：《鲁迅全集》第 4 卷，北京：同心出版社，2014 年版，第 196 页。
105 鲁迅：《鲁迅全集》第 4 卷，北京：同心出版社，2014 年版，第 196 页。
106 瞿秋白：《再论翻译：答鲁迅》，《文学月报》，1932 年 7 月 10 日。
107 瞿秋白：《再论翻译：答鲁迅》，《文学月报》，1932 年 7 月 10 日。
108 鲁迅：《鲁迅全集》第 4 卷，北京：同心出版社，2014 年版，第 195 页。
109 鲁迅：《鲁迅全集》第 4 卷，北京：同心出版社，2014 年版，第 195 页。

使文中的表达是中国人完全能讲得出来的，即翻译需要讲究‘顺’，不应当把‘顺’和‘信’完全对立起来，这二者不是非此即彼的关系。认为鲁迅翻译的《毁灭》既不够通俗易懂，也不够白话，不够精确，认为鲁迅所建议的“宁信而不顺”其实是没有注意到绝对的白话本位的原则[110]。鲁迅虚心接受瞿秋白的意见，且与之就翻译文学受众的问题进行了深入探讨。对瞿秋白大部分意见都认同，并激起了强烈的共鸣。

而鲁迅对瞿秋白要求完全中国化持不同意见，他解释为什么不用完全中国化的文字和句法来翻译，鲁迅给出的答案是：“这也是译本。这样的译本，不但在输入新的内容，也在输入新的表现法。”[111]鲁迅说：“中国的文或话，法子实在太不精密了……讲话的时候，也时时要辞不达意”[112]，因此如果一直这样说着糊涂话，即使读起来流畅，但归根结底还是糊涂的[113]。他意思是不应要求完全用白话文，应当引入不同的或者说多样的语法和句法，古代的、外地的、甚至外国的，只要是好的就可以拿来为我所用[114]。而瞿秋白认为要创造汉语新的表达法，仍然需符合口头上“‘能够说得出来’的条件。”[115]刚开始不适应，以后可以逐渐习惯它们，但如果一开始就“不顺”，那一开始就没有容纳的可能。总之，他不同意容忍不顺的译文，对于鲁迅所举的“硬译”理由，即认为汉语的文法太不精密，所以需要输入新的表现法，瞿秋白认为问题的关键在于“严格的区分是中国的文还是话”[116]，他认为“文”是古代士大夫和现代精英阶层的语言，跟老百姓相距甚远。

再次，在政治目的上存在差异：二人最大的差别在于，瞿秋白纯粹出于信仰无产阶级，完全从政治出发，希望能“窃火给人”，而鲁迅的思考中更包括对自我的怀疑与反思，与“火”进行“挣扎”与“搏斗”，并拿它来“煮自己的肉”，以“抉心自食”[117]。

瞿秋白的翻译观政治性占了主导地位，希望能借助于翻译将文言文变成

110 鲁迅：《鲁迅全集》第 4 卷，北京：同心出版社，2014 年版，第 195 页。
111 鲁迅：《鲁迅全集》第 4 卷，北京：同心出版社，2014 年版，第 195 页。
112 鲁迅：《鲁迅全集》第 4 卷，北京：同心出版社，2014 年版，第 195 页。
113 鲁迅：《鲁迅全集》第 4 卷，北京：同心出版社，2014 年版，第 195 页。
114 鲁迅：《鲁迅全集》第 4 卷，北京：同心出版社，2014 年版，第 195 页。
115 瞿秋白：《再论翻译：答鲁迅》，《文学月报》，1932 年 7 月 10 日。
116 瞿秋白：《再论翻译：答鲁迅》，《文学月报》，1932 年 7 月 10 日。
117 鲁迅：《鲁迅全集》第 1 卷，北京：同心出版社，2014 年版，第 322 页。

白话，给无产阶级以接受文化教育的机会与可能，使他们能凭智慧和知识发动无产阶级革命，从而改变自己的命运。鲁迅的翻译观里面有更深刻的“个人”因素，没有瞿秋白的乐观，相反他更多看到了革命可能经历的屈折与波澜，革命本身不是目的，而是让人民大众拥有精神，成为一种自立自强的人，才有可能得到真正的解放。

最后，二人对严复的看法与评价上存在差异：瞿秋白把严复与赵景深都给否定了，鲁迅虽然认为严复的翻译也有缺陷，但还是认为他态度很严谨认真，应给予肯定，特别是他从“达旨”到“信达雅”甚至偏向“信而不顺”，这一条看似很个人的路代表了中国翻译界这么多年来发展的轨迹，不管从理论还是实践都进行了很有意义的探索。在《再论翻译》中瞿秋白虽然看到了严复的理论的积极意义，但并没有表示首肯和赞同，特别对他的桐城气味浓重的译文表示不满。瞿秋白也认同鲁迅的看法，说严、赵有“虎狗之别”，但瞿秋白说的“虎”与“狗”之间其实并没有本质的差别，与鲁迅以“虎狗”来比喻二人在内涵上是不同的。

总之，瞿秋白与鲁迅建立起友谊与共识是基于有相似的社会政治理念，在某些具体的技术问题上也能达成一致，但在一些更重要的学术理论的争议上保留了各自的见解。至于“剜‘烂苹果’”说充分表现了鲁迅没有认同瞿秋白关于“绝对的正确和绝对的中国文”的观点。但二人的讨论对翻译理论与实践都有重要意义，给后来的翻译人员带来了不少启示。

二、与郭沫若在翻译问题上的共识与分歧

鲁迅与郭沫若在翻译问题上的观点比较接近，然而一次郭沫若在致李石岑的信中写道：“年来对于我国底文艺界还有些久未宣泄的话，在此一并也说出了吧。我觉得国内人士只注重媒婆，而不注重处子；只注重翻译，而不注重产生。”[118]郭沫若在这篇文章里以“媒婆”来比喻翻译，以“处女”比喻创作，与茅盾所说的“意谓翻译何足道，创作方可贵”[119]的看法一致，符合当时郭沫若的创造社的思想实际。郭沫若在这封信中视翻译为“附属的事业”，未免失之于不够公正客观，在一个本来翻译就供不应求的时代，郭沫

118 郭沫若在 1921 年 2 月《民铎》月刊第 2 卷第 5 号发表致该刊编者李石岑的信。

119 茅盾：《“媒婆”与“处女”》，写于 1934 年。转引自罗新璋编：《翻译论集》，北京：商务印书馆，1984 年，第 349-351 页。

若的看法未免会起到不良影响。鲁迅认为郭沫若把创作比作处子而把翻译比作媒婆，其中就有“排斥异域情调与外来思想的成份”，足以让中国与世界潮流分割开来，作者与读者是互动和互相影响的，如果排斥异域色彩，只是重视国粹，就不会有天才产生，就是产生了，也没有活下去的土壤[120]。但郭沫若本人在实践上并没有不重视翻译的倾向，而是翻译了大量名作，他的这种比喻也非他个人的首创，而是取法于德国歌德的说法，但他的这种理论显然有着不够正确的地方，随着他继续深入文学理论与翻译理论，他很快就认识到这种言论的害处，对翻译的重要性进行了再评估，他大量的翻译实践也印证了这一点。

郭沫若的“媒婆与处女”说遭到来自译界特别是鲁迅等人的强烈讽刺与批评。但其实郭沫若说这话的缘由却是赞美鲁迅的创作，为其打抱不平才发出的议论。1920 年鲁迅发表了一篇小说《头发的故事》，刊在周作人的一篇译文之后，郭沫若当时并不知道鲁迅，但读了后十分欣赏，于是向杂志编辑抱怨说出版社重视翻译过于创作，认为翻译事业在现代中国处于青黄不接的状况，重要是重要，但只能作为一种附属的事业，不能使其凌驾于创造和研究之上，还说：“总之，处女应当尊重，媒婆应当稍加遏抑。”[121]鲁迅对这种说法十分不满，在 1932 年在《祝中俄文字之交》中批评了郭沫若将创作比作处女，将翻译比作媒婆的说法[122]，还以郭沫若重译托尔斯泰的《战争与和平》为例进行反驳[123]。

自 1928 年郭沫若发表《文艺战线上的封建余孽》之后，鲁迅在关于翻译的杂文中多次批评郭沫若的翻译即媒婆之论[124]。在 1929 年《致〈近代美术史潮论〉的读者诸君》也声明不同意“创作是处女，翻译是媒婆”的观点，鲁迅说：“我是见过的，但意见不能相同，总以为处女并不妨去做媒婆——后来他们居然也兼做了——倘不过是一个媒婆，更无须硬称处女，我终于并不藐视翻

120 鲁迅：《鲁迅全集》第 1 卷，北京：同心出版社，2014 年版，第 99 页。

121 郭沫若：《论诗三札》，《郭沫若全集》第 15 卷，北京：人民文学出版社，1990 年版，第 340-341 页。

122 鲁迅：《鲁迅全集》第 5 卷，北京：同心出版社，2014 年版，第 25 页。

123 鲁迅：《鲁迅全集》第 5 卷，北京：同心出版社，2014 年版，第 26 页。《祝中俄文字之交》，最初发表于 1932 年 12 月 15 日《文学月报》第 1 卷第 5、6 号合刊。

124 鲁迅涉及到批评媒婆与处女之说的杂文有《关于翻译》、《非有复译不可》、《祝中俄文字之交》。

译。”[125]1933年鲁迅在文章《关于翻译》里提到为什么要重视翻译，认为我国的文化和创造力都比不上外国，所以拿不出好的作品是势所必然，所以应当翻译和创作并重，不可抑一个而扬另一个，扬创作轻翻译，会骄纵了创作，而使之变得脆弱[126]。1933年鲁迅又在《由聋而哑》一文中批评了五四运动时代的启蒙运动者和以后的反对者，认为他们应该分负责任。前者出于急功近利，在翻译有价值的书籍方面贡献甚微，反对者则故意迁怒甚至将翻译者比作媒婆[127]。但鲁迅对郭沫若的批评仅为影射性质，他们之间还谈不上有翻译上的论争，大约与郭沫若在创作和翻译上都取得了不菲的成就有关。

虽然鲁迅等人对郭沫若的言论有误读之嫌，但他们的批评对当时混乱的译坛起到了扶正的作用。郭沫若的译文所取得的成就可以证明他与鲁迅同样看重翻译，他译作的丰富堪与鲁迅比美，在向西方盗火取经的方面与鲁迅和茅盾大抵相同，所以对郭沫若的责备有意气用事的成份。

瞿秋白与郭沫若等人参与翻译论争深化了鲁迅对翻译的思考，鲁迅在此期间提出了不少重要的翻译论点。当时翻译界“百家争鸣”的局面丰富和发展了翻译理论，将中国的翻译事业推向了一个高峰，翻译家们在笔战的同时也进行了大量翻译实践，译介了许多西方文艺作品和科学著作，复译与重译实践以及适当的翻译批评有效遏止了翻译界出现的胡译与劣译乱象，涌现出一大批优秀的翻译工作者，鲁迅、郭沫若、茅盾等翻译大家也应运而生。

125 鲁迅：《致〈近代美术史潮论〉的读者诸君（1）》，本篇最初发表于1929年3月1日上海《北新》半月刊第3卷第5号“通讯”栏，原无标题。本篇未收入《鲁迅全集》同心出版社，2014年版。

126 鲁迅：《鲁迅全集》第5卷，北京：同心出版社，2014年版，第75页。本篇最初发表于1933年9月1日《现代》第3卷第5期。

127 鲁迅：《鲁迅全集》第5卷，北京：同心出版社，2014年版，第165页。发表于1933年9月8日《申报·自由谈》，后收入《准风月谈》。文章引用勃兰兑斯评论丹麦文学的话，批评了五四以来由于不重视或反对译介外国思潮和世界名作，致使中国的文艺由“精神上的聋”进到“哑”也就是“荒凉”。

第四章　鲁迅与西方同道中人翻译理论的比较

本章将鲁迅与三位西方重要思想家和翻译理论家瓦尔特·本雅明、纳博科夫以及韦努蒂的翻译理论进行对比，比较的基础在于鲁迅与三人在翻译生涯的重要阶段都不约而同地持一种“异化”的翻译观，四位堪称文学艺术、历史语言等领域的博学天才，都在文学批评及语言学领域做出了重大贡献，然而却都主张一种“直译”甚至“硬译”的翻译策略，且都冒着不为读者所接受的风险，可谓“逆潮流而动”，背后一定有着深刻的缘由，将他们的翻译理论的异同进行比较，是一件很有意义且颇富意趣的事情。本章意在比较鲁迅与这三位理论家在翻译理论的目的、内涵以及意义等方面的相似之处与分歧所在，对于认识鲁迅本人的翻译理论及其在历史上的地位有着显著的价值与意义。

第一节　“中间物”与“来世生命”：鲁迅与本雅明翻译观比较

瓦尔特·本雅明（Water Benjamin）（1892-1940）是20世纪德国举足轻重的思想家，是法兰克福学派的重要代表之一，被誉为“20世纪最伟大、最渊博的文学批评家之一”[1]。一位博学的天才，他的学术研究涉猎甚广，在哲学、文学艺术及理论、历史学与语言学等多个领域卓有建树，为西方文学与文化界

1　［美］杰姆逊：《晚期资本主义的文化逻辑》，北京：三联书店，牛津大学出版社，1997年版，第314页。

做出了不可磨灭的贡献。1923 年他翻译了法国著名诗人波德莱尔的诗集《巴黎的风貌》，为此诗集作了题为《译者的任务》的序言，这篇序言在翻译界产生了深远的影响，被誉为解构主义翻译理论的奠基之作。将鲁迅提倡的“异化”翻译观与本雅明在这篇导言中所定义的最理想的翻译进行对比，不难发现其中有异曲同工之处。在本雅明看来，如果译作读起来让人感觉好像是用目的语写成的，那将是一件不可理喻的事情，这一点上二者可以说得上英雄所见略同。鲁迅与本雅明作为同时代人，生活在不同国度，在翻译问题上不约而同地提倡直译，都认为翻译应当是透明的，译作不应当遮蔽原作的光芒，翻译是吸取外国语言的元素以改造本国语言的工具。鲁迅自中期起始终坚持以直译的策略“拿来”外国语言文化以改造中国语言文化，本雅明也发现了“本国语中心观”的危害，认为如果译文读起来就好象用这种语言创作的一样，这并不是一件值得赞美的事，本雅明也强调逐字逐句的忠实翻译的重要性，因为译作与原作最终是为了建构纯语言为目的的，他们是互相补充的关系。真正好的翻译应当是透明的，它不遮挡原文的光芒，而是作为纯语言的媒介使彼此进行补充与完善，使原作的光亮更为完全地显示出来[2]。

一、与本雅明对翻译目的的认识

鲁迅从事翻译活动长达 33 年，其翻译思想散见于译文的序或跋中，从形式上看比较分散，但理论仍然有系统性，几乎涉及到翻译问题的所有方方面面，许多思想都闪耀着辩证的发展的光芒。他的翻译理论与实践都应时代要求而服务于社会与民众，他的翻译目的是像普罗米修斯一样盗得天火来拯救他认为已经腐朽的中国文化。在选材方面鲁迅并非总是选择自己最擅长的东西，而是根据社会需要输入外国优秀的文学与文化，提出了直译甚至“硬译”的翻译策略，认为翻译外国作品重在移情益智，须读得出异国情调[3]。

鲁迅与本雅明生活的时代，社会都是动荡不定的，他们也都博学多才，思想独树一帜，对何为理想的翻译得出了相似的观点，虽然在当时并未引起足够的重视，还受到不少批评，但随着时代的发展其历史与学术价值日益受到重视并得到揭示，得到许多同仁的肯定。

本雅明的翻译理论都可以从《译者的任务》中找到，在这篇文章里，本雅

2 Walter Benjamin: *The task of the translator, Illuminations*, edited and with an introduction by Hannah Arendt, Schocken Books, New York,1988. P.129-130.

3 崔永禄：《鲁迅的异化翻译理论》，《浙江大学学报》，2004 年第 6 期。

明是以哲学家的眼光，从一个“更有意义的语境”来探讨翻译的“可译性”、“语言的亲族关系”和“直译法”的。他认为译文是原作的艺术生命的延续，或者说译作是原作的来世，译作的整个存在都来自原作，“原作的生命之花在译作中获得新的生命，并在译作中怒放”[4]，通过开发语言的诗情画意的可译性使原作的生命在译作中得到承继，在原作中体会到的“崇高”与“神圣”等美学感受也可以由其“可译性”形成一种包罗万象的独特语言[5]，在人与人之间以及不同文化之间建立起沟通的桥梁与纽带。

对于纯语言或“语言的纯洁性”在德国提出已久，早在17世纪奥皮茨[6]就于《德国诗论》中提倡用古希腊诗歌来提高德语的“纯洁性”[7]。19世纪浪漫主义时期施莱格尔等德国学者以罗马人通过翻译提升拉丁语的文明程度为模范，希望通过翻译净化德国的语言。诗人荷尔德林也希望用词源学方法通过希腊文翻译找回德语的源头，以开发最纯粹的语言。本雅明则延续了他们这一脉络的纯语言使命，将达致“纯语言”当作翻译的首要目的，本雅明认为语言与语言间存在着亲属关系，互补的语言集合起来构成一种整体意指，纯语言不能由任何单一的语言实现，是纯语言让各种语言建立起紧密的联系，成为一个不可分割的整体。本雅明认为未经纯语言翻译过滤的文本好比是容器的碎片，还没有成为一个整体，只有通过翻译才能将先前的文本变为建构当前文化整体的源泉。本雅明认为翻译家的任务是利用自己的语言洞察身边事物，为其创造力制造语义，译文是无中生有地从源语言的变迁中产生，与源语言共同获致完美的纯语言[8]。可以看出本雅明通过“可译性”与“审美共性”对翻译实践进行操纵，希望用“纯语言”作为媒介以承载艺术作品的“来世生命”。《译者的任务》发表后很长时间都未引起重视，直到半个世纪以后解构主义批评家德里达和保罗·德曼发现并开始珍视它的价值，并将其尊为解构主义翻译理论的重

4 Walter Benjamin: *The task of the translator, Illuminations*, edited and with an introduction by Hannah Arendt，Schocken Books, New York,1988. P.3.

5 Walter Benjamin: *The task of the translator, Illuminations*, edited and with an introduction by Hannah Arendt，Schocken Books, New York,1988. P. 16.

6 德国学者、诗人（1597-1639）。1597年12月23日生于邦兹劳。父亲是屠夫。青年时期学习法律，曾任外交官，并游历荷兰、罗马尼亚等国家。代表作有《德语诗论》。

7 杨周翰、吴达元、赵萝蕤（主编）：《欧洲文学史》（上册），北京：人民文学出版社，1964年版，第220页。

8 Walter Benjamin: *The task of the translator, Illuminations*, edited and with an introduction by Hannah Arendt, Schocken Books, New York,1988. P.80.

要奠基文献[9]。保罗·德曼甚至认为在翻译领域，如果不对这个文本发表一点意见，就什么也不是[10]。

二、与本雅明对“直译”认识之比较

鲁迅在翻译中把“信”的原则放在首位，强调译文必须在内容和形式上绝对忠实于原作，“宁信而不顺”是鲁迅处理“信”与“顺”关系时所遵循的独创性原则，为了促进中国文化的现代化，达到对国民进行思想与文化启蒙的目的，他甚至提倡“硬译”，认为唯有输入新的表达方式和新的文化元素，才能真正达到翻译求“信”的目的，把忠实于原文放在第一位，在“信”与“顺”不能兼顾的情况下，宁可选择“宁信而不顺”的翻译标准，将“信”放在翻译标准的首要位置。鲁迅认为要保留原文的丰姿，不但要将内容复制过来，而且也需要将原文的表达方式借鉴过来，以丰富和深化本国语言。本雅明在用翻译改造本国语言的设想上与鲁迅相似，他也认为选择“归化”的译者错在坚持一种我族中心主义，用本国语言和文化来归化外国语言和文化，本国语言不但没有吸收到外国语言因子，反而将外国语言与文化同化为本国文化了，是一种不谦虚的态度，必须借助外语发展和深化自己的语言[11]。本雅明提出的“纯语言”概念使不同语言之间靠翻译建立起前世后生般的亲缘关系，他把纯语言比喻成一只完整的“瓷瓶”，参与翻译的各种语言都是它的“碎片”[12]，他认为，一个完整的瓷瓶须将这些碎片粘合起来，每个碎片都必须彼此咬合，但每个碎片不一定要彼此相似。同样，对于一篇合格的译文，原文与译文的语言之间就像瓷器的碎片一样互相补充，最终构成“纯语言”的一部分。

鲁迅的“直译观”也是出于文化和启蒙的考虑，与语言学概念并没有太多联系，他认为只有直译才能最高效地输入先进文化和语言表达方式，是拿来救贫救急的最佳手段。鲁迅与本雅明提倡“信”的动机虽有不同，但对于翻译理论中“信”的内涵却有相似的认识，鲁迅认为翻译的忠实性不仅要求输入原文的意义和内容，而且更强调在语言文字层面的忠实，即语法和句法也要达到忠

9 何芳：《由“纯语言”看解构主义翻译观读本雅明〈译者的任务〉》，长沙航空职业技术学院学报，2008年第2期。

10 ［比］保罗·德曼：《对理论的抗拒》，美国：明尼苏达大学出版社，1986年，第73页。

11 陈永国：《翻译与后现代性》，北京：中国人民大学出版社，2005年版。

12 Walter Benjamin. *The task of the Translator* [A]// In Lawrence Venuti (ed.) The Translation Studies Reader [C]. London: Routledge, 2000. p23.

实[13]，这样就可以从国外输入新的语法和句法，对中文句法进行改革，通过硬译的方式使译文与原文在内涵以及语言层面实现“信”，以构建更有逻辑更为先进的现代汉语，他举例说明：Behind the mountain, the sun set. 这句话他译作：“山背后太阳落下去了”，读起来不顺，也不合传统汉语的特征，但绝不译作“日落山阴”，虽然很简洁且符合读者的阅读习惯。因为原文是强调山，译成“日落山阴”强调的就是太阳了[14]。鲁迅认为“信”就是力求保持原作丰姿，“顺”则意味着“易解”，“信”与“顺”最好能同时兼顾，“凡是翻译，必须兼顾这两面，一当然力求其易解，一则保持原作的丰姿……”[15]，实际上就是一种“信”与“顺”完美结合的理想状态。

本雅明则是从语言的角度提倡“直译”或“异化”翻译，认为这种翻译方式可以使纯语言更充分地在原作中体现出来。译者需认识到作者创作过程是翻译过程中需要首先尊重的过程，这样他才会尊重原作创作过程的原创性，在此基础上才谈得上对原作的补充和完善。译者尊重作者的创作过程，善于倾听原作文本呐喊的声音，才能在译语中发出正确的回响，原作之所以能够发出声音，并不是出于文本语言结构的要求，而是因为作者在文本中根据具体情境进行创造的需要。本雅明从事翻译实践时压根儿不考虑读者，认为译作是原作的再世生命，二者共同组成“纯语言”，所以在读者接受方面二者区别很大。他认为“任何一首诗都不是有意为读者而写的，任何一幅画都不是有意为观者而画的，任何一首交响乐都不是有意为听众而作的”[16]。所以在翻译时本雅明并未将读者置于关注的范围以内。

鲁迅与本雅明对于“直译”以及提倡用翻译来改造本国语言方面有着相似看法，但其背后的理论思想渊源又有着相当的差异，虽然二人都将“直译”作为改造本国语言、构建新的现代语言的途径，但鲁迅是利用“直译”作为一种构建现代汉语的句法、文法的工具，最终成就一种更为精密的白话文；本雅明希望使具有亲缘关系的不同语言通过翻译实现互补，以成就完整的“纯语言”。

本雅明则将“忠实”解构了。他认为再完美的译文，与原文相比其优美都

13 朱凌燕：《论鲁迅翻译中的“信而不顺”》，《绍兴文理学院学报》，2006 年第 6 期。

14 鲁迅：《鲁迅全集》第 4 卷，北京：同心出版社，2014 年，第 203 页。

15 鲁迅：《鲁迅全集》第 6 卷，北京：同心出版社，2014 年版，第 196 页。

16 Walter Benjamin. *The task of the Translator* [A]// In Lawrence Venuti (ed.) The Translation Studies Reader [C]. London: Routledge, 2000.p3.

不具备任何意义[17]。就是说译作与原作的关系不是谁服务于谁，译作因对原作的翻译，更新了原作的生命，在译文的语言世界获得自己的存在，原作则在译文中获得了新的生命，并在复译中不断地继续来世的生命。译文相对于原文具有自身的独立性，译作拥有与原作同等的地位，译作是对原作生命的补充，本雅明提出的“来世”的概念，认为译作是原作的来世生命，解构了以前赋予原作的权威性和优势地位，强调译文的生命出自原作，一旦出世就以独立的新“生命”而存在。本雅明认为，译文的生命是原作的来世承续，而不是主仆依从关系。伟大的译作见证译者对文学翻译的本质和尊严的领悟。本雅明认为有些最为杰出的人物如路德，弗斯和施莱格尔作为译者的成绩远远胜过其作为创作者的成绩，有些作家作为译者的重要性也值得重视，比如荷尔德林与格奥尔格。

三、与本雅明对原作与译作关系的认识比较

在20世纪大部分时间，归化译法一直主宰着翻译界，到了21世纪，国际交往与沟通越来越深入和频繁，翻译工作者越来越多地使用异化译法，与归化法基本达致均衡，甚至有占主要地位的趋势[18]。鲁迅更重视“信”的原则，使他选择了“直译”甚至“硬译”的翻译法，并大力提倡“复译”与“重译”，认为复译本可以给读者提供更多选择，在不同译本间形成竞争，并以此驱逐乱译。他甚至认为多种译本是必要的，他说如果将不同的译作进行比较和研究，肯定会多有收获和心得的，多一种译本就给读者多一种选择，一定不会是徒劳无功的[19]。鲁迅一再强调翻译实践中复译的重要性，主要是出于他的“中间物”思想，认为不存在完全完美的定本，新的译本必然在对旧译本取长补短的基础上超越旧译本，只有不断推陈出新，才有可能获得相对完善的译本。本雅明在论述译文是原文再世的生命时，不仅指原文必须通过翻译才能延续生命，而且强调原文的生命必须不断地复译才能常绿常新，这一点与鲁迅推重复译的观点也是一致的。本雅明认为原作的某些显著的文学风格随着时间的推移会渐渐暗淡，其内在风格会逐渐显露，以前新颖的词汇如今可能成为了陈辞滥调，以前大受欢迎的文章如今也许变得陈腐不堪，非但伟大的文学作品会在几经

17 陈永国：《翻译与后现代性》，北京：中国人民大学出版社，2005年版，第4页。
18 孙致礼：《翻译：理论与实践探索》，南京：译林出版社，1999年版，第36页。
19 鲁迅：《鲁迅全集》第19卷，北京：同心出版社，2014年版，第327页。

转世中完全转化，译者的母语也几经轮回，作者的文字要在各自的语言系统中获取长久的生命，就连伟大的译作也会成为语言长河中的一条径流，被吸收进语言自我更新的潮流中，译作需要在自身诞生和阵痛中观照原作语言的成熟，所以原文语言需要在不断的重译中不断地更新换代。所以本雅明是从文学陌生化的视野来看文学形式的生命力，并提出原文需要不断重译。

在《译者的任务》中，本雅明对作品的可译性以及原作与译作的关系进行了阐述，认为翻译虽然总是晚于原作，但译本是原作的再世生命并独立于原作。本雅明把译作与原作都当成有生命的东西，认为生命的各种表现形式与生命本身不可分离，译作的生命来源于原作的余生，并将原作的生命在来世延续下去，“由于原作总是先于译作而生，在世界文学中，迄今为止还尚未有过伟大的作品在诞生之际就能幸逢理想的译者，所以译作只是标志着原作的余生。”[20]本雅明认为译文无法与原文完全对等，因为原作和译作的语言都在不断的演变和进化中，原文与译文之间无法实现一种终极意义上的一致性。本雅明并不赞同传统所说的伟大诗人一定是伟大的翻译家，二流的诗人肯定是不尽责的翻译家的观点，他认为翻译与创作是两种相互独立的文学形式，所以译者与诗人的任务也应当是相互独立、不容混淆的[21]。所以译文不该只是原作的复制品。事实上，译作的终极意义主要在于不同语言之间的互补与承继，翻译本身没有揭示这一关系的功能，但翻译的形式却可以展现这种关系。译作与原作是构成纯语言的两种互补的语言体，就像完整瓷瓶的两个碎片一样，都是纯语言的一部分，翻译的任务不是追求与原文的终极相似性，那种翻译是不可能的[22]。

在鲁迅看来，由于不同语言的异质性，世界上的译文需要针对不同的读者采取不同的翻译策略，所以提倡有多种译本。这也是鲁迅大力提倡重译的原因，以在不同的“中间物”译本中呈现原作的不同意义。二者都认为一个译文只是多种可能性的译本中的一种，其生命还会随着新译本的出现而延续下去。本雅明认为诸语言间有着相承继的前世今生般的亲缘关系，不同的语言并非形同陌路，译作与原文通过所表达的内容相互之间有了联系，这种亲缘关系远

20 Walter Benjamin: *The task of the translator, Illuminations*, edited and with an introduction by Hannah Arendt，Schocken Books, New York,1988. P. 126.

21 陈永国：《翻译与后现代性》，北京：中国人民大学出版社，2005 年版。

22 Walter Benjamin: *The task of the translator, Illuminations*, edited and with an introduction by Hannah Arendt，Schocken Books, New York,1988. P.130.

比两部作品间外在的相似性要深刻与坚固得多[23]。译作是原作在来世里经历的生命的改变与更新，虽然原文与译文之间终极性的意义一致是无法达到的。本雅明把翻译定位在文学与哲学之间，认为正是译作将作品那永恒的生命延续下去，并处于语言的不断更新之中，但以人类的能力来说是没有任何一劳永逸的事情，所有的译文都只是权宜之计。

四、与本雅明对“译者”地位的认识之比较

与传统理论只是将翻译作为创作的附属不同，鲁迅认为译者的地位不低于作者，译者的奉献中有一种甘为泥土的牺牲精神，这样的奉献出于社会需要是刻不容缓的，时代需要给青年输入真正的富于营养的精神粮食[24]，但很多译者会对原文任意删改，鲁迅认为即使原作中有不合己意的地方，也不能删去，因为改变原作的本相是既对不起作者，也对不起读者[25]。鲁迅解释逐字译的原因，认为中国文与外国文大不相同，对同一种外文来说，不同的作者风格和句法使用都很不同，句子的繁简度与名词的专业度也都处理得各不相同。鲁迅在那个特定时期赋予译者的任务，是向本土传输西方文化和思想，其意识形态方面的义务更重于文本本身的意义，所以译者很多时候有文化启蒙与文化活动家的作用。出于这个目的，他是希望原原本本地复制外国文学形式与文化精神，先吸收再改造，先拿来再扬弃。

本雅明与鲁迅一样重视译者的主体性地位，但对译者的任务的看法稍有不同。本雅明赋予译者以完善和再现原作的使命，并不强调译者对原作一一对应式的复制，而是关心译者如何自然地补足原作的语言。本雅明认为译作是原作的来世生命，但译者并非要屈从于作者，译者的重任是补充原作的生命价值。原作的原创性地位没有因此遭到贬抑，反而因此而巩固了。本雅明认为文学翻译的译本有自身独立于原作的价值，诗译者的工作应被看作是诗人工作的一个独立的部分，“如果说原作是一种呼唤，那译作就是一种回声，翻译工作者需要用新的语言制造出这种回声”[26]，所以“译者必须找到作用于这种语言的意图效

23 曾晓光：《论本雅明翻译观中的“拱廊直译”》，《西华大学学报（哲学社会科学版）》，2006 年第 2 期。

24 鲁迅：《鲁迅全集》第 5 卷，北京：同心出版社，2014 年版，第 166 页。

25 王世家，止庵：《鲁迅著译编年全集》第 9 卷，北京：人民出版社，2009 年版，第 123 页。

26 Walter Benjamin: *The task of the translator, Illuminations*, edited and with an introduction by Hannah Arendt，Schocken Books, New York,1988.P.129-130.

果，即意向性。”[27]译者的任务是再现原作的生命，让读者从译作里能读到原作的内容与风貌，译作是对原作呼唤的回应，用独立于原作的生命将原作的内容与精神承袭下来，是在新的语境中繁殖新的生命。因此本雅明认为译作并非直接复制原作，译者的任务是根据原作的含义创造出具有新生命的新文本，从而将人类的精神生命繁衍下去，甚至能够进行增殖[28]。本雅明希望原文不会遮蔽译作的光彩，不会贬低译者的功劳，而是赋予译者继承与完善原作来世生命的艰巨任务，在翻译中开发出纯语言之花。本雅明首先肯定了原作和作者的独创性，强调在翻译过程中译者的创造性十分重要。但他并没有将译者的地位放在一个至高无上的位置，而是充分肯定了译者的创造性，并认为原作及作者的地位无可替代[29]。同时，本雅明把译者置于其应有的位置，尊重其创造性，发挥其主体性，指出“诗人的意指出乎本心，秉其自然，宛在眼前。”[30]

第二节　盗火救国与文化传播：鲁迅与纳博科夫翻译观比较

如前所述，鲁迅从《域外小说集》的翻译及出版以来一直坚持一种直译甚至“硬译”的翻译策略。无独有偶，比鲁迅晚十年出生的西方伟大的实验小说家纳博科夫[31]中年时也改变早年的意译法而提倡直译甚至硬译。笔者通过分析二人所处的历史文化背景、翻译受众、文学与文化使命的异同，来分析二人翻译理论与实践中奇特的相似之处，探寻他们为何不约而同地提倡一般翻译家不喜欢甚至反对的直译法，会不会是一种“英雄所见略同”?到底有什么深刻的缘由呢。

---

27 Walter Benjamin: *The task of the translator, Illuminations*, edited and with an introduction by Hannah Arendt，Schocken Books, New York,1988.P.129-130.

28 葛校琴：《后现代语境下的译者主体性研究》，上海：上海译文出版社，2006 年版。

29 高乾：《本雅明寓言式翻译思想研究》，天津：南开大学出版社，2010 年版。

30 ［德］本雅明，李茂增，苏仲乐译：《写作与救赎：本雅明文选》，北京：东方出版社，2009 年版，第 64 页。

31 弗拉基米尔·纳博科夫：（1899 年 4 月 22 日-1977 年 7 月 2 日），俄裔美籍作家，1899 年出生于俄罗斯圣彼得堡。布尔什维克革命期间，纳博科夫随全家于 1919 年流亡德国。他在剑桥三一学院攻读法国和俄罗斯文学后，开始了在柏林和巴黎 18 年的文学生涯。1940 年，纳博科夫移居美国，在威尔斯理、斯坦福、康奈尔和哈佛大学执教，讲授文学。以小说家、诗人、批评家和翻译家的身份享誉文坛，著有《庶出的标志》、《洛丽塔》、《普宁》和《微暗的火》等长篇小说。

一、与纳博科夫翻译理论嬗变过程之比较

鲁迅早年从事翻译是随从当时的主流译法，效法林纾的意译法，把外国小说改造成中国小说的形式，直到1909年鲁迅参与翻译《域外小说集》时，开始将原来的风格一变而为直译的策略。他本人甚至实践一种“硬译”的方法，即逐字逐句地译，使译文尽可能与原文等值[32]，这时鲁迅开始反对意译，认为如果一律使用意译，则达不到忠实于原作的标准，原作的风貌得不到再现，不能进一步丰富汉语的表达力[33]。

纳博科夫的翻译也可分为三个时期，和鲁迅一样，早期他使用意译的翻译策略，中年流亡美国时，以极端直译的风格来从事翻译，晚期偏重于重写。但与鲁迅不同的是，鲁迅留学日本，精通了德语与日语，进行了大量转译或者说重译的工作。而纳博科夫则熟练掌握了俄、英、法三门语言，为他毕生用这三门语言从事翻译打下了良好的基础。纳博科夫早期翻译的作品有法国作家罗曼·罗兰的《柯拉·布勒翁》和英国作家刘易斯·卡罗尔的《爱丽丝漫游奇境记》，取得了巨大成功。与鲁迅一样，早期纳博科夫也大量采用归化翻译法，原著中背诵莎士比亚作品的英国少女爱丽丝，在他的译文中，改写成背诵普希金作品的俄国少女安妮娅，英国的威廉大帝改成了基辅中世纪的伟大王子弗拉基米尔，英镑也改成了卢布。他还翻译了大量英语和法语诗歌，涉及的诗人包括英国的莎士比亚、以及浪漫派诗人济慈、拜伦、象征派诗人丁尼生、叶芝以及法国诗人兰波和波德莱尔，采取了所谓的“优雅模仿”式的翻译策略[34]。纳博科夫最初选择意译是考虑到他的译文的受众主要是那些背景离乡、流亡欧洲的白俄罗斯群体，将他国文本归化翻译为俄语文本，可以慰藉他们共有的乡愁，加强流亡途中俄罗斯人对自身的文化身份认同[35]。其次他使用归化的策略也是出于爱国和爱民族文化的初衷，以为可以给俄罗斯民族带来新的文化视野，使俄罗斯接受新鲜的文化血液[36]。

与鲁迅翻译观嬗变的轨迹相似，1945 年后，纳博科夫的翻译思想发生了

---

32 鲁迅：《鲁迅全集》第4卷，北京：同心出版社，2014年版，第109页。

33 顾钧：《鲁迅翻译研究》，福州：福建教育出版社，2009年版，第12页。

34 Coates, Jenefer. *Changing Horses: Nabokov and Translation*[A]. Jean Boase-Beier and Michale Holman(eds). *The Practices of Literary Translation: Constraints and Creativity* [C]. Manchester: St. Jenome Publishing, 1999.

35 李小均：《纳博科夫翻译观的嬗变》，《解放军外国语学院学报》，2003年第2期。

36 同上。

剧变，他认识到他早年的译文虽然读起来很流畅，但原作在意译的译文中失去了原貌，听不到原作真实的声音，原作的神韵也遗失了。他开始像鲁迅当年一样转向直译，后来甚至大力提倡直译策略。在 1955 年发表的《翻译问题：奥涅金的英译》一文中宣称："最糟糕的直译也比最漂亮的意译有用一千倍。"[37]"我非常确定，将不再做任何押韵式的翻译了——它们的独裁是荒谬的，跟准确性水火不容。"[38]于是，像当年的鲁迅一样，纳博科夫也开始不遗余力地鼓吹直译论，他甚至说意译是狂妄而堕落的译者对原作的亵渎[39]，他宁愿在译文中加入大量的注释来帮助读者理解原文真意，而使原文和译文达到永恒的高度和境地。1957 年 3 月下旬，他的一封给威尔逊的信上声称他喜欢"笨拙的措辞，贫瘠真理的鱼骨"[40]，再次表示反对意译法。

批评家对纳博科夫的翻译研究得比较少，学者格雷逊（Grayson）猜测，纳博科夫采用直译方法的原因可能是希望除"作家"的头衔以外，在自己头上再罩上一圈学者的光环，以为这样可以改善他那离经叛道的小说《洛丽塔》给美国人留下的不良印象[41]。和鲁迅先生一样，纳博科夫作为一位精通双语的文学大师，舍弃流畅的译文而置读者阅读效果于度外，一定有着良苦用心。从接受美学的角度来看当时纳博科夫对翻译策略的选择，会发现直译更为可行，因为当时纳博科夫译文的读者是听他讲课的大学生，他们能用俄语进行阅读，所以他可以在译文中尽量保留俄文原著中原汁原味的文化因素，引导学生跨越原著和译文之间的语言和文化鸿沟欣赏到俄罗斯文化的精妙之处，如果采用流畅的归化方法（用本族文化语言意译），其微妙的地方就会被掩盖或抹杀。译界和批评界长期以来对文学作品的可译性与不可译性的看法就有分歧，比如塞缪尔·约翰生就认为诗歌是不可译的，所以诗人写诗是对语言的保护，由于诗的风韵只能存在于创作它的那门语言中，所以才要去学习

37 Nobokov, Vladimir. *Problems of Translation: Onegin in English* [A]. Rainer Schuhe and John Biguenet (eds). Theories of Translation [C]. Chicago: The University of Chicago Press, 1992. P127.

38 ［新］布赖恩·博伊德，刘佳林译：《纳博科夫传（美国时期）》，桂林：广西师范大学出版社，2011 年，第 148 页。

39 Steiner, George. *After Babel: Aspects of Language and Translation* [M]. Oxford: Oxford University Press, 1992. P252.

40 纳博科夫致约翰·巴雷特，1957 年 4 月 18 日，伯林根收藏，国会图书馆；《纳博科夫——威尔逊通信集》，页 311。

41 Grayson, J. 1977. *Nabokov Translated: A Comparison of Nabokov's Russian and English Prose* [M]. Oxford: Oxford University Press.

它[42]。纳博科夫的译文就是为理解这一点的人们准备的，他们可能没有时间去掌握普希金的原文，但又懂得意译文本是无法传递伟大诗人的精妙之处的，所以阅读尽量直译的译文就成了他们最佳的选择。其次，纳博科夫希望尽量将俄罗斯文化的原貌展现给英语世界，所以选择直译是很明智的，在美国的流亡生活中，纳博科夫发现俄罗斯的文学经典没有好的译本，现有译本的质量不堪卒读，美国读者因而接受不到原汁原味的俄罗斯文化，对俄罗斯文化严重缺乏了解。纳博科夫在翻译《奥涅金》之前，这部作品已经有了四个英译本，纳博科夫尊重并赞赏先辈译者的勤勉工作，但在复译的过程中发现其中充斥着大量谬误，他认识到很多是因为意译的缘故，于是希望自己的译作能起到查漏补缺的作用，恢复其原汁原味的异域色彩，让英语读者能见识到俄罗斯文化独有的特性与风貌，让纯粹而地道的俄罗斯文化在美国读者心中重新确立它应有的地位，获得应有的尊重和敬意。举例来说，如果将纳博科夫所译《奥涅金》的最后一行放到普希金的诗句下面，可以发现它与普希金的语序非常接近，且严格忠于他的原意，充分传达了原文的信息，虽然有些拗口晦涩，但可以通过加注的方式来弥补。纳博科夫欣赏普希金原作的优美崇高，如果采用意译就无法抵达他的精妙意境，获得优美绝伦的音乐感，他宁愿用直译加注的方式来弥补这种遗憾，所以可以看到他这部作品充斥了大量的注释，他将这些注释比喻为摩天大楼，直抵这一页或那一页的顶端，让美丽诗行的光辉闪耀在注释和永恒之间[43]。

二、与纳博科夫的直译策略之比较

因此在翻译观上纳博科夫与鲁迅可谓是英雄所见略同，鲁迅的译文有意保留原文中的句法，所以译文里出现了许多欧化的带有许多从句的长句，读起来很不流畅，即不“达”。鲁迅倡导“硬译”的原因，是反对在语言问题上固步自封，也反对一概排斥“欧化”体，认为汉语也需要与时俱进，古代汉语在转变为现代汉语的过程中，需要通过翻译来输入国外的新的表现法，并为现代汉语所吸收，以丰富汉语的词汇及表达，而淘汰那些不被吸收的表达法。鲁迅对翻译的见解既辩证也新颖，他认为：“翻译家的基本错误是试图保存本国语

42 ［苏］詹姆斯·鲍斯威尔著，R.W.查普曼编：《约翰生传》，英国牛津：牛津大学出版社，1970年版，第742页。

43 Rainer Schulte and John Biguenet (eds). *Theories of Translation* [C]. Chicago: The University of Chicago Press, 1992. P143.

言的偶然状态，而不是让自己的语言受到外来语言的有力影响。”[44]对鲁迅本人而言，《域外小说集》的出版标志着他的翻译风格已发生很大改变。鲁迅在翻译《月界旅行》和《地底旅行》时，基本上还是沿用林纾式的译法，到翻译《域外小说集》时完全放弃了这种方法，鲁迅在这部书的序言中专门说明其译文与“近世名人”[45]的译本完全不同。鲁迅的“硬译”有着历史的基础，他总结了中国历史上佛经翻译的经验教训，在此基础上强调通过直译原汁原味地引进外国文化，丰富中国文化，直译过来的文本语言可改进现代汉语和中国人的思维。鲁迅的新方针可以说是一种有意识的直译。将鲁迅的译文与现在白话译文比较可以看出这一点，比如《默》的第二部分如下：

> 威罗楼居。本阶至不宽博，曲为弓形，且受伊革那支足音，声作厉响。伊革那支体本修伟，因必屡兆以避抵触，而阿尔迦·斯提斑诺夫那素衣拂其面，则辄复颦蹙，色至不平，盖已知今日之来，将不获善果如前此矣。[46]

现在的白话译文：

> 薇拉的房间在阁楼上。窄狭的木扶梯经伊格纳季神甫沉重的脚步一踏便弯了下去，发去咯吱咯吱的响声。他高大、笨重，为着不致碰到上面的地板，他低着头，妻子的白上衣触到了他的脸，他便嫌恶地皱起眉头。他知道，他们同薇拉是谈不出什么结果的。[47]

可以看出，将长句拆开后的现代翻译确实更为流畅且易懂得多。文字功夫极深的鲁迅自然能轻易地实现“达”的标准，但他认为准确传达原意才是最重要的，即使“有些不顺”也在所不惜。鲁迅认为如果一味地讲究“顺”的翻译，强人以就我，虽然可能会大受欢迎，但却失去了意义，鲁迅反对这样的顺译。特别是在文学艺术与理论领域，在十分需要输入西方新鲜血液的时代，这样的翻译之所以显得“硬”，究其根源是超越文本意义的，有着深刻的文化缘由，如果一味地用归化的手法来套西方文本，不过是削足适履而已，尽管满足了大众的阅读诉求，但对于十分需要启蒙的时代，其意义就没有“硬译”重要，虽然免不了会读起来生涩且僵硬。

---

44 转引自乐黛云：《比较文学原理新编》，北京：北京大学出版社，1998 年版，第 32 页。

45 指林纾。

46 鲁迅：《鲁迅全集》，第 11 卷，北京：同心出版社，2014 年版，第 126 页。

47 伍国庆编：《域外小说集》，长沙：岳麓书社，1986 年版，第 269 页。

就和鲁迅译完《域外小说集》引起的强烈反响一样，纳博科夫也引起了针锋相对的反应，争议极大，这也刚好达到了他的目的，即希望这本书会因为违背了传统的翻译套路而引人注目，他还有意为未来的评论家设置了至少一个陷阱[48]。小说家约翰·贝利[49]（兼普希金专家）热情赞扬他这本书的翻译和评注，认为二者都无法超越，评价纳博科夫那敏感的译文本身就是诗[50]。他的译文的批评者则认为，纳博科夫不押韵的直译就是普希金语词音乐唱片上划过的一枚钉子。特别是老朋友及合伙人威尔逊批评说他的语言乏味而笨拙，跟普希金的语言毫无共同之处[51]。许多评论家认为，他诗行不押韵，也常常平淡笨拙，与普希金的句子大异其趣，甚至认为是对普希金的残忍背叛。

三、与纳博科夫“直译”理论内涵之比较

自中国开始产生翻译理论以来，关于翻译的标准一直存在着争议与讨论，严复提出“信达雅”的翻译标准算是给翻译界众说纷纭的各种理论提供了一个相对统一的说法，而在这三字原则中，鲁迅专门将“信”拿出来强调，细致分析起来，实在有他良苦的用心与深刻的用意，他认为在这样的时代语境下，翻译的目的应当是本真地、忠实地引进异质文化和语言元素，像普罗米修斯那样从异国窃取文化的火种，为中国文化增添崭新的元素与力量，而“倘有曲译，倒反足以为害。”[52]对从外国引进的思想或文字，开始时难免会对其思维方式和表达方式感到有些不顺——如果早已熟悉，那就无须引进了。先前林纾的翻译大受欢迎，就是因为他的译文明显带有传统旧学的色彩，但这也是他的缺陷。鲁迅在翻译时“决不肯有所增减”，“并无故意的曲译”，不仅仅是一种翻译策略，更重要的是一种文化选择，鲁迅是希望保留外国文化中的异域元素，从西方“拿来”好东西，远比读起来流畅动听实际得多。与此同时，他也将自己的译本作为一种“中间物”来对待，并未看成是定本，以为由“硬译”而产生的不顺中，有价值的传下去了，最终仍然“不顺”的就被淘汰。鲁迅认为一切译作从某种程度上来说都只是一个“中间物”，自己的文章不过是桥梁与建

48 Vladimir Nabokov. *Strong Opinions*. New York: McGraw-Hill, 1981. P.193.

49 转引自［新］布赖恩·博伊德著，刘佳林译：《纳博科夫传（美国时期）》，桂林：广西师范大学出版社，2011 年版，第 355 页。

50 转引自［新］布赖恩·博伊德著，刘佳林译：《纳博科夫传（美国时期）》，桂林：广西师范大学出版社，2011 年版，第 355 页。

51 同上，第 355 页。

52 鲁迅：《鲁迅全集》第 17 卷，北京：同心出版社，2014 年版，第 368 页。

筑的基石，并非目的范本。

和鲁迅相似，纳博科夫的直译内涵同样是准确复制原作的词汇、语法和句法。如果精确的翻译导致原文意义遗失，那只能归罪于原文有问题，不属于译者的责任。对于纳博科夫来说，凡艺术作品，其形式与内容必须是浑然一体、不可分割的，文学作品也是如此，形式和内容的二分法是不可理喻的。纳博科夫在将《叶甫盖尼·奥涅金》从俄文翻译成英文诗歌时，如果将交替押韵四音部诗行“改写”成莎士比亚十四行诗的韵脚、韵律与句法来草草译就，其中有交替重音，其押韵的位置会发生很大变化，有七个铿锵的音韵，要符合英语的表达习惯，几乎是不可能的，这使英译本很不自然。纳博科夫总结直译的原因如下：首先，不可能将《奥涅金》翻译成与原作一样韵律的诗；其次，在原作的韵律和节奏无法完全复制的情况下，可以借助于大量的注释来进行说明。他不愿意提供流利的“顺”的译文，认为脱离原文的英文翻译并不具备独立的价值与生命，唯有严格追随普希金的俄文原文亦步亦趋，译文才有价值[53]。纳博科夫激烈批判经过变形的貌似艺术性的翻译，因为它不再忠实于原文而对原文进行了歪曲[54]。

四、与纳博科夫的“硬译”理论与实践意义之比较

历史证明，尽可能逐字逐句“直译”的文本，有可能因为不符合读者的期待而遭到冷落。如玄奘的译经事业，“虽震动一时之人心，而卒归于消沉歇绝。”[55]但读者一味排斥直译的文本是一种文化保守主义的表现，不利于一国文化的发展与开放。严复译西方学术名著用的是地道纯粹的桐城派文言句式；林纾也用古体的归化翻译了外国小说，严复和林纾曾是鲁迅的偶像，而“硬译”表明鲁迅不仅在翻译风格上，也在文化思想、价值取向上与老一辈划清了界限。鲁迅不赞成以本国为中心的文化保守主义，他以“盗火”来比喻对外国文化“拿来主义”的态度，先拿来再说，然后再研究如何“或使用，或存放，或毁灭”[56]。

---

53 ［新］布赖恩·博伊德，刘佳林译：《纳博科夫传（美国时期）》，桂林：广西师范大学出版社，2011 年，第 370 页。

54 ［新］布赖恩·博伊德，刘佳林译：《纳博科夫传（美国时期）》，桂林：广西师范大学出版社，2011 年，第 362 页。

55 张步洲：《陈寅恪学术文化随笔》，北京：中国青年出版社，1996 年版，第 16 页。

56 鲁迅：《鲁迅全集》第 6 卷，北京：同心出版社，2014 年版，第 22 页。

总之，纳博科夫与鲁迅都不畏人言地坚持了自己的翻译原则，虽然都遭受了严苛的批评与诟病，但他们为坚持真理而踽踽独行的姿态永远引领着后世的文化人。

第三节 “自强”与“自抑”：鲁迅与韦努蒂翻译观的比较

近年来有关“归化”和“异化”理论的讨论是翻译界的一大热点问题，异化是指“偏离本土主流价值观，保留原文的语言和文化差异”[57]或指“在一定程度上保留原文的异域性（Foreignness），故意打破目标语言常规的翻译”[58]。为避免晦涩带来的阅读不适感，异化旨在发明一种“通顺策略”，为目的语读者开发一种新的可读性。美国解构主义翻译理论家劳伦斯·韦努蒂被公认为是最先提出异化学说的学者，韦努蒂于 1992 年编撰了一部论文集《反思翻译》（*Rethinking Translation*），在其序言中阐释了他的异化翻译观，虽然没有直接使用“异化”的术语，但使用了“归化”（domesticate, domestication）[59]一词。韦努蒂在这篇序中用术语“抵抗式翻译”（resistancy, resistant translation）来表述他的异化观。在此基础上，1995 年韦努蒂在著作《译者的隐身》（*The Translator's invisibility*）里正式提出“异化”和“归化”的概念。实际上早在韦努蒂之前，鲁迅就曾提出过归化和异化的问题，且明确提出了“归化”这个词[60]，韦努蒂的

57 Venuti, L. *Strategies of Translation* [M]. *Routledge Encyclopedia of Translation Studies*. Baker, M. &. Mlmkjaer (eds.). London and New York: Routledge, 2001. P240.

58 Shuttleworth, M. & Cowie, M. *Dictionary of Translation Studies* [M]. Manchester: St Jerome, 1997. P59.

59 Venuti. L. Ed. *Rethinking Translation: Discourse, Subjectivity, ideology*. London and New York & London: Routledge, 1992. P13.

60 其实，鲁迅早在 1935 年 10 月发表的《“题未定”草》（一至三）里就提出了“归化”与“洋气”的二分法，他谈及他翻译《死魂灵》时说：“动笔之前，就先得解决一个问题：竭力使它归化，还是尽量保存洋气呢？日本文的译者上田进君，是主张用前一法的，他以为讽刺传品的翻译，第一当求其易懂，愈易懂，效力也愈广大。所以他的译文，有时就化一句为数句，很近于解释。我的意见却两样的，只求易懂，不如创作，或者改作，将事改为中国事，人也化为中国人。如果还是翻译，那么，首先的目的，现在博览外国的作品，不但移情，也要益智，至少是知道何地何时，有这等事，和旅行外国，是很相像的：它必须有异国情调，就是所谓洋气。其实世界上也不会有完全归化的译文，倘有，就是貌合神离，从严辨别起来，它算不得翻译。”鲁迅在这里明确提到了“归化”一词，只是用“保持洋气”来指“异化”，比韦努蒂早了 60 年时间。

异化翻译观与鲁迅提倡的“直译”观有相似的特征，比如二人都将异化译文的读者群定位于教育程度较高的精英读者，认为古语是异化翻译的特征之一，强调翻译选材在异化翻译中的重要性，将翻译行为上升到意识形态和政治文化的高度。但在翻译目的上二人也有很大的不同，鲁迅的目的是救国图强，韦努蒂的异化翻译观旨在抵抗英美的语言和文化霸权；鲁迅希望通过直译来改良汉语，韦努蒂则不太关心对英语的改良。

一、韦努蒂的异化翻译理论与鲁迅“直译”理论的相同点

劳伦斯·韦努蒂沿袭的是福柯的路径，将翻译置于历史语境进行解构，他的意识形态是后殖民主义文化政治观。他的主要著作[61]单从主题看似乎与操纵学派有相似的特征，关注文本在目的语中的反应。但其实他并不赞同操纵学派的描述法与中立态度，他的研究带有鲜明的后殖民主义立场，即把强势文化与弱势文化交流时的篡改视为文化霸权主义，故而他反对归化翻译，而推崇异化翻译策略。韦努蒂的异化翻译观最早见于他的论文集《反思翻译》的序言中，韦努蒂在此篇序中用“抵抗式翻译”（resistant translation）来表述这个观念，并将其定义为：“抵抗目标语中的主流文化价值观，反对为归化而追求通顺”[62]。他认为抵抗式翻译（resistancy）有助于抵抗民族中心主义的强势归化行为，为原文的语言和文化差异争取一个话语空间，以陌生化的外语译本来抵制目的语的强势改写，使译者能主动“操纵”外国文化中一切察觉到的后殖民主义元素，并阻止这些元素对文化他者进行帝国主义改写和归化，以实现“抵抗式翻译”[63]。在《译者的隐身》一书中，他总结出整个西方翻译史就是一部“归化史”，目的语中的价值观、意识形态与表达方式操控和决定译文的生成和接受（这点类似于勒菲弗尔的操纵观点），翻译以目的语读者能接受为标准，故常用归化的手法抹杀他者文化的差异。故译者要摆脱传统的隐身状态，找机会孕育出更多新生的意义。而译作的生命就在于它作为后起的生命与译者及其文化发生关联，强调译者的翻译语境与干预作用。韦努蒂的异化翻译观的政治目的是希望“抵制英美强势文化和文化帝

61 福柯于1992年编《反思翻译：话语、主体、意识形态》，1995年著《译者的隐身：一部翻译史》，1998年著《翻译的丑闻：伦理的差异》，2000年编《翻译研究读本》。

62 Venuti. L. Ed. *Rethinking Translation: Discourse, Subjectivity, ideology*. London and New York & London: Routledge, 1992. P13.

63 同上，p13.

国主义”[64]，不至于把第三世界的文化过滤掉；其文化目的突出文化交流因子，正视不同文化的差异，使弱势文化不至于被目的语文化完全归化和改写[65]，其诗学目的是反对以“通顺”为特征的归化式翻译，注重文学的“能指游戏”（play of the signifier）[66]。他指出“通顺”如何强化了本土主流意识形态，他提出异化翻译策略使文化与语言的差异合法化，而不是磨灭其间的差异。和鲁迅相似的是，韦努蒂对政治和文化的诉求超越了他的诗学目的。

（一）基本概念与内涵的相似性

鲁迅用了“归化”和“洋气”的术语来指直译与意译，并把洋气解释为“异国情调”，在英文里这个词是 foreignization，foreignized 或 foreignness，这也是韦努蒂论著中的关键词，所以鲁迅的“洋气”与韦努蒂的“异化”说内涵基本上相同，二者都反对归化而提倡异化翻译，在追求“归化”的过程中，译者会以目标语的主流文化价值观来归化处于弱势的源语文化价值观，读者读起译文来会感觉通顺，而异域元素则以本国的面貌呈现出来[67]，韦努蒂认为，使译文通顺无疑需要抹去原文与目的文本之间的文化差异，原文被目的语的话语所归化和改写，输入目标语的价值观与习俗，通顺的策略则对原文进行归化，使译文的读者感觉易读好懂，使其在一种文化认同感中获得自恋的体验，将自己的意识形态话语凌驾于一个不同的文化之上的做法，正是帝国主义的行径[68]。鲁迅与韦努蒂都是异化翻译的提倡者，目的都是抵制当下我族中心主义对翻译的操纵和对外国文本所涵有的文化价值观的过滤，所以首先在选材上，二人都选择与当下的主流价值观相抵触的文本来翻译，只是鲁迅的选材观中有明确的“自强”意识，而韦努蒂的选材观则有强烈的“自抑”意识。对鲁迅来说，异化是通过直译引入不同的文化与语言表达方式，而对于韦努蒂来说，异化背后反映的是他为后殖民主义政治服务的意识形态。

韦努蒂的“异化”思想可追溯到德国著名哲学家施莱尔马赫所提出的翻译

64 王东风：《韦努蒂与鲁迅异化翻译观比较》，《中国翻译》，2008 年第 2 期。

65 Venuti. L. Ed. *Rethinking Translation: Discourse, Subjectivity, ideology*. London and New York & London: Routledge, 1992. P13.

66 Venuti. L. Ed. *Rethinking Translation: Discourse, Subjectivity, ideology*. London and New York & London: Routledge, 1992. P12.

67 王东风：《帝国的翻译暴力与翻译的文化抵抗：韦努蒂抵抗式翻译解读》，《译介学研究》，2007 年第 69 期。

68 Venuti. Ed. *Rethinking Translation: Discourse, Subjectivity, Ideology* [C]. London and New York: Routledge, 1992.

“两条路”，他认为在翻译中“一是译者尽量不惊动原作者，让读者向他靠近：一是译者尽量不干扰读者，让原作者向读者靠近”[69]。施莱尔马赫在这里已有“归化”与“异化”的雏形，让读者接近原著作者，指的是翻译中的“异化”，让原著作者去接近读者，指翻译中的“归化”方法。他的思想对韦努蒂产生了影响。长期以来归化翻译法在西方翻译史上占据着首要地位，韦努蒂首次提出了异议，他指出强调通顺流畅的归化策略，是西方文化帝国主义价值观强势的体现。它满足了种族中心主义的需要，用归化策略使译者无法在译作中现身。使用异化翻译可以制约归化翻译所带来的文化霸权主义的翻译暴力。为了应对英美强势语言文化价值观对弱势话语权的统治，韦努蒂呼吁英美翻译人士翻译弱势文化的文本时，使用异化翻译法以让英美读者能接触到他者的价值观，他的异化翻译策略包括了“形式”和“主题”两个方面，即首先是对原文的选择，其次就是对语言形式的选择，只要有一个方面是异化的就算是“异化实践”。

（二）在翻译的政治性上的相似性

20 世纪翻译研究实现其文化转向之后，越来越多的人认同“翻译同时也是一种政治行为”，“我们也可以从文中频繁出现的其它语汇中把握‘翻译的政治’的本质，即权力关系、暴力、政治议程、挪用、形塑和建构等”[70]。后殖民主义批评理论家斯皮瓦克率先提出“翻译的政治”论点，对翻译这种特定的文化现象中所包含的政治及暴力因素进行了创造性的挖掘与论析。朱耀先在研究了斯皮瓦克以后得出“翻译并不是简单的语言文字转换，它渗透着社会文化的政治特性，在一定的历史语境中，翻译是译入语社会中的一种独特的文化政治行为。”[71]

但鲁迅从来没有用“异化”二字来概括其翻译活动，韦努蒂的“异化”翻译策略属于一种现代派的翻译理论，是他的后殖民主义理论的衍生品，也是翻译研究的一条新途径。韦努蒂坚决抵制翻译被种族歧视、民族中心主义所利用，学者封一函明确指出韦努蒂的翻译思想是现代派翻译思想[72]，体现了现代

69 Schleiermacher, Friedrich. *Translation/History/Culture: A Source Book.* London and New York: Routledge, 1992, p.149.

70 转引自周馥郁：《鲁迅与韦努蒂异化翻译观比较》，《文学教育（下）》，2016 年，第 10 期。

71 朱耀先：《论斯皮瓦克翻译中的政治文化元素》，《河南师范大学学报》（哲学社会科学版），2011 年 11 月，第 38 卷，第 6 期。

72 封一函：《论劳伦斯韦努蒂的解构主义翻译策略》，《文艺研究》，2006 年第 3 期。

派反文化霸权、反主流意识形态的特征，具有浓厚的政治色彩和对文化种族中心主义的批判。

（三）文本选择上的相似性

鲁迅认为，“文艺是国民精神所发的火光，同时也是引导国民精神的前途的灯火，这是互为因果的。”[73]他谈到他翻译爱罗先珂和江口涣的作品时，还曾说到他从事文艺翻译是希望传达被压迫与受侮辱者的心声，激发国人对于压迫者的反抗，而不是仅仅将海外的奇花异草移植到中国人庭院[74]。韦努蒂在论及鲁迅和周作人的异化翻译时，也说他们与晚清主流做法不同，不管是文本选择上，还是翻译策略上，韦努蒂说：“他们视文学翻译为改变中国在地缘政治关系中的从属地位的一种方式，因此他们把注意力投向了那些处境与中国类似的外国，但是这些国家的文学却摆脱了其少数族地位的影响，而在国际上享有盛誉。他们的翻译文集所收录的大部分是俄国和东欧的短篇小说，……”[75]鲁迅认为应当根据读者层来选择翻译策略，“直译”或者说“异化”翻译应当针对精英阶层，韦努蒂也认为异化翻译的读者一般都是社会的精英分子，译者必须根据自己的目标人群选择翻译什么样的文本，二人选择异化策略，目的都是为了抵制当下主流的语言文化价值观，所以二人的文本选择标准都是与目标语当下的主流价值观相抵触的文本，只不过鲁迅的选材明确地体现了他的文化“拿来”思路，希望借翻译强国强民，作为美国大学教授，韦努蒂的选材观则有着试图摆脱文化霸权的倾向，这一差异显然由二人所处文化的强弱不同而造成的。

（四）在用古语上的相似性

在具体的翻译策略上，鲁迅提出一个可能且可行的方法：“在旧文中取得若干资料以供使役”[76]，而韦努蒂也认为古语是异化翻译的一种，因其采用了与主流语言价值观不同的语言素材。鲁迅用异化翻译即他所说的“直译”来改造汉语，与保留“洋气”和“异国情调”的策略一样，用古语翻译是鲁迅丰富汉语的另一积极的举措，他想用不同于传统的语言价值观的语言材料来丰富

73 鲁迅：《鲁迅全集》第 1 卷，北京：同心出版社，2014 年版，第 142 页。
74 鲁迅：《译文序跋集》，北京：人民文学出版社，2006 年版，第 324 页。
75 Venuti. L. *The Scandals of Translation* [M]. London and New York: Routledge, 1998. p184.
76 鲁迅：《鲁迅全集》第 1 卷，北京：同心出版社，2014 年版，第 169 页。

汉语。鲁迅主张“宁信而不顺”的翻译策略，是想走精英的路线，并视古语为异化表现，通过异化翻译来丰富本土语言。其中反通顺的思想与韦努蒂的异化翻译思想有很大的相似性。走精英路线意味着把广大人民群众排斥在翻译读者群之外，因为异化翻译只适合于“受过良好教育的精英分子”[77]。鲁迅对文言和白话采取的是一种辩证的态度，他所说的异化翻译可以有“古的”表达方式，实际上是在回应瞿秋白的观点。瞿秋白在给他的信中曾说过：“古文的文言怎么能够译得‘信’，对于现在的将来的大众读者，怎么能够‘达’!”[78]鲁迅在《论‘旧形式’的采用》一文中明确指出：“新形式的探求不能和旧形式的采用机械地分开”的观点是“正确的”，他变为“……一个新思想（内容），由此而在探求新形式，首先提出的是旧形式的采取，这采取的主张，正是新形式的发端，也就是旧形式的蜕变……”[79]

二、鲁迅与韦努蒂异化翻译观的不同之处

（一）不同的历史背景和政治目的

鲁迅提出“意译”策略的历史背景是中国面临中华民族遭受侵略之际，阶级矛盾也很尖锐，各种政治力量相交锋，清末政府的腐败以及西方与日本的侵略给中国人民带来了深重的苦难，鲁迅和其他仁人志士一样寻求着救国强民的方法与措施，虽然不能说中国科技起步完全归功于清末鲁迅等人翻译科幻小说的实践，但是鲁迅的科幻小说翻译确实引入了破除迷信的科学意识与知识，改良了彼时民众的思想。由于鲁迅的翻译是受梁启超等人科技救国梦的影响，所以采用了意译即“归化”的翻译策略，强调内容的可读性强，使人产生阅读的愉快。

由于当代跨文化交流的日益频繁，由于不同国家综合实力的差异，国际之间的文化交流出现了文化霸权主义和不平等的现象。韦努蒂的异化翻译观是在跨文化交流日渐频繁的背景下，为抵制文化交流的不平等而提出的。在《译者的隐身》中韦努蒂批判性地考察了自17世纪以来的西方翻译理论和实践，为了建立一种反“二元对立”的多元包容的机制，韦努蒂对主导西方300多年的“流畅通顺的翻译”实践和理论进行了揭示与批评，认为在第二次世界大战

77 鲁迅：《鲁迅全集》第4卷，北京：同心出版社，2014年版，第194页。
78 鲁迅：《鲁迅全集》第4卷，北京：同心出版社，2014年版，第194页。
79 鲁迅：《鲁迅全集》第6卷，北京：同心出版社，2014年版，第12页。

之后，批评家通常使用“流畅”“如行云流水般”等形容词来夸赞一些他们觉得好的译文，而称洋腔洋调的语言、行话、俚语为“翻译腔”，韦努蒂认为这种贬低性的评价是不公平的[80]。韦努蒂认为在文化殖民主义语境下所获得的译文，其核心是民族中心主义的价值观，这是一种文化霸权主义的表现。

鲁迅与韦努蒂所提倡的“异化”翻译策略都有极强的语言文化目的和意识形态目的，且语言目的是为政治目的服务的。鲁迅的“异化”或者说“直译”翻译策略在语言文化方面是希望借异域文术新宗改造大众语言，促进汉语现代化，中国需要用不同于文言价值观的异质语言因素来发展现代汉语。而韦努蒂的目的不在改良目标语言上，而是反对英美的文化霸权主义。鲁迅的选材多偏重反映弱势群体的疾苦和以及揭露社会黑暗的外国文学作品和文艺思潮，对映射和批判当时中国的社会现实，启发民众思考，并激发起他们的反抗精神，翻译宗旨是“自强”。韦努蒂主张用异化翻译方法翻译他国文学作品，希望英美国家理解并接纳弱势文化的差异，以给其主流价值体系引入不同地域色彩的文明，主张文明多样化和平等化，反抗英美的霸权意识，希望“在世界政治与外交格局中建立一种真正民主的地缘政治关系”[81]。至于英语的语言价值观被异质介入后是否会受到抵制，则不是韦努蒂所关心的内容。鲁迅从异域引进“不顺”和“洋气”的表达法，主要是希望借异域之声丰富和改造汉语的表达法，为现代汉语输入新的更精确的表达方式，而韦努蒂则认为英语统治世界的霸权主义，需要用异化的翻译来抵制它对其他弱势语言的统治[82]，所以二人都有很强的政治目的，二人都认识到翻译有影响本国语言、丰富本民族文化，以及推进社会变革的功用，但韦努蒂探索了“异化”翻译抵抗文化霸权的作用，有自抑的目的，而鲁迅则是希望借异化翻译来达到自强的目的。

与韦努蒂不同的是，鲁迅的异化翻译旨在改良本国语言。韦努蒂提出异化翻译主要是为了抵抗我族中心主义暴力、抵制英美语言和文化霸权。二人都有很强的政治倾向，都有韦努蒂所说的“政治协程”，但由于二人处于不同的政治语境，有不同的政治出发点，所以政治目的也不同，身处弱势文化的鲁迅主张异化翻译的主要政治目标是“自强”，身处强势文化背景的韦努蒂提倡异化

80 转引自［美］劳伦斯·韦努蒂：《译者的隐身》，上海：上海外语教育出版社，2004年版。

81 王东风：《帝国的翻译暴力与翻译的文化抵抗》，《中国比较文学》，2007年第4期，第69-85页。

82 ［美］劳伦斯·韦努蒂：《译者的隐身》，上海：上海外语教育出版社，2004年版。

翻译的政治目标是“自抑”，鲁迅的“自强”意识反映了弱国寻求从奴役中解放出来的强烈意愿，而几十年后韦努蒂的“自抑”倾向则反映了知识分子对“地缘政治与民主秩序”的一种渴求，韦努蒂以少数族自居，他提出异化翻译目的是为了保护文化生态、反我族中心主义，抑制英美的文化霸权，他认为异化翻译作为一种干预手段，是从政治层次上升到伦理道德层面对英美文化霸权的一种抑制，将“异化”与“归化”的对立推向极致。鲁迅的异化翻译的目的在于唤醒沉睡的民众，以科学和文艺来“救国”。

（二）不同的理论形式与出发点

鲁迅没有撰写专著来探讨他的“直译”观，所以也没有形成系统的理论体系，他提出的异化翻译观多散见于他的译序、通信以及论战中。

韦努蒂首先提出“译者的隐身”、“症候式阅读”，然后比较了“异化”与“归化”这两种“极化策略”，对透明、通顺的“归化”翻译进行了批评，认为归化是以翻译为工具进一步从文化方面实行的帝国主义和霸权事业，是一种征服弱国文学的暴力工具，所以大力提倡“异化”翻译，并使用德里达的“延异”解构法[83]精心设计了进行“异化”实践的两大具体策略施：反常式忠实和对抗式翻译，并举出大量他人的翻译实例加以证明，这些都体现在他“异化”翻译的内部系统里。在外部系统中，韦努蒂先提出归化式翻译作为对源语文化的施暴，是一种翻译的丑闻（scandals of translation），为了抵抗帝国主义的文化霸权，韦努蒂在他主编的《反思翻译》（rethinking translation）一书的前言中提出以异化为主的抵抗式翻译（resistant translation）。他认为采用一种“反常的忠实”来尊重和保护原作的诗学价值与文化蕴涵，才能忠实地再现原作中与目标语文化有差异的元素，以抵制被“正常的忠实”保护起来的欧美主流价值观，有强烈的社会批判色彩[84]，他的《译者的隐形》、《翻译的丑闻》等都自成体系，前后观点统一，后面的观点是对前面的拓展和深化。所以韦努蒂的翻译理论是系统而全面的。

韦努蒂提出的异化翻译就要是抵制目标语下的主流语言价值观，但与鲁迅的不同点在于他们的出发点不一样。韦努蒂的出发点是：“英语太霸权，在

---

83 德里达给延异的定义：“在坚持古典性苛求的概念化中，‘difference’据说是表明了某种构成性的、生产性的和原初性的因果性；是产生、构成不同事物和差异的分割、区分的过程。即延异是产生差异的原因和过程。

84 蒋童：《韦努蒂的异化翻译与翻译伦理的神韵》，《外国语》，2010 年第 1 期。

用英文译外国文本时，需要用异化的翻译来抵抗它对他者话语的压制”[85]；鲁迅的出发点是，文言文古汉语已“病入膏肓”，且我们的文化落后了，“文艺如此幼稚”[86]“需要用不同于文言价值观的异质语言因素来更新换代[87]”，由于出发点不同，二人的目的也不同，韦努蒂的异化翻译释放出来的“不顺”的译文或“剩余话语”给人以异国情调或时空距离感外，没有更多的逻辑延伸了。英语的语言价值观被异质介入之后，也许会受到抵制，但以后会怎样，不是韦努蒂关心的事情，鲁迅从异域引进的“不顺”、“洋气”的表达方式，出发点是丰富汉语，目的正是这出发点的逻辑终点。

85 王东风：《韦努蒂与鲁迅异化翻译观比较》，《译论研究》，2008 年第 2 期。
86 鲁迅：《鲁迅全集》第 2 卷，北京：同心出版社，2014 年版，第 60 页。
87 周馥郁：《鲁迅与韦努蒂异化翻译观比较》，《文学教育（下）》，2016 年第 10 期。

第五章 鲁迅翻译理论及实践的意义

鲁迅的翻译思想和翻译活动促进了中国翻译现代性的萌芽与发展，引领了一场欧化翻译运动，通过硬译输入了不少新的表现法和句法，创造了不少新词汇，他的翻译实践为构建中国现代语言文学作出了贡献。近20多年来，学界在鲁迅的翻译理论与实践研究方面出了不少成果，但对于鲁迅的翻译对中国翻译事业的贡献与意义仍然众说纷纭，有学者认为“在中国的翻译史上，真正提出划时代理论的是鲁迅”[1]，鲁迅在“中国文化史上有着不可替代的地位”[2]。有学者认为，鲁迅“指示着中国文化转型时期的翻译的发展方向，是其历史时代翻译主流的代言人。”[3]即使对于他前期以意译为主的译作如《地底旅行》，也有学者认为其作用不可小觑，比如王冶秋在《民元前的鲁迅先生》中介绍了《地底旅行》的内容，作了简要评论，认为青年读鲁迅译的这种书一定能激起他们研究科学的兴趣，远甚于去死读课本[4]，认为在当时大多数东京留学生都在从事政治活动的情况下，鲁迅却埋头翻译科学学术著作，已经算是一名名至实归的启蒙运动人士了，他做出了永不可磨灭的功勋[5]。

---

1 李春林，邓丽：《1981-2005年鲁迅翻译研究述略》，《鲁迅研究月刊》，2006年第5期。

2 同上。

3 雷亚平，张福贵：《文化转型：鲁迅的翻译活动在中国社会进程中的意义与价值》，《鲁迅研究月刊》，第12期。

4 王冶秋：《民元前的鲁迅先生》，《1913-1983鲁迅研究学术论著资料汇编》第3卷，中国文联出版公司，1987年版，第1260页。

5 同上。

第一节　给中国现代译者的启示

一、鲁迅的翻译工作态度对译者的启示

鲁迅的三十三年翻译生涯中，无论是持“归化”观的早期，还是提倡“硬译”的时期，都持之以恒地以一种热情、严谨而勤奋的工作态度进行翻译，他晚清时期为了实现科学救国梦而投身科学小说的翻译，“五四”运动期间文学翻译遭遇围困时迎难而上，翻译了大量“为人类”的欧洲现实主义题材小说，在政治大变革社会大动荡时期又积极译介苏俄文艺理论，他以普罗米修斯盗火给人类的精神，以他首倡的“拿来”主义态度从事翻译，不但自己辛勤从事翻译实践，还鼓励和带动他人从事翻译工作，他长达三十多年的翻译生活中，始终坚持以下原则：胸怀使命，严谨务实；博采众长，善于创新；坚持真理，勇于自剖。

（一）胸怀使命，严谨务实

三十三年的翻译生涯中，鲁迅始终严谨认真地对待翻译工作，全身心投入译介事业并取得了骄人的成绩。特别是五四运动之后，他从未停止翻译工作，每年都投入了巨大精力，产出大量高质量的翻译文字，并发表于各大报刊中，即使是在五四时期动荡的环境下，或者过着颠沛流离的生活，也不惜花费大量精力与时间来翻译长篇小说、文艺理论专著等。他胸怀使命、严谨务实地对待翻译的每一部作品，从不因名利推卸责任，即使是晚年身染重病，也呕心沥血、不辞辛劳地翻译，在翻译质量方面从不苟且，用精湛的笔力完成了《死魂灵》的翻译，鲁迅的朋友许寿裳回忆鲁迅翻译《小约翰》的情形说：“那时我和他同住，目睹其在骄阳满室的壁下，伏案工作，手不停挥，真是孜孜不倦，夜以继日……”[6]鲁迅病重还坚持翻译《死魂灵》，期间好友许寿裳曾去探访他，鲁迅说到这部译作的翻译让他遇到了不少困难，耗尽了精力。尽管条件艰苦，翻译《死魂灵》时与字典和冷汗相伴，他以坚强的意志力克服了各种困难，精益求精，锲而不舍，最终高质译完《死魂灵》这部伟大的现实主义杰作。

鲁迅早期受林纾、严复和梁启超的影响很深，倡导和实行一种“归化”的翻译，也取得了不错的效果和声誉，但鲁迅并没有被成功迷住双眼，他很善于直面中国的悲凉现实，开始批判性地观察中国社会与国民性，逐渐意识到需要拿来西方的东西，甚至包括其文字与文法，以代替中国文化中日趋腐朽的部

6　许寿裳：《亡友鲁迅印象记：许寿裳回忆鲁迅全编》，上海：上海文化出版社，2006年，第36页。

分，是十分重要且迫在眉睫的事情，所以他深深地反思了以前的翻译实践，开始形成自己独特的翻译理论，不遗余力地推广硬译理论，欲以此改善白话文，达到为普罗大众普及文化与教育的目的。

（二）博采众长，善于创新

鲁迅提倡的复译蕴含着博采众长的意义，每一次翻译已有前人译本的作品，都在深入理解原作的基础上参考各译本所作的文字处理，这种博采众长的策略具有内在的比较优势，且非简单地整合现有的译本，而是吸取各译文长处，融汇各个版本的优点进行再创造，这样就更接近完美与准确。鲁迅选择翻译文本并不完全出于兴趣，比如他很早就喜欢对小说《小约翰》感兴趣，但由于“为人生”和救国图存的需要，他选择先译介弱小国家或被压迫民族的现实主义作品，直到 1926 年夏天才决定与齐寿山一起翻译《小约翰》，那段时间他们每天下午都辛勤劳作，沉下心来翻译这部作品，常常为一些字词句的译法争执得不可开交，也常就不确定的内容咨询别人，几乎总是在商量和讨论中，有时谁也想不出适当的译法，译得废寝忘食，头昏眼花时，便发挥一下“余裕”精神，看看窗外的风景放松心情，听听高树上的蝉鸣聊以自娱，就这样一个月过去了，鲁迅最终翻译完《小约翰》[7]，并于 1927 年整理出版。这部译作参考了多种译本，尽量用孩子们能懂的语言，所以一般采用通俗易懂的归化译法，比如在翻译原文中各个角色的名称时全部使用意译的手法，创造性地给文中每个角色起了象征意味的名字，比如“翅子”“上首”“光虫”，“旋儿”等，不但富于童趣，且含有丰富的哲学意蕴，连成人也十分喜欢，这种创新无疑为中国童话翻译起到了示范的作用。但翻译过程也倍感艰辛，鲁迅觉得甚至比译小说还要费神。

（三）坚持真理，勇于自剖

鲁迅漫长的翻译生涯，从早期为光复中华而翻译，到中后期为“拿来”而翻译，其改造社会的目标从未动摇过。鲁迅主动承担起翻译兴邦的使命，引领中国现代翻译界冲破封建旧学、文言范式的禁锢，通过翻译“拿来”异域的先进文明和文化，以打破社会的陈规陋习，始终不懈地为输入人类先进文明和改造国民性的事业而努力奋斗。

鲁迅在提倡和实践“硬译”的过程中，遇到了巨大的阻力，受到了各界人士的质疑与批评，长期与归化派翻译家进行论战，虽然身心颇受拖累与伤害，

7　鲁迅：《鲁迅全集》第 14 卷，北京：同心出版社，2014 年版，第 5 页。

但始终坚持真理，毫不退步与胆怯。如果仅为了个人声誉与健康，他完全可以迎合人们的口味去做一些讨巧的翻译活，但他出于改良中国文字文法的需要，不惜牺牲译文的“顺”和读者阅读的愉悦，坚持直译甚至“硬译”以达到改造旧文法，输入新文法的目的。作为中国现代翻译的旗手，虽然在应对翻译论战中的恶意中伤时，鲁迅会干脆地予以回击，但鲁迅对同志与朋友的善意建议与意见始终保持谦虚谨慎的接纳态度；即使是来自同行的批评或是青年的质疑，鲁迅一直都保持虚怀若谷的心态，每一次翻译结束，总是先检讨自己的错误和疏漏，还将自己的译文放在“中间物”的位置，是可以超越的东西。鲁迅与瞿秋白的通信完全能佐证他的虚怀若谷，瞿秋白在通信中对鲁迅翻译的《毁灭》指出了多处语言和技术操作上的不足，还提出了修改方法，并提出翻译要使用“绝对的中国白话文”，以适应普罗大众的阅读习惯与欣赏水平。在《毁灭》译作即将付印之际，瞿秋白特地来信对鲁迅的译文提出建议与意见，鲁迅虚心地一一接受，并对其批评指正表示感谢，坦承自己的译文和原文相比存在理解的偏差，鲁迅一直虚心接受善意而中肯的意见，并及时改正翻译中出现的偏差和错误，他说的窃火煮肉，就是指盗得火来，抉心自食，对自己的批判永远比对别人苛刻，这无疑是值得当今的翻译从业者学习的地方，自我批评是批评的前提，有利于翻译批评的健康进行，对翻译事业的良性发展有重要意义。

二、鲁迅对青年译者的期待与扶持

鲁迅所处的时代恰值翻译事业的起步阶段，各种思想交锋争鸣，翻译事业既有巨大的发展潜力，又面临很多困难和挑战，由于反动势力对中国翻译事业发动起文化“围剿”，翻译事业面临极大危机。为了翻译事业进一步开展，鲁迅主动担负起发展中国翻译事业的重任，以敏锐的观察力和犀利的文风撰写了一篇篇战斗檄文，有力地进行了反围剿的斗争，为翻译工作者顺利开展工作创造一个好的环境；在贬抑多于褒奖的负面情境下，鲁迅始终怀着强烈的信心坚守在翻译事业的第一线，并撰写了一系列文章，呼吁社会珍视与爱护译界幼苗，对有志于翻译事业的青年多一些包容和爱护，这样才会促进中国翻译事业的健康成长与繁荣兴旺。鲁迅一生创办了 7 家出版社，编辑过 9 种刊物，其中，专门刊载翻译文章的月刊《译文》，是鲁迅倾注了心血和生命才蓬勃生长起来的刊物[8]。

8 张彦：《为奴隶盗运军火——鲁迅与〈译文〉》，《新闻爱好者》，2011 年第 16 期。

由于各种反动力量的围攻，中国刚起步的西学翻译事业如同走进黑暗中的迷宫，所遇到的风险与艰难都无可估量。当时政府正对所有图书进行严格审查，压迫逐日加紧，一些期刊也无法按期付印，蜚声中外的鲁迅感受到大环境影响下出版业不景气带来的困境，《语丝》和《奔流》杂志常遭邮局扣留，在地方查禁下如螳臂当车，无力应对。鲁迅唯一能投稿的《萌芽》，到第五期时也被查禁，一年内鲁迅只写了不到十篇的短评[9]。在那种特殊困难期，创作与翻译所遭受的冷遇，让译书维持生计成为不可能。在污秽的环境下，译者作者往往被书商欺诈，书业也因战争和经济的萧条而凋零下去，译者自然会受影响[10]。1933 年被鲁迅称为“围剿翻译的年头”[11]，鲁迅也不能投稿[12]。为了壮大新生的翻译力量，有效提高翻译质量，鲁迅组建了一个名为“未名社”的翻译团队，扶持了一批译界新苗，共同创办《译文》期刊，专门刊载从各种语言译介过来的小说，是知名刊物《世界文学》的前身。

“未名社”的年轻翻译人员直接得到鲁迅的指导与支持，从未名社成员的追述中可以看到，鲁迅对未名社倾注了大量心血与精力，对青年给予赤诚相助和扶持。成员李霁野曾回忆他和鲁迅的初次见面的情形，平易近人的鲁迅给了他温暖的鼓励[13]。在鲁迅的组织和协助下，韦素园、韦丛芜、台静农几位年轻人走上了文学翻译和创作的道路，稍后曹靖华也加盟未名社，成长为著名的俄苏文学翻译家。未名社的成立首先是为团体成员的翻译作品找一个可以出版的阵地，鲁迅在经济十分窘迫的情况下负担了未名社的大部分经费，在经济上解决了未名社建社之初的大问题，在鲁迅的精心培育下，未名社成为一个“实地劳作，不尚叫嚣的小团体”[14]，翻译文学结出了累累硕果。他们翻译了一批苏俄作品，包括文学作品和理论，为引进俄罗斯和苏联文学做出了独特的贡献[15]。李霁野回忆鲁迅对于未名社的贡献时，满怀深情地诉说鲁迅呕心沥血的劳作，不管

9 鲁迅：《鲁迅全集》第 4 卷，北京：同心出版社，2014 年版，第 102 页。
10 鲁迅：《鲁迅书信集》（上卷），北京：人民文学出版社，1976 年版，第 258 页。
11 鲁迅：《鲁迅全集》第 5 卷，北京：同心出版社，2014 年版，第 155 页。
12 鲁迅：《鲁迅书信集》（上卷），北京：人民文学出版社，1976 年版，第 443 页。
13 李霁野：《李霁野文集》第 4 卷，天津：百花文艺出版社，2004 年版，第 83 页。
14 鲁迅：《鲁迅全集》第 6 卷，北京：同心出版社，2014 年版，第 359 页。
15 韦素园翻译了《外套》、《黄花集》，曹靖华翻译了《白茶》、《蠢货》、《三姐妹》、《一月九日》、《铁流》、《保卫察里津》、《我是劳动人民的儿子》、《城与年》、《契诃夫戏剧集》、《苏联作家七人集》、《烟袋》、《第四十一》，李霁野翻译了《往星中》、《不幸的一群》、《黑假面人》、《被侮辱与被损害的》、《在斯大林格勒战壕中》、《战争与和平》等。

是翻译还是创作，从校稿到改稿，印刷到出版，书籍装帧到销售都费尽了心血，可谓“春蚕到死丝方尽”[16]。未名社成员的译稿“页页都有鲁迅改动的笔迹”，李霁野还说：“我看他改我译稿时那种诚恳认真的态度，深受感动。”[17]鲁迅不仅亲自负责稿件质量审核，还利用自己的影响力宣传和推介青年的译作。比如韦素园从俄语直接译《穷人》一书，鲁迅专门为其写了一篇名为《穷人小引》的序言，称赞韦素园译作的可读性，对中国陀思妥耶夫斯基译介情况进行了检讨，然后称赞韦素园用原文翻译作品，功莫大焉，鲁迅在校对时还对比过原白光的日文译本[18]。从中可见未名社的认真态度与合作精神，鲁迅还为《穷人》撰写了导读性质的广告：

“这是作者的第一部，也是即刻使他成为大家的书简体小说，人生的困苦和悦乐，崇高和卑下，以及留恋和决绝，都从一个少女和老人的通信中写出。译者对比了数种译本，并由韦素园用原文校定，这才印行，其正确可想。”[19]

未名社成立不到一年鲁迅就离开了北京，但仍然为他们修改稿件，青年们仍然得到鲁迅的指导和呵护。1927 年 9 月 25 日，鲁迅从广州写信给台静农，专门告诉他未名社出版物在上海的信誉。”[20]还赞美创造、未名、沉钟三社致力于文艺的不易与可贵，并担忧三社沉默会让中国成为一片文化沙漠的可怕景象[21]。1929 年 3 月 22 日写给李霁野的信中以未名社在上海的好信用来鼓励他们[22]，给他们以信心，促进未名社的发展。

《译文》杂志的创办成为中国翻译新的阵地，为翻译家发表译作提供了机会，翻译价值不断提升，掀起了一股外国文学研究的热潮。1936 年，鲁迅谈到《译文》时，将其比作戈壁中的绿洲，虽然内容上不限制素材，也不固定门类，甚至还在文字之外加些图画，要么与文字有关，增加文字趣味，要么与文字无关，那当是奉献给读者的一点小意思[23]。虽然鲁迅自己很低调，但他创办《译文》仍不免动用了很大的气魄，背后的甘苦难以尽诉。到 1935 年 9 月还

16 李霁野：《李霁野文集》第 2 卷，天津：百花文艺出版社，2004 年，第 6 页。
17 李霁野：《李霁野文集》第 2 卷，天津：百花文艺出版社，2004 年，第 6 页。
18 鲁迅著：《鲁迅全集》第 7 卷，北京：同心出版社，2014 年版，第 163 页。
19 胡从经：《〈未名丛刊〉与〈乌合丛书〉广告子目考索（续）——鲁迅佚文钩沉》，《社会科学辑刊》1982 年第 1 期。
20 鲁迅：《鲁迅书信集》（上卷），人民文学出版社，1976 年版，第 162 页。
21 鲁迅：《鲁迅书信集》（上卷），人民文学出版社，1976 年版，第 164 页。
22 鲁迅：《鲁迅书信集》（上卷），人民文学出版社，1976 年版，第 213 页。
23 鲁迅：《鲁迅全集》第 6 卷，北京：同心出版社，2014 年版，第 284 页。

是因意外情况暂停了[24]，1936 年才恢复发行。鲁迅事无巨细对稿件的来源和体裁一律亲自过目和指导，连约稿也要亲自做。

后来上海杂志公司与《译文》联姻，1936 年 3 月《译文》“新一卷，复刊特大号”问世，令鲁迅开心的是，复刊的《译文》仍享有很高声誉，销量飙升至五千。他更开心的是，有一些不求虚名的青年出了很多实实在在的译作，比以前更进步得多；读者的鉴别能力也提高了[25]。鲁迅给复刊的《译文》“长寿”的祝福中，提到当时文坛的情形有可喜的变化，已在宣扬宽容和大度了，故鲁迅寄希望于文坛的宽容和大度，使《译文》能托庇长生[26]。《译文》为中国翻译开创了一片新天地，做出了自己的贡献。

第二节　对中国现当代文艺发展的影响

一、鲁迅的译介实践对中国现代文艺理论的重要贡献

鲁迅一生翻译生涯长 33 年，所翻译作品囊括外国中短篇小说、戏剧、诗歌、童话、散文诗、杂文、文艺理论专著以及论文等。鲁迅对中国现代文艺理论的贡献体现在两方面：现代文艺思想的本体性影响，社会群体的带动[27]：前者表现为推动民众美学教育，用现代性文艺思想填补了五四文学主体性理念建设的空白，为中国现代文学理论树立现代性的文学参照；后者则体现在通过审美教育提高民族品味，促进社会变革，很有以“美育”代宗教的功效。

鲁迅在日本留学时经过了一个弃医从文的过程，接触了弗洛伊德和尼采等人的思想，翻译了一些现代派作品，从西方作品中吸取了现代营养，将西方现代主义与中国传统现实主义结合起来，结出了中国化的现代主义果实。他在 1912 年起开始响应蔡元培的“以美育代宗教”理论，趁在教育部任职的机会积极从事美学翻译与研究。鲁迅 1913 年翻译了《艺术玩赏之教育》等美学论文并公开发表，希望将西方美学研究成果拿来为我所用，力图在中国普及美学教育，以促进中国美术的蓬勃发展，尤其是木刻艺术在中国的推广普及。

24 鲁迅：《鲁迅全集》第 7 卷，北京：同心出版社，2014 年版，第 367 页。
25 鲁迅：《鲁迅书信集》（下卷），北京：人民文学出版社，1976 年版，第 969 页。
26 鲁迅：《鲁迅全集》第 6 卷，北京：同心出版社，2014 年版，第 285 页。
27 刘学：《鲁迅翻译事业及其对中国翻译事业的意义研究》，河北大学硕士论文，2014 年。

（一）编译《摩罗诗力说》的贡献

鲁迅所编译的美学论文《摩罗诗力说》[28]通过褒扬摩罗诗派而对中国儒家传统美学进行了批判，并阐述了文艺对人生的作用。鲁迅的《摩罗诗力说》首次对欧洲浪漫主义进行了引介和颂扬，将西方“摩罗诗派”“尊个性”“争自由”的抗争精神引入中国，他所称道的摩罗派诗人包括精神界战士拜伦、雪莱、普希金、莱蒙托夫、密茨凯维支、斯洛伐斯基、克拉辛斯基和裴多菲等八位杰出的浪漫派诗人，对“摩罗诗人”的自由精神与独立意识进行了高度评价，激励与封建黑暗势力进行抗争的中国人，达到向丑恶进攻、争取自由民主的目的，这篇论文集中反映了鲁迅早年的文艺理想，是当时中国文化思想界成就最高的作品。

回国后，鲁迅响应蔡元培提倡的美育号召，写出了《拟播布美术意见书》，还翻译了与儿童艺术教育相关的论文，包括日本上野阳一的《艺术玩赏之教育》、《儿童之好奇心》、日本高岛平三郎的《儿童观念界之研究》，发表于 1913 年的《编纂处月刊》第 1 卷，集中宣传了“以孩子为本位”的教育理念与发展观，从儿童身心健康出发，提出了“幸福地度日，合理地做人”[29]，呼吁社会关注儿童心理，开展趣味儿童教育。

（二）翻译《苦闷的象征》的贡献

在 1924 年到 1928 年间，鲁迅将翻译的重心转向翻译文艺理论作品，其中直接译自日文的多达百篇[30]，并深入世界文艺理论领域，做了大量深入的研究与探索，研究范围遍及文史哲学、美术史、教育学、社会学、文化等方面，研究角度更加专业和深邃，最具代表性的是厨川白村的文艺巨著《苦闷的象征》。这部作品根据法国哲学家柏格森的“生命哲学”和“直觉主义”，以及奥地利心理学家弗洛伊德的潜意识理论，推崇“新浪漫主义”，在第一章“创作论”中提出全书的主要论点，即“文艺的根柢是生命力受了压抑而生的苦闷，其表现方法是广泛的象征主义”[31]，鲁迅为全文探讨的文艺理论问题所吸引，

---

28 1907 年在东京留学时，以长篇论文的形式发表在《河南》第 2、3 期。

29 鲁迅：《鲁迅全集》第 1 卷，北京：同心出版社，2014 年版，第 75 页。本篇最初发表于 1919 年 11 月 1 日《新青年》6 卷 6 号。

30 这段时期鲁迅所翻译的作品包括日本著名文艺思想家厨川白村的文艺评论集《出了象牙之塔》，作家坂垣鹰穗的美术思潮研究专著《近代美术史潮论》，日本自由主义批评家鹤见祐辅的随笔集《思想·山水·人物》，文艺论说杂集《壁下译丛》，介绍西班牙剧作家的论文《西班牙的剧坛将星》。

31 鲁迅：《鲁迅全集》第 13 卷，北京：同心出版社，2014 年版，第 15 页。

他当时的心境正如他笔下的彷徨一样，内心总也交织着矛盾与苦闷，他在《摩罗诗力说》中本着“以先觉之声来破中国之萧条”[32]的意识主张以及“为人生”的文艺态度，以文学创作来揭露穷苦人民的疾痛，以引起疗救者的注意，即文艺应强调社会作用。一方面，他受厨川白村的文艺理论影响，认为创作应出于内心而作，文艺作品的存在应具有独立的价值，只有为自己而歌唱，不为周围的环境所左右，才能写出传世的好作品来，明显流露出“为艺术而艺术”的思想倾向。另一方面，鲁迅又主张文艺工作者应勇于直面人生和社会现实，文艺应当“为人生”，这与厨川白村在《苦闷的象征》中提出文艺应当出自内心并为了内心而作的说法产生了抵牾，也让鲁迅认识到自己内心与现实使命之间存在的矛盾，翻译这部作品也标志着鲁迅从早期“呐喊美学”开始转向了中期“苦闷美学”。

（三）译介普列汉诺夫的《艺术论》的贡献

普列汉诺夫的《艺术论》是他在文艺美学方面的代表作，鲁迅在翻译这篇文艺专著的过程中与普列汉诺夫发生了“精神的相遇”，促进了他文艺思想的发展与成熟，从最初的接受到最后的超越，都体现了鲁迅在坎坷中不断前行的历程。中外学界普遍认为普列汉诺夫是马克思主义美学和文艺理论奠基人与权威理论家，并因为鲁迅等人的翻译而对当时中国的无产阶级革命文学运动产生了举足轻重的影响，据尼姆·威尔森统计，1928 年至 1929 年间，大约有 100 种俄罗斯作品被译成中文，其中普列汉诺夫和卢那察尔斯基是对中国最有影响的文艺批评家[33]。鲁迅对普列汉诺夫的文艺理论的接受是一个有选择性的独特过程，他深刻地将其与自己坚持的文艺方向和中国斗争的实际结合在一起。

鲁迅的文艺美学思想于 1908 年编译的《摩罗诗力说》开始成型，到中期翻译《苦闷的象征》的转向，再到 1930 年译出普列汉诺夫的《艺术论》的成熟期，鲁迅对日本、俄国以及东欧各国的文艺理论进行了不懈探索和创造性接受，对文艺本质的认识不断地深化，但始终坚持文学有国民性改造功能的观点。这些作品的译介引领了一股学习西方文艺理论和批评，从“立人”的高度将西方先进的美学理论“拿来”建设中国自己的美学世界。

32 鲁迅：《鲁迅全集》第 1 卷，北京：同心出版社，2014 年，第 65 页。

33 ［英］尼姆威尔森：《活的中国附录——现代中国文学运动》，转引自《新文学史料》，1978 年第 1 期，第 52 页。

二、鲁迅的翻译批评理论对中国现当代翻译批评的意义

鲁迅在翻译批评理论方面也卓有建树，综观他关于翻译的一些言论，可以得出其翻译批评理论来自两个方面：一是对翻译规则、标准、策略、社会功能及翻译技巧发表的灼见，主要以的清新独创、不拘一格的杂文形式收录在《且介亭杂文》、《南腔北调集》、《花边文学》、《准风月谈》等杂文集中；另一来源是鲁迅附于翻译作品前后的译者附记，对翻译的目的、作者的风格以及翻译理论的发挥，翻译过程的心得，以及所期待的读者反应等。

在论述翻译批评工作在当时翻译事业中的重要性时，鲁迅认为批评能扶正译界的不正之风，弥补译界的不足，而中国译坛不景气的原因在于缺少“文明批评”和“社会批评”[34]。鲁迅认为要鉴别出译文的优劣，给未来的翻译工作者提供好的指导与借鉴，必须要有翻译批评的介入，如果把翻译界比作为一片空地，只有经过人的辛勤播种和耕耘，才能长出有用的庄稼或花木而非杂草，只有批评家在这块空地上种植优良作物，使这片空地不至于荒芜，并且要为这些作物去除虫害，才能让庄稼或花木健康成长。鲁迅认为翻译批评能为译者提供分析和验证过的评论，读者的见解因此日益高明起来，也为新的创作者树立了正确的表率。说明翻译批评对译者能起到指导和借鉴作用，“真切的翻译批评”能“端正读者的欣赏态度，培养读者健康的审美情趣和自觉鉴别译作好坏的能力。”[35]鲁迅曾在《关于翻译（上）》一文中将带有强势和恶劣质素的文学作品比喻为山中虎狼，如何鉴别优质与劣质的译作，如何从良莠不齐的译作中汲取有益的养分，而不会受到不健康或有害思想的毒害，就需要批评家来充当坚固的铁栅栏，将有害思想挡在其外，让读者深入理解译作包涵的有价值的艺术和思想成份，通过批评来引导读者领会和理解作品的价值，对于提高扶正译界风气，推动翻译事业健康发展产生了深远的影响。

鲁迅对翻译批评发表过真知灼见，他所著的《关于翻译（下）》一文表达过关于翻译批评的真知灼见，认为中国的翻译批评涉及三项任务，即“一、指出坏的；二、奖励好的；三、倘没有，则较好的也可以……倘连较好的也没有，则指出坏的译本之后，并且指明其中的那些地方还可以于读者有益处”[36]。鲁

34 鲁迅：《鲁迅全集》第7卷，北京：同心出版社，2014年版，第18页。

35 高天宇，赵秀明：《鲁迅与中国现代翻译批评》，《东北师大报（哲学社会科学版）》，2007年第2期。

36 鲁迅：《鲁迅全集》第5卷，北京：同心出版社，2014年版，第176页。

迅用诙谐的形象的隐喻，即“剜烂苹果”的精神来讽刺某些批评的严苛与不合理，批评家应用吃烂苹果的方法，来对待翻译批评，除去烂掉的，好的地方仍然可以吃，只要不是穿心烂，好的几处没有烂的地方还是可以吃的。这样对译者与读者都较为公平，损失也小一些，也明白了什么是佳译，什么是劣品[37]。鲁迅还呼吁刻苦的批评家来做剜烂苹果的工作，虽然像“拾荒”一样辛苦，但既必要，又有益的[38]。

在《再论重译》一文里，鲁迅认为开展翻译批评比创作批评更为艰难，因为读懂原文对语言能力有要求，对译文也要和译者一样理解，因此翻译批评因其难而少，所以与创作批评相比，显得更为重要[39]。鲁迅认为在开始翻译批评时需参考各种重译（转译）本，批评这种参考各个译本翻译成的译本就更为难了，至少每种译本都能读懂。如陈源译的《父与子》，鲁迅译的《毁灭》，就都属于这一类的”[40]。鲁迅再次强调翻译批评不宜过分严苛，应当兼容并蓄，引导翻译良性开展。

对于如何具体开展翻译批评的工作，鲁迅认为批评家的任务颇类似于园丁，不但要剪除恶草，还得灌溉佳花。称赞和鼓励佳作，让好的作品脱颖而出，对好的译者自然就有鼓励作用；批评坏译作是为了杜绝误译、乱译等不良现象带来的负面效应，引导更多佳译出现。鲁迅一方面批评了中国创作界和批评界的幼稚，也劝作者与译者不要将其放在眼里，否则要么自命不凡，要么无地自容，批评必须进行实事求是的评价，才于作者有益[41]。鲁迅认为社会真正需要的是坚忍不拔的、洞若观火的、真正懂得社会科学及文艺理论的批评家，以及爱好文艺的批评家[42]。

鲁迅是我国现代翻译批评理论的先行者，他首次提出的批评方法具备科学性与理论性的特征，主要体现在两个方面：

第一要综合考虑译文各要素。鲁迅认为翻译批评家首先需对译文全篇的内容进行综合考察，联系作者全人及其所处的社会状态，才能比较合理地反应问题，切中肯綮，提出富于真知灼见的批评意见，其中“全篇”和“全人”和

37 鲁迅：《鲁迅全集》第 5 卷，北京：同心出版社，2014 年版，第 177 页。
38 鲁迅：《鲁迅全集》第 5 卷，北京：同心出版社，2014 年版，第 178 页。
39 鲁迅：《鲁迅全集》第 5 卷，北京：同心出版社，2014 年版，第 293 页。
40 鲁迅：《鲁迅全集》第 5 卷，北京：同心出版社，2014 年版，第 294 页。
41 鲁迅：《鲁迅全集》第 5 卷，北京：同心出版社，2014 年版，第 55-56 页。
42 鲁迅：《鲁迅全集》第 4 卷，北京：同心出版社，2014 年版，第 129 页。

“社会状态”三个概念提纲挈领地总结了翻译批评要坚持的原则，“全篇”即需要从文章的整体来考察译文质量，要求翻译批评者抓主要矛盾，不过多追究微细的瑕疵，不做寻章摘句似的点评，“全人”是在进行翻译批评时，全面综合地考察文章译者的作品、人格和道德品质。“社会状态”指进行翻译批评时，需结合译者所处的历史背景与社会状态，尽量客观地进行批评。

第二，要结合译者具体的时代来进行翻译批评，对译作和译者应本着扶持和鼓励的目的予以包容与接纳，对于其长处加以鼓励和发挥，不发表过于严苛的批评意见。鲁迅用“剜烂苹果”来比喻批评的过程，用苹果“烂掉的部分”来指代翻译中的不足与缺点，指出只要没到“穿心烂”的程度，就算是瑕不掩瑜，修正错误与不足，剩下的大部分好的地方仍然可用，作品要做为一个整体来考察，只要有可取的部分，就不能浪费掉，应当尽量享用其好的部分。虽说在大量充斥着乱译、误译的年代，这种方法是用来救急的权宜之计，但对于我们今天的翻译批评仍然借鉴意义。

鲁迅要求批评家为社会提供严正的批评，这就需要勇敢而勤谨的品质，首先翻译批评家自身也需要有良好的译德和风范，其次才是高超的学识修养，不单是对别人的翻译作品进行高标准的要求，在批评他人前首先要对自己的德行风貌进行严格解剖，看是否还具备批评的威性，是否出于对权威的顺从而一味地阿谀奉迎，或处于私人恩怨而主观地褒贬，这徒显出批评者本人的愚昧与狭隘，以及自身学识浅陋、人品不端。

“反批评”是鲁迅创造性发挥的批评理论，就像批评家撰写文章批评译者一样，译者也可以反过来反驳或批评批评家，以应对或纠正批评家的错误指责，是译者进行自我防卫的武器，有利于打破翻译批评家相对翻译家的优势地位，推动翻译批评的良性互动；同时，反批评可以提高翻译批评的水准，促进翻译与批评一起健康发展。鲁迅在《批评家的批评家》里，批评了翻译批评界的“圈子”现象，指出批评要打破圈子，保持客观的科学的态度，具体措施就是开展译者的反批评来扶正批评界存在的不正之风，以消除读者的怀疑与否定，迎来真正的批评。鲁迅形象地将批评家比作“厨师”，译者比作“食客”，二者互相促进，共同成长；如果译者一味拒绝听到批评家批评的声音，批评家也不去执行本职工作，从表面看去译界一团和气，就像没有任何杂质与污秽的清泉，水至清则无鱼，听不到批评家声音的译界会冷清而缺乏生机和活力，不仅不会给翻译界带来繁荣，还会因此而衰落。鲁迅的翻译批评理论有助于翻译界和社会正确认识到翻译批评者地位和作用，并纠正翻译批评界以“诬陷”代“批评”的乱象，肃清恶俗化、圈子化的不良批评风气，让翻译批评回归自身，建立公正严肃的翻译批评环境，对现代翻译批评理论体系的构建起到良性的积极的作用。

第三节　对建构中国现代文化的意义

鲁迅的翻译理论和实践有助于实现中国文化的现代化，并推动了中国翻译的现代性进程。中国现代性的建设很大程度上归功于翻译，在鲁迅的时代中国濒临最危险的边缘，鲁迅主要出于救亡图存和文化发展的目的来从事翻译，他提倡翻译“立人”，翻译为“人生”服务，正因此很有必要对鲁迅翻译思想进行当代诠释，一般研究将他作为文学翻译家对待，其翻译理念与西方部分翻译理论相合，他的翻译思想在当下的全球化语境下有重要的研究价值，重新研究其翻译思想与实践，有助于建立健康的人文环境，迎接新时代国际竞争带来的新的挑战与机遇。

“翻译是一把利剑，在一个国家处于危难的时期，它常常是冲锋在前，所向披靡。很难想象没有翻译，中国的现代性是如何形成?”[43]，鲁迅手持这把利剑，并“把自己做翻译比喻成普罗米修斯，舍身偷天火，泽被人间”[44]。鲁迅的翻译创下了好几个中国之最。他最早提倡直译并将之上升为一种理论，也是转译最多的现代译家，鲁迅译介了很多西方国家的文学作品，尤其重视东欧弱小国家如波兰、芬兰、匈牙利等国家的作品，很多作品都是首次进入中国，使国人对这些国家的文学作品及文化形象有了最初的认知，鲁迅认为选取那些“在中国无人知晓的弱小国家作家与作品，尤其是中国读者对其整个国家，该国的整个文学文化一无所知的情境下，很有必要，也能取得事半功倍的效果”[45]除此以外，鲁迅也是首次将苏联新近作家和评论家的作品译介入中国，进而将社会、阶级等概念和新文学语言引介到中国文学中，也是第一个将域外多国别作家的短篇小说选译成集并出版的翻译家，国内首次策划并出版现代翻译

---

43 罗选民：《谈我国翻译理论研究的几个基本问题》，《中国外语》，2009 年第 6 期，第 9 页。

44 同上。

45 王友贵：《鲁迅翻译对中国现代文学史、翻译文学史、中外关系的贡献》，《外国语言文学》，2005 年第 3 期，第 182，188 页。

文学丛书，是最早用翻译为政治和文化服务的译家之一，他最早尝试通过翻译拿来外国文法以改革现代汉语，进而掀动社会革命。鲁迅将他的翻译理论中蕴含的现代性应用于翻译实践，掀起了翻译领域的论争与运动，引领了崭新的翻译时尚，培育和滋养了不少青年译者，他的翻译实践直接推动了翻译规范的建立和文化场域的改造。

一、鲁迅的翻译理论对汉语现代化的贡献

鲁迅提倡逐字逐句将外文直译过来，试图用异化的策略吸取异域语言优质的文化元素与表达方式，以推动本国语的改造和完善。鲁迅认为翻译家的任务不单是译入外国文学的内容，而且要通过外语来改造与完善本国语。鲁迅的直译在完善现代汉语的语法与句法方面功不可没。鲁迅在《答曹聚仁先生信》中提到他对改良汉语语法的想法："因为讲话倘要精密，中国原有的语法是不够的，而中国的大众语文，也决不会永久含胡下去。譬如罢，反对欧化者所说的欧化，就不是中国固家字，有些新字眼，新语法，是会有非用不可的时候的。"[46]。在《关于翻译的通信》中，他说要通过翻译，让汉语"装进异样的句法，古的，外省外府的，外国的，后来便可以据为己有"[47]。鲁迅提倡逐字逐句的直译，就是希望"拿来"国外严谨的语法和句法，以弥补汉语的不足，增强汉语表达的逻辑性，完善汉语的语法和句式。为了克服中国文的缺点而借鉴外语的长处，事实证明未必不是一种有效的策略。

作为欧化主张的旗手，鲁迅引领着一场欧化翻译运动，翻译界也有同仁开始接纳并发扬"欧化"时尚，逐字逐句地翻译西方文本，以吸纳西方语言中优越于汉语的元素，以优化汉语的表达能力。早在1918年，他在写给张寿明的信中说："我认为以后译本，……要使中国文中容得别国文的度量，……又当竭力保持原作的'风气习惯，语言条理'。最好是逐字译，不得已也应逐句译，宁可'中不像中，西不像西'，不必改头换面。"[48]1925年，鲁迅又在译文《出了象牙之塔》后记中写道："文句仍然是直译，和我历来所取的方法一样；也竭力想保存原书的口吻，大抵连语句的前后次序也不甚颠倒。"[49]1934年，鲁

46 鲁迅：《鲁迅全集》第6卷，北京：同心出版社，2014年版，第40-41页。

47 鲁迅：《鲁迅全集》第4卷，北京：同心出版社，2014年版，第202页。

48 陈福康：《中国译学理论史稿》，上海：上海外语教育出版社，1992年版，第176页。

49 鲁迅：《鲁迅全集》第13卷，北京：同心出版社，2014年版，第231页。

迅又再次论述了用“欧化”策略的翻译来引入外国句法的问题，他说：“欧化文法的侵入中国白话中的大原因，并非因为好奇，乃是为了必要。……固有的白话不够用，便只得采些外国的句法。”[50]。作为五四新文化运动的主将，1935年，尽管曾遭到归化派的激烈反对，鲁迅仍坚持“宁信而不顺”的翻译主张，并在实践中践行“直译”甚至“硬译”的译法，强调保存原作的“洋气”即“异国清调”[51]。

“五四”运动之后，鲁迅、瞿秋白继续发挥旗手的作用，不遗余力地推广“直译”理论与风尚，不少作家翻译家开始对前人的翻译理论与翻译实践进行反思，并在翻译实践中有意识地采用异化译法，以引进“原汁原味”的外国作品，比如彻底放弃古旧的文言，一律用白话翻译，这一段时期开始引入大量西方词汇，有不少一直沿用至今，并吸纳了一些西式语法和句法结构，渐渐加强了现代汉语的表现力，极大地丰富了白话文的词汇和句式，为普及和发展汉语白话文做出了不可磨灭的贡献。

鲁迅鼓励大量译者采用“硬化”与“欧化”的翻译策略与实践，使中国语言增添了欧化的元素和多样化的形态。鲁迅及其他翻译家通过“硬化”、“欧化”的翻译实践使外国文化元素渗入中国本土文化，给汉语带来了大量新的词汇，并优化了现代汉语的语法，比如在翻译实践中他有意识地使用“的”、“底”、“社会底存在物”、“精神底伤害”、“思索底”、“罗曼底”、等这样一些新的词语和句子促进汉语的革新。鲁迅认为中国语言的思维与表达方式不够精准，通过硬译的方式可以“装进异样的句法”，目的在于“输入新的表现法”。鲁迅在《一个青年的梦》里创造了“没意味”、“罢工”、“普洛大众”、“民主”、“自由”、“资料”、“朴克”等新词语，这些崭新的语言表述极大地丰富了汉语表达方式与内容，并一直沿用至今。在处理句法时，也不按归化的译法将原文的长句拆散为几个短句，甚至不改变语句顺序，而是将西方语言中的长句结构“硬译”到汉语表达之中，借鉴西方语言的长句式以弥补传统文言文表达中句子短小、句式简单的缺陷，并借助曲折婉转的句式表达复杂的思想感情。他将翻译问题上升到文化层面，使其为改造语言做出贡献。姑且不论鲁迅语言优劣理论的对错，他提倡以信为主的异化翻译，是在他精心考虑之后采取的“拿来”策略，

---

50 陈福康：《中国译学理论史稿》，上海：上海外语教育出版社，1992年，第176-177页。

51 陈福康：《中国译学理论史稿》，上海：上海外语教育出版社，1992年，第301页。

即希望通过“硬译”将异域文学作品“拿来”为我所用，给中国旧文化输入新思想和新血脉，甚至连他们逻辑严密的语法和句法也一并拿来，以丰富现代白话文语言与写作。他的异化翻译理论和“直译”甚至“硬译”的翻译实践，颠覆了旧的诗学传统，为构建新的文化体系与诗学标准具有着深远的意义。

二、鲁迅的翻译实践为建设中国现代语言文学做出了贡献

鲁迅毕生致力于翻译和引介西方文学和文化的事业，对五四新文化运动和新文学运动产生了积极的影响，取得了不可小觑的成果。作为新文学运动的旗手，鲁迅及其他先行者在五四时期完成的翻译文学给中国现代文学的发展与演变指明了方向，确立了目标。

鲁迅在“硬译”的基础之上提出了“易解”和“风姿”的理论，进一步丰富和完善了佛经进入中国以来所形成的翻译传统。将翻译的作用与地位从语言的沟通与交流提升到一个前所未有的高度：通过“硬译”不但输入西方文学的内容，还吸收其文化精髓，以改造日渐过时和腐朽的旧的语言文化传统，鲁迅在这个文化革新的过程中促进了“翻译现代性”的形成，从而有助于中国新文学的完善与成熟。在前期大量的翻译与编译实践的基础，他创作了中国第一部现代白话文小说《狂人日记》。

鲁迅等推广的“直译”策略还给中国输入了短篇小说、自由体诗、散文诗等崭新的文学样式。但是，鲁迅所树立的“宁信而不顺”的翻译原则难免引起一些负面效应，导致生硬的行文与风格的产生。鲁迅的硬译观与其翻译的初衷分不开，而不仅仅只是一种处理语言层面问题的策略，他从一开始就期待通过译介外国文学来启发民智，唤醒沉睡中的国民的志向，建立起人与人之间的共情同感的现代性互动模式。

三、以翻译作为实践“拿来主义”的工具

鲁迅1934年在他的《拿来主义》一文中首先提出“拿来主义”的理论，他强调首先要“拿来”、“全盘占有”他者文学与文化，“根据优胜劣汰的进化原则进行过滤和选择，再形成文化建构的最终形态”[52]。鲁迅要求译者要博采众长，本真地移植吸纳，在忠实与通顺不能兼顾时，忠实于原文更重要。这样

52 舒奇志，解华：《文化意识与译者中间物本质——也谈鲁迅宁信而不顺的翻译原则》，《安徽大学学报》，2007年第5期。

才能在输入的同时吸收外来的异质文化，鲁迅先生这种“拿来主义”的理论与其翻译理论是一体的，文学与文化自身所具备的自我吸纳机理使异质文化元素扎根于译入语的文化语境中，“鲁迅直译与异化翻译观具备现实操作性和策略优越性的客观基础”[53]。

鲁迅在翻译上的拿来主义，主要是强调翻译中将“信”的重要性置于“达”与“雅”之上，即讲究“以信为准，以顺辅信”、“宁信而不顺”，他认为“信”与“顺”最好同时兼顾，在译文对原文完全忠实的前提下尽量做到“顺”，不能对原文擅自增删和任意发挥。如果“信”与“顺”不能兼顾，译者需把“信”放要首位进行强调，而置“顺”于次要地位。译文如果顺而不信，就会使“读者迷误，怎样想也不会懂。即使好像已经懂了，那也只是误入迷途罢了”[54]。鲁迅以直译和异化为翻译策略，旨在保留原汁原味的原作精神，使源语语言和文化因子最大限度融入译入语系统，旨在给本文化系统以最大的影响，尽最大可能将异域文化元素移植入本土诗学和意识形态环境中。

故鲁迅的“以信为准”和“弗失文情”的直译与异化翻译观相当于一种“拿来主义”，并使文本外译具备一种有现代意味的可操作性和借鉴意义。这种“拿来主义”反映了本国文学与文化可以在保留自身精髓的条件下对异质文化因子进行动态和有益的吸收，其“以信为准”和“弗失文情”则为文本外译的直译与异化翻译提供了翻译标准。“以信为准”代表一种本源翻译观，能更好地保持译作的原形，使读者能读到更纯粹的源语文化形像。“弗失文情”代表了一种文化翻译态度，以此为宗旨的实践能更好地保留原作的风貌，满足当下读者对“异质文化元素”和“自由阅读享受”的心理期待。

“硬译”的实质是将他国的语法和思想原汁原味地输入，“以一种”弑父”的姿态来完成现代化”[55]。鲁迅抱着“立人”的目的来从事翻译，希望“拿来”外国优质的文明因子来改造国民性，拯救民族命运，从具体措施上就是采用直译的方式输入外国语法，重建现代汉语，推动白话文运动，这时鲁迅站在了时代前列，甚至开始超越他的时代。他所译的大量文艺理论填补了中国批评和文论作品的空白，坚持以“盗火”的精神将苏联的文艺论著拿来“煮自己的肉”。

53 毛文俊，付明端：《当代文本外译场域下鲁迅直译和异化翻译观的意义解读》，《大学英语》，2017年3月第1期。

54 转引自黎照：《鲁迅梁实秋论战实录》，北京：华龄出版社，1997年版，第589页。

55 ［韩］李宝暻：《发现异质语言的世界——再读鲁迅的翻译观》，《鲁迅研究动态》，2017年3月，第38卷/第3期。

从他的译文和注释中可以看到白话文运动所取得的成绩，既能读到文言词汇中有生命力的东西，又能看到西化文体渗透到译者的语言习惯中。

在选择作家方面，鲁迅也特别关注那些历经磨难、命运多舛的作家，尤其是那些受贫病折磨、遭迫害而流亡的作家、英年早逝、精神孤寂或思想苦楚的作家，如爱罗先珂、巴罗哈、苏联“同路人”作家等，表现出鲁迅关切世界文学家群体中的弱小者的人道主义情怀。

结　论

鲁迅所生的时代，清末政府的腐败以及西方与日本的侵略给中国人民带来了深重的苦难，鲁迅和其他仁人志士一样寻求着救国强民的方法与措施，虽然不能说中国科技起步完全归功于清末鲁迅等人翻译科幻小说的实践，但是鲁迅的科幻小说翻译确实引入了破除迷信的科学意识与知识，改良了彼时民众的思想。由于鲁迅的翻译是受梁启超等人科技救国梦的影响，所以采用了意译即“归化”的翻译策略，强调内容的可读性强，使人产生阅读的愉快。但初期选择意译无疑也有译者能力和态度的原因，鲁迅当时的日文水平较低，尚做不到极度的忠实于原文，且未形成自己独立的翻译观，对于字句与细节都没有过多地追究，所以有大量的删减改动，但无庸置疑鲁迅本人的国学功底很深，所以译文很是精美，也吸引了很多读者，确实起到了给国人进行科技启蒙的作用。

由于鲁迅精通的语言是日语，然而又热衷于翻译俄国及其他弱小国家的作品，所以很多译作都是从日语转译过来的，鲁迅算是转译最多的翻译家，鲁迅称之为“复译”，虽然遭受到一些不赞成“复译”的翻译家的批评，但鲁迅却坚定地鼓励“复译”并专门撰文说明“非有复译不可”。早期鲁迅虽然没有找到成熟的翻译方式，但却已开始确定了用翻译来改造国民性的理想，包括探索中国白话文之路以及有效引进异域文化思想与语言体系等。鲁迅最初的翻译仍然没有摆脱老师章太炎的复古倾向的影响，在翻译凡尔纳科幻小说《月界旅行》与《地底旅行》时采用了传统章回体格式与古汉语形式，与晚清主流的翻译活动保持一致，甚至把西方人道主义精神归化为儒家“仁者爱人”的思想。

鲁迅自翻译《域外小说集》起，就开始实践他的“直译”甚至“硬译”策略，自此之后旗帜鲜明地倡导要保持译作中的“异国情调”，甚而至于坚持一种“宁信而不顺”的翻译原则，并将这种逐字逐句的翻译的受众定义为“很受了教育的人”，这时的选材也从科技转向了人文，抱着一种从精神上“立人”的目的，仍然欲假翻译来改善国民性和拯救民族命运，认为要“强国”，必先“立人”。这段时期的“拿来”策略甚至涉及到用外国语法来重建现代汉语以推动白话文运动。这时的鲁迅站在了时代前列，甚至开始超越了他的时代。这段时间的鲁迅思想开始成熟，不管从翻译策略，还是翻译选材上都有了自己独立的判断，不再受别人批评意见的左右，甚至在这段时间还译了大量文艺理论来弥补中国缺少批评及文论作品的不足，比如他对厨川白村的《苦闷的象征》的译介，成为影响最大的译本。他对中国国民性的批判也是渊源于厨川白村对日本文明的批判。和他做小说的动机一样，鲁迅倡导一种“为人生而艺术”，启发民众的反抗精神，意在引起疗救的注意。然而鲁迅仍然并非一味的横眉冷对，他引介厨川白村其实一开始就是冲着他的“余裕”说来的，也是首次将“余裕”说引介到中国来的作家。鲁迅对童话的译介和用心很让人感动，付出了比翻译其他类作品更多的心血与汗水，和他对所译作者爱罗先珂的评价一样，他也用一颗“赤子之心”来译介这些有价值的作品。鲁迅这段时间的翻译选材比较重视弱小国家的作品，寄托着他对弱小国家复兴的希望，也有对异域趣味的期待。

鲁迅从翻译生涯中期开始关注弱小国家作品,后期也一直坚持翻译苏俄革命文学与“同路人”文学，这一时期的文学活动大量渗入革命性因素，在翻译选材方面也表现出强烈的主体意识和对平等与博爱的诉求，一是向弱小国家寻觅同盟，二是出于“为人生”的目的，将马克思主义用于解剖中国文艺以及社会，他的《“硬译”与文学的阶级性》就是辩证运用马克思主义的典范，但不是为了马克思主义而马克思主义，而是为中国引进战斗的作品，把苏联的文艺论著盗火一般地拿来给国人，本意却在“煮自己的肉”。鲁迅翻译《死魂灵》也一样是出于改变中国国民性的现实诉求，故也采用忠实于原文的译法，只是和以前的“硬译“比较起来句式要更灵活一些了，不再属于“硬译”的范畴。这一时期鲁迅仍然一如既往地关注童话，只是越来越趋向于对现实有影射和反映的童话了。但鲁迅并非一味地只关注现实，战斗之外他也提倡一种“余裕”的精神，颇类似于他性格里的魏晋风度的因子，强调翻译的文学作品在予人教益的同时也给人愉悦，但同时鲁迅并不赞同自由主义，认为自由主义所提倡的改良、妥协及宽容与革命格格不放，其“个人主义”与鲁迅提倡的“任个人”也大相径庭。这段时期鲁迅仍然坚守“硬译”的原则，尽量保留原作的风味，虽然他的译文中出现了不少晦涩难解的句子，但他是想通过翻译来“试验”现代汉语丰富的可能性，借外来的翻译之火，煮译者自己的肉，从他的译文和注释中可以看到西化文体对语言的渗透，带有明显的“洋味”，但这个时期鲁迅在追求异质性的同时，兼顾了易解与保持原作的风姿，丰富了汉语的可能性，通过翻译尝试过去没有的句式、表达和词汇，在需要做出“顺化”处理的地方，依然选择保持“洋气”，成为异化翻译的典范。为弥补异化翻译的不足，鲁迅在《死魂灵》里加入了注释，混合了古今中西四种语言风格，既可以看到文言词汇中有生命力的东西，又能看到西化文体渗透到译者的语言习惯之中。故而可以看到鲁迅将翻译作为一种文化改造的手段，希望借此改变中国的文学与中国人的精神，达到改造中国文化、改造落后的国民性的目的。

鲁迅对重译的态度很鲜明，就是“非有复译不可”，因为语言在不断进化，就需要有顺应时代的复译本出现，因而转译与复译思想构成鲁迅翻译思想的重要组成部分，鲁迅不遗余力地为复译辩护，认为复译可以击退乱译并提高翻译文学的整体质量，拓宽翻译的领域，旨在纠正当时翻译界抢译与乱译之风，故而复译具有毋庸置疑的必要性与迫切性，虽然也有其先天性的弱点，但其在可塑性与时效性方面的长处可以在那个年代给中国文化带来新的生命力，而其弱点是可以通过翻译批评来弥补的。复译多了，竞争就激烈，最终好的版本就可以脱颖而出，转译是向好译本过渡的桥梁。针对穆木天与梁实秋等人的批判，鲁迅对复译进行了强有力的捍卫，体现了鲁迅的特立独行，只坚持真理，不畏人言的精神，他不仅从技术层面去理解复译的问题，还赋予复译“击退乱译”的使命，认为复译的文本与实践有独到的文化意义与美学意义，他以务实的姿态强调翻译的质量而非是否直接或间接最重要。但无论是捍卫某种翻译方式，还是某种价值观，鲁迅都有一个基本的宗旨，那就是反对语言文化的霸权，追求不同文化间的对话，尊重不同语言的差异。本着这个宗旨，鲁迅认为复译对开阔眼界、了解并融入世界文学有无可替代的作用，而讥笑复译的其实是在毒害翻译界，同时指出开展翻译批评比文学作品批评要更艰难，而且不能太苛刻，以免给翻译事业带来消极影响。

鲁迅翻译的核心目的和思想基础是“立人”，“立人”的思想贯穿鲁迅文学翻译生涯始终，鲁迅最初翻译科幻小说是希望科技强国，但他发现只要人民的精神强大，自由、平等、博爱的思想深入人心，国家就会富强起来，所以把关注的焦点转向国民思想的建设，希望通过翻译国外的优秀作品来启发和熏陶人民，以“互爱”来主导一切，终其一生借助于“拿来”外国文化与文学促进中国人的新生，使国民转变为“思想独立、人格独立、个性解放的人”。“立人”的思想渊源于尼采的“超人”思想，在他的论说文中多次引用尼采的话，并将尼采的《察拉图斯忒拉的序言》翻译了两遍，是中国最早完整翻译的尼采作品。浪漫派诗人是鲁迅“立人”思想的又一思想源泉。鲁迅提倡“立人”主要是为了掊物质而张灵明，认为“立人”是立国与民族富强的“根柢”，虽然其思想受到多方压制，但鲁迅对个人精神境界的追求无异有着“任个人而排众数”的力量。

鲁迅认为一国语言文字的兴衰对国民的思维状态很重要，他对中国旧文化的批判也涉及到对旧文字的批判，认为汉语语法与句法的不精密，导致思维的不精密，如果通过直译将外国语的表现法引入汉语中，就可以改造和丰富白话文，从而推动汉语的现代化。所以翻译不但是在翻译内容，也是在输入新的表达方式，原来感觉不“顺”的，日久月长就会变得“顺”起来，这是在语言文字方面的“拿来”主义，因为汉字的难，所以造成大量文化不通的人，这是统治阶级的愚民政策，使民众“心智混乱”，永远胡涂，新文化运动展开后，中国旧文字和文言文再也不能满足时代发展的要求，白话文的使用势在必然，鲁迅“硬译”法的横空出世很大程度出于使用异化方法改造汉语的考虑，要让译文对读者来说有一种陌生感，这样才能达到改造国人的思维方式的目的，推广白话文才有可能让科学、民主的思想深入民心，才能够真正改造社会。鲁迅的翻译思想可以说超越了他的时代，“不但拿来新思想，拿来新文艺，还进行了拿来新语言的尝试”，“直译”可以说是一种“拿来”的举措，即借欧式语言的严密逻辑来完善汉语语言，以传播复杂的思想，树立新文化，增进民众智慧。

由于“硬译”对主流的抵抗，读者对“硬译”采取了排斥态度，“硬译”文本不受欢迎，在鲁迅与梁实秋之间展开的一场持续八年之久的论战都基本集中于“硬译”与汉语的“欧化”问题。梁实秋着重从读者接受的角度对鲁迅的翻译进行了批判，并将其翻译定性为“死译”，加以彻底否定。这场论争虽然有义气之嫌，但是澄清了翻译中的好多悬而未决的问题，在这个过程中多人的参与不能不说呈现出一派“百家争鸣”的局面，远远超越了当年严复提出的

"信"、"达"、"雅"的内涵，虽然双方措辞激烈，但对获取真理也不无益处。双方分歧的关键在于这三个字的顺序，是把"信"置于"达"和"雅"之前还是之后的问题，鲁迅主张"宁信而不顺"，就给梁实秋设下了攻击的靶子，从微观层面对鲁迅的翻译进行了彻底的否定。鲁迅与梁实秋之间关于转译也发生了分歧，梁实秋不主张转译，认为终究隔了一层，不再能保留原文的原貌，鲁迅的转译只有相对的价值，虽然鲁迅也认为直接翻译是最佳选择，但他认为这样会将翻译的疆域限制过死，会局限文化的范围，使一些少数族语言的文学和文化被遮蔽，得不到重视。梁实秋的翻译惯习与他的文学经验有关，鲁迅的英文不太熟练，而且关注弱小民族的文学，就成为梁实秋暗讽的对象；鲁迅接受了马克思主义人性论，认为描述人性的文学也有阶级性，而梁实秋持一种普遍的人性论，不承认人性有阶级性，这些都遭到梁实秋的嘲讽与批驳,鲁迅在《"硬译"与文学的阶级性》中也对梁实秋的人性论文学观进行了批评，将梁实秋定义为"丧家的""资本家的乏走狗"，表明了翻译论争与思想阵营的关联以及他们在思想和文学趣味上的迥然有别。

鲁迅与梁实秋之间的文学翻译论战期间，鲁迅比较孤独，瞿秋白的加入让他们成为战友并肩作战，但瞿秋白与鲁迅之间在语言与学术方面的观点仍然存在分歧，他们的结盟不纯粹是出于同一阵营的原因，但自此之后瞿秋白也开始从俄文翻译和编撰马克思主义文论著作，对中国现代翻译史和文学史产生了深刻的影响。他们的共同点在于都希望通过翻译改善现代汉语，都强调"信"的重要性，瞿秋白对鲁迅的选材也给予了肯定，但他却认为鲁迅做到了"正确"，但没有做到"绝对的白话"，为着普罗大众都能读得懂，就必须创造新的绝对的白话文并融入实际生活语言，所以瞿秋白提出"绝对的正确和绝对的白话文"的翻译准则，强调翻译的"顺"，希望通过翻译来促进革命活动，所以要以读者能够接受为第一要义。鲁迅认为瞿秋白的翻译标准过于理想化，一时难以实现，所以他们的翻译观也存在分歧，而且这些分歧不属于政治领域，而是属于语言和翻译美学层面。他们的一致主要是在非学术性的社会政治理念以及技术问题上，在一些更重要的理论争议上各有主张，鲁迅提出的"剜'烂苹果'"的精神说明他没有认同瞿秋白关于"绝对的正确和绝对的中国文"的观点，但他们的讨论给后人带来了许多启发性的观点。鲁迅与郭沫若的翻译论争主要涉及到对创作和翻译地位的思考与辩论，郭沫若虽然也属于翻译大家，但言论中用"媒婆"来比喻翻译，用"处女"来比喻创作，遭到了鲁迅的讽刺与批评，但并没有发生持久的论战。翻译界论争看似硝烟四起，但这种“百家争鸣”的局势使中国的翻译事业走向繁荣，造就了一代翻译巨匠，培养了一大批翻译工作者，并促进了翻译理论的健康发展。

鲁迅的翻译观与几位西方翻译家和翻译理论家的“异化”理论不谋而合，鲁迅是最早提出归化和异化问题的人，比韦努蒂提前了几十年，只是他们提出这个理论的背景和目的不同，鲁迅是希望通过直译来改良汉语，韦努蒂则希望通过异化来抵制英美的语言和文化帝国主义。二者提倡异化翻译的政治和文化诉求都超过他们的诗学目的，即他们都深刻认识到语言背后的文化和意识形态问题。鲁迅使用“洋气”的概念与韦努蒂的“异化”理论基本上有着同样的内涵，只不过是异化的另一种表述。而韦努蒂的异化翻译策略包括“形式”和“主题”两个方面，只是鲁迅从未用“异化”二字来概括翻译活动，也没有系统的理论体系，他提出的异化观散见于他的译序、通信以及论战中，韦努蒂的“异化”翻译策略属于一种现代派的翻译理论，是解构主义在翻译理论中的表现，他的理论是系统而全面的。二者的相似点还表现在他们都以精英阶层作为“异化”翻译的目标人群，都是为了抵触当下主流的语言文化价值观。

无独有偶，鲁迅与瓦尔特·本雅明在“异化”翻译观上也有异曲同工之处，认为翻译不能遮盖原作，应当借助外国语言改良本国语言，不应采用完全的归化策略。与鲁迅的“拿来”主义相似，本雅明也希望用异化翻译来消除“本国语中心观”的危害。本雅明认为译作是原作的来世，是原作生命的延续，翻译的任务就是促进原作语言生命的成长直至成熟，翻译被赋予了特殊的使命，应当不断地进行语言的自我更新，而鲁迅的翻译目的是像普罗米修斯一样“窃得天火照人间”以拯救日趋腐朽的中国旧文化。他的翻译理论远远超出了他的同时代人，而成为盗火者的先锋。可见鲁迅的“拿来主义”是为了丰富中国的语言文法并使之严密，本雅明的目的是通过具有亲缘关系的不同语言的互补来实现“纯语言”，鲁迅强调“信”，本雅明则对“信”进行了解构，鲁迅重视“读者接受”，本雅明则把读者从翻译中驱逐出去。

纳博科夫不但在“直译”的翻译经历上与鲁迅相类，而且也经历了一个类似的嬗变过程，从早年的意译法到中期的“直译”，只是没有象鲁迅一样从事过大量转译或重译。他们的意译策略基本相似，只是目的不同，鲁迅是为了救国图强，而纳博科夫则为了丰富和拓展俄罗斯民族文化视野，为俄罗斯文化输入新鲜血液。他们由意译嬗变为直译的过程和原因也很相似，都认为意译会失去原作的神韵，是对原作的亵渎，其中也有翻译受众的因素，鲁迅直译的受众是很受了教育的人，而纳博科夫直译的受众是熟悉俄语的学生。他们都对前辈译文的错误与随意不满，希望能自己亲自直译来查漏补缺。所以纳博科夫译《奥涅金》时连语序都很接近，意思也严格忠实于原文，用加注的方式来弥补拗口的问题。本文主要集中于介绍他们在直译策略上的异同，鲁迅是希望用硬译打破固步自封的局面，认为不应一概排斥“欧化”体，认为汉语也需与时俱进，通过翻译输入国外新的表达法，丰富汉语的词汇及表达。纳博科夫也认为译者的职责是准确地复制原作的语法、句法和词汇，他的创作和翻译风格受命运变迁的影响，即使归化翻译让他赢得了广泛声誉，也不惜牺牲意译带来的优美文风而选择不通顺的异化翻译。纳博科夫与鲁迅都不畏人言地坚持了自己的翻译原则，虽然都遭受了严苛的批评与诟病，但他们为坚持真理而踽踽独行的姿态永远引领着后世的文化人。

总之，鲁迅的翻译思想和翻译活动促进了中国翻译现代性的萌芽和发展，他的翻译创下了好几个中国之最，最早提倡直译并将之上升为一种理论，是转译最多的现代译家，最早将东欧等弱小国家的文学作品译介入中国，第一个将苏联新近作家介绍到中国，最早翻译域外短篇小说，最早策划出现现代翻译文学丛书，最早将翻译高度意识形态化的译家之一，最早尝试通过翻译改造白话文进而掀动社会革命。他的直译法对推动白话文的普及与发展起了重要作用，同时在完善现代汉语的语法与句法方面功不可没，他也引领了一场欧化翻译运动，虽然遇到了不少阻力，但他鼓励了大量译者采用硬化与欧化的翻译策略，创造了不少新词汇，希望通过硬译“装进异样的句法”和“输入新的表现法”。同时，他的翻译实践为构建中国现代语言文学做出了贡献，在前期大量的翻译与编译实践影响下，创作了中国近代第一部小说《阿Q正传》。鲁迅从夏目漱石那里接受了“余裕”的理论，并创造性地成为他翻译观与文学观的一个重要概念，并将其实践在生活、创作与翻译中，始终以一种游刃有余的派头来应付沉重的工作和斗争，提倡一种自由自在的生活与工作方式，但也丝毫无损于他以一种热情、严谨与勤奋的工作态度进行翻译与创作。他创办过《译文》杂志，扶持了不少译界新苗，在被反动势力围绞的恶劣环境中也坚定地站在振兴中国翻译的立场上，支持和鼓励着许多翻译家的事业，摆正了翻译在中国社会的地位。

参考文献

一、鲁迅译著与创作文献

1. 鲁迅：《鲁迅全集》，北京：同心出版社，2014年版。
2. 鲁迅：《译文序跋集》，北京：人民文学出版社，2006年版。
3. 鲁迅：《鲁迅全集》，北京：人民文学出版社，1981年版。
4. 鲁迅：《鲁迅译文集》，北京：人民文学出版社，1958年版。
5. 鲁迅：《鲁迅译文全集》，福州：福建教育出版社，2008年版。
6. 鲁迅：《鲁迅译作初版精选集》，中央编译出版社，2013年版。
7. 鲁迅：《鲁迅书信集》（上下册），北京：人民文学出版社，1976年版。

二、有关鲁迅翻译研究的著述

1. 陈梦熊：《〈鲁迅全集〉中的人和事——鲁迅佚文佚事考释》，上海：上海社会科学院出版社，2004年版。
2. 陈孝英：《论鲁迅的翻译理论体系》，《鲁迅思想与中外文化论集》，西安：陕西人民教育出版社，1990年版。
3. 房向东：《鲁迅是非》，上海：东方出版中心，2008年版。
4. 冯玉文：《鲁迅翻译思想研究》，北京：中国社会科学出版社，2015年版。
5. 顾钧：《鲁迅翻译研究》，福州：福建教育出版社，2009年版。
6. 老志钧：《鲁迅的欧化文字：中文欧化的省思》，台北：师大书苑有限公司，2005年。
7. 李长之：《鲁迅批判》，北京：北京出版社，2003年版。

8、李季：《鲁迅对于翻译工作的贡献》，罗新璋编，《翻译论集》，北京：商务印书馆，1984 年版。

9. 李霁野：《鲁迅回忆录》，上海：上海文艺出版社，1978 年版。

10. 黎照：《鲁迅、梁实秋论战实录》，北京：华龄出版社，1997 年版。

11. 林志浩：《鲁迅研究》，北京：中国人民大学出版社，1986 年版。

12. 刘少勤：《盗火者的足迹与心迹——鲁迅与翻译》，南昌：百花洲文艺出版社，2004 年版。

13. 罗新璋：《鲁迅的回信》，北京：商务印书馆，1984 年版。

14. 牛仰山：《论中国现代翻译文学和鲁迅的关系》，见《鲁迅研究学术论著资料汇编》第五卷 1949-1983，中国社科院文学研究所鲁迅研究室编，北京：中国文联出版公司，1989 年版。

15. 孙席珍：《鲁迅与日本文学》，载《鲁迅研究论文集》第 143-145 页，杭州：浙江文艺出版社，1983 年版。

16. 孙郁：《鲁迅与现代中国》，合肥：安徽大学出版社，2013 年版。

17. 王家平：《〈鲁迅译文全集〉翻译状况与文本研究》，北京：社会科学文献出版社，2018 年版。

18. 王友贵：《翻译家鲁迅》，天津：南开大学出版社，2005 年版。

19. 许广平：《鲁迅的写作和生活》，上海：上海文化出版社，2006 年版。

20. 许寿裳：《亡友鲁迅印象记：许寿裳回忆鲁迅全编》，上海：上海文化出版社，2006 年版。

21. 杨良志：《鲁迅回忆录（散篇）》，北京：北京出版社，1999 年版。

三、有关鲁迅翻译研究的学位论文

1. 陈红：《日语源语视域下的鲁迅翻译研究》，华东师范大学博士论文，2015 年。

2. 陈洁：《周氏兄弟翻译活动比较研究》，华中师范大学博士学位论文，2011 年。

3. Lennart Lundberg. *Lu Xun as a Translator: Lu Xun's Translation and Introduction of Literature and Literary Theory*, 1903-1936, Stockholm University, Orientaliska Studier, 1989.

4. 李寄：《鲁迅传统汉语翻译文体论》，南京大学博士学位论文，2007 年。

5. 刘少勤：《盗火者的足迹与心迹——论鲁迅与翻译》，福建师范大学博士论文，2003 年。
6. 穆凤良：《翻译操控论：从严复和鲁迅的翻译理论相关的例名实践看意识形态作用》，香港岭南大学博士论文，2006 年。
7. 彭明伟：《五四时期周氏兄弟的翻译文学之研究》，新竹：清华大学博士论文，2007 年。
8. 陶丽霞：《文化观与翻译观——鲁迅、林语堂文化翻译对比研究》，上海外国语大学博士论文，2007 年。
9. 吴钧：《论中国译介之魂——鲁迅翻译文学研究》，济南：山东大学博士学位论文，2008 年。

四、有关鲁迅翻译研究的期刊论文

1. 白丹：《鲁迅的翻译思想及其对翻译理论的贡献》，《知识经济》，2010 年第 18 期。
2. 白连弟，王玉龙：《文学作品复译现象的成因研究》，《鸡西大学学报》，2014 年第 1 期。
3. 卞之琳,叶水夫,袁可嘉,陈燊：《十年来的外国文学翻译和研究工作》，《文学评论》，1959 年第 5 期。
4. 陈硕、倪艳笑：《文化转型与鲁迅的直译理论》，《贵州工业大学学报》〔社科版〕，2003 年第 6 期。
5. 陈言：《20 世纪中国文学翻译中的“复译”、“转译”之争》，《四川外语学院学报》，2005 年第 2 期。
6. 崔峰：《翻译家鲁迅的中间物意识——以鲁迅早期翻译方式的变换为例》，《中国翻译》，2007 年第 6 期。
7. 崔永禄：《鲁迅的异化翻译理论》，《浙江大学学报：人文社会科学报》，2004 年第 11 期。
8. 丁新华：《郭沫若与翻译论战》，《中南大学学报（社会科学版），2012 年第 18 卷第 4 期。
9. 丁言模：《鲁迅与瞿秋白在翻译语言方面的意见分歧》，《鲁迅研究资料》，1991 年第 24 辑。
10. 董炳月：《翻译主体的身份和语言问题——以鲁迅与梁实秋的翻译论争为

中心》,《鲁迅研究月刊》, 2008 年第 11 期。
11. 董广才，李学东:《纳博科夫的翻译理论浅析》,《沈阳大学学报》, 2004 年，第 16 卷第 5 期。
12. 董洋萍:《有关“信顺说”翻译标准的两大论争探源》,《河北工业大学学报（社会科学版)》, 2009 年第 5 卷第 1 期。
13. 杜慧敏:《译者　译述　译入语——论晚清小说期刊文言译作的译介方式》,《中文自学指导》, 2008 年第 4 期。
14. 冯骥才:《鲁迅的“功”与“过”》,《收获》, 2000 年第 2 期。
15. 冯世则:《解读严复、鲁迅、钱钟书三家言:“信、达、雅”》,《清华大学学报》(哲学社会科学版), 2001 年第 2 期。
16. 封一函:《论劳伦斯·韦努蒂的解构主义翻译策略》,《文艺研究》, 2006 年第 3 期。
17. 冯玉文:《鲁迅复译理论解析》,《陕西理工学院学报》, 2013 年第 31 卷第 4 期。
18. 高传峰:《论周氏兄弟的早期翻译》,《杭州师范大学学报(社会科学版)》, 2014 年第 6 期。
19. 高玉:《近 80 年鲁迅文学翻译研究检讨》,《社会科学研究》, 2007 年第 3 期。
20. 高芸:《从归化到异化——试论鲁迅的翻译观》,《江西社会科学》, 2008 年第 5 期。
21. 葛涛:《鲁迅译三篇契诃夫小说手稿研究》,《鲁迅研究月刊》, 2014 年第 11 期。
22. 耿强:《重返经典——安德烈勒菲弗尔翻译理论批评》,《中国比较文学》, 2017 年第 1 期。
23. 顾钧，顾农:《鲁迅主张“硬译”的文化意义》,《鲁迅研究月刊》, 1999 年第 8 期。
24. 郭颖，白彬:《安德烈·勒菲弗尔翻译理论阐释》,《齐齐哈尔大学学报》（哲学社会科学版), 2008 年第 3 期。
25. 何芳:《由“纯语言”看解构主义翻译观——读本雅明〈译者的任务〉》,《长沙航空职业技术学院学报》, 2008 年第 2 期。
26. 贺爱军:《鲁迅翻译思想的文化解读》,《名作欣赏》, 2009 年第 1 期。

27. 洪卫：《鲁迅早期科技文本及科学小说翻译考量》，《中国翻译》，2014 年第 2 期。
28. 胡从经：《〈未名丛刊〉与〈乌合丛书〉广告子目考索（续）-鲁迅佚文钩沉》，《社会科学辑刊》，1982 年第 1 期。
29. 胡翠娥，李云鹤：《殊途不同归：鲁迅与梁实秋翻译思想比较》，《解放军外国语学院学报》，2013 年第 4 期。
30. 胡东平,黄秋香：《复译的伦理》，《山东外语教学》，2012 年 3 期。
31. 胡莉莉：《本雅明与鲁迅翻译观的比较研究》，《鲁东大学学报》（哲学社会科学版），2015 年第 5 期。
32. 胡梅仙：《希望附丽于存在》，《名作欣赏》，2014 年第 5 期。
33. 黄碧蓉：《翻译策略之于汉外文化杂合：鲁迅的求索和现实的思考》，《佳木斯大学社会科学学报》，2008 年第 5 期。
34. 黄琼英：《“西方文化中心主义”话语下的鲁迅翻译》，《曲靖师范学院学报》，2004 年第 1 期。
35. 黄晓凤：《“文以移情”——周作人留日时期的文学观研究》，《文艺生活 ·下旬刊》,2017 年第 3 期。
36. 蒋童：《韦努蒂的异化翻译与翻译伦理的神韵》，《外国语》，2010 年第 1 期。
37. 蒋骁华：《〈支那人气质〉对鲁迅直译思想的影响》，《中国翻译》，2017 年第 1 期。
38. 寇志明著，姜异新译：《翻译与独创性：重估作为翻译家的鲁迅》，《鲁迅研究月刊》2011 年第 8 期。
39. 刘重德：《漫话英诗汉译》，《外语教学与研究》，1990 年第 3 期。
40. 刘鸿宇，付继林：《当代中国翻译研究现状述评》，《第 18 届世界翻译大会论文集》，2009 年。
41. 雷亚平，张福贵：《文化转型：鲁迅的翻译活动在中国社会进程中的意义与价值》，《鲁迅研究月刊》，2000 年第 12 期。
42. 冷子兴：《“无可厚非”的“牛奶路”》，《鲁迅研究月刊》，1995 年第 3 期。
43. 李宝暻：《发现异质语言的世界》，《东岳论丛》，2017 年第 38 卷/第 3 期。
44. 李春林，邓丽：《1981-2005 年鲁迅翻译研究述略》，《鲁迅研究月刊》，2006 年第 5 期。

45. 李广益：《幻兴中华：论鲁迅留日时期之科幻小说翻译》，《汉语言文学研究》，2010 年第 4 期。
46. 李坚怀：《意译的意义：鲁迅早期翻译实践得失——以《裴象飞诗论》为例论》，《绍兴文理学院学报》，2016 年第 1 期。
47. 李建梅：《翻译寓言想象，清末时期鲁迅翻译文学研究》，《外语研究》，2014 第 5 期。
48. 李鹏：《鲁迅、郁达夫翻译观比较论》，《鲁迅研究月刊》，2004 年第 7 期。
49. 李田心：《鲁迅的“保存洋气”非韦努蒂的“异化”》，《丽水学院学报》，2016 年第 1 期。
50. 李小均：《纳博科夫翻译观的嬗变》，《解放军外国语学院学报》，2003 年第 2 期。
51. 刘开明：《论“宁信而不顺”——鲁迅的翻译思想之一》，《广西大学学报（哲学社会科学版）》，1991 年第 5 期。
52. 刘孔喜，杨炳钧：《文学作品复译的原型观》，《西安外国语大学学报》，2010 年第 3 期。
53. 刘晓丽：《名著重译贵在超越》，《中国翻译》，1999 年第 3 期。
54. 刘艳丽，杨自俭：《也谈归化异化》，《中国翻译》，2002 年第 6 期。
55. 刘云虹：《复译重在超越与创新》，《中国图书评论》，2005 年第 9 期。
56. 芦亚林：《翻译的文化转向辩析》，《长江丛刊 · 理论研究》，2017 年第 2 期。
57. 罗长斌：《鲁迅的翻译地位之反思和归位》，《陕西教育高教版》，2013 年第 5 期。
58. 骆贤凤：《“为起义的奴隶搬运军火”：鲁迅文学翻译思想演变的文化解读之一》，《湖北民族学院学报》，2008 年第 2 期。
59. 罗新璋：《翻译之难》，《中国翻译》，1991 年第 5 期。
60. 罗选民：《谈我国翻译理论研究的几个基本问题》，《中国外语》，2009 年第 6 期。
61. 马宗玲，石磊：《鲁迅与本雅明眼中最理想的翻译》，《齐鲁师范学院学报》，2011 年第 5 期。
62. 毛文俊，付明瑞：《当代文本外译场域下鲁迅直译和异化翻译观的意义解读》，《大学英语》，2017 年第 1 期。

63. 孟昭毅、李载道主编:《中国翻译文学史》, 北京: 北京大学出版社, 2005年版。
64. 闫艳:《后殖民视阈中的鲁迅翻译思想》,《文学批评》, 2015年第10期。
65. 倪立民:《鲁迅著作中的外来词研究》,《杭州大学学报》, 1997年第3期。
66. 冉秀, 李明:《鲁迅直译观及其形成原因》,《重庆理工大学学报(社会科学)》, 2012年第6期。
67. 舒奇志、解华:《文化意识与译者中间物本质——也论鲁迅宁信而不顺的翻译原则》,《安徽大学学报》, 2007年第5期。
68. 宋以丰:《〈论翻译〉中鲁迅对于严复的评价考辩-兼与王秉钦先生商榷》,《江南大学学报(人文社会科学版)》, 2007年第2期。
69. 宋志平、胡庚申:《翻译研究中若干关键问题的生态翻译学解释》,《外语教学》, 2016年第1期。
70. 孙海英:《鲁迅为谁翻译?》,《中华读书报》, 2016年第11期。
71. 孙小云, 张婕:《鲁迅翻译理论之我见》,《科技信息》, 2007年第15期。
72. 孙郁:《鲁迅首先是翻译家》,《北京日报》, 2008年9月27日。
73. 孙郁:《鲁迅翻译思想之一瞥》,《鲁迅研究月刊》, 1991年第6期。
74. 孙致礼:《中国的文学翻译: 从归化趋向异化》,《中国翻译》, 2002年第1期。
75. 谭晓丽:《从复译研究看中国翻译理论话语的嬗变》,《衡阳师范学院学报》, 2010年第1期。
76. 陶然:《鲁迅及其翻译思想》,《才智》, 2015年第27期。
77. 王东风:《归化与异化: 矛与盾的交锋?》,《中国翻译》, 2002年第5期。
78. 王东风:《韦努蒂与鲁迅异化翻译观比较》,《译论研究》, 2008年第2期。
79. 王东风:《帝国的翻译暴力与翻译的文化抵抗》,《中国比较文学》, 2007年第4期。
80. 王东风:《帝国的翻译暴力与翻译的文化抵抗: 韦努蒂抵抗式翻译解读》,《译介学研究》, 2007年第 69期。
81. 王宏志:《民元前鲁迅的翻译活动——兼论晚清的意译风尚》,《鲁迅研究月刊》, 1995第3期。
82. 王宏志:《能够"容忍多少的不顺"——论鲁迅的"硬译"理论》,《鲁迅研究月刊》1998年第9期。

83. 王锡荣:《瞿秋白、鲁迅翻译问题讨论的启示》,《上海鲁迅研究》,2005年第2期。
84. 王友贵:《当代翻译文学史上译者主体性的削弱(1949-1978)》,《外国语言文学》,2007年第1期。
85. 王友贵:《鲁迅翻译对中国现代文学史、翻译文学史、中外关系的贡献》,《外国语言文学》,2005年第3期。
86. 吴钧:《鲁迅翻译文学研究》,济南:齐鲁书社,2009年版。
87. 熊融:《关于〈哀尘〉、〈造人术〉的说明》,《文学评论》,1963年第4期。
88. 徐朝友:《鲁迅早期翻译观溯源》,《解放军外国语学院学报》,2003年第5期。
89. 许均:《重复·超越——名著复译现象剖析》,《中国翻译》,1994年第3期。
90. 徐文英:《鲁迅的"中间物"翻译思想与译文的杂合》,《才智》,2015年第32期。
91. 许渊冲:《谈重译——兼评许钧》,《外语与外语教学》,1996年第6期。
92. 叶公超:《关于非战士的鲁迅》,《益世报》,1936年11月1日。
93. 阴艳芬:《从勒菲弗尔之诗学视角重释鲁迅的翻译观》,《科教导刊》,2010年第14期。
94. 于浩:《从意识形态操纵角度看鲁迅之文学翻译论》,外语与外语教学,2007年第2期。
95. 袁荻涌:《鲁迅留日时期的翻译活动》,《中国翻译》,1995年第6期。
96. 袁盛勇:《论鲁迅留日时期的复古倾向(上)》,《鲁迅研究月刊》,2000年第1期。
97. 曾晓光:《论本雅明翻译观中的"拱廊直译"》,《西华大学学报(哲学社会科学版)》,2006年第2期。
98. 张过大卫:《论"牛奶路"乃 the Milky Way 之乱译》,《鲁迅研究月刊》,2005年第7期。
99. 章国军:《一个枝头上的累累果实——也谈名著复译》,《外语与翻译》,2016年第4期。
100. 张全之:《从施締纳到阿尔志跋绥夫:论无政府主义对鲁迅思想与创作的影响》,《鲁迅研究月刊》,2007第11期。

101. 张继文:《当代译论研究视角下的鲁迅翻译思想考察》,《牡丹江师范学院学报(哲社版)》,2010 年第 1 期。
102. 张静:《翻译适应选择论视阈下的鲁迅翻译观》,《海外英语》,2015 年第 5 期。
103. 章太炎:《国学讲习会序》,1906 年《民报》第 7 号。
104. 张铁荣:《〈比较文化研究中的鲁迅〉序言》,《鲁迅研究月刊》,2003 年第 3 期。
105. 张彦:《为奴隶盗运军火——鲁迅与〈译文〉》,《新闻爱好者》,2011 年第 16 期。
106. 张钊贻:《鲁迅的“硬译”与赵景深的“牛奶路”》,《鲁迅研究月刊》,1996 年第 7 期。
107. 赵歆明:《浅谈鲁迅的文学翻译思想》,《语言文化》,2014 年第 7 期。
108. 赵景深:《论翻译》,《读书月刊》,1931 年第 6 期。
109. 郑诗鼎:《论复译研究》,《中国翻译》,1999 年第 2 期。
110. 郑周林,黄勤:《象征资本之争:鲁迅与梁实秋的翻译论战》,《东方论坛》,2017 年第 2 期。
111. 周馥郁:《鲁迅与韦努蒂异化翻译观比较》,《文学教育(下)》,2016 年第 10 期。
112. 周楠本:《谈 Milky Way 与银河的互译》,《鲁迅研究月刊》,1996 年第 7 期。
113. 周宁:《意识形态对翻译的操控——鲁迅翻译思想及翻译实践研究》,《广东外语外贸大学学报》,2007 年第 1 期。
114. 朱忞:《拣选、引进、融化》,《绍兴师专学报》,1989 年第 2 期。
115. 朱湘军,康翠链:《从迁移理论看鲁迅的翻译语言对创作语言的影响》,《上海翻译》,2014 年第 2 期。
116. 邹韬奋:《致李石岑》,《时事新报》,1920 年 6 月 4 日。

五、国外相关研究文献

1. [比] 保罗·德曼:《对理论的抗拒》,明尼苏达:明尼苏达大学出版社,1986 年版。
2. [俄] 高尔基著,鲁迅译:《俄罗斯的童话》,1912 年版。

3. ［韩］李宝暻：《发现异质语言的世界——再读鲁迅的翻译观》，《鲁迅研究动态》，2017 年第 3 期。
4. ［俄］卢纳察尔斯基：《托尔斯泰之死与少年欧罗巴》，《春潮》，1929 年第 3 期。［俄］布赖恩博伊德，刘佳林译：《纳博科夫传（美国时期）》，桂林：广西师范大学出版社，2011 年版。
5. ［俄］布赖恩博伊德，刘佳林译：《纳博科夫传（美国时期）》，桂林：广西师范大学出版社，2011 年。
6. ［日］木山英雄：《文学复古与文学革命》，北京：北京大学出版社，2004 年版。
7. ［英］瓦尔特·本雅明，李茂增，苏仲乐译：《写作与救赎：本雅明文选》，上海：东方出版社，2009 年版。
8. ［英］瓦尔特·本雅明著，孙冰译：《作品与画像》，上海：文汇出版社，1991 年版。
9. ［苏］詹姆斯·鲍斯威尔，R.W.查普曼编：《约翰生传》，牛津：牛津大学出版社，1970 年版。
10. ［日］志贺正年：《鲁迅翻译研究》，私家出版，1970 年版。
11. Coates, Jenefer. Changing Horses: *Nabokov and Translation*[A]. Coates, Jenefer (1998). "Changing Horses: Nabokov and Translation". Jean Boase-Beier & Michael Holman (eds). *The Practices of Literary Translation: Constraints and Creativity*. Manchester: St. Jerome, 91-108.
12. Gutt, Ernst-August. *Translation and Relevance: Cognition and Context*. UK: B. Blackwell, 1991. PP. 1-2.
13. Grayson, J. 1977. *Nabokov Translated: A Comparison of Nabokov's Russian and English Prose* [M]. Oxford: Oxford University Press.
14. Hermans, Theo. Ed. *Translation in Systems- Descriptive and System-oriented Approaches Explained.* Manchester: St. Jerome, 1999a. PP. 159.
15. Jean Boase-Beier and Michale Holman(eds). *The Practices of Literary Translation: Constraints and Creativity* [C]. Manchester: St. Jenome Publishing, 1999.
16. Lefevere, Andre. *Translation, Rewriting and Manipulation of Literary Fame.* Shanghai: Shanghai Foreign Language Education Press, 2004a.

17. Lefevere, Andre, ed. *Translation/History/Culture: A Sourcebook.* Shanghai: Shanghai Foreign Language Education Press, 2004b.

18. Lefevere, Andre. *Translation, Rewriting and the Manipulation of Literary Fame.* London and New York: Routledge, 1992.

19. Newmark, Peter. *Approaches to Translation.* (Oxord: Pergamon Press Ltd, 1982) Shanghai: Shanghai Foreign Language Education Press, 2001. PP. 19.

20、Nobokov, Vladimir. *Problems of Translation: Onegin in English* [A]. Rainer Schuhe and John Biguenet (eds). *Theories of Translation* [C]. Chicago: The University of Chicago Press, 1992. P127.

21. ainer Schulte and John Biguenet (eds). *Theories of Translation* [C]. Chicago: The University of Chicago Press, 1992. P143.

22. Steiner, George. *After Babel: Aspects of Language and Translation* [M]. Oxford: Oxford University Press, 1992. P252.

23. Venuti L. *The Translator. Invisibility* [M]. Shanghai Foreign Language Education Press.2004.

24. Venuti. L. *The Scandals of Translation* [M]. London and New York: Routledge, 1998 年.

25. Venuti. Ed. *Rethinking Translatio n: Discourse, Subjectivity, Ideology* [C]. London and New York: Routledge, 1992.

26. Vladimir Nabokov. *Problems of translation: Onegin in English* [J]. Partisan Review, 1955,(4):127.

27. Vladimir G. Alexandrov (ed.). *The Garland Companion to Vladimir Nobokov* [C]. New York: Garland, 1995. P152-154.

28. Walter Benjamin. *The task of the Translator* [A]/ In Lawrence Venuti (ed.) The Translation Studies Reader [C]. London: Routledge, 2000.

致　谢

终于结束漫长的博士生涯来到了美丽的阿坝师范学院校园，生活永远都有更新的篇章等待着你去翻阅，其中甘苦自知，感慨良多，深深地留在记忆中的，除了同事与好友对我的督促与鼓励，我旧日的老师们仍然从遥远处寄来祝福与谆谆的教诲，更有编辑老师不辞劳苦的修订与编辑。徜徉在阿坝师范学院美丽的校园，那茂密的绿化作心底温暖的感恩之情，在此一并呈现给艰辛的学术途中始终不离不弃、支持陪伴着我的老师、亲人和朋友。

首先深深地感谢我的导师向天渊教授，他在课堂上将他深刻与渊博的学识孜孜不倦地传授给我们，每一次讲课都让我们大开眼界。他亲眼目睹了我在写专著过程中所遇到的一切挫折与艰难，除了给我指明前进的方向，还在学术规范和细节上给予不厌其烦的指导，我从一名学术新手成长到现在，都离不开导师的殷切指导。无以为报，唯有感恩。诚挚感谢新诗所所长熊辉教授给我专著写作提出的宝贵意见，他不但以他深刻的思想与渊博的学识给予我指导，还给予精神和生活上的关心和帮助。在西南大学读书期间，王本朝教授、梁笑梅教授等也都给我提供了无私的指导与帮助，他们渊博的知识与丰厚的学养让我获益匪浅。

首先深深地感谢花木兰编辑部，每一次通信都是那么的亲切与耐心，即使在等待过程中我偶有不耐烦的时候，也会不厌其烦地帮我解答疑问，非常即时而尽责地承担起编辑的重任，并在一些学术规范上给予指导。也感谢我的良师益友，我崇敬的老师华东师范大学殷国明教授，他总是用深刻与渊博的学识与独到的思想给予我写作指导，每一次传输给我的真知灼见都让我大开眼界。他亲眼目睹了我在撰写这部专著的过程中所遇到的一切挫折与艰难，除了给我指明前进的方向，还在学术规范和细节上给予不厌其烦的指导，无以为报，唯有感恩。诚挚感谢新西兰大学教授伍晓明先生，他甚至在眼疾严重的时候，还不忘无私的指导与帮助，他渊博的知识与丰厚的学养让我获益匪浅。深深感谢我的朋友马琳和卢晓倩的支持与鼓励，永远不会忘记我们在一起欢聚的日子，谈着学术和诗歌，激情飞扬，言谈中对文学充满真正的热爱，特别要感谢我的同窗姐妹王巧俐，在我写作期间最寂寞的时光，是她一直不离不弃地陪伴着我，每一次我焦虑或者对前途充满疑惑时，她都以最贴心的语言支持鼓励着我，她的陪伴让我感觉到生活的美好，在我孤独时丰富了我的时光。

感谢我的父母和兄弟姐妹，他们始终无私地关怀和支持着我，不管是在物质上还是在精神上都不求回报地关心和鼓励着我，让我得以心无旁骛地写论文。

没有人是一座孤岛，每一个人的成长都凝聚着周围人的善意与关怀。没有大家的鼓励、帮助与支持，我不可能完成我的学业。我无法一一列出所有帮助过我的人的名字，但我心里会永远记得你们的鼓励与支持。

附：鲁迅翻译实践在中国白话文建构中的作用[1]

龚晓辉，贺诗泽

摘要：

本文用洪堡特关于语言是一种“精神力量”的理论和王力认为语句的严密与人的思维发展有关的理论，以及语言接触论的最新成果来分析鲁迅欲通过直译外国文本来改革中国现代汉语的必要性与可行性。本文首先分析了鲁迅直译文本对白话文建构的创新性贡献，方法上的难点在于对于语料的检索与时间界定，即界定哪些结构是汉语原有的、哪些是外来的。随后考察鲁迅翻译文本的组织方式与现代汉语的话语组织方式发生的变化之间的内在联系。本研究使用历时类比语料库包括北京大学汉语语言学研究中心（CCL）开发的汉语语料库、北京语言文化大学开发的 CCRL 检索工具以及鲁迅译文全集，比较同时期汉语原创和鲁迅翻译文本中的句首成分，探讨某种语言使用现象与翻译的关系，确定哪些变化与鲁迅翻译关联，详细列举和分析鲁迅对直译策略的使用体现。

关键词：鲁迅；翻译；白话文建构

---

1 基金项目：四川省 2021 年一流本科课程建设项目“‘中国现代文学史’线下课程”（川教函〔2021〕493 号）；阿坝师范学院 2020 年一流本科课程建设项目“‘中国现代文学’线下课程”。

作者简介：龚晓辉，西南大学中国新诗研究所博士，现为阿坝师范学院文学与传媒学院讲师。贺诗泽，男，阿坝师范学院文学与传媒学院副教授。（四川汶川 623002）

鲁迅翻译研究史经历了“回忆与论争”(1909-1949)、“学习与曲解”(1959-1979)、“理解与阐释”(1980-1999)、“系统化与多元化”(2000-至今)四个阶段[2]。其中第一个阶段研究者注意到鲁迅在从事翻译活动的同时对社会的思考,以及翻译与创作之间微妙的关系,第二个阶段由于时代局限性,翻译研究成果有限,且时有对鲁迅翻译的曲解。第三个阶段的成果较多集中于探索鲁迅的文学活动、创作与外国文学、外国文化的关系上。研究者将鲁迅的译介活动根据鲁迅自己的说法,看成是“普罗米修斯”从国外盗得文明之火的行为,强调鲁迅在促进中外文化交流、加强与弱小民族的文化互动与交流,并为弱小国家发声方面作出的巨大贡献。自21世纪以来,鲁迅翻译研究呈现出系统化与多元化的特征。国内主要的研究成绩主要体现在数部鲁迅翻译研究的专著和数十篇与此相关的学位论文。期刊论文数量达600多篇。这些论著所用理论、视角之多,前所未有。迄今为止关于鲁迅翻译研究的专著在国内外已经出版10部。但前人较少使用语料库研究法以及接触语言学理论,对鲁迅翻译的文本进行细读研究,总结鲁迅的翻译实践对现代汉语形成的作用。本文发现从现代语言学的角度来分析鲁迅的译作对于白话文的贡献的学者及其论著主要包括:1.朱一凡《翻译与现代汉语的变迁》[3]从汉英语对比与翻译的角度对翻译与现代汉语的变迁进行了详细论述[4],但只是对于胡适、傅斯年等人对于白话文的贡献方面阐述明确,而对于鲁迅翻译实践对于现代汉语建立的贡献,仍然没有突破就理论说理论的模式。2.刘少勤《从汉语的现代化看鲁迅的翻译》[5]仍然视具体分析鲁迅文本以论证其与白话文的关系为畏途,只从宏观方面说明了鲁迅的翻译理论与实践对于白话文的贡献,仅停留在肯定鲁迅的意图上,对其效果与结果并没有得出有说服力的定论。3.黄河清所译、意大利马西尼著《现代汉语

2 王家平,吴正阳,百年鲁迅翻译研究历史与新的学术增长点[J],关东学刊,2018(05):30。

3 朱一凡所著《翻译与现代汉语的变迁》把翻译对现代汉语影响的研究定位在1905-1936年间,这一定位是有着充分的合理性的,把这两大事件之间的时期作为考察和研究现代汉语欧化的时间段,是合适的,这是《翻译与现代汉语的变迁(1905-1936)》的一大亮点。《翻译与现代汉语的变迁(1905-1936)》的第二个亮点是不仅提出了现代汉语欧化的必要性、必然性和可能性,还第一次旗帜鲜明地提出了汉语欧化的局限性。

4 朱一凡,翻译与现代汉语的变迁[M],北京:外语教学与研究出版社,2011:235。

5 刘少勤所著《从汉语的现代化看鲁迅的翻译》原载《书屋》2004年第3期,此文认为鲁迅的翻译方式与翻译风格与五四一代知识分子追求的重要目标:改造传统汉语,促使汉语现代化,让中国人拥有新型的语言有着密切联系。

词汇的形成——十九世纪汉语外来词研究》对 1840 年到 1898 年期间汉语词汇的形成进行了研究，对鲁迅翻译对于现代汉语的贡献与意义这个课题有方法论上的借鉴意义，但在分析鲁迅翻译对于白话文贡献的具体操作上仍然遇到了巨大的困难。

鲁迅毕其一生的努力都是希望以“普罗米修斯盗火”的方式引入“异域文术新宗”[6]，对中国文字进行改革，创造一种真正能容纳更为健康、更为理想的国民性的文字，翻译文本长达 300 万字。但由于鲁迅翻译文本基本上都是从日语和德语转译过来的，源文本涉及多国语言，源语言为多国语言给研究者带来了巨大的困难，对于鲁迅具体文本的分析几乎还是一片空白。对鲁迅翻译对白话文的贡献之研究，深入者更是寥寥无几。本研究拟从此方面解决这一难题，对鲁迅翻译实践与白话文建构的关系作一深入研究。首先，本文拟从接触语言学角度对鲁迅翻译实践对现代汉语的变迁与发展起到的作用从宏观到微观进行阐释与分析，重点挖掘他的翻译实践对白话文写作及运用方面所达成的实际效果；其次从文学与文化及语言学的角度，结合相应的文化背景，应用最新的语料库，并结合先进科技如爬虫等计算机手段来分析其具体的效果与成绩，克服以前对于新结构、句法方面的研究的简单重复，将研究重心放在鲁迅对这一时期汉语中外来结构、表达法与句法更新方面的新贡献。再次，将鲁迅翻译与创作同时作为研究对象，克服以前只关注翻译文本或只关注创作文本的通病，加强翻译文本与创作文本的联动性。最后，应用国际先进理论即翻译对于深层次思维和思想革命、语言更新的功用等理论来论证所得出的结论，将此研究上升到普遍理论的高度，从而既有理论、观念方面的创新，在研究方法方面争取有新的突破。

一、从现代汉语角度看鲁迅翻译实践的特征与效果

（一）词汇方面的翻译特征与效果

1.生造硬造一些词语。早年鲁迅曾经翻译过《查拉图斯特拉如是说》的序言，后来我们常见到的“超人”和“末人”的概念就是他生造的；在翻译《死魂灵》时，创造了“吐叶”“发沸”“连山”“破风”“鱼膏”“珂林德式的圆”[7]等

6 “异域文术新宗，自此始入华土。”出自鲁迅的文集《文序跋集》中的《域外小说集》。

7 刘百琼，解读尘封的记忆——凌璧如《朵连格莱的画像》之描述性翻译解析［J］，2011（03）：06。

直译外来词，让人读来有耳目一新的亲切感。鲁迅在创造新词的时候注重其国民观念的更新所起的作用。2.发明了一些语气词。如对《一个青年的梦》的剧本翻译，据杨英华研究统计，在这部剧本的译本中，共发明了 72 个汉语本来没有的语气词，加强了句子的语气，还能够起到一定的语法作用，且更好地表达了人物的感情，突出原作者的精神意图，使读者产生共鸣。

（二）西文标点的践行者与倡导者

鲁迅是新式标点符号最早的践行者与倡导者，他认为要清楚地讲国学，必须嵌外国字，用新式标点。鲁迅在 1909 年出版的《域外小说集》中首次引进一种新的书写形式，即句号和逗号的配合使用。汉语文本原本在诵读断句时是使用句读的，但古代汉语的书面语很少使用。鲁迅在行文中开始使用感叹号、问号等西方标点，以表达强烈的感情或提出问题。

“！表大声，？表问难，近已习见，不俟诠释。此他有虚线以表语不尽，或语中辍。有直线以表略停顿，或在句之上下，则为用同于括弧。如‘名门之儿僮——年十四五耳——亦至’者，犹云名门之儿僮亦至;而儿僮之年，乃十四五也。”[8]在此文中鲁迅对感叹号（!），问号（？），破折号（——），省略号（……）分别表达的语气与口吻及其典型用法进行了说明，对某些前人的说法进行了纠正，认为感叹号（!）表达了惊奇与赞叹的语气，前人从未使用过的省略号与破折号的使用可谓石破天惊，引起了伪道学士们的严厉抨击，鲁迅以少见的革新立场与勇气捍卫着西文标点的使用，它们使鲁迅的译文充满与众不同的新鲜气息，促进汉语文本中标点符号的使用与发展，极大提高和拓展了现代汉语的表现力。

在《域外小说集》里，鲁迅曾用省略号模拟声音，或表达微妙的情感，或表达意义“留白”效果，它们或出现在句首中，或出现在句中与句尾，尽情发挥其作用。在使用破折号的时候，鲁迅极力利用其丰富的表现力，取得了不逊于其创作表现力的艺术效果，形成精警精悍、幽婉从容的文风。如译文《默》中，牧师伊革那支说：“吾自愧，——行途中自愧，——立祭坛前自愧，——面明神自愧，——有女贱且忍！虽入泉下，犹将追而诅之！”[9]此句通过频繁使用破折号生动展现了伊革那支将女儿妻子逼疯、女儿逼死后的愧悔又不肯面

8 选自鲁迅《域外小说集》的“略例”。

9 鲁迅于 1909 年 3 月翻译了安德烈耶夫的《默》。

对的心情，他由中辍带涩转向急促愤激的语气也被准确模拟了出来，呈现出他心口不一、不肯承担责任的虚伪心理。在翻译《俄罗斯童话》时，鲁迅使用了355个破折号，68处用作标点，287处用作点号，以标示提示性语句和直接引语之间的停顿，超越了破折号的规范用法，是对中国新式标点的典型探索创新。鲁迅使用这种符号以表达出一种娓娓道来的语体感，与作品的内容特质十分契合。这种对新式标点的“移徙具足”体现了鲁迅“循字移译”的“直译”观。

（三）引进新结构新句法，不断激活和扩展汉语已有的结构

本研究通过接触语言学理论发现鲁迅的翻译既引进了一些新的结构和新的句法，又在不断激活和扩展汉语已有的结构，从文体方面看鲁迅的翻译，会发现在处理极富转折变化的长句时，鲁迅注意通过直译来矫正片面追求句法效果而不知炼字的偏颇，从而在句法上杂糅欧化句法与文言文句法煞费苦心。

鲁迅在翻译时将句首话语标记应用于汉语，如对于原文中大大相异于中文的印欧句式，如西文常用的从句后置，鲁迅尽量予以最大限度的保留，这对现代汉语的句式演变造成了一定的冲击。

鲁迅频繁使用“的”字句造成一种繁复的句子，且使用新异的词序，“的”字句频现是“留日生文体”的典型特征，这是由于日语句子中常使用‘の’字表示从属、并列、修饰关系。而且鲁迅在翻译过程中十分尊重原文本的思维方式与词序，比如在表达动宾关系时，日语的词序是宾语在前，动词在后，而汉语的词序是动词在前，宾语在后。

“《苦闷的象征》是先生的不朽的大作的未定稿的一部分。将这未定稿遽向世间发表，在我们之间，最初也曾经有了不少的议论。有的还以为对于自己的著作有着锋利的良心的先生，怕未必喜欢这以推敲未足的就是如此的形式，便以问世的。”[10]一段中，“将这未定稿遽向世间发表”是就是尊重日语词序与动宾结构的结果，按照汉语的表达习惯，这个句子应表达为“遽向世间发表这未定稿”，似乎鲁迅的译文太啰嗦，但仔细观察和体会，在这两个长句中，以

10 山本修二在《苦闷的象征·后记》中说：“《苦闷的象征》是先生的不朽的大作的未定稿的一部分。将这未定稿遽向世间发表，在我们之间，最初也曾经有了不少的议论。有的还以为对于自己的著作有着锋利的良心的先生，怕未必喜欢这以推敲未足的就是如此的形式，便以问世的。”见《苦闷的象征　出了象牙之塔》（鲁迅译）第90页。

逗号分隔开的每一小句，不仅为全句的核心意思服务，而且呈现出其独立的价值，以致长句中的各个部分因此繁复的翻译变得清晰饱满，这种译法也彰显了鲁迅思维与表达的丰富内容，极具风采与个性。译文有鲁迅所说的日本文的"优婉"之风，"硬译"那些"优婉"的日文语句使颇能体会日式的婉约，思维方式也因此受到了训练。

鲁迅的译文兼顾原文意义与译文文采，在翻译与创作诗歌时不讲平仄，也不讲格律，且在果戈理的《狂人日记》的影响下创作出了第一篇中国现代小说。从语言细节入手，但又不始终停留在语言细节上。

二、鲁迅选择"直译"来改进现代汉语的必要性与可行性

现代汉语得益于"直译"才拥有了如今自由、灵活的句式，鲁迅中后期选择"硬译"以探索汉语可能性的尝试，有着极为恳切的用心。鲁迅在翻译实践中如何激活和扩展汉语原有表达法，赋予汉语已有的表达法以新的功能，扩展其用法，是个值得深思与详细探究的问题。

（一）鲁迅的翻译目的的要求

鲁迅从清醒地认识到中国现代社会的弊端开始，就致力于改造中国传统的守旧思维，他从阅读德语文本中发现德语语言的思维方式与汉语截然不同，这促使他决心以直译的方式翻译德语作品，将德语的语言长处与异质性"盗取"过来，以丰富汉语的词汇句型和表达习惯[11]。鲁迅的创作实践证明他本人身先士卒，将翻译得来的新词汇、新句法和新表达率先使用在自己的创作文本之中。

为了表达对晚清民初译述之风的不满，鲁迅遂主张在翻译的时候用直译的方式尽力保留原文语言的方式，为正在萌芽期的现代汉语提供可模仿和参考的资源，于是"欧化"成为输入新表达法、丰富现代汉语的捷径。鲁迅认为，要改造现代汉语，最方便有效的方法是利用直译引入西文结构，以激活汉语原有的结构，故而鲁迅在翻译过程中，很多时候连原文的词序与语序都很少改变，虽然最初可能会带来诘屈聱牙的效果，但时间一长会逐渐适应，实践证明，很多现代汉语的句法得益于这样的直译。尊重他者的"异"，通过这种差异对自我进行构建，是直译的一种功能与目的，直译就是一种从自身和自我出发，

11 罗星，鲁迅语言翻译对现代汉语形成的影响［J］，教育界，2019（03）：08。

向着他者、异者前行的过程，随后直译又会进一步完成对自我的回归。马丁·路德的直译深刻印证了这一点，路德的翻译被视为通过引入“异”的力量，完成对自我语言空间的构建，并通过翻译构建了德国的文化。同样，事实证明，直译对现代汉语的形成起到了关键作用，现代汉语从词汇、语法结构和表达方式上都得益于直译。鲁迅对儿童文学如《小约翰》《小彼得》的翻译，对我国现代儿童观的构建也起到了一定的作用，为我国引入现代意义上的童话和科幻小说做出了荜路蓝缕之贡献。鲁迅曾在《我们怎样做父亲》中说，中国应当从长者本位的道德改为幼者本位的道德，这样新颖的观点与卢梭的《爱弥尔》在中国的译介分不开。

（二）翻译伦理的要求

鲁迅的直译充分反映了以“诚”为基础的伦理关系，因为只有直译才能做到诚，意译、改译、曲译、编译都可能会违背“诚于译事”“修辞立其诚”的伦理标准。自《域外小说集》的翻译实践开始，鲁迅由最初对“意译”风尚的追随转向“直译”，“人地名悉如原音，不加省节者，缘音译本以代殊域之言，留其同响；任情删易，即为不诚。”[12]，由此看出，鲁迅为了其坚守的翻译伦理“诚”采用了直译的方法以达到“弗失文情”的目的，为了此“诚”的伦理，“故宁指戾时人”，旨在译者与作者和读者之间建立一种信任关系，一种主体间交往的伦理模式，从而利用异域文明的差异与优点改造汉语语义的模糊含混和不精密的语法，进一步改善中国民族思维方式上不重逻辑思辨的不足，通过“别求新声于异邦”以实现他“启蒙”的理想与“为人生”“立国立人”的伦理目标。

三、鲁迅翻译实践在促进中国白话文建构方面的成就

30 年代兴起的大众语运动，使现代汉语的面貌发生新变。这个过程中鲁迅引进欧化语法和句法，使表达趋于精密。但鲁迅引进欧化语法的实践并非全都成功。由于对欧化语法和句法的吸收，鲁迅的翻译中出现的新语素与新结构为现代白话文的建构与发展提供了丰富的资源，成为现代汉语的重要源头之一[13]。

12 王晶晶，新旧之间——包天笑的文学创作与文学活动研究［D］，上海师范大学博士学位论文，2010。

13 朱一凡、刘慧丹，翻译与当代中国文化建设：现状与趋势——中国英汉语比较研究会‘翻译与当代中国文化建设’高层论坛述评［J］，当代外语研究，2012（5）：66。

鲁迅的翻译中与时俱进的语言表达形式与元素，增加了现代汉语表达日益复杂的社会文化现象与文学经验的可能性，为新文学的创作与发展提供了语言利器，推动了思想界与文学界思维方式的改革。翻译成为鲁迅“改造”汉语的利器，其读者多是青年和高级知识分子，作为社会文化的中坚力量，高级知识分子读者最终使翻译实践达成以下目的：

（一）鲁迅首创并进入现代生活的表达方式

在新文化运动的大背景下，鲁迅借翻译事业推动了一场轰轰烈烈的国语运动，意在挖掘汉语中的创造精神，同时有意在译文中引入欧化语言，为汉语带来了以下变化：1.在将外文译为中文的过程中创造中文新词以填补现代汉语的词汇空缺，弥补白话语创建之初词汇量不足的缺陷。欧化汉语比古汉语更能适应日益复杂化的社会生活，更能胜任细腻繁复、复杂婉曲的情境描写，增强了汉语的叙事功能，强化了情感的表现力。词汇欧化作为鲁迅小说译作中客观存在的语言现象，体现了鲁迅创作与翻译之间的互文性，助鲁迅写出史上第一篇白话小说，为小说阅读的平民化，为审美的普罗大众化奠定了基础。2.翻译带来的新语法范畴填补了汉语原来的语法空缺，古代汉语过于注重意象与象征，忽视了语法的逻辑性与科学性，欧化语法可以弥补其不够严密的缺陷。在《域外小说集》中，鲁迅进行了晚清最为大胆的欧化尝试，有意识地系统输入欧化标点符号[14]。3.翻译将异域文法与句法的新结构引入现代汉语，丰富了汉语的表达；欧化的句法使汉语的句法结构更为精密，更容易表达精密复杂、深刻繁复的思想，适应日益精密繁复、多元多样的现代生活。写作中使用的外来话语因子大大增加了文体的情感表达力，成就了中国现代文学史上最伟大文体家的风格。

（二）鲁迅用翻译创造新的语言形式和新的思维方式

对于鲁迅来说，翻译不仅仅承担着跨文化交流的任务，还预示着创造一种新的语言形式、新思维和特殊的文化身份的可能性：1.翻译的目标文本（外译汉）因直译吸收的新的语言元素与形式，形成了庞大的现代汉语语言资源库，成为后世文学人、语言工作者和研究者建设现代汉语大厦的重要工具；2.因直译促成的欧化汉语有助于现代人更新已不再胜任复杂的社会文化现象的古汉

14 王云霞，李寄，《域外小说集》欧化标点符号的文体效果及语言史意义，上海翻译，2009（4）：46。

语，获取崭新的文学经验，为新文学打开了局面，对改革思维方式也立下了筚路蓝缕之功；3.翻译活动引入的西方先进性思想为中华传统文化的更新输入了新鲜血液，为文化危机感深重的现代人提供了新思路，开辟了新道路，并承担了新文化建构与革新的特殊文化使命。

（三）选择“硬译”策略有助于促进文学以至社会的现代转型

在20世纪初的中国，由于特殊的历史背景，翻译不再只承担跨文化交流的任务，而是输入了一种新的语言结构和方式、新的文化血脉和特殊的文化身份。

考虑到翻译有助于向汉语引进新结构，激活和扩展汉语已有的结构，鲁迅决定使用“硬译”策略。具体说来，就是以口语为基本，再加上欧化语、古文、方言等成分，杂糅调作，适当地安排其结构，兼顾知识性、趣味性，最终生成一种高雅的俗语。

“欧化文法的侵入中国白话中的大原因，并非因为好奇，乃是为了‘必要’。”实践证明，鲁迅因其翻译活动对现代汉语的建构立下了汗马功劳，在这方面贡献最为显著，他在翻译中利用直译甚至硬译引进西洋词法、句法，并在译文的序与跋中多次探讨欧化文法对于建构现代白话文的关键作用。

现代译者仍然从中认识到文学翻译应与汉语的现代化以及本国的文学实践相结合。通过翻译吸收新的句法、词法以进一步完善年轻的现代汉语。广大译者应认识到通过直译吸收外国文学的精华，进一步完善当代文学，有着重大的意义。广大译者与作家应认识到继续通过翻译向西方学习词法与句法的重要性。

鲁迅在翻译生涯的中后期主张在翻译的时候用直译尽力保留原文语言的方式，为正在萌芽期的现代汉语提供可模仿和参考的资源，认为“欧化”成为输入新表达法、丰富现代汉语的捷径。鲁迅认为，要改造现代汉语，最方便有效的方法是利用直译引入西文结构，以激活汉语原有的结构，故而鲁迅在翻译过程中，很多时候连原文的词序与语序都很少改变，实践证明，很多现代汉语的句法得益于这样的直译。鲁迅在词汇、语法、句法结构与翻译伦理方面靠直译的方法为中国现代汉语的建构与更新做出了巨大贡献。